蔽園贅談

邱煒萲・撰

同文書庫・厦門文獻系列　第三輯　叁

厦门大学出版社
XIAMEN UNIVERSITY PRESS
国家一级出版社
全国百佳图书出版单位

图书在版编目(CIP)数据

菽园赘谈/(清)邱炜萲撰.—厦门:厦门大学出版社,2018.9
(同文书库.厦门文献系列.第三辑)
ISBN 978-7-5615-6995-5

Ⅰ.①菽… Ⅱ.①邱… Ⅲ.①笔记小说—古典小说评论—中国 Ⅳ.①I207.419

中国版本图书馆 CIP 数据核字(2018)第 196363 号

出 版 人 郑文礼
责任编辑 薛鹏志 章木良
封面设计 李嘉彬
技术编辑 朱 楷

出版发行 厦门大学出版社
社 址 厦门市软件园二期望海路 39 号
邮政编码 361008
总 编 办 0592-2182177 0592-2181406(传真)
营销中心 0592-2184458 0592-2181365
网 址 http://www.xmupress.com
邮 箱 xmupress@126.com
印 刷 厦门集大印刷厂

开本 787 mm×1 092 mm 1/16
印张 34
插页 4
字数 500 千字
版次 2018 年 9 月第 1 版
印次 2018 年 9 月第 1 次印刷
定价 350.00 元

厦门大学出版社
微信二维码

厦门大学出版社
微博二维码

邱菽園（1873—1941），福建海澄（今厦门海沧新垵）人，光绪举人。富侨、诗宗、爱国者。一八九五年到新加坡继承遗产。创办《天南新报》，宣传维新救国思想。一九五〇年后研究清末小说。晚年皈依佛教。著有《菽园赘谈》等。同文书库厦门文献第二辑将出版菽园先生著作。丙申周旻

· 邱炜萲（国画 周旻作）

目錄

前言

本輯收丘菽園《菽園贅談》，據厦門圖書館藏本影印，現將作者及版本情況略作説明。

丘煒萲（一八七三—一九四一），字萱娛，號菽園，又有嘯虹生、星洲寓公等别號。福建海澄（今厦門海滄區）人，二十一歲鄉試中式。幼時隨父定居新加坡，為著名報人和詩人，享有『南洋才子』和『南國詩宗』之譽，一生以在新加坡傳播中華文化為己任，中日甲午戰争後，康梁宣導維新，他曾深表欽佩，於一八九八年創辦《天南新報》，自任總理兼總主筆，宣傳改革。

丘菽園著述甚富，主要著作包括詩集《丘菽園居士詩集》《嘯虹生詩鈔》；筆記《菽園贅談》《五百石洞天揮麈》《揮麈拾遺》等。新加坡關於丘菽園的研究很多，如王志偉《丘菽園詠史詩研究》《丘菽園詠史詩編年註釋》（新社出版社，二〇〇〇年）等。謝國楨《明清筆記談叢》有對《菽園贅談》的評價，認為記載中日甲午戰爭後新加坡情況的筆記當屬《菽園贅談》。謝國楨認為丘菽園是『留心時事的有心人』（《明清筆記談叢》，上海古籍出版社一九八一年版，第一二〇頁）。

《菽園贅談》在晚清筆記中雖偶有提及，但尚未得到應有重視，以下分幾個方面略加介紹：

一、版本

初版《菽園贅談》凡十四卷，光緒丁酉年（一八九七）香港鉛印本，共八冊。書前有曾宗彦短序，由葉芾棠手書上版；葉芾棠短序，則由李季琛手書上版；隨後是黎香蓀七言排律題詞，接著是李琛汝、李啟祥、潘飛聲序言。接下來是達明阿、劉允丞、邱屏滄、李麟、馬子般、曾宗璜、林澤農、林景修、王玉墀、黄鑣、浮查客、許允伯題辭，題辭尾有許克家短序一則。此即《菽園贅談》初版本，流傳不廣。

流傳較廣的是七卷本《菽園贅談》，光緒辛醜年（一九〇一）重編七卷，上海鉛印本，編為四冊。七卷本前有潘飛聲、李啟祥、許克家、葉芾棠、侯材驥序及作者丘菽園『小引』一則，『小引』後有丘逢甲長序一篇，盛讚該書『上而談國家政教，下而談鄉閭禮俗，遠徵三代，近取四國，正襟而談，駸駸乎與道大適是，蓋究心古今中外之書，卓然與先正之善談者埒』。書後附曾宗璜、謝鴻鈞跋兩則，另有曾昭琴《刊刻答粤督書緣起》並《答粤督書》，最後刊有丘菽園《庚寅偶存》及短序一篇，系丘菽園詩稿，並附丘菽園《壬辰冬興》十六首及黄乃裳短序。

《菽園贅談》十四卷本印出後不久即又刊行七卷本，原因有二：一是十四卷本從香港中華印務總局用仿聚珍版排編，已經散版；二是十四卷本訛誤頗多。丘菽園說：『贅談雖屬已貲付印，然星、香萬里，不能自校，僅以托諸坊賈，草草蕆事，故訛字尤多，亦有原稿本訛，考據未審者，此則急於成書之弊。出書後，屢承閩縣曾幼滄侍禦師宗彦、番禺李石樵秀才啟祥函糾訛字。今又得臺灣家仙根工部逐卷校勘。』此本編校勝於十四卷本，後世多以此為正本。

宣統元年（一九〇九），張延華以『清蟲天子』筆名輯『香豔叢書』，約三百三十五種，分二十集十冊，大體包羅隋至晚清間有關女性和豔情的小說、詩詞、曲賦等。《菽園贅談》以節錄本形式收入叢書第八集，近年有上海書店出版社、人民文學出版社原刊影印本，人民中國出版社新刊整理本。除此之外，未見《菽園贅談》有其他版本流行，在晚清筆記中尚屬稀見。

二、保存『公車上書』史料

『公車上書』是中國近代政治史上的大事，但關於此事的詳細情況，學界歷來有不同的評價，對於真實歷史詳情，也認識各異。丘菽園與康有為相識，『公車上書』發生時，恰在京師，是這一歷史事件的親歷者。事件發生後不久，丘菽園有兩次追憶，雖文字存諸多差異，但由此可窺知此前未知的若干史實，同時對康有為《公車上書記》的刊行也具補正作用。光緒二十年（一八九四），丘菽園以福建籍舉人身份，北上參加會試。康有為發起聯省公車上書，丘菽園親見康有為《上清帝第二書》傳抄稿，後以《截錄康孝廉安危大計疏》為題，大段摘錄於《菽園贅談》中，篇後附有跋語，回憶自己當年參與『公車上書』的情形。丘菽園對康有為一直念念不忘，不僅將康有為所撰《上清帝第二書》收入《菽園贅談》，附跋紀念，更於光緒二十四年（一八九八）與林文慶在新加坡創辦《天南新報》，自任社長，從側面呼應康有為等人的變法舉動。『戊戌政變』後，丘菽園主動贈金康有為，並力邀其赴新加坡。光緒二十六年（一九〇〇）正月，丘菽園與康有為首次晤面，兩人一見如故，不僅多有詩歌唱和，更在政治上加強了合作。後丘菽園與康有為絕交。在重編《菽園贅談》時將《答粵督書》（即《上粵督陶方帥書》）附於書後，雖詳述與康有為絕交原因，但依然將《截錄康孝廉安危大計疏》收錄書內並將跋語大加修正，較十四卷本有『新增』而無『刪汰』；對於『公車上書』的描述，也與前稿有較多不同。中國近代史學界對《菽園贅談》的重要性早有定評，是研究康有為和『公車上書』的首選史料。

三、西方科學知識在近代中國的傳播

丘菽園雖是傳統讀書人，但早年遊歷域外，眼界開闊，善於吸收新知，是中國早期開眼看世界的知識分子，能將西方知識與中國傳統知識對接。《菽園贅談》中有多篇涉及西方知識在近代中國的傳播，如《化學原質多中國之物考》，將現代化學元素與中國傳統事物對應，並尋出其大體來源，可謂中國早期關於科學史的研究文章，今天也不失其參考價值。

《菽園贅談》卷五有《說照像》一文，是較早介紹西方照相術在中國傳播的史料。

丘菽園說：『西人照像之法，全靠光學妙用，而亦參伍以化學。其法先為穴櫝，按機進退，藉日之光，攝影入鏡中，所用之化學藥料，大抵不外硝磺強水而已。一照即可留影於玻璃，自非擦刮，久不脫落。精於術者，不獨眉目分晰，即點景之處，無不畢現，更能仿照書畫字跡逼真宛成縮本，又能於玻璃移於石上，印千百幅，悉從此取給，新法又能以玻璃作印版，用墨拓出，無殊印書，其便捷之法，殆無以復加者。』

這則史料不僅說明照相術在中國的早期傳播，同時也將石印技術的要點做了提示，可認為是石印技術在中國傳播的重要史料，對中國印刷史研究有重要意義。丘菽園在這則筆記中還提到王韜《瀛壖雜誌》中一則史料，是王韜于咸豐同治年間在上海所見，認為當時照相術『更日異更新，不用濕片，而用乾片，坊間有照幹片像法之譯本，閱之頗可了了，惟不易精耳』。同時談到新出現的夜間電燈照像法。丘菽園提到，一八九五年，他在新加坡『曾向德國人蘭末氏假得此項機器一試其用，略帶黝色，究不如日間所照為妙。計電燈全副十七盞，燃之光耀四射，倘開夜宴，以之照取人物亦頗不俗，今未盛行』。由這個經歷，可以判斷丘菽園是中國較早試用電燈光照相的人。文章還談到新出的攝影器具，他說鏡箱『亦分數等，佳者貴重不易得』，構造亦各不同，照人物面貌宜用『亮鏡』，照山水名勝宜用『快鏡』，『各極其妙，而不兼長』。丘菽園還注意到西人又製成供醫療治病用的新鏡箱，『以之照人，能見人身骨朵』，『凡遇肢骨損傷，皆可一照而知，此醫門衛生法寶也』。這些記述可視為西醫造影技術在中國傳播的早期史料。另外如《日月之食》，比較中西對這一天文現象觀察的異同，也具新見。丘菽園對中西醫的比較認識，也非常深刻。他在《疾病古今異稱附中西醫略》中認為，『中醫善治無形，西醫善治有形，則各有所長也。中醫化學未明，西醫方隅或囿，則各有所短也。西醫從考試出身，中醫恒師心自用，則不得不讓彼善長也，安得以彼之長濟吾之短，然後博考其或長或短之故，調濟以至於中，則善之善也』。

近代西方知識在中國的傳播，較少專門著述，史料一般多散見於書信、日記及筆記中，《菽園贅談》中保存了很多這方面的史料線索。

四、晚清小說史料

一九六〇年，阿英編纂《晚清文學叢鈔・小說戲曲研究卷》，將《揮麈拾遺》《五百洞天石揮麈》

《菽園贅談》及丘菽園發表在其他報刊上有關小說的評論，用丘菽園新加坡的齋名『客雲廬』題名，彙編為五卷《客雲廬小說話》，可見阿英對丘菽園小說評論的高度重視。

丘菽園喜讀晚清小說兼及當時譯介過來的西洋小說，在他這一輩舊文人中，對小說形式的關注和評價有非常自覺的意識，特別是對晚清小說在開啟民智過程中可能產生的重要作用，與梁啟超名文《論小說與群治之關係》的見解相同，時間比梁啟超文章還早一年。丘菽園在《小說與民智關係》中指出：『吾聞東西洋諸國之視小說，與吾華異，吾華通人素輕此學，而外國非通人不敢著小說，故一種小說，即有一種之宗旨，能與政體民志息息相通。』從丘菽園《新小說品》所開列當時新小說的名錄可看出，晚清新出的各類小說及新譯小說，丘菽園多曾寓目。他對中國小說的許多考證和見解，值得研究中國文學史的人注意。如丘菽園在《小說閑評七則》中認為：『《紅樓夢》一書，不著作者姓名，或以為曹雪芹作，想亦臆度之辭，若因篇末有曹雪芹姓名，則此書舊為抄本，只八十回。倪雲臒曾見刻本亦八十回，後四十回乃後來聯綴成文者，究未足為據，或以前八十回為國初人之舊，而後之四十回，即雪芹所增入，觀其一氣銜接，脈絡貫通，就舉全書筆墨，歸功雪芹，亦不為過。』這些認識在《紅樓夢》研究中，至今不無參考價值。

丘菽園對《兒女英雄傳》的評價是：『自是有意與《紅樓夢》爭勝，看他請出忠孝廉節一個大題目來，搬演許多，無非想將《紅樓夢》壓住，直如項莊舞劍，意在沛公，才多者天且忌，名高者矢之鵠，不意小說中亦難免此。然非作《紅樓夢》者先為創局，巧度金針，《兒女英雄》究安得陰宗其長而顯攻其短。攻之雖不克，而彼之長已為吾所竊取以鳴世，又安知《兒女英雄》顯而攻之者，不從而陰為感耶?《紅樓夢》得此大弟子,可謂風騷有正聲矣。』

丘菽園認為『《紅樓夢》徹首徹尾,竟無一筆可議,所以獨高一代。《兒女英雄傳》不及《紅樓夢》正坐後半不佳。』他對《花月痕》的評價是:『亦從熟讀《紅樓夢》得來,其精到處,與《兒女英雄傳》相馳逐於藝圃,正不知誰為趙漢。若以視紅樓,則自謝不敏,亦緣後勁失力故也。就使後勁,要也未到紅樓地位。《花月痕》命意,見自序兩篇中,大抵有寄託而無指摘者近是,人見其所言多咸同間事,意以為必有指摘過矣,亦猶《紅樓夢》一書,談者紛紛,或以為指摘滿洲某權貴某大臣而作,及取其事按之,則皆依稀影響,不實不盡。要知作者假名立義,因文生情,本是空中樓閣,特患閱歷既多,瞑想遐思,皆成實境,偶借鑒於古人,竟畢肖於今人,欲窮形於魍魎,遂驅及於蛇龍。天地之大,何所不有?七情之發,何境不生?文字之暗合有然,事物之相值何獨不然,得一有心者為之吹毛求疵,而作者危矣;得一有心人為之平情論事,而觀者諒矣。』

丘菽園對晚清小說的評價,多用中國傳統評點形式,但見解鮮明,頗有見地。他對《品花寶鑒》評價較高,而對《金瓶梅》評價一般。《菽園贅談》保存了豐富的晚清小說史料,研究晚清小說,不可不讀。

五、地方人物傳記史料

清人筆記,因作者閱歷不同,各有側重。有專載朝章禮制的,有只記掌故舊聞的,也有多記詩歌唱和的。《菽園贅談》雖各類兼備,但總體觀察,內容除地方風物禮俗外,多涉詩話、科舉制度、方言音韻,同時還有一個特點是多地方人物傳記史料。

清人筆記本來就是一種自由文體，《菽園贅談》中保存了豐富的地方人物傳記史料，如研究晚清閩地鄉紳、文人，可資取材處甚多，因所記多同時代人物事蹟，真實性更強。如記林豐年、高雨農、邱萍孫、曾墨農、謝又新、張纘廷、林文慶等地方名人，皆有人有事，栩栩如生。如『林文慶』一節：

林文慶醫師者，余同年友三山黃黻臣（乃裳）之快婿也。少日讀書英倫大書院，學成考授一等執照，歸而售技，即以字行，一時聲名藉甚，咸謂林氏有子矣。君居英久，改從西裝，及返星州見夫文獻遺徵，慨然有用世之志，遂棄西服，仍服漢制，然猶未有室家也，或造之謀，則曰蓬矢桑弧，某將為東西南北之人矣，何以家為。強之，則又曰：世無孟光，誰可配梁鴻者，於環島之中，而求家人之卦，吾終詠雉朝飛乎。友人知其意有在，陰代物色，久之始得，即黃公之女公子也。籍隸榕垣，生而不俗，幼隨美國教會女塾師誦習，能通歐西語言文字，熟精醫學，平生遊蹤幾環地球之半，李傅相使俄返命，與之邂逅太平洋郵船艙面，手書褒嘉為中國奇女子云。今冬行將南下成合巹禮，適余歸舟相左，不及見。聞君夫婦雖俱諳西學，然無西人習氣，此尤足多者，故特表而出之。

一般研究林文慶的著作，極少用到如此生動的史料，《菽園贅談》可稱閩地人物傳記史料寶庫。

丘菽園見多識廣，尤能將中西知識作比較觀察，凡遇新鮮事物，常能詳細搜集史料，旁徵博引。如《纏足考》一篇，細述纏足在中國的起源及演變，可謂一篇纏足小史。他從李白、韓偓、杜牧、吳均等人詩中，尋出唐人亦有纏足現象，成為後來研究纏足史者所必引史料。《煙草》一篇，最早指出煙草由明代天啟、崇禎年間傳入中國，並指出煙草之害，可視為中國早期煙草傳播及戒煙史的寶貴文獻。

《菽園贅談》在晚清筆記中雖不特別知名，張舜徽《清人筆記條辨》、徐德明《清人學術筆記提要》均未提及，但其重要性無可懷疑，重新影印，對保存地方文獻及繁榮學術，均大有裨益。

謝泳

二〇一七年十二月於厦門

菽園贅談

邱煒萲 撰

菽園贅談序

後世載籍汗牛充棟卷帙浩繁經史注疏攷證之書閱者每有河伯望洋之嘆雜記一家即今之說部也唐以前專重詞章宋以後多言考據上揭經史之要義下搜子集之精英有博綜攸學之人出前人是者申明之悞者辨識之疑義者證出之不可見者采集之一分眞僞而古書去其半一分瑕瑜而列朝書去其八九矣譬之前人作室後人樂居前人製器後人樂用所謂事半古人功必倍之者無怪誦讀之士日手一編每每於經史全帙專精探討攢眉畏難而小說雜箸諸書則喜於流覽也吾閩邱菽垣孝廉青年媚學勵志箸書所爲贅談若干卷標題三百六十有奇凡十餘萬言其中引證子史百家及名理有得者或發明前人所言折以己見詞章考據融會貫通與唐之酉陽雜組宋之鐵圍山叢談本朝之茶餘客話柳南隨筆最近是殆爲閱者事半功倍提要導源所樂於流覽者歟迄今實學方興轉移風化我輩以

發聵振聾爲己任是書於格致諸門及近人談時務之中肯綮者亦采錄無遺張香濤尙書云讀書期於明理明理期於致用學務博古用在通今是又茶餘客話柳南隨筆之所無也丁酉五月孝廉航海來港一見訂交出篋中書示余中多采余所箸之詩杜陵所謂文章有神交有道曷勝愉快耶屬爲撰序萬不敢以不文辭憶余少日讀書曾事箚記乃以風塵奔走忽忽將老迄未成編今見孝廉實深慙恧益當自勉也老弟潘飛聲蘭史拜序

菽園贅談序

學問之道固患空疏然博而寡要則涉獵雖廣亦無當也古人博極群書偶有心得則隨時劄記或辨析疑義或暢發名言積日既久遂成簡帙去其糟粕存其精英往往萃畢生之精力以成必傳之作宋王伯厚撰述宏富而精要者在困學紀聞我朝顧甯人著作等身而尤粹者爲日知録閻百詩便便腹笥名動九重所成劄記人稱爲閻氏碎金三先生者皆嗜熊而取其膰食鷄而留其跖揭群籍之要成一家之言此固學海之指南藝林之津逮矣勝朝士大夫多好著書然類皆輾轉販鬻罕有心得楊升菴丹鉛總録考證淹博亦自可傳惟雖無摽竊時有杜撰論者猶或議之甚矣著書之難也海澄邱孝廉種學積文博而能精所爲贅談若干卷搜經史之微旨擷子集之粹言纂要鈎元識精理卓詞章考據兼擅其長學者手此一篇不僅爲饋貧之糧且當爲益智之粽余受而讀之正崑山顧氏所爲采山之銅非明人輾轉

販鬻可同日語也獨是古人著書既多垂暮之年且在窮愁之日蓋奇才抑塞無可表見於時故遯晦山林以訂千秋之業藏諸名山傳諸其人此不得志於時者之所爲耳孝廉英年登賢書取青紫如拾芥而且履豐席厚生長高門乃孜孜嗜學日事鉛槧之間爲文十餘萬言皆純粹以精足步王顧閻三先生之後何其才之宏而志之遠也方今世變日亟識時務者皆以講求實學爲富强之基孝廉所言與學校新法律洵爲目前當務其中格致之理足闡發西學之精微此又王顧閻三先生所未及言而救弊補偏因時抒議非僅以供學人之饜飫已也孝廉生有慧業爲文縱橫豪宕同人以神勇稱之他日排金門登玉堂箸作承明潤色鴻業出其所學以振中國之衰不特鷄林賈人購其傳書且海澨山陬咸來賓貢則以是編爲經世之文可也時

光緒丁酉六月番禺石樵弟李啓祥拜譔於香江館舍

菽園贅談序

曩吳子序叙城南書舍圖曰箸書即讀書其意之慫恿人者何懇而至也詆之者謂攻書之日非箸書之日是說以扶薄植止浮榮爲得矣若夫士肆力於古以及究心當世之務考核詳悉筆之於書不自秘也如使懼爲世大詬闇然深愼嘿無一語末由顯吾心得將吾讀書之日所信所疑所是非者亦末由起海內之賢明群相告語是塞來者之路也且文字之聲氣不廣是又大愚不靈之痼也吾友海澄邱君叔元才分之優莫可涯量其嗜書也期於樹骨訓典取材宏富加以探摭海外奇聞好之既一力能致之故驅辭恒無儉是年春余訪之示余以贅談若干卷其中事不一類例不一格繁稱博引皆有根據以視終身沒溺八股文者其自待何等叔元夏五月將有粵東之役以其書付之梓非自信茲編之巨細賅備雅俗裨益炫耀而以爲名也意在問世之應違藉勘其言之善不善也聞見資多所得當十倍於是秉慮中

之哲操記事之觚篤老而不厭蘊彌深播彌遠以其多讀多箸與吳子序說相發明殆無負今儒魁俊之目乎余固弇陋叔元知愛最厚辱命序言略談管見仍懼無以仰稱高明也

光緒二十有三年歲次丁酉四月朔日同安弟許巽南克家甫拜序於寒竹風松之齋

菽園贅談序

丙申之春余於役羊石道出鷺江獲識清漳邱夙源孝廉豪邁俊爽不爲繩約及縱談古今得失滔滔汩汩風發泉湧有清河捫虱旁若無人之慨余心遲久之丁酉秋須買櫂南遊遇夙源於海外相見良喜館余於寓樓卽所謂樂羣文社者從容談藝因益窺其所造夙源少穎悟讀書數行並下而覃研羣籍致力根柢他逮金石格致諸學亦無不究闡宏覽既多間附已意衆美輻輳裒錄成編名曰菽園贅談而命序於余余維不朽三事端重立言言之無文行而不遠是編徵引繁富考據精確探奇搜僻壁壘一新體雖各殊其足以益人神智者一也昔太史公好遊名山大川其文洸洋瑰麗無奇不備夙源天才亮特少掇巍科北眺燕薊南遊嶺海七洲三島遍覽其勝故其發爲詩歌形諸藻翰奇氣鬱勃不可遏抑茲編所載正如奇山異水層見疊出引人入勝置諸几案洵臥遊之別開生面也

光緒丁酉孟秋鄉愚弟葉棠頌芾垣甫拜序於星洲樂羣文社

序

閩爲漢閩越地綿亘四千里五嶺環其前大海擁其後東南一大都會也自唐常袞爲觀察使設學校課文士閩之風流時乎稱盛其山川奇淑瑰異之氣所鍾毓者有然況漳適綰嶺海之奔納久著鄒魯之文教者乎余不敏歲庚寅來守是邦考亭舊治流連久之意扶輿間氣必先有所鬱而後發其菁英特延訪未遇所謂伊人或尙未至於偃之室也是秋循例校士七邑之屬各舉所知以薦至海澄獲一卷文獨胎息深厚意理蓄足其他雜作亦復明快俊爽取徑幽折首拔之卽邱生煒萲也揭曉來謁知生青年力學又嘗隨父走萬里路得於閱歷者多故其言皆有心得明年春生以事忤學使者被擯不錄未幾代余任者至復以負氣見詘昔人撰志謂其地泉石峭洌磅礴浩蕩鍾氣淸勁士多負氣岸尙節概此言近之矣乃猶有貴耳賤目環而姗笑者則甚矣俗學之塞聰而勢利之可鄙也此生之所以掉頭不顧也憶余

別漳日生自澄鄉徒步來逆於郊而請曰先生去矣某不才不遇於時命也無所苦惟平日課誦之餘好以詩自適村居僻陋風雅之旨未有所聞願先生留一言余告之曰夫詩言志而已士知尙志歸而求之有餘師何待余言雖然溫柔敦厚其敎也翕純皦繹其聲也媕阿囁嚅韋脂諸俗皆非其正也生負性戇不屑苟合凡此非其正者當不至卒然蹈之惟身値盛平服膺古訓自宜以大者遠者自期不幸而窮亦可藉爲他山攻錯進德脩業之資愼勿逞其血氣之剛牢騷憤激束縛顚倒爲也由是優游涵養馴至乎中正和平之歸他日颺拜志喜鼓吹休明胥於此基矣吾行矣生其勉旃及抵閩垣得生寄書遂以其所箸行卷曰庚寅偶存者屬余商確余既以生不以余言之爲迂也欣然校閱凡古近體二百首專主性靈能出新意雖於古之沉雄渾雅或猶未逮要其詞無枝葉筆有鑪錘自非隨人俯仰者倘由此進而不已吾烏能測其所至哉抑吾又聞生之居鄉落落難合恒終日手一編晦明

罔輟惟師事同安曾廉亭孝廉及友龍溪秀才曾渭兆慕襄昆仲最厚廉亭踐履純實能敦名義余久聞其名而愛之若渭兆慕襄則余在漳所禮士渭兆頗饒經世學慕襄工爲應制文而生早有志於詩古文詞銳然以著述自勵無怪乎與三子之相得益彰也今觀其與三子往返唱和之作具在卷中坦率纏綿各極其妙則生之樸潔自好不苟循俗可知所以與三子者之相期又可知生幸以余言告諸三子永堅金石貞此遠大之材余仕學無狀終當藉其匡救爲糾繩焉則余之尤惓惓者固有餘於詩文之外哉余因於序生之詩樂得而類及之

光緒十有七年歲次辛卯嘉平月望友弟安仁侯材驥

菽園贅談序

古無所謂書也君相議政師儒論道談焉而已至以其談之善者筆之簡策
而書以名讀之者以爲是古人之書也而不知皆其談也後世箸書之士猶
往往以談名其書若唐之劇談錄桂苑叢談宋之常談萍洲可談釣磯立談
夢溪筆談步里客談南窗記談珍席放談國老閒談席上腐談浩然齋雅談
鐵圍山叢談孫公談圃孔氏談苑後山談叢師友談記四六談麈王氏談錄
賈氏談錄澠水燕談錄元明則庶齋老學叢談潞水客談廣客談寒山帚談
山海漫談江漢叢談月山叢談南埜雜談無用閑談孤樹裒談益部談資玉
芝堂談薈東溪日談錄談藝錄以及國初諸老之池北偶談詞苑叢談韻石
齋筆談談龍錄諸書粲然衆著蔚爲談藪矣乃近世譯西書者且以談天名
而鐵甲叢談昕夕閒談談瀛者更以騁談鋒資談助焉是無古無今無中無
外無人不在談中也僕性喜談尤喜聞人爲淸談爲雄談爲荒外談客有自

南洋群島囘者引與高談乃聞吾宗有人曰菽園孝廉今之談宗也閩產而島居日與旅島人士談詩談文大變島風引領南望以未得握手談爲恨乃先尺書以代談今年夏孝廉遂以所著菽園贅談若干卷寄伏讀終篇作而歎曰吾乃今而後知吾菽園不僅能談詩文也風月之談閒情偶寄談兵談禪亦名士積習焉耳乃若上而談國家政教下而談鄉閭禮俗遠徵三代近取四國正襟而談駸駸乎與道大適是蓋究心古今中外之書卓然與先正之善談者埒以視明陸容之菽園雜記名同卷帙亦略同而實過之者遠矣然談也而贅之者奈何贅之爲義訓者以爲猶放貝而復取之學者放其才力以究極古今中外之故復取其才力所逮以資筆舌是其贅談之旨乎然是說也而猶未盡也夫肉之橫生者曰贅疣履之不端者曰贅行昏之依附者曰贅壻物之懸屬者曰贅旒有賤詞焉有外詞焉六經爲聖人治世之書秦燼之餘眞僞淆羼漢宋之說復迭起而交鬨是經之贅也馬遷創體是非

謬聖斷代以後文縟而義益乖乃復雜剌野錄取辨官書汗青所傳無復南董是史之贅也至於九流百家橫論蠭起大則禍世小亦毒人而其下者俳語諧詞汗牛不已損英汨華無益世教目之所遇罔非贅焉世無伊周孔孟起而正之吾恐仡仡著書之士益談益贅耳又況異教方鳴讀旁行斜上之書者群然詫其神怪以視聖經賢傳之爲贅而不自知其學之實贅焉是又其僨焉者也以彼之贅貧吾之談以吾之談衷彼之贅是焉得而不爲贅談也槐之癭也附焉而以爲病贅也治飲者取之爲大瓢麈之角也綴焉而不能觸贅也治方者取之爲上藥治談而取于贅是亦其旨也是書已前有序今復標舉談柄以贅簡末菽園視之其以爲可談否耶嗟乎丈夫生而墜地予之口使能談予之心使主所談予之手使執三寸管以代口而載其心之所欲談談笑尊俎萬國奉書上也空談訓世雖曰無補抑其次也斯地猶存斯人不朽乃若長此寂寂徒索土毛非地贅人人贅地耳夫天下固有贅地

焉有贅人焉以亞洲大陸而有南洋群島亞洲之贅也菽園乃居游其間思以文化其贅而贅談出焉談雖贅人不贅也以中國諸省而有臺島亦中國之贅也僕乃不能終居游其間以力保其贅輾轉窮愁著書無日是眞贅人而已今將與菽園奮談菽園其能無贅我乎雖然當今天下而談贅則又何者非贅三公九卿翊天子治天下者也今知政者僅權要數人其他雖和戰大事若罔聞焉則大臣贅禮部不知禮太常不知樂兵部不知兵工部不知工戶部不知天下幾戶也則朝官贅布政不知政制軍撫軍不知軍則疆臣贅知府知州知縣不知府州縣中之民生苦樂戶口盈虛也則守土之吏皆贅而且朝聘鉅典也天威咫尺降拜無聞則朝儀贅屬國咸亡無贅詞矣中土吾土也而公地焉租界焉捕房焉船隖焉礦地焉山藏江塹不敢自閟環起要挾予取予攜蓋呵喝所加無求而不得也則主權贅平等立約與國所同也獨至吾國不能從同如商如民吾旅彼土彼能治之彼旅吾土吾不能

治也雖吾商民苟託彼族而吾亦不能治條焉約焉屆期而修祇益彼而吾愈損則約章贅徵稅吾自有之權也而若或限焉且非客卿若即不能集事則關政贅講製造者歷年成世若人若物仍事借材言式則我舊而人新言用則人利而我鈍糜以巨欵而但益虛費也假以雄職而祇資盤踞也則船政贅陸師步伐猶拾人唾而不克自治是舊額之靡新募之冒固未得整齊以理也乃以陸將用長海軍甲船砲艇不以游歷保商民而以迎送奉大吏南軍北軍畸而不聯倉卒遇戰陸潰而海亦敗或樹降幡焉用是重爲天下僇笑則兵政亦贅天下無教之國亡有教而不能以學尊其教雖不亡亦幸存夫學焉固不可無師也乃今教主之宮終年扃閉尸師位者非耄則庸侊侊學子其爲學也胥鈔焉耳其試所學也亦胥鈔焉耳且舍是若皆不可謂爲學于是吾學若爲愚種之具吾教若爲弱國之媒則學校尤贅是故今日而不談贅則已今日而談贅固天下有心人所同痛哭流涕長太息而不能

已者也欲治衆談道在自强欲圖自强道在求實中外之事變固日亟矣準古酌今議政于朝論道于學貴無游談焉無虛談焉伊周孔孟之統起而肩之匪異人任蕺園勉之矣以蕺園之才于其平日所究心者出以實其所學他日天下之士方將引爲美談而又奚贅焉臺灣宗弟逢甲螢仙甫序于潮州心太平寄廬

小引

煒蓌非敢言著書也、不敢著書、將平日信筆、雌黃無聊譾語、等諸積薪落葉摧燒之可也、湮沒之可也、何必災木、第念僻處窮鄉、交遊不廣、塵封故步、靡所觀摩、此則每有良朋、亦起天涯之嘆、重敢畫疆自限、將何者爲吾問學資乎、用是不揣固陋、隨筆劄記、一得之愚、竊欲就正　有道、兩年命稿、益以朋友詩歌舊作、亦覺夥頤、付之梓人、藉省寫副、尙祈　海內方家、諒其愚誠、匡所不逮、幸甚、倘有以近名好事相督過者、是則煒蓌所不得辭也、溯自光緒二十二年丙申二月起稿、越年丁酉五月成書、閩中邱煒蓌自記於香港文咸街之廌廛、

菽園贅譚卷數

煒蓌謹按壹貳叁肆伍陸柒與一二三四五六七古文通說具卷之陸取號吾書自謂頗有別致耳

菽園贅談卷之一目錄

海澄邱煒萲夙源甫編

菽園贅談卷之一

海澄邱煒萲凤源輯著

侯仙舫先生 先生諱材驥湖南安仁人

萲生平文字第一知己、必推先師安仁侯仙舫先生、先生以名孝廉出爲郡牧、歷署大郡有聲、庚寅夏來守吾漳、下車伊始、即以剔除獘政汲引人材爲己任、是時萲生十又七年矣、執筆學爲文、蒙刮目之知、以是稍稍名於鄉邑、而師每接談、必誨以毋盛氣毋好名、曾手書受人以虛、求是於實、所見者大、獨爲其難、四語于楹帖見贈、萲自維譾陋、終負遠大相期、復於明年辛卯春見絀學使者、致雌黃浮議、有累高明、未知所以報也、由此伏而不出者有年、歲甲午、再以例監入闈、至是始忝獲一薦、而師已先期卒於吾閩省邸、計自受知之日、亦既五閱寒暑於茲矣、憶癸巳長夏、聞訃爲位以哭、賦七律一首曰、平生知己數從頭、第一恩深是故侯、莫說私情身受獨、就憑輿論口碑留、賈生未遇吳公死、屈子空歸宋玉愁、此後夕陽談往事、斷魂廿十八橋流、蓋紀實云昔錢塘袁簡齋先生枚題漂母祠有曰、莫說英雄解報恩、也須早貴似王孫、倘教漂母身先死、誰輦千金到九原、每一念及、悵觸師門、未嘗不爲之汍瀾終日、嗚呼不才如蔆、就使竟爲不遇、亦固其所、特無如此區區之身、曾受人國士之知、爲耿耿也、自今以往、其幸而底于有成耶、其不幸而限於所至耶、究之九原杳杳、公罔聞知、則亦終於負公而已矣、吾又烏乎解吾嘲、

不以帝稱孔子辨

城社之神、寵膺帝號、比比皆是、　朝廷崇德報功、以神道設教、亦自不得不爾、獨至我孔子、賢於堯舜、道冠百王、未有帝稱、或不能無疑、而問於余、余維夫子道大、舉世莫宗、生既見厄、沒後歷秦漢晉宋齊梁陳隋追崇之典、皆不與焉、至唐開元二十七年、始有文宣王號、斤斤焉以塵世之所歆羨者溷我孔子、非定論也、若夫帝號在宋時亦有議加者、神宗朝下禮臣議、擬封爲至

聖元神帝、李邦直曰、周室稱王、陪臣不當稱帝、於是止加元聖二字、陳隨隱駁之曰、異代尊崇、何與於周、二說似是、均之其見不廣、當日使無邦直之說、即說而不伸帝號加矣、夫子何加、不過與城社諸神一視耳、試思以萬世師表之尊、下儕於城社諸神、其爲輕褻何如乎、後之不以帝稱孔子、自有深意、本朝尊以萬世師表允爲千古定論　癸叉筆

趙雲崧先生

陽湖趙觀察雲崧先生（翼）作下第詩云、也知得失等鴻毛、舍此將何術改操、親老河難人壽俟、時清星敢少微高、長鳴棧馬還思豆、未解庖牛忍善刀、回首短檠殘燭在、撥薹自笑鼠徒勞、及乾隆辛巳以第三人及第、癸未散館引見後、上語大學士傅忠勇（恒）曰、此人文自佳、而殊少福相、雲崧復爲詩云、傳聞　天語殿東頭、益愧才非第一流、已忝班行詞館綴、曾邀名字　御屏留、文章似惜楊無敵、骨相兼憐廣不侯、寒士從來感知己、況蒙　帝鑒更何

求、二詩心和氣平、深得詩人溫柔敦厚之旨、宜其負盛名享大年也、歷觀本朝各家詩話所稱引下第詩要以此爲第一

漳州金石 三則

閩建於唐、僻處海濱、前人謂唐鐫石文字尚少、惟福州烏石山李陽冰篆書般若臺銘、爲足領袖十閩、不知吾漳之咸通塔早與之抗、文爲唐司戶參軍劉鏞書、古雅遒整、絕似廟堂碑、顧亭林潘稼堂兩先生競稱之、見所箸文字攷中、今尚存郡城、學使者來、恒搨之以供饋遺云、

有宋晦翁朱子、生於閩、仕於閩、講學於閩、吾漳所至、尤多磨崖遺跡、生平曾不以書著名、然其書古拙端重、如其古文、後人學之、可無流弊、余曾手搨十餘本藏於家、

前明郡中人以善書聞者頗衆、要推李羲民宓所書嘉濟廟碑、能得晉魏人遺意、華亭董相國嘗具書幣求得其書、嘆爲妙出己上、可以見其概矣、同時

黃石齋先生書、非不具有法度、識者終以所書榕壇頌、不及嘉濟碑也、碑現存、

蘭蕙說

黃山谷有言一幹一花者爲蘭、一幹數花者爲蕙、是蘭蕙並稱而各別也、今一幹數花者遍地皆然、一幹一花者曾不數數覯、而無不統稱之曰蘭也、是混蕙而入於蘭也、人未嘗不爲蕙幸矣、及讀朱子離騷辯正、則曰古之香草必花葉皆香、燥濕不變、故可佩、今之蘭蕙但花香而葉乃無氣、質弱易萎、必非古人所指明甚、古之蘭似澤蘭、而蕙則今之零陵香、今之似茅而花有二種者不知何時始悞也、據此不但混蕙而入於蘭、且混非蕙而入於蘭矣、辯不勝辯、更何從而正之、雖然今之蘭其香幽以烈、今之蕙其香清以遠、吾未見澤蘭零陵之果能勝之也、猶質古香使讓以盛名、亦當沒齒無怨、如必以葉廼無氣、質弱易萎爲詬病、因抑此而與彼、爲今之蘭蕙計亦無傷也、君不

見夫梅亦不入離騷經乎、

三閭大夫作離騷經而懷王不悟、及見放於頃襄王、乃作懷沙之賦、懷石遂自投汨羅、今俗五月五日以箬葉包米爲角黍、即湘水弔大夫之遺意、按大夫之前、有昭王者、淪在漢水、東甌國所獻二女（延娟延娛）實從焉、後人哀之、每以時鮮甘味、采蘭杜包裹、并用金鐵之器沉水中、使蛟龍不得侵食、而世人僅相傳湘水一事、非其忠貞狷潔之行之感人者深、安能若是、嗚呼、以茅而長、據蘭稱、亦復何殊、胡陳止齋猶未喻耶、（宋陳傅良號止齋有鑑湘說）

誤鰒爲鮑

鮮食中有物焉、生於海、附於石、無鱗而有殼、以蛤而名魚、大幾踰升、乾僅盈掬、儘供痂嗜、可佐席珍、蓋余所每飯不忘者、親友知其然也、凡有餽遺、則必大書於簡曰謹具鮑、他日過親友家、凡有留餐、又必語余曰、今日爲君作鮑、余或時行市中、分沽酒錢以購之、覗其市額、亦無不共題曰琉球鮑片、東洋參鮑、夫鮑之爲言腐也、家語曰與惡人居如入鮑魚之肆者是也、曾是此至美之物而竟被以此至惡之稱耶、然則其實果何稱、嘗讀後漢書伏隆傳、詣闕上言獻鰒魚、章懷太子注之云、鰒似蛤偏着石、即此物之稱也、嗚呼、天下至美之物忽來至惡之稱者、獨一鰒乎哉、鰒特其小焉者耳、

祀文昌

明釋子袾宏直道錄、中有一條、略謂孔子儒之宗主、所當朝夕禮拜而供養者、乃群舍而祀文昌、非祀文昌之果是也、彼其心不過在功名勢位耳、夫富貴在天、聖有謨訓、文昌何與哉、此等語深切著明、發人深省、能出釋子之口、尤奇、

書和希齋大司空語後

和希齋大司空琳寄袁簡齋先生札有云、我輩當如生龍活虎、變化不測、宋儒之爲道拘、猶士大夫之爲位拘也、先生深韙其言、以爲不易之論、愚維司

空此語、乃借以論作詩文之法不必拘墟耳、若實指宋儒論道、猶不免過於拘守爲詬病則不可、夫道本無形之物、賴有信道之篤、衛道之嚴、故異學不能抉籓籬而直入、雖通權達變、總不外視乎道以爲衡、原非舍道而別言權變也、至士大夫之爲位拘一語、亦觀其所拘者何如、如矜言勢利、倖據要津、便與昔日僚屬界若鴻溝、或駑馬戀棧依依不捨之徒、此等人固無異於抱宋斥漢先立門戶及墨守高頭講章者所爲、是可鄙也、乃若蚳鼃不爲士師之日、孟子僅列客卿之職、皆未可以言、孔子與上下大夫言、亦分誾誾侃侃、又何嘗不爲位拘耶、是則司空此語、乃借以論作詩文之法、不必拘墟耳、然而思入風雲變態中七字、宋儒之詩蓋自言之久矣、亦何嘗拘墟爲教耶、

纏足考

康熙元年有詔禁婦女纏足、違者罪其父母家長、是時某大員上疏有奏爲臣妻先放大脚事、一時聞者傳爲笑柄、後以訐告架誣紛紛而起、七年、副憲

王熙奏免其禁、從之、嗣後關內旗人亦有尤而效者、 純皇帝惡其變亂舊制、乾隆間屢降旨嚴責、不許旗人女子裹足、而漢人自若也、考纏足之始、前史不知起於何時、而世率多引用金蓮新月故事、則以齊東昏侯嘗鑿金爲蓮華、令潘妃行其上、謂之步步生蓮花、南唐李後主嘗令宮嬪窅娘以帛繞脚、纖小屈上作新月形也、然前此亦有述者、史記臨淄女子彈弦纏屣、又云揄脩袖躡利屣、纏也、利也、皆非自足可知、要之此風自寡而衆、自長而短、自庸而奇、亦事有必至、理有固然者乎、襄陽耆舊傳、盜發楚王冢、得宮人玉屐、將毋纏足之起、與細腰互寵、其濫觴於列國之時乎、瑯環記馬嵬老嫗拾得楊妃襪一隻、長僅三寸、據此以較今製、差爲近之、其盛行於唐人之俗乎、至若纖纖作細步、精妙世無雙、焦仲卿詩也、新羅繡行纏、足趺如春妍、晉清商曲也、此則步列國之後塵、而導唐人之先路也、特去古未遠、雖屬纏足、猶存椎魯之風、當與唐人有異、顧或謂唐人並不纏足、援李白可憐誰家女、臨流洗素足、韓偓六寸膚圓光緻緻之句爲証、意者二公亦偶就所値而言、非唐人並不纏足、如唐人並不纏足、吳均詩羅窄裹春雲杜牧詩鈿尺裁量減四分、碧琉璃滑裹春雲之謂何矣、

失言

君子一言爲智、一言爲不智、甚矣言不可不愼也、余少時、性卞急多言、往往於廣坐中喜面斥人過失而已則綺語微辭、在所不免、以是叢招疑謗、動輒得咎、辛卯壬辰、連見絀於有司、端居無聊、疎狂自放、忌者乃得肆其倒行逆施之談、而余大不理於衆口矣、推原其故、皆余不能懲茲多口之病、太史公曰、怨毒之於人甚矣哉、三復斯旨、神魂爲悚、憶先師同安曾廉亭先生嘗語余、惟口之羞、微特言躁必失、所當痛除、就使有爲而言、亦多無心之悔、因舉先達二軼事、一爲桂林陳文恭往視長白尹文端之病、文端曰、吾輩均老矣、作古不知誰先、文恭拱手曰、還讓中堂、文端不懌、一爲揚州阮文達初

抵廣州、泊舟揚帮側、舟中聞弦索聲、問此何地、或對曰揚帮也、問何以得此名、曰此地妓所居、妓多揚州人、故名、文達哂之、彼則習於謙而不覺、此則矢於口而獲尤、此古人所以行貴再思、言必三緘也、嗟乎、言猶在耳、而狂奴面目曾不少悛、會當書紳以爲韋佩、

貪眠

余於甲午省試購册頁數十張、屬諸友分書之、擇其尤佳者得二十五頁、都爲一集、題曰雪爪彙則、亦一時興到之作也、詔安謝又新秀才（錫銘）錄其舊作四時雜興七絕以應、并請加墨、余亦賞其思清語雋、不染纖塵、略爲點綴以歸之、惟第四首後二句貪眠擁被晨炊歇、野鶴梳翎啄雪花、爲全易原本、謝君得之良喜、謬許爲用典翻新、未經人道、歸以示同寓諸子、或笑曰、菽子自貪眠、乃欲硬坐與人、冀人分過耶、余聞之亦自笑、後閱國初某有句云、從來甘寢處、最是欲明天、可謂先得我口、

呂西邨孝廉書法

道光朝同安呂西村先生世宜以書名重四方、翰墨流播、至今鄉人多有藏者、然皆隸書耳、眞草偶一二見、而非其至、故世人稱先生書、亦祇據耳目所及而詳論之、此外非所知也、不知先生隸書固神、眞草尤爲獨步、余藏得眞跡一部、由周秦漢魏以迄我　朝作家、無論篆籀隸草、分體模仿、神采奕奕、自是平生得意書、先生在日、嘗作東坡語曰、五百年後、定成百金之物、信非夸也、爲頁三十又六、眞草居多、亦惟眞草爲最佳、余嘗謂正書當以篆隸爲本、篆隸不佳、正書亦不能至、先生以隸法鳴、而不廢眞草、宜其眞草之妙、有非時手所能望其項背者、其第八頁乃臨鍾太傅荐季直表、夫鍾書即從隸入楷之始、故余尤三致意焉、曾持此則與欽定三希堂拓本相勘、想見先生心摹手追所在、結體用筆、一反一正、亦古亦媚、於太傅風度去人未遠、愈覺可寶、他日偶閱先生愛吾廬題跋、復得此表跋語、愛其持論閎通、足資考證、因并錄之、跋曰、此表王虛舟定爲僞作、其端有四、一曰、年代久遠、謂自魏黃初、至元至正、凡一千一百五十三年、中間絕無著錄、至陸行直始發之、是不可信、夫匿晦發光、人固有之、物亦宜然、泰伯伯夷、殷人也、至春秋末、孔子始表章焉、石鼓、周物也、至唐鄭餘慶始獲焉、曹全碑、漢中平建也、歐趙未集錄、萬歷年間始出焉、吾家有平津侯古鏡、漢元朔五年造、自今溯之、且千九百餘年、自宣和博古圖、薛尚功王厚齋至覃溪金石記、無聞焉、而吾幸而有之、色古制古字古、無或以魯鼎目之者、物之顯晦、固自有時、安得以年代寥遠、輒生訾議哉、二曰、志傳無名、謂直有功於魏者大、法應得書、今魏志無季直傳、不足徵信、亦非也、夫直之功、不過餽餉無缺、既賞以封爵、授之劇縣、足矣、何志爲、且如紀信以身代帝、功莫大焉、史公班氏不爲立傳、曹娥以身死父、孝莫大焉、至度尚始爲立碑、千古砥行勵節名湮沒者、何可勝道、則以魏不立傳爲據、亦疏也、三曰、官位勛爵、與史無一合者、夫史以傳信、史亦安可盡

信、無論茲表、卽以漢唐諸碑與史較之、曷嘗有合、如郃陽令曹全碑云、全以
戊部司馬、討疏勒、史討疏勒、乃戊己司馬曹寬、非全也、又史自和帝以後、惟
置戊部校尉一官、又置戊部侯、無戊部司馬也、則不惟官位不合、人亦不合
也、唐皇甫誕碑、誕字元憲、北史隋書列傳俱作元慮、碑云安定朝那人、傳則
云烏氏人、傳云高祖卽位爲兵部侍郎、出爲魯州刺史、碑則云授廣州長史、
益州總管司法、是不惟勛爵不合、卽人名地理亦不合也、史亦安可盡據哉、
四曰書法迥異、謂此表與賀捷、意味深淺倍萬懸絕、此亦非定論、何則、逸少
非書家第一者乎、而或次以第七、獻之非具體右軍者乎、唐太宗比之夷門
餓隸、蘇東坡稱詩至杜子美、畫至吳道子、書至顏魯公、皆空前絕後、而李後
主誚魯公曰、叉手并腳、如田舍翁、嗜好不同、鹹酸自別、必欲以一人之臆見、
破前人之定論、未見其能勝也、　欽定三希堂法帖、以此表列第一、可以祛
萬世之惑矣、

詩文以淸爲主

淸之一字、乃千古詞人之脈之骨、非獨韋孟一派、至于十九首亦云澄至淸發至要焉耳、雖二陸三謝、以逮齊粱、絢爛之極、要必有淸氣往來、隱於毫素、欽定四書文、獨標此字爲學人正的、詩文共貫、千古同歸矣、故士治舉子業時、能得淸字之妙用者、其文必明白曉暢、一棄浮辭、他日學爲詩古文辭、亦復指事類情、淺顯周到、無媕婀囁嚅叫囂粗獷陋習、此乾坤淸氣所以得來難也、顧或以不用故實、不爲議論者當之、是膚泛不切之陳言而已、於淸字固未嘗夢見也、

菩薩食肉攷

俗賽愿敬神、率用葷腥、諸佛菩薩、亦以是薦、人多訶爲法門淸淨不宜用此、解者曰、淸在心、不在口、非也、夫既知淸在心口之不淨、心於何有、必也鼎俎不登乎、然彼教言、菩薩亢制食三淨肉、謂不見爲我殺、不聞爲我殺、不疑爲

我殺、復益之以自死鳥殘爲五淨肉、是明明說佛食肉矣、善乎某相國問僧曰、戒殺如何、曰、不殺是慈悲、殺是解脫、曰、然則儘食無害乎、曰、食是相公的祿、不食是相公的福、

張飛文墨

漢時去古未遠、多原古制、文武原無分途、具弢略者未嘗不雅歌投壺也、史傳劉巴輕張飛云、大丈夫何暇與兵子語、當爲伊時刻薄之辭、世遂因此而誤會飛屬武人、不解文翰、乃涪陵有飛所作刀斗銘、流江縣有飛所書題名石、則飛固溫文爾雅者、

鬼趣圖詩

袁簡齋先生題羅兩峯聘鬼趣圖詩云、畫女必須美、不美情不生、畫鬼必須醜、不醜人不驚、美醜相輪迴、造化即丹青、鬼死化爲聻、鵶鳴國中在、君盍兼畫之、此鬼更當怪、君曰姑徐徐、尚隔兩重界、余謂當時洋烟未盛行、煙鬼未

生、故兩峯無從下筆、脫兩峰生於今日、使之對鬼揮毫、當必較爾日所畫鬼趣圖精采百倍也、每欲搦管戲作洋烟鬼趣詩、以代畫工、冀非鬼者有所戒、爲鬼者有所悔、忽忽未果、或有先得我心所同然者、詩曰、茶神酒仙呼不起、三千年後出烟鬼、烟鬼燒烟如燒丹、一日無烟鬼欲死、西洋貨賣來中華、新烟散入烟鬼家、一時食指騷然動、滿座饕餮人如麻、曲房幽邃玻璃透、香氣如蘭燈似豆、畫屏晝掩語聲輕、羅幕低垂人影瘦、横床八尺隱囊支、烟鬼横臥如僵尸、扃門顚倒問昏曉、雨落月明都不知、鬼之癮動有遲早、故鬼癮大新鬼小、新鬼嗜此原偶然、癮斷猶如中酒眠、故鬼癮重心成疾、鼻涕雙垂手如鐵、一鬼持槍忽長嘯、呵罷一筒通七竅、一鬼對面手欲爭、叉手燈前發狂叫、旁有數鬼更奇絕、繞床儼若通呼吸、支頤不覺口流涎、垂首無言喉如澀、移時衆鬼笑拍肩、紛紛膝薛爭後先、斯須瓶盒淨如洗、更拾渣滓相熬煎、五更燈爐東方白、烟鬼面皮無血色、牀頭斜抱烟槍眠、日高欲起起不得、君不見飲酒食肉爾與我、沉迷此道殊不可、祇有快活似神仙、幾見神仙食烟火、袁翔甫大令（祖志）重修滬游雜記選刻此詩僅署其端曰失名、

木棉菴賈似道死處

出漳郡城南二十里許、有木棉庵、宋權臣賈似道死是間、差官鄭虎臣力也、鄭武弁、嘗爲賈所惡、適有是役、遂甘心焉、行抵漳、漳守趙介如、賈門下客也、宴虎臣於公舍、似道與焉、介如欲客似道、似道不可、以讓虎臣、稱天使惟謹、虎臣不答、介如察虎臣有殺賈意、命館人防鄭、且以辭挑之、似道亦得惡夢、知離此地必死無疑、泣求鄭保全、詞甚哀、遂連三日逗遛不行、鄭迫促之、于時似道衣服飲食皆鄭抑減、介如作棉衣等餽之、見其行李輜重、令截寄其處、未幾似道竟飽鄭老拳死、天下快之、至今庵前立一石碣曰、宋鄭虎臣誅賈似道於此、

打抽豐

以成敗論英雄、英雄終不可識、當其未遇、遭人白眼、往往而然、昔有公車過山陽而缺費者、令其同年生也、投刺往謁、不見、且傳語閽人查明回報、以辱之、遂怫然去、及第後、令以厚幣謝過、寄詩郤云、一肩行李上長安、風雪誰憐范叔寒、寄語山陽賢令尹、查明須向榜頭看、此詩盛傳於世、殊快人意、惟必須到榜頭看、不到榜頭者、終無可吐之氣乎、乃事有與之相類、而其人則竟下輿坐大堂暖閣上、醮硃題詩於壁云、右諭通知貼大堂、主人從不會同鄉、門前若遇抽豐客、祇說官今病在床、直捷伉爽、可於題午之後、添一公案、雖然今日之抽豐客多矣、物色風塵、問誰能賞識於牝牡驪黃外者、

曲阜孔

俗傳有小吏致位尚書者、不諳文墨、一日與狀元某同謁曲阜孔廟、狀元指孔聖問之曰、平日認得此公否、對曰、是不從科第中來者、可謂絕妙解嘲、直隸河間府任邱邊氏爲望族、有北闈無邊不開榜之謠、一人在京寓座中遇

新貴問姓名、對曰、任邱邊也、意自矜門閥、無人不知矣、既而回問其人、其人蹙頞若爲不得已而對者、曰、曲阜孔云、可謂絶妙對針、

僧道與娼妓等

寗都魏季子曰、娼妓以色伎媚人、僧道以禍福惑人、其非先王之法一也、歐公本論既不能行、則僧道不必除、娼優不必禁、此言殊中肯綮、余謂娼妓僧道、雖斯民之蟊賊、亦天下之蒼生、吾儒立身植品、求不爲陷溺焉斯可矣、倘必屏而去之、與豺狼虎豹而一視、惟娼優僧道之是除、轉非胞與同春之義、而所以矜惻斯民之意亦微、胡忠簡公於黎倩、韓文公於大顛、皆往事之可信者、蓋爲有矜惻之眞情、然後免陷溺之滋懼也、

烟草 鴉片附

烟草的是何味、食者亦不能知、惟能令人醉、得少佳趣矣、今直呼曰烟、漳州志謂種出東洋、莖葉皆如牡菊、有莳之者所在成熟、取其葉製乾切如絲、置

繡袋中、吸時捻少許納銀筒燃之以火各省皆尚之、閩產舊數漳之石碼、近則長泰爲勝、食者曰宜辟瘴云、嗜者曰可無肉也、其入中國當在明季之世、天崇間禁綦嚴、犯者刑無赦、以其毒也、（毒指癮說）國初長洲韓慕廬宗伯嗜之、有甚於酒、嘗以淡巴菰（譯音烟草名也）題作館課、前此無有也、嗣後詠之者多、一味鋪敘、究少推陳出新之作、惟海甯陳文簡五律一首頗妙、詩云淸氣滌昏憨、精華任咀含、吸虛能化實、嘗苦有餘甘、爇火寒偏却、長吁意轉酣、良宵人寂寞、藉爾助高談、吁、東洋來烟草、誠能予毒矣、然較諸泰西之鴉片、不已微之又微乎、故風雅諸公、時有稱道者、以云鴉片、其不深惡而痛絕之幾何耶、乃惡而不能絕、復比比焉、此西商之所樂、而西士之所悲也、（西士近有禁烟會之議）

東人以烟草毒予、其毒也輕、故東人全國亦受巴西烟之毒、其毒也輕、西人以鴉片毒予、其毒也重、故西人全國皆受呂宋烟之毒、其毒也重、（西國京城呂宋烟餉重於中國鴉片）西方明理之士、因世變以識天心、前年創禁鴉片之會、法至良意至美也、一人倡之、千人和之、五洲之人咸與斯議亦可見人心之同然矣、議達英廷、一則中土今已效尤藝種、一則印民久已靠此收藏、卒然禁之、如兩國數千萬生靈活計何、遂寢其議、雖然、天下事積重難返者勢也、因其勢而利導之、有二說於此、五洲中被其毒者亞細亞洲之中國、及南洋小島耳、外此無有也、亦惟男子耳、婦孺尚少也、鴉片雖厚利、孰與糖蔗茶葉之盡人必需哉、誠講求其樹藝之善、使民有退步、然後禁從我始、英廷不欣然從我者、未之有也、此上策也、下之聽民廣種、藉以塞漏卮而裕餉源、雖不盡合乎道、未始非補偏救弊之急務云、日下鴉片較之昔日鴉片之毒爲輕非種有或殊所以培植之法殊也中土細民貪利速效不如外國之培植得法故所含之醉質毒質亦輕愈趨愈下愈推愈廣勢必有價值隨之平醉性大減之一候至是時竟與烟草同科又何責焉其机如此此中土可以聽民廣種之說也不然欽鴆止渴愚者不爲猶得號於人曰是補偏救弊也夫誰信之薮園居士又筆于惠佐村

梳頭篇

厚甫詩話有梳頭篇一首、文甚細膩風光、余酷愛誦之、今錄於此、綠雲蓬鬆羅幃開呵欠不勝春夢囘、丫鬟十二捧盤立、洗妝拭面遲未畢、薄敷宮粉輕點脂、巧持玉篦梳雲絲、回環臨鏡秋波轉、寶釵試上盤龍髻、重提側照雙引光、斜窺不覺眉頻展、銅盤易水盥纖手、纓臂砰聲止猶有、銀泥著體試弓鞋、半日無言自憐久、却臨書案重添香、小步仍歸坐象床、芙蓉褥上一塵絕、眼看繡枕橫鴛鴦、或謂是書出廣東一方姓孝廉手筆、其稱厚甫陳氏者譌也、然香匳集嫁名韓冬郎、從古已有其例矣、

律詩通韻

古詩可通韻、近體不宜通韻、詩家持論、往往如是、杜少陵、老去漸於詩律細者也、而崔氏東山草堂七律、既用眞韻、又押芹字、李義山最工遣辭、而押韻亦時出入、如集中東冬蕭肴之類、均不加檢、要之其善學杜不在此、吾輩初學、愼勿以唐賢爲口實也、

小青

小青、虎林馮氏姬也、本姓馮、因歸馮故諱之、但稱曰小青、以不容於大婦、輾轉而卒、亦可悲已、或曰小青者、情之拆字也、本無其人、特文人寓言八九云、然吾謂古之傷心人、挑燈閒看牡丹亭、一若痴魂在望、呼之欲出者、其始亦不過光照臨川之筆耳、此外訪麗娘墓有詩矣、夢麗娘魂有記矣、妙緒瀾翻、層出不竭、又何疑乎小青、錢塘陳雲伯大令文述、曾爲小青營墓於孤山之麓、以菊香雲友附焉、且建蘭因館以實之、添湖山之掌故、增詞苑之淸談、誠解人哉、當日章孝廉詠句有云樂府好歌三婦豔鄉親況有六朝人以西冷有蘇小墳也

曾慕襄 附摘句

往歲之郡、應郡侯侯仙舫師教、返道遄舟、小憩城南曾渭兆舍人宗璜家、獲識令弟慕襄、一見如故、呼酒傾談、徹夜忘倦、難乎爲別、成七律詩四首、留於其處、稿見載拙箸偶存中、今不贅、時庚寅秋仲也、其明年辛卯、君捷鄉魁、余

復柬以詩、中有榜榮自覺因人重、調古驚欣有客聞、又讓著先鞭難附驥、有懷起舞共聞鷄、之句、君得詩、知余連詘於有司、不無鬱鬱、思有以解之、廼先過余、拉游厦門諸勝、感其意良厚、自是每來漳、輒造君廬、造則分題擬聯、鬥捷誇多、以爲樂、如兩軍之對壘者、兩人中有先得一佳句、必距躍爭續、惟恐不及、續未工再易之、或三數易而後已、及成、則相與狂吟達旦、驚其居人、雖目爲痴子不顧也、然余嘗以君體羸、勸少休、君嘆曰、子毋然、子不見夫蠶吐絲、蟲注疏乎、爲乎其所不得不爲、止乎其所不得不止、設有語以毋然而可塊然幸存者、蠶與蟲其聽之乎、卽聽之、其果能長生不化乎、吾知其不然矣、吾與子正同病相憐、請各安所安可也、余深服其識、而好古之志益堅、不謂別纔一年、君竟賫志以終也、蓋壬辰秋仲也、聞之大哭不成聲、越七日、君配鄭孺人復絕粒殉、與君同春秋三十有一、余義而悲之、記有詩云、君行且住掩幃哀、寂寞何須怯夜臺、自是鴛鴦生拚命、未亡眞箇也亡來、縱然辟穀絕壺餐、淚盡原知蠟炬殘、遮莫衰姑兼弱息、此中一死本來難、詞意膚淺、未足揚徽、亦云紀實、俟諸采風耳、嗚呼予與君交不可爲不深居不可爲不邇獨至論文聚首之末、天偏靳以有限之光陰、而余夙之爲君危君之强自慰者、又驗所不當驗焉、是可哀已、廼者余雖忝步後塵、尙無實效、月日不居、且易弱齡而弱冠也、重自哀也、君多學、詩畫篆刻詞曲琴棋、皆有可觀、身後叢稿、令兄舍人必能爲之地、無俟余之搜錄、惟聯詠諸作、無所附麗、未忍恝置、摘錄數聯、以見當時兩人之意氣云、慕襄名宗蔡又號三十六梅花館主

興長嫌韻窄 慕襄　題雅助詩工 菽園

書味燈前耐 慕襄　詩心酒後寬 菽園

人靜夜聞柝 菽園　月殘風送鐘 慕襄

春色歸芳草 菽園　詩心雜落花 慕襄

獨樹叅天立 菽園　飛泉到地廻 慕襄

安求三尺劍 慕襄　爲報一朝恩 菽園

惜書常逐蠹 菽園　種樹每來禽 慕襄

列岫添詩料 慕襄　來帆入酒杯 菽園

山鳥叫殘今古夢 慕襄　晨熹照徹地天心 菽園

秋聲送籟蟲當戶 菽園　花影移陰月在簾 慕襄

潮聲捲雨寒侵枕 慕襄　花氣如烟煖透簾 菽園

閒談只可及風月 慕襄　不飲何妨共醉醒 菽園

鬧紅有句原無賴 慕襄　浮白誰人共解醒 菽園

頭顱大好知誰屬 菽園　魑魅依然喜我過 慕襄

白眼敢云高皓月 菽園　黑頭共與相青燈 慕襄

十年種樹如人長 菽園　四季看花到眼明 慕襄

苦吟曾不間忙暇 菽園　寫意何須問拙工 慕襄

境閱苦甘添道力慕襄　事關成敗見交情菽園
塗乙畫圖嗤僕幼菽園　遺忘書册借人多慕襄
無景乾坤原覺俗慕襄　有情仙佛始非虛菽園
獨居天地遠行客菽園　入夢悲驩露影身慕襄
情能近理希于聖菽園　已免求人只有名慕襄
美人見好殘年近慕襄　益友難忘久別多菽園

按後二句、當日聯吟、不過偶然指點耳、何意機鋒相對、宛成詩讖耶、迄今思之輒爲腹痛、

黑郎黑兒

直隸滄州李隨軒郎中延揚在京時、與伶人李翠官情昵、一日見其浴、遍體皆黑、乃遺之、隨軒有友廣東總制桂秀巖林昔日工部同寅、常相狎也、隨軒以下屬見桂、握手笑問曰、頗憶黑郎否、隨軒聞之、且爲面赬、嗚呼、隨軒非深

於情者也、深於情者之用情、不以久暫爲初終、白不以美惡爲好惡、黑郎而不遇博羅韓珠船侍御重光耳、使遇侍御於廣東牡丹八詩、安知不與黑兒平分此韵耶、初侍御家有侍史名黑兒、韓嘗以黑牡丹呼之、賦詩云、玉漏沉沉夜未央、遙聞靑瑣散天香、錦屏十二開雲母、香國三千擁墨王、霧氣曉迷鳷鵲觀、御烟濃染袞龍裳、一簾花影春陰駐、不事通明奏綠章、草就淸平筆未乾、筆花開向玉欄干、爲留翰墨因緣在、莫作雲烟富貴觀、知白何妨甘守黑、純靑誰道不成丹、瑤臺月下相逢處、願得君王刮目看、沈香亭北霧霏霏、重過華淸了夕暉、虢國朝天工淺黛、太眞入道悟元機、霓裳曲散邊烽起、鈿盒塵封舊誓非、南內無人雲壓檻、不勝惆悵想仙衣、含情獨自倚黃昏、疑是亭亭倩女魂、雨過淡雲籠月影、日烘香玉長烟痕、鷓鴣杓小傾春釀、蝴蝶叢深認漆園、聞說繁華金谷地、至今猶有刼灰存、盧家少婦出靑樓、筆掃雙眉漆點眸、薄霧春衫裁燕尾、凌波羅襪着鴉頭、朝雲暮雨渾如夢、淡月疏烟爲鎖愁、莫遣夜深燒燭照、朦朧春睡倚香篝、染就香羅製錦裾、踏春油壁軟輪車、香風廻舞同飛燕、大體橫陳笑媚豬、鵲鏡團圝當檻照、鴉鬟綫髻捲簾梳、收將花片調松麝、遠寄朝雲一紙書、深閨待字恰青年、誰搗元霜了宿緣、姜女舊居原郎墨、瑤妃小字稱非烟、泥中詩婢偏逢怒、鏡裡香鬟尚見憐、隔着簾櫳天樣遠、可堪春樹暮雲邊、江郎才調更淸奇、直把花枝作筆枝、早卜黑頭當富貴、肯緣俗眼買胭脂、素衣化盡留京洛、烏帽歸來憶武夷、春水一池朝洗硯、片雲將雨又催詩、一往深情、纏綿百轉、侍御其情中之酬者乎、吾爲黑兒幸、愈不禁爲黑郎惜矣、

轎字入詩

吾閩多山、山多石、鑿石成路、隨其勢而高低之、率隘不容車、峻宜代步、而轎尙焉、然轎之名、惟方言呼之、不以施諸文字、文字中凡稱筍輿竹兜者、皆轎也、其製莫詳所自始、黃公紹謂周書王朝步自周、步輦也、人荷不駕馬也、疑

即轎之始、前漢書嚴助傳、輿轎而踰嶺、此則正言閩俗、轎之名、見於紀載者、亦當以此爲最古、乃名本史傳、不第今人鮮用之、有呼爲籠者、東坡攓雲詩序雲氣盈籠、有呼爲擔子者、武林舊事、凡娶新婦、用花籐擔子、特別其名、不用轎稱、不知何故、惟宋楊誠齋詩有之、如行到深村麥更深、放低小轎過桑陰、又詩卷且留鐙下看、轎中只好看春光、又曉過新橋啓轎窓、要看春水弄春光、又行到笪橋中半處、鍾山飛入轎窓罹、等句、例舉之、以當發凡、余有乘轎之作見偶存詩中

八座字入詩

余前言轎、而未及八座、按宋齊所云、八座者、五尚書二僕射一令、唐六典曰、後漢以令僕射尚書爲八座、今以丞相六尚書爲八座、唐不置令故也、據宋書六典之言八座、乃八省之官、非今之以八人擡轎之謂、惟南齊王融曰、車前無八騶、何得稱丈夫、則與今稱類耳、又八座入詩、唐杜子美句、起居八座

太夫人、

僧道可不除

純皇帝御製詩序、御史有以沙汰僧道爲請者、朕謂沙汰何難、即盡去之、不過一紙之頒、天下有不奉行者乎、但今僧道、實不比昔日之橫恣、有賴於儒氏辟而闢之、蓋彼教已式微矣、且藉以養流民、分田授井之制、既不可行、將此數千百萬、無衣無食游手好閒之人、置之何處、故爲詩以見意云、頹波日下豈能回、二氏於今亦可哀、何必闢邪猶泥古、留資畫景與詩材、大哉王言、可以息僧道之喙、

風水不足恃

地理不如天理、或言黃巢李闖、俱因毀塋而敗、以爲風水之驗、不知此等戾賊、雖不毀其祖墳、亦敗、宋蔡京葬父於臨平、以錢塘江爲水、越之秦望山爲案、尤據江山之勝、然京與子攸絛輩、皆不得其死、風水之說、其足恃乎、袁簡

齋詩云、寄語形家莫浪驕、葬經一部可全燒、汾陽祖墓朝恩掘、依舊榮華歷四朝、徐紫珊詩云、踏遍千山與萬山、尋龍不見又空還、算來此去無多路、祇在靈臺方寸間、

東門女士 附詩十七首

昔東坡先生聞其婦春月秋月之論、（曲）許爲能詩、實其婦不知詩也、余則謂紅裙不必通文、但能識趣、已是詩人、東坡婦語、所謂詩趣也、沒字碑固可作無弦琴撫耳、亡室王氏、幼入蒙塾、粗解文義、歸余後、授以唐宋詩詞、漸獲妙悟、燈下觀余作韻語、輒戲爲之、平仄雖調、押韻時復出入、倘假以年、必斐然者、何期結褵二載、遽鬧曇花、（以光緒辛卯十一月來歸壬辰九月卒於鼓浪嶼舟次春秋一十有九）歿後思之不置、瞑想姿儀、屬畫師圖之、稿數易而未就、始歎生時不爲留眞之晾、然悔已無及矣、茲適編輯是集、因採東坡婦以起例、略誌其梗槪如右、删潤其舊作如左、蓋不忍其終死也、

氏名阿玖、小字玫官、字璋搖、居近郡之東門、又自號東門女士、龍溪人王玉墀遊戎長女、

陪姑母及諸女伴游白雲岩作

筍輿有約踏芳塵、山意迎人分外親、雲氣曉團峯頂白、泉流遙瀉澗中春、盤旋石徑迷前路、歷落山花拂近身、漸覺升高朝旭上、草梢微露盡精神、

遙從山半屹孤亭、（亭名頂亭郡人相傳朱子注毛詩處）小憩閒身兩屐停、大石獨當人面立、晴巒盡綴佛頭青、茶烹落葉隨緣拾、泉似鳴琴共客聽、（側有石水缺泉音若琴之聲）貪看山光眞不足、又聞殿角送風鈴、（再上有殿出數椽爲朝陽觀也）

古寺遙遙日未中、此身已到最高峰、樹因閱世空山老、雲本無心盡日封、極浦征帆飛片片、寒烟孤鳥破重重、登臨指點來時路、萬戶人家翠色濃、

壬辰二月外子應邑侯敎之登

襆被怱怱君出矣、迷離殘夢續難成、遙知欲渡滄江漲、應有新愁共水生、

海澄都署雜詩時家父都戎澄邑致侍慈親署中且便養痾

衙齋鎮日下重簾、一縷鑪烟細細添、最是關心慈母道、朝來休更課詩嚴、

庭前翠竹隔層層、幾幅生綃寫得成、不作稀疎非貌似、要懸四壁當書城、

新將活火煮松蘿、餅口成笙蟹眼波、日嚼半甌留舌本、體羸未敢飲茶多、

花原爛熳葉離披、繡罷齊紈有所思、顏色竟從全吐後、精神翻遜未開時、

墨浮素紙臨書媚、風入瑤琴譜韻長、忙煞兒家心手事、自閒自看自思量、

每因病久怕登樓、嵐翠虛延四面幽、却爲愁多閒倚枕、袂涼迫起一天秋、

曲闌低亞圃西東、秋菊春蘭間紫紅、終是一年好風景、陰晴月旦也難公、

此邦風月亦娟娟、合宅衙居動隔年、心自忘憂身是客、非關家近一溪烟、

偶閱紅樓夢有咏

斑斑哀怨至今存、日夕瀟湘見淚痕、莫訝芳名儕妃子、湘君何必定王孫、林黛玉

繡到鴛鴦種夙因、撲來蛺蝶見精神、此中倘有傳神手、千古肥環是替人、薛寶釵

一剎人間事渺茫、前生幻境認仙鄉、如何儘領芙蓉號、不斷情緣反斷腸、晴雯

柳條穿織囀黃鶯、結絡餘閒說小名、偏是飛瓊人未識、翻從夢裡喚分明、鶯兒

由澄渡海將就醫鼓浪嶼

一帆風飽載書琴、回首江城日影沈、舟狹人疑山却走、詩狂龍激水聯吟、自將多病秋同瘦、消得閒愁海樣深、今日衝波塵慮滌、何須藥物費追尋、

紙具

西人格致之學、日尙新奇、愈出愈妙、凡可以益人用者、靡不備、就格致中之化學一途、門類已甚煩多、若造紙其一也、造紙不用恃竹、如蔗渣木屑布碎

皆可入器而成、質尤潔白光滑、佳者價昂不易得、次者廉、華人喜購之、以供商賈塗乙包裹之用、惜性脆不潤、不能作文房書畫儲耳、比來若廣州滬上皆有設機仿造、獲利甚溥、東洋人事事踵武泰西、不遺餘力、然其俗急功利、喜夸詐、故心視西人更曲、西人以布碎成紙、東人則以紙代布、爲絺爲綌、隨意所施、襪可淩波、冠堪三濯、其製亦誠巧矣、不知華人早有能之者、閩小紀言開元寺前有捲紙爲簫者、品在好竹上、劉公戲爲賦紙簫詩、閩雜記言道光初有常州人製紙笛、音勝於竹、來子庚觀察曾藏得之、是外國以布碎爲紙、卽有以紙代布之人、中國以竹爲紙、卽有以紙代竹之人、天下人才固不甚相遠乎、抑吾又聞貴州出紙硯、用之歷久不變、餘杭蔡治山得紙杯注酒不滲不漏、則於代竹代布之外、獨開生面也、爲物不同、可以益人用者則一、推斯意而兼收並蓄、陶鑄化成、雖天下無棄材可也、如以小道可觀、斤斤焉與外人絜長而較短、則吾不取、

曲水脩禊人名詩篇

碧溪詩話云、曲水脩禊之會、人各賦詩、成兩篇者纔十人、成一篇者十五人、詩不成罰觥者十六人、愚按十人、王羲之、王凝之、孫統、謝安、孫綽、王宿之、王彬之、徐豐之、謝萬、袁嶠之也、十五人、魏滂、郗曇、桓偉、虞友、王渙之、曹茂之、庾蘊、虞說、王元之、謝繹、曹華、王蘊之、華茂、孫嗣、王豐之也、十六人、謝藤、謝瑰、邱旄、任凝、王獻之、楊謨、后綿、呂系、孔熾、鐂密、勞夷、華胥、卞迪、呂本、曹諲、虞谷也、共四十一人、又云此會罰觥者至十六人、可見古人持重自惜、不欲率然、恐久遠貽譏、不如不賦之爲愈、愚謂此雖解嘲語、然亦足爲時下名士好東塗西抹者下一腦針、

施可齋榕說

榕樹、按海物異名志、一作橚、猶言庸、以其多不適於用也、吾閩此樹甚繁、無地無之、下游爲盛、上游反少、獨至榕城之稱、外省人率以歸諸福州、福州爲

吾閩首府、言福州而全省自寓、又宋程師孟知福州、令民多植榕樹、則福州稱榕城其來已古錢塘施可齋鴻保客閩時、嘗箸榕說一篇、頗磊落可喜、今全錄其文如左、榕不材木也、其體擁腫、不可爲樑棟、其質薄脆、不可爲杯棬、焚之無燄、不可以爨、砍之無瀋、不可以髹、有花不可悅目、有實不可供口、是則木之不材者莫榕若矣、然而榕易生根、茁高幹間、其初細縷下垂、毿毿然如虬髯風來颭之沙拗石角與夫頹垣之陰敗砌之隙、縱橫附着、即則生根、及其久也、旁挺側生、莫不葱蘢蔽芾、垂蔭連畝、閩地多山、山多石、層巒疊嶂間、鑿石成路、崎嶇詰曲、或數里或數十里、其間無他木、參差高下夾路而生者惟榕而已、每當盛暑之際、片雲盡歛、微風不生、日火燒空、流金爍石、輿者騎者挑者負者揮汗如雨、噓氣若烟、頭昏目眩、俄欲渴死、趨就其陰而少憩焉、雖袪炎避暑之寶不是過也、然則榕雖不材木、時亦有益於人矣、夫物苟有益於人、即爲人之所不可無也、豈惟榕然、珠可以禦火災、玉可以庇嘉穀、其爲益大、故珍重寶惜異於他物也、若大敗龜之殼可以卜、死鵝之羽可以毳、牛溲馬勃可以療病、枯荄腐草可以糞田、爲益雖微、猶之有益於人、則亦爲人所不可無矣、抑豈惟物然、人亦何異於物哉、今有人焉抱奇才、挾異能、詡詡然自負問世而特出也、然而考其才、覈其能、其自負誠不必誣、而於人則無所益也、於人無所益、則不如肩輿之子猶可爲人服勞、挑糞之夫猶可爲人除穢也、若而人者雖有奇才異能、而於人無所益、則亦爲人之所可無者矣、是誠才而不材、不若樒之爲木猶不材而才也、吾觀夫樒惕然于人必有益于人而後爲人所不可無也、廼爲樒說以自警、

潤筆單

潤筆之風、唐時最盛、李北海雅擅文譽、餽遺之資至累巨萬、元白文望相埒、交亦最忠、微之墓志、贈鞍馬綾帛玉帶價六七十萬、宋時至有督潤筆者、不以爲非、督潤筆、但即今之自出筆單、 本朝揚州鄭板橋明府燮筆單、則賣

畫者也、番禺張南山司馬維屏筆單、則賣文者也、板橋筆單、金匱鄒發三借廬贅談載之、非不曠爽可喜、究帶幾分市井科諢、不如南山筆單、不激不隨、措詞得體、其略云、桑榆景暮、蒲柳身衰、愧賤子之虛名、承諸公之過信、不論遠近、屬閱詩文、或請分以去留、或請指其得失、或請作元宴之序、或請爲鍾嶸之評、以篇章計、合之不下數千、以卷帙言、積之常高數尺、一年三百日、日日不閒、一日十二時、時時不了、自備資斧、爲衆人校書、自舍田疇、爲他家力穡、花偏有信、來催宛似催租、瓜已及期、問討竟如討債、斯緣甚雅、此苦誰知、用敢直陳、定能共諒、酬勞送物、往還怕領虛情、助費刻書、多少均歸實用、斯文有道、呼將伯以助予、近況不同、賴鮑叔之知我、前輩風流、可以想見、南山詩學甚深、選有國朝詩人徵略一書、乃晚出善本

和尚食肉說

余前已作菩薩食肉攷矣、獨不及和尚、不知和尙亦有食肉者、大竹破山和

尙、天童密弟子也、蜀亂後居萬峰、賊魁李鷂子殘忍嗜殺、延師供養、請肉食、師曰、公不殺人、我便食肉、李頷之、師於是食肉、而李亦不食言、

文昌論

余拜孔子而不拜文昌、人皆嗤之、不知學宮之祀文昌、非古也、明宏治時有拆毀之令、　本朝漳浦蔡文勤公之父宮聞先生亦曾上書請毀之、其他大儒著爲論說、言文昌不當祀者、復比比也、儒者服習聖哲、恪遵功令、文昌之名、徧稽經傳、皆無所出、其謬可知、惟孝經援神契有云、文者精所聚、昌者揚天紀、祇就泛稱而言、並非實有所指、遑論乎其爲星象、其爲司命司祿也、外此見於紀載、當以史記天官書斗魁戴匡六星文昌宮爲最古、是則兼上將次將貴相司命司中司祿諸星合成一宮、雖言星象、實指宮室、其於文究無與、然則以文昌司祿司命、爲即司文人之祿命、要何所防、意者昉於道流之附會乎、今觀諸家所載、如成都志謂梓潼神張惡子、生於越嶲、見靈於姚萇、

蓑爲立廟、唐僖宗入蜀、神於霧中迎謁、僖宗脫佩劍賜之、王氏見聞記、謂文昌生於晉張氏、跨驢棲蜀之梓潼、又化蛇裂石以壓五丁、王弇州委宛餘編、謂文昌黃帝之子名軍、始造弦、再攝醫官、服事周公、投胎張無忌家、生仲、爲幽王所酖、化爲趙王如意、作蛇報讐、啖呂產之後身、沉其一縣、辭不雅馴、何足傳信、乃道流無識、附會於前、文人好奇、樂誕自小、遂至舉國若狂、非鬼而祭、不亦傎哉、聞之漢之尙書省、有稱爲文昌天府者、魏之正殿、有稱爲文昌殿者、唐時文士、若段成式張籍、有取以自號者、宋人書目、若龐元英在尙書省所箸、有取以名編者、其義均取宮室而已、亦無所謂司文人之祿命者、訛之既久、間遇有識者急起而正之、昌言而排之、或不爲迂、且以爲非聖無法也、明季流賊張獻忠陷四川、屠其城、獨梓潼廟以賊人妄附蜀王衍祖子晉之說而存、則更不値有識者之一笑矣、

稿既成、或見而詰曰文昌非司文之命固也、然則　國朝以之列入學宮

非歟、不知宇內所祀、多關外所無、 本朝入關定鼎以後、亦因漢人之所祀者而祀之耳、祀典失當固非 本朝意也、在祀之者則以爲此司文之命也、吾祀之吾所以祈福也、微論其祀之當與否、即進求其祀之之心、已是滿腔勢利、俗不可耐、吁、此文昌學宮所以與干祿時文而並行不悖哉、

駁朱梅崖論詩

朱嘗以古文之道正大厚重、非學士大夫立心端慤者莫能習、此言是也至以詩詞之道爲靡、優人佻士皆得習之、以故詩人之無行者不可勝數、則未免一偏之論也、三百篇中、何莫非賢人君子之舊、以逮西漢蘇李、晉唐陶杜、歷朝諸大家、皆有性情學問君子也、朱氏盍不深考、如以優人佻士、亦曾雜出乎其間、遂舉是以相詬病尤大不然、夫優人佻士、非能自傳、其傳者不過攀龍附鳳、偶一二見、即其詩詞亦僅供文士之掇拾、等於俳優之畜耳、於性情之正、風雅之遺、固無與也、優佻者能詩、不能爲溫柔敦厚之詩、能爲文不

能爲正大厚重之文一也、舉一廢一、其不足以服蘇渙劉乂之心、適足以張李斯魏收之氣甚矣立論之難、而一偏之不可囿也、

十種傳奇

國初金華人李笠翁漁、工詞曲、所箸十種傳奇、一時盛行、聲大而遠、或有議其科諢純是市井氣、不知作者命意、正惟雅俗共賞、使人易於觀聽有自題詩云、邇來節義頗荒唐、盡把宣淫罪戲場、思借戲場維節義、繫鈴人授解鈴方苦口婆心、昭然若揭、

揚雄

余嘗詠莽大夫云、非不文章千古重、竟將箸作美新朝、九原欲起君相問、此恨將何作解嘲、雖王介甫力辨美新爲谷永作、焦弱侯復歷援古事以實之、而余亦不少假也、

嚴嵩

嚴嵩之敗也、籍其家僅黃金三萬兩、白銀三百餘萬兩、詳天水氷山錄、以視今世當路之蓋藏、論者約指其寄存內府外府之數、且較諸劉瑾朱綜而更甚、識小錄劉瑾之籍銀七千萬兩朱綜之籍銀五千萬兩則嚴嵩誠眇乎小矣、然不得謂嵩非小人也、廉如竇懷貞、籍沒之日、家無餘財、而身爲國蠹矣、廉如李輔國盧杞、皆刻苦自甘、不事生產、而營私誤國矣、論世者又將何以處之、 本朝臨川李穆堂紱、曾力爭嚴嵩不當入奸臣傳、則又立論好奇之過也、

詩人萃天地之清氣

國初大儒黃氏宗羲曰、詩人萃天地之淸氣、此語隨園老人嘗引之以入詩話、的屬名論不刋、

蔌園贅譚卷之一終

受業姪彝燦謹校

菽園贅談卷之二目錄

海澄邱煒萲蓿蕃甫編

卷二原闕首頁

輅也、余按酉輅之前、監生黃觀、字瀾伯、洪武二十一年戊辰發解京府、明年會試廷對皆第一、十一個當易爲十二個、綜歷代而計之、連寀是十三人、繼寀之後、得桂林陳繼昌、是十四人、

黃石齋先生軼事二則 諱道周漳浦雲霄人

父、嘉卿先生、少喜任俠、有黃季布之譽、晚乃折節讀書、從事儒者、顧家貧、舊藏篋中籍、久漶漫不可識、自入郡中購性理綱目諸書、裝畢、使人舁籃舉前行、自張繖隨其後、纍或憩止、必端拱侍立、過者訝焉、先生曰、此聖賢精神、天下性命所繫、安得不敬乎、郡人以此大奇先生、石齋先生生負奇節、以孝聞、其學得於趨庭爲多、年十四、慨然有四方之志、不肯治舉子業、游於粵、識博羅韓大夫日纘、韓家多異書、得縱覽所未見、嘗酒酣、援筆立就羅浮山賦數千言、驚其座人、舉進士後、復游於吳、吳中名士方結社金陵、日爲文酒之會、先生造次必於禮法、諸公心嚮之、而苦其拘也、思試之、妓顧橫波、國色也、聰

慧通書史、撫節按歌、見者莫不心醉、一日大雨雪、觴先生於園、使顧侑酒、諸公窺先生意色無忤、更勸酬劇飲大醉、送先生臥特室榻上、枕衾茵各一、使顧弛其裏衣、隨鍵戶、諸公伺焉、夜半先生驚起、索衣不得、因引衾自覆薦、而命顧以茵臥、茵厚且狹、不可轉、乃使就寢、幾逼近先生、先生徐曰、無用爾側身內向、息數十轉、即酣寢、漏四下、覺轉面向外、顧佯寐無覺、而潛伺先生、先生酣寢如初、詰旦出、具言其狀、且曰、公等爲名士、賦詩飲酒、是樂而已、爲聖爲賢、成忠成孝、終歸黃公也、後如顧言、此則參用黃氏家傳及方望溪先生文集

母太孺人陳氏、陳五世爲諸生、家雖貧、不徙業、孺人通四子書及諸小部史、以行誼爲閨閫師、神廟時、有議移聖像者、孺人聞風失聲哀慟、縞素三日、兄弟咸詫異、孺人云、吾累世讀夫子書、不覺情痛、非爲異也、晚家益不支、謀入山躬耕、諸隣女老媼攀號累日、及行送至數十里乃反、婦蔡氏潤、字玉卿、幼讀書、明大義、嘗與姊氏割臂以療母疾、石齋先生聞而賢之、適喪偶、求爲繼

室善事先生母太孺人如其母尤工書代先生作行草幾奪眞嘗偕北上舟中臨衛夫人帖人爭以匹錦易之然皆署先生名晚年乃自署亦不輕與人也與先生同擅六法而世人不知先生畫松浩氣盤鬱尤肖其人玉卿畫小品清超絕俗能得其趣然皆不恒作詩文多散佚僅傳其寄先生獄中書數言慷慨而談不及家事有足稱者甲申明社屋先生忠於所事自度難成以書訣曰身後事惟玉卿圖之及死北都後傳首至徽門人陸自岩既爲之殯於金陵矣乃使長子竟偕門客趙子璧之江南得齒髮以歸葬北山嘉卿先生墓側遂先生志也後二十載卒年八十三余曾見某畫師摹其遺像面瘦削肅穆中有英爽氣眞不愧妻先生也此則雖據家傳稍飾然得於所聞爲多

孫子非武自箸

太公陰符既屬僞托世之言用兵者咸祖孫子矣孫子誠周人作而不必爲武自箸太史遷爲列傳言武以十三篇見於吳王闔閭乃左傳敘闔閭事頗

詳、獨遺孫武、使武當日有赫赫之聲且能爲文以自見、左氏好談兵、宜爲之鋪叙矣、何泯焉若是也、桐城姚惜抱先生嘗讀孫子而疑之、其意以春秋大國用兵不過數百乘、未有興師至十萬者、闔閭安得有是、田齊三晉、旣竊國爲侯、其臣尙仍春秋大夫之稱、稱之曰主、闔閭在春秋時君吳者也、孫武安從而主之、是所言皆戰國時事矣、意吳當日有孫武其人、而戰國好戰之士、創爲私說、謬附於武之舊、冀以逞其不仁之術也、後之好稱孫子者、其亦聞姚氏之言而有省哉、

弟婦

弟之妻萬萬不可稱婦、戴記大傳曰、謂弟之妻婦者、是嫂亦可謂之母乎、今俗有長嫂爲娘之諺、是明背古訓矣、口頭語往往不檢、如是如是、

糊眼主司

姚秋農典順天鄉試、有用尙書率循大卞者、則批云、大卞二字疑天下之悞、

相傳以爲笑柄、此不學之過、不能爲之諱也、竊謂末世以俗學取士、士之束經史於高閣也久矣、揣摩陳言、便可弋獲、今日之士、即他日之主司、士習如此、即爲之矜式者可知、其他不足論、獨怪秋農以好古之才、亦如是云云也、毋亦遷流旣極、賢者不免乎、吾因有感於古事、王旦知貢舉、出當仁不讓於師題、有舉子解師爲衆、旦以爲詭正、斥之、不知此解本漢儒賈逵、並非杜撰、旦固宋朝魁彥、猶不能博學、不能靜氣如此、吁、

鴉片歌

余前敘鬼趣圖詩、以明洋烟之害、稿置案頭、見者且爲絕倒、客有述嘉應李秋田秀才所作阿芙蓉歌中警句曰、此丹別號阿芙蓉、能起精神痿憊、夕黑甜鄉遠、睡魔降、晝夜狂嬉無不得、荼毒先深五嶺人、徧傳亦不分彊域、樓閣沈沈日暮寒、牙床錦幔龍鬚席、一燈中置透微光、二客同來稱莫逆、手執筠筒尺五長、燈前自借吹噓力、口中忽忽吐青烟、各有清風通兩腋、今夕分攜

明夕來、今年未甚明年逼、裙屐翩翩王謝郎、輕肥轉眼成寒瘠、樓閣還如蜃氣消、烏衣巷口夕陽白、屠沽博得千金貲、邇來亦有餐霞癖、漸傳積德到書窓、更送腥風入巾幗、名士吟餘烏帽欹、美人繡倦金釵側、伏枕纔將仙氣吹、一時神爽登仙籍、神仙渺渺隔仙山、鬼影幢幢能破宅、故鬼嘗携新鬼行、後車不鑒前車迹、予愛其瑰奇譎詭、因並録之、

文辭不可爲典要

文人下筆、偶然興到、有觸卽書、要未可以耳目之所及而拘之也、上林不産盧橘、而相如賦之、甘泉不産玉樹、而揚雄賦之、梁簡文雁門太守行云、日逐康居與月氏、蕭子暉隴頭水云、北注黃河東流白馬、皆非題中所有之地、曲水無崇山峻嶺、而王羲之蘭亭序云云、宣州去江數百里、郡中無江、而謝朓登城樓詩乃云澄江淨如練、蘇武詩有俯看江漢流句、其時武在長安、亦無江漢也、歐陽脩作醉翁亭記、相傳數易稿、始得一起句、環滁皆山也、今考滁

州四面、實不見山環、於此知古人下筆、固未可以耳目之所及而拘之、吾人讀書、亦安可以文字之所有而泥之哉、昔人譏王摩詰詩撰用地名凡寥遠不相屬者偏喜用之亦是一病不可不知

夢神女非襄王事

詞賦家多以巫山神女之夢屬之楚襄王、其實非也、按宋玉高唐賦云、昔者先王嘗游高唐、怠而晝寢、夢見一婦人曰、妾巫山之女、願薦枕席、所謂先王者、懷王也、神女賦云、楚襄王與宋玉游雲夢、使玉賦高唐之事、其夜王寢、夢與神女遇、所謂王寢者、玉寢也、文選刻本於玉寢二字、既訛爲王寢、以下玉異之、玉對曰、晡夕之後、玉曰茂矣美矣、諸玉字、則不得不承訛作王字、明日以白王、王曰、其夢若何、王曰、狀如何也、諸王字、又不得不率易作玉字、以順其勢、此襄王夢遇神女之讕言、所由本歟、宋洪邁署容齋隨筆、譏襄王既使宋玉賦高唐之事、其夜王寢、夢與神女遇、父子皆與此女結識、近於聚麀之

醜、則未嘗深考之過也、蓋明日以白玉、既無以君自臣之理、且於下文王曰若此盛矣、試爲寡人賦之之句難通、唐人沈佺期云、爲問陽臺客、應知入夢人、王無競云、徘徊作行雨、婉孌逐荆王、皇甫冉云、雲藏神女館、雨到楚王宮、李端云、悲向高唐去、千秋見楚宮、四詩皆不指襄王言、誠爲有見、宜白傅過巫山神女祠、讀之且爲擱筆也、前半本胥浦胡鳴玉說

虛字入詩

隨園詩話引趙子昂語、詩用虛字便不佳、并按曹孟德亦有此論、因從而駁之曰、歌必曼其聲纔韻多舞不長其袖則態少、此三百篇中所以多兮字也、玩其語氣、蓋不以曹趙之說爲然、忽又稱唐人詩險覓天難問、狂搜海亦枯、不同文易賦、爲著也之乎、以爲虛字不可多用之證、一書中兩易其說、想隨園老人之意、誠恐作詩者徒貪曼聲、而少精思、致流入淺弱一流耳、若唐人五言、老杜云、去矣英雄事、傷哉割據心、孟浩然云、重以觀魚樂、因之鼓櫂歌、

宋人七言、坡老云、時復中之徐邈聖、無多酌我次公狂、曾幼度云、不可以風霜後葉、何傷于月雨餘星、又近代餘姚鄭耕畬贈人句、人皆欲殺今之白、我醉須埋昔者伶、會稽胡西垞咏蓼花句、何草不黃秋以後、伊人宛在水之湄、數聯皆以虛字見長、倘硬加實字、有何意味、

林雪齋

漳浦廩生林雪齋豐年、一字澤農、嘗問詩於余、稱謂撝謙、以師道相尊、余不敢當也、雅擅畫法、性疎放、賣畫自給、不屑屑與人爭錙銖、所得輒隨手散盡、居恒鬱鬱、曾語余曰、識字爲憂患媒、味古之言、其信然矣、余曰、能畫是消遣法、引人入勝、良有以也、君請其說、余乃朗吟徐青藤渭畫牡丹詩云、毫端頃刻百花開、萬事惟憑酒一杯、茅屋半間無住處、牡丹猶自起樓臺、君曰、某固好圖山水者、余又朗吟唐六如寅畫山水詩云、解飲皇都第一名、披猖歸臥舊茅衡、立錐莫笑無餘地、萬里江山筆下生、君之意乃解、古無題畫詩有之自曹子建始

爾雅歲陽歲名注

郭景純注爾雅、於歲陽歲名注解、均付闕如、淮南之鴻烈解有之、其注歲陽之太歲在甲曰閼逢者、萬物鋒芒欲出、擁遏未通也、在乙曰旃蒙者、萬物遏蒙甲而出也、在丙曰柔兆者、萬物生枝布葉也、在丁曰彊圉者、萬物剛盛也、在戊曰著雍者、位在中央、萬物繁養四方也、在己曰屠維者、萬物各成其性、屠別維離也、在庚曰上章者、陰氣上升、萬物畢生也、在辛曰重光者、萬物就成、熟其煌煌也、在壬曰玄黓者、歲終包任萬物也、在癸曰昭陽者、陽氣始萌、萬物含生也、其注歲名之太歲在寅曰攝提格者、格起萬物、承陽而起也、在卯曰單閼者、單盡閼止、陽氣推萬物而起、陰氣盡止也、在辰曰執徐者、執蟄徐舒、伏蟄之物、散舒而出也、在巳曰大荒落者、荒大落落、大布貌也、在午曰敦牂者、敦盛牂壯也、在未曰協洽者、協和洽合、言陰欲化萬物和合也、在申曰涒灘者、涒大灘循、萬物皆循其精氣也、在酉曰作噩者、作噩零落也、在戌曰闇茂者、闇蔽茂冒、萬物皆蔽冒也、在亥曰大淵獻者、淵藏獻迎、大小深藏屈伏以迎陽也、在子曰困敦者、困混敦沌、陽氣混沌、萬物芽蘖也、在丑曰赤奮若者、赤陽色、奮起若順、陽奮物而起、無不順其性也、以此觀之、究無甚意義、古鐘鼎銘、亦無以此紀年者、司馬貞索隱、謂爾雅爲晚出之書、疑近今所作、理或然歟、鄭夾漈爲閩大儒、其言曰、以爾雅閼逢爲甲旃蒙爲乙、是以一元大武爲牛也、夫隱語爲眢井逃難之言、豈可施於簡編乎、然今人自稱博雅、多喜用之、無識者輒詫爲得未曾有、舉以難人、間有博通經史之儒、卒然而無以對者、余故表而出之、知此小慧、不過強記百十言、臨文便可湊用、本不足奇、而適以爲陋也、

不好骨董

骨董俗亦稱古董、不名一器、總之不適於用、雖適用而足以喪志者近是、然好之至、至有傾其家國而不悟、古今一轍、難以悉數、趙雲崧先生、甌北集、有

詩甚痛切、其識見可爲高人一等、故人有以骨董請余鑑別者、余必擧此詩以喩之、然爲受欺者道、不可不爲售欺者言、則更有呂文穆之說在、或以古鏡獻者、云能照二百里、公曰吾面不過楪子大、安用照二百里爲、又以古硯炫者、云一呵卽潤、無煩注水、公曰、就使一日能呵一擔水、亦祇值十文錢而已、一筆掃開、省却許多障碍、卽嗤余非解人不遑恤也、

不好古人

歐陽永叔毀繫辭、司馬君實詆孟子、王介甫非春秋、程明道程伊川改古本大學、朱晦菴不用古作詩序、皆宋儒最不可解之事、若明祝枝山作罪知錄、於文則極詆六家、於詩則曲譏杜老、於詞則深文蘇軾、尤其後焉嗜好旣殊、鹹酸自別、究於作者無所損加也、

王文成 本朝崇祀孔子廟廷

王文成以良知揭天下、和之者衆、毀之者尤甚、陸氏隴其甚至以華胄遥遥

之王介甫比之以有明之亡不亡於流寇之亂而亡於良知之學昌言排詆一何無忌乃爾然說者謂文成曾詆朱子之學不亞洪水猛獸今天下皆朱子徒也覺此際之反唇相稽毋乃公之自取余按王與朱較王學原不及朱學之純君子貴躬行則二公實未見軒輊旨哉黃梨洲之說曰今之敢於詈陸王者以朱爲之主是猶豪奴之慢賓客獅犬之逐行人也聞斯言者其亦可以反矣

油灹粿

今市上有溲麪令乾切兩條相纏長尺許入沸油灼之沿街喚賣名爲油灹粿亦稱油灼檜各處皆有之或曰製法起於南宋岳家父子被害後父老怒權奸之煬竈也因爲兩條相纏象秦檜王氏形使之日入油鑊以消怨氣檜與檜有諧聲義故呼之爲灼檜云然愚按油灼檜之名徧稽載籍未詳所出惟製法形象頗與古之寒具同蘇東坡寒具詩云纖手搓來玉數尋碧油輕

蘸嫩黃深、夜來春睡濃于酒、壓褊佳人纏臂金、可證也、至灼檜之說、亦無可考、

崔鶯鶯

雙文才貌、今之婦孺皆知、然往往樂道其含垢一事、播之管絃、形爲歌詠、何其誣也、此其故由於元微之會眞記推其波、王實甫關漢卿西廂記助其瀾、文人筆孽莫此爲甚、今按崔鶯鶯碑、卽鄭府君碑、在河南滎陽縣、爲古淇澳地、明成化間、淇水橫溢、土齧碑出、碑爲秦給事貫所撰、略言府君諱恒、字伯常、夫人博陵崔氏、四德咸備、卒年七十六、以大中十二年二月、合祔於先塋之側、女一人子六、據此則世之所以誣雙文者、當可一掃而空之、或云碑只氏崔、而不名鶯鶯、碑所稱者、似別爲一人、則未免好辯之過矣、

荆釵記

荆釵記玉蓮者、王梅谿先生十朋之女也、孫汝權、宋進士、與梅谿爲同年生、

敦尚古誼、史浩主和議、先生劾其誤國八大罪、汝權實慫恿焉、史氏啣恨、遂令門下客作傳奇謬其事以衊之、前人之辨有然、幾疑玉蓮與崔鶯同一受誣矣、乃番禺陳曇鄺齋雜記引莊相伯言、湖郡城內有石牌坊一座、大書湖州協副將孫汝權同妻錢玉蓮建、則孫又爲武人而玉蓮其室也、茫茫千古、此案何時白耶、

祝英臺

詞曲中有祝英臺近、牌名亦曰祝英臺、後人遂附會祝英臺爲良家子、僞爲男服、出外游學、與同硯生梁山伯共枕席者三年、雖心悅之、終以禮自持、能以智自衛、故梁不知其爲女、他日歸、以實告、且約梁速來家求婚、梁踰期至、父母已許字他姓、梁懊恨成疾死、及婚、路過梁墓、感舊傷情、一慟而絕、或演爲傳奇、或歌爲下里、文皆少異、事實從同、惟不見紀載、殊不足徵、有人言曾過舒城縣梅心驛、道旁石碣上大書曰、梁山伯祝英臺之墓、近村居民百餘

家、半是祝姓、豈卽當年所營鴛冢耶、不可知矣、

鄉闈題壁

謝深甫有言詩之爲道、標舉性靈、發舒懷抱、使人易於矜伐、此言是也、余自維少不經事、氣盛跳盪、往往言過其實、雖屢爲時賢所排閒、作詩詞、無心中每露圭角、此辛壬癸甲四年來所以恪奉先師曾孝廉之訓、收拾殘稿、曾不示人、而興致亦因之以減矣、甲午秋、試鄉闈、忽意興勃發、率題二絕於壁、詩云、依然振翮作圖南、天末風高興自酣、記得扶搖廻顧處、雲中隻影水千潭、曾向烏山絕巘行、長江極目失津程、遙知今夜文瀾壯、應過奔濤萬馬聲、擲筆快然、曼聲雒誦、因詞涉兀奡、恐見者誚讓、跋語、乃托爲亡友鶴翎之作、其實予友中無所爲鶴翎其人也、次場關心走視、正值數人、駢足號外、評論是詩、尙幸其不余呵、惟聞一生曰、作者詩膽、未免太大、然詩才自不可及云云、噫、余滋媿矣、嘗舉以語友人許允伯、允伯因稱杜審言有不見替人之言、袁

嘏亦有吾詩當用大材迮之、不爾飛去之語、從古詩人、皆所不諱、顧余才學譾陋、於二公何能爲役、有能爲余藏拙者乎、是則善爲余補過也夫、

我有兒孫要讀書

吾閩考棚大堂上、有聯文云、爾無文字休言命、我有兒孫要讀書、爲國初汪棣園（薇）督學時書撰者、他日有學政與汪同姓、其夫人素干預考事、學政不能制、士人諷以詩云、當日棣園鎮不如、遙遙華冑百年餘、傷心一語君須記、我有兒孫要讀書、引用可謂恰切、後閱別書、又云聯文係吳淪莊（其濬）所作、想是傳聞之誤、

龔芝麓娶顧橫波

顧橫波詞史、自接黃石齋先生後、（事見本卷）有感於中、志決從良、後爲明故尚書龔芝麓所得、甲申流寇李自成陷燕京、事急時顧謂龔若能死、已請就縊、龔不能用、有媿此女矣、後人議龔失臣節、自是正論、至并其納顧氏而亦譏之、

則未免過刻、有以詩爲之昭雪者云、憐才到紅粉、此意不難知、禮法憎多口、君恩許畫眉、王戎終死孝、江令苦先衰、名教原瀟灑、迂儒莫浪訾、

林蕉棣眉史

張亨甫 際亮、 吾閩才士也、嘗仿板橋雜記例箸南浦秋波錄一書、專言榕垣南臺妓院之勝、余未之見、聞其書殊過艷冶、大吏某有愛女見而溺之、竟致瘵卒、搜篋得書、因燬其板、並禁翻者、外閒傳本絕少、翁以癸巳省試闈後友人拉往南臺選勝、至則歌院比鄰、層臺傍水、香巢小結、深巷垂楊、見夫陳設之華麗、梳掠之入時、舉止之大方、應酬之溫雅、未嘗眞箇、已覺魂銷、老於是鄉者、每謂南臺樂戶、排場略遜於申江、若言情意之纏綿、周旋之浹洽、舉各郡之繁麗情場、亦無以加之、想必有見而云然矣、余愈以未見亨甫所箸爲恨、蓋博訪於見聞難周、意瀏覽於紀載畢貫也、回念時距亨甫已越四十餘年、昔之艷幟高張、今皆西陵松柏、卽垂髫小女、諒亦夢醒春婆、竟無踵亨甫

後成南部之新書續板橋之雜記者、又何也、豈承平點綴抒寫從容、當夫時事孔艱、士亦有所不急者耶、獨是世孰無情、人孰無遇、雪泥鴻爪、各證因緣、鳳泊鸞飄、同深淪落、借彼艷迹、寫我閑情、當必有之、特未之見耳、故余目選不乏娟娟、茲乃無所撰述者、雖曰看花霧裡、末由端詳、何敢附會、亦意以此邦之人、必有亨甫其人者、而爲風流月旦也、彼盛名鼎鼎者、可無慮矣、予所必千廻百轉而爲若是煩言者、蓋意中有極不能忘情之一人在焉、請追錄之以告後之脩花史者、蕉棣自言氏林、本良家子、幼爲人誘賣、既長身材燕瘦、喉囀鶯淸、桃靨迎春、柳眉入畫、姊妹行多愛憐之、余初識之德裕衚衕、芳名猶未著也、盈盈十五、已解愁思、宛轉隨人、可掌上舞、恒終日依依肘下不忍去、曾昵余兄妹相呼、故余每至其家、婢媼輩必疾呼曰、阿姑、哥哥來者、一日余讌客集、指謂座上、此雖樗櫟不如耳、命之歌、當筵發聲、盡一折、忽而兒女、忽而英雄、悲壯淋漓、敲戛金玉、客大驚、爲之引滿、繼以曼聲誦余問桃詩十首、則復抑揚抗墜、簫振微風、回視四座、玉山頹矣、詰旦其事徧傳、咸欲一識面爲快、枇杷巷底車馬盈門、而眉史自若也、悄語余曰、果愛妹乎、得爲婢役固所愿也、余誘以榜後再決、遂寡應觥糾之召、有杜門意、惟日以金錢投卜榜花之至、適余獲家報、先期歸澄、揭曉寂然、眉史懊惱萬狀、逢人必寄聲起居、詢後約、甲午再至、則遷新居、芳譽藉甚、定花榜者至以第三人位置之、儕于三妹紅梅之列矣（二人皆彼時翹楚三妹尤珠圓玉潤明豔絕倫）數請往過、余恐見時反牽綺障、終不肯往、歸途聞捷、柬之以詩、有題箋急欲謝雲英、誇婿由來口可憑、又一事獨憐人索解、君猶未嫁我成名之句、自此經年不相聞問、或告余有爲眉史梳櫳者、擬營金屋、聘以明珠、想一朶秋蓮、必不致久行墜落耳、

海棠有香

海棠無香、千古大恨、石季倫至以汝若能香、當以金屋貯汝之言餂之、可爲急煞矣、而海棠自若也、元王輝玉堂嘉話云、海州東峽島、生海棠、作矮樹、花

深紅大如茶盌、香韻殊絕、每歲進御、以金牌記之、是海棠固未嘗無香者、特不肯爲季倫出耳、葉公好龍、見眞龍而却走、海棠知之矣、嗚呼、古今來黃金臺峻、幾曾見眞能得士者、訑訑之拒季倫又何辭其咎哉、

曾子固能詩

不能詩者多矣、何疑乎子固、愛之也、愛之者何、愛其文也、然古來文之至者、未有不能詩、子固能詩、又何疑焉、子固嘗於上元祥符寺宴集云、紅雲燈火浮滄海、碧水瑤臺浸遠空、他如享祀軍山廟歌、土膏起兮流泉駃兮、凡二百餘言、皆不減作家、不能詩云乎哉、與韓愈詩杜甫筆爭烈矣、

說榕

吾閩榕木最多、其爲樹也歲寒而彫、後節錯而根盤、如樾有陰、如棠勿伐、植物中之松柏也、乃纂述家泥古而不通、今率謂榕理疎不中規矩、若庸庸無足數者、則沿草木疏與海物異名志之誤也、余前故引施可齋榕說以闢之、

吾鄉先正、尤多以此自况、若漳浦之榕壇、安溪之榕村、其最著者也、去余家百武許、有老榕一、前代物也、拳曲支離、蔭可十畝、遠望之亭亭如蓋、過客經此、必指而目之曰、其下有人、甲午夏、無故忽摧其半、乙未冬、復相繼壞其十之九、僅存一柯、若碩果之不食焉、吁、此榕也、其生在石齋之前、其萎在厚菴之後、吾不知榕壇作頌、黄氏之木猶無恙耶、榕村箸錄、李氏之木今尚存耶、乃二者則已得附大人君子之後而傳、獨此僻在窮鄉、不見於世、不聞於時、村農野老、過焉若忘、俗子腐儒、習焉不覺、日月既積、偃蹇以終、將繩墨之不中兮、遂樗櫟而自甘也、豈造物之不仁兮、亦表揚之未及也、坐令懷材抱異、隨荒烟蔓草而俱湮、余滋惑焉、每欲援筆成賦、冀有以寫其清芬、無如學殖荒落、恐未足賦其高格、稿三作而三棄之、則亦有愛莫能助而已、附誌於此、蓋紀實云、

閩人多有功韓文

編注韓文者始自莆田方崧卿之韓集舉正、其后朱子本之作考異、福州王伯大又以考異單行不便尋覽、重爲離析散附句下、 國初安溪李厚菴又以王伯大原本及朱子門人張洽所校舊本刊行於世、同時閩縣林西仲亦評注韓文名韓文起、是皆吾閩人士、固嘗有功於韓文也、道光朝光澤高雨農先生澍然來館厦門、以古文提倡後學、一時及門同安人爲多、如呂西邨孝廉林歗雲布衣輩、皆能傳其學、先師曾廉亭先生之父啟照夫子尤其高足、高先生有韓文讀本曰韓文故、太守何公爲之付梓、後以罹於火刼、傳本絕少、比來滬上以西法鉛石版印書、舉凡遺編秘本靡不排印、神速、余正擬函達滬友、托其代印、近覩申報載有圖書集成局翻印此書告白一則、有目共賞、先得我心、良可喜也、植先民之高矩、貽後學之津粱、先生尤韓氏之功臣哉、

高雨農先生

高先生一生精力、評注韓文之外、復裒生平所作文字存於家、當日有欲爲之刊行者、先生終守古人刊集不宜太早之言、擬俟晚年再爲删改、請者廼別刊其韓文故一書、至今先生往矣、而先生之集終未刊行于世也、雖及門諸子、各有鈔得副本、再傳之後、散佚者多、外間多不獲見、余曾於先師曾孝廉家見之、昔先師之父啓照夫子以授先師、先師以授余、不才何幸、具此眼福、得以伏讀一過、便欲付梓、冀廣其傳、惜嘗遭水漬、書缺有間而止、聞師云、厦門呂孝廉默菴有藏本尚完好云、文章顯晦亦當待時、非其時則不出、固也、然家有奇書一卷、勝於厚祿千鍾、得之者寶之、知之者羨之、

玉樓銀海

凍合玉樓寒起粟、光搖銀海眩生花、蘇東坡咏雪句也、王介甫見之、大加稱服、以示諸子侄、皆不解其妙、介甫乃解之曰、道家以肩爲玉樓、眼爲銀海云云、袁簡齋先生譏其說詩穿鑿、非東坡本意、此言亦是強作解人、蓋不如是

解、詩意必不能通也、嘗考侯鯖錄、東坡作雪詩後見介甫云、是使道家事否、坡退曰、惟介甫知此出處則東坡固自言之矣、又何疑焉、

同安先正蘇頌詩曰、自知伯起難庸峭、不及淳于善滑稽、庸峭訓承梁小木、滑稽訓吸酒曲器、使事與坡詩相類、特遜其超然飛動耳、

漳州閨秀紀略

世言女子無才便是德、非也、禮稱婦人四德、原不廢言、聖人贊易離爲中女、繫之以文明、兌爲少女、繫之以朋友講習、若言女子有才、其所好者多風雲月露之辭、其所感者、必耳目心思之欲、則尤不通之論、詩三百篇、半出閨中之手、貞者自貞、淫者自淫、於才不才乎何與、古今來蕩檢踰閑、敗名失節之婦、何可數計、其不盡出於有才者可知、然吾不敢知有才者之盡屬昭質無虧也、其有抱蘭蕙之質、具柳絮之才、而又克兼松柏之操者、尙已、即不幸隳行於冥冥、隨風而飄蕩、猶得以才華所蘊、補救於末路者有之、相莊於白首

者有之、識士於未遇者有之、勗子以克家者有之、此其志趣、則亦有超乎流輩之外矣、况乎彤管有煒、韻我湖山、國風不淫、同其好惡、凡兹所錄閨秀之克擅才德者、蒐而存之、當爲大雅所樂聞也、

吾漳女子以節烈著最多、閨秀反寥寥罕覯、明舊志書惟載李氏一人而已、嗣後遂有增修、亦不過數人、豈當時之有遺漏耶、抑才難之果信耶、則甚矣傳文之匪易也、寶之寶之、誰曰不宜、李氏名久佚、漳浦雲霄人、雅善風韻、有汲水詩云、汲水佳人立曉風、青絲轣盡轆轤空、銀瓶觸破殘粧影、零亂桃花一井紅、又書懷云、門對雲霄碧玉流、數聲漁笛一江秋、衡陽雁斷楚天闊、幾度潮來問故舟、姊大李亦能詩獨不傳大妹張氏、平和人、張一棟進士孫女、全集三百餘首、皆不傳、僅傳其書扇詩云、寒月穿林薄、寒泉出澗悲、寒花無意緒、還逐寒風吹、又寒風動秋草、愁人向誰道、重憶少年時、所惎人易老、頗淸脆可誦、

楊氏、失其名、適漳浦蔡而烷進士、幼聰慧、通音律、嘗撫琴動操、聽者爲之志和、固不歉君家中郎女也、尤工於詩、稿多散佚、余欲誦其全首而不可得、可得而誦者、惟曉起詩、徑留殘夜月、簾捲落花風、一聯而已、然見鳳一毛、謂之見鳳不可得也、謂之未見鳳毛不得也、

明龍溪陳太常慧山先生族女、有號貞淑者、歸蓮池林氏、林氏子早卒、女不二、有孀居吟一作、幾百餘言、其略云、嗟此奄奄待逝人、爲君朝暮爲君辛、只將白骨淋霜雪、休把紅顏泣鬼神、聞者哀之、今志書載其事、

耀霜、諸氏、適長泰戴鉀箸、氷心集六卷、今皆佚、傳者惟五言寄弟云、書廻燕市月、人醉酒家樓、別妹云、相逢無一語、別後有千思、發湖口云、雲連江上樹、露暗水邊扉、七言金陵道中云、對酒客談桃葉渡、題詩人羨鳳凰臺、春日遣懷云、穿林明月花三徑、隔岸青山水一灣、早春即事云、侵簷夜月依霜白、隔水寒梅點雪紅、俱楚楚有致、

希行劉氏稿、爲長泰戴達室作、稿今佚、世傳其佳句、如詠花影、非描非繡非人寫、朶朶輕盈月送來、如咏臘梅、壽陽近日嫌脂粉、洗盡宮粧學道粧、如咏虞美人、血濺烏江原上草、花開猶帶淚痕重、皆極力追摹、不肯放鬆之作、余尤愛其咏花影後七字、頗極含蓄之致、

夢玉周氏、平和人、適海澄鄭白麓名進士之孫廷璋、箸有清寗里集、乾隆甲戌死於水、集亦不傳、文人多窮、波及紅粉、殊可悲也、其子升如每向人誦其遺句、五言有風高盤馬地、雪霽射雕天、七言有草短花殘蛩近榻、風清露冷鵲窺樓之句、當時得不與全集俱湮者、亦不幸中之幸矣、

又珪蘇氏、郡中黃上公配、詩喜用事、如咏蓮云、清芳君子品、超逸謫仙才、來雁云、歸時人每後、落處曲難終、眉柳云、難工京兆筆、欲掃漢宮春、皆佳、舊刻瑞圃詩鈔、不著、（瑞圃詩鈔多試帖、是其一病、）

仲姬周氏、適龍溪李薊門、舊刻有二如居集、不著、惟讀周忠愍傳云、後死七

人無復恨、先生千載有餘悲、雙節廟云、爲厲欲殲生弔眼、捐軀纔信死齊眉、爲跌宕可喜、

近世閨秀以詩聞者、必推謝氏浣湘、謝字芸史、詔安人、謝聲鶴明經女、適邑沈氏、好以詩自娛、箸詠雪齋稿、歿將十年、始獲林太史二有爲之鋟板、友人曾以一卷遺余、中多七律、然非其所長、七絕詠梅諸作、頗膾炙人口、亦非其至、惟五律二首、空諸依傍、當爲平生得意書、詩云、竹外雪消時、孤高見一枝、仙姿眞絕俗、我相可如伊、流水逢今日、空山訂後期、寒中多少韻、難遣世人知、隱約來姑射、冰容淺淡妝、自然超衆卉、不是藉春光、冷伴邀明月、幽鄰結翠篁、欲持尊酒訪、到處只聞香、恨不起芸史而問之、

之十人者、皆有文可徵、其不隨烟雲俱滅者幸也、外此若蔡氏（黃石齋先生繼室）林氏（林次崖先生女適龍溪楊氏）皆博覽知書、節行蓋一時、迄今求其稿、乃不復隻字之存、而要之蓋棺論定、無間人言一也、幷附於此、使鄉人有所觀感焉、（聞鄉人傳說漳郡吳

君廷杰有女工詩余尚未見

繡鞵詩

唐以後咏繡鞵者多矣、能工切、未必能入情、明人徐秉衡（平）有是題云、幾日深閨繡得成、着來便覺可人情、一彎暖玉凌波小、兩瓣秋蓮落地輕、南陌踏青春有跡、西廂立月夜無聲、看花又濕蒼苔露、晒向窓前趁晚晴、能得情中三昧、若近人沈小山（濟清）句、昨夜肩頭今夜酒、不曾狐負可憐宵、黃笛樓（鵝秋）句、濕到鳳頭非是酒、剛纔風露立中宵、則又兼繡鞵盃而非專咏繡鞵矣、

震旦佛教

佛教流入中土、莫詳所自、始遼薛正己仲尼師竺乾之說、似三代時已有之、余嘗疑爲譎語、不足信、然則通鑑、謂始於漢明帝者、亦非也、是時已有人能述象教之名、安見必始於明帝哉、明帝奉行、特中土供奉之始耳、漢武故事、載元狩三年、穿昆明池底、得黑灰、帝問東方朔、朔曰、可問西域道人、道人者、

僧也、晉宋間佛教盛行、猶沿是稱、迨宣和崇道、始改稱沙門曰德士、佛見紀載當以此爲最古之可信者、（春秋莊七年夏四月辛卯夜恒星不見是夜星隕如雨卽佛牟尼降生之日也）

妃子

宋魏鶴山天寶遺事詩云、紅錦繃盛河北賊、紫金杯酌壽王妃、殊失詩人敦厚之意、說者謂唐人李義山薛王沈醉壽王醒一語、有以啓之也、義山偶爾輕薄、便爲後人口實、白香山非唐之詩人乎、胡長恨一歌、長言咏嘆、竟未之及耶、雖曰爲尊者諱、然詞賦當行、亦自不得不爾、我朝洪稗畦著長生殿傳奇、於此二事、亦未及、袁隨園則曰、唐書新舊分明在、那有金錢洗祿兒、趙甌北則曰、馬嵬一死追兵緩、妾爲君王拒賊多、或原之、或褒之、無非求合詩人敦厚之意而已、至周青原則曰、綵輿花下祿兒狂、此說終疑是渺茫、惟小劉郎曾愛惜、坐懷親爲畫眉長、則更町畦獨闢、日月斬新矣、

或以白香山長恨歌、海上仙山中有一人、既以屬諸妃子矣、而乃目之爲

虛無縹渺者、毋以妃子生過癡情、死後不宜歸魂天上、故作此微辭歟、則將應之曰否否、妃子癡情、孰與西子、迹其遇合、如出一轍、及其受誣、亦復同之、今日者有客過蕭山下、見夫翠羽明璫、以爲越女精魂、未嘗不馨香永世矣、又誰謂參差是者之非、雪膚花貌其人耶、桂林倪雲癯桐陰淸話、載鎭洋畢秋帆撫陝西時、嘗爲妃子作墓、夜夢一靑衣邀至一宮、見妃子曰、感君高誼、增壽一紀、有以夫、案客指山陽閻氏百詩事見百詩所箸潛邱劄記中

長生殿

詠古詩雖以議論見長、然有意求新、亦是一病、昔人論之屢矣、昔有作長生殿題者、恒夸如何夜半無人語、却被鴻都道士知、二語爲獨得之秘、而不知其尖酸已甚也、江右曾賓谷都轉、亦有是題、句云世緣安得如牛女、萬古今宵會河渚、生生世世比肩人、牛女在天聞此語、可憐私語人不知、臨卭道士爲傳之如此措辭、何等含蓄、

詩人之言、率多不檢、興會所至、應手卽書、何足爲典要、袁簡齋先生、咏馬嵬詩有云、石壕村裡夫妻別、淚比長生殿上多、其實妃子並不死於長生殿也、當日曾有訾之者、先生答以白香山作長恨歌、亦有峨眉山下少人行之句、其實明皇幸蜀、並不到峨眉也、而香山在當時、則竟用之、難者語塞、大約此等詩、盡在興趣、如必著迹以求、無當也、

蘆花雞對

大谷武次南方伯（棠）、未達時、館於鄉老家、一日主人有事、殺雞、鷄褐色現白點、卽俗所謂蘆花鷄也、以其半餉先生饌、因請所以對之者、方伯忽爲所難、聲價頓減、於是冬失館去、及貴、屬員有獻皮褂者、異其狀、詢知名爲艾葉豹、始矍然曰、吾今有以對蘆花鷄矣、惜乎當年臥牛衣中、固辨不到此也、

廖瑩中江行雜錄、載鳴條山有餘慶寺、司馬溫公一日省墓至寺中、父老五六輩、請曰、某等聞端明在縣、日與諸生講、村人不及聽、今幸爲略說、公

即取孝經庶人章講之、既已、復前曰、自天子章以下、各有毛詩二句、此獨無何也、公默然謝曰、生平慮不及此、當思所以奉答、父老出語人曰、吾今日難倒司馬端明矣、按此事與蘆花鷄不類而類、附誌之、藉爲武方伯解嘲、考孝經古本庶人章本有晝爾于茅二句司馬公當日殆偶不省記

破瓜解

或解樂府碧玉破瓜時、爲月事初來、如瓜破則紅見者非也、蓋破瓜字爲二八、指十六歲解耳、觀李群玉詩、碧玉初分瓜字年、可證、又談苑載呂喦贈張洎詩云、功成應在破瓜年、後洎以六十四歲卒、亦作二八解、此二字男女可用、其不作月事解可知、或又以破瓜爲女子破身者、乃市井之談、更不待辨、

以豕易羊

齊宣王以羊易牛、孟子詰王若憫其無罪、則牛羊何擇焉、幽求子載齊宣王見屠羊者、哀其無罪、以豕易之、惜當日無復以豕羊何擇之言進者、

狀元稱脩撰之始

修撰之名、始於唐張昌齡、爲北門修撰、然非以稱狀元也、至明監生黃觀、洪武二十一年戊辰發解、京府連捷會狀、除授修撰、是爲狀元稱修撰之始、後以燕王棣之變、死節甚苦、有光修撰多矣、

惠佐社

雨村詩話、載鄞縣朱近光孝廉（衣德）、有詩名、自嫌里名近俗、爲改曰桐花村、即以名集、其言止此、當日其村舊名、惜無從考、余世居海澄三都之磁灶社、（漳泉方言呼村爲社）父老相傳舊本陶舍、以是得名、自吾邱氏遷居於此、亦越百年、耕織相安、生聚日衆、向之陶舍、咸徙業矣、因援朱孝廉之例、易磁灶爲惠佐、（鄉音磁與惠同）猶人有別字者、呼之既久、遂不可易、不十年後、安知不並磁灶二字而忘之耶、雖然余之易其名也、謂其不雅耳、非有所惡也、士君子達在上、固可出惠政以輔佐王朝、窮在下亦可本所學以陶鑄後輩、磁之時義大矣哉、

予小子其何敢忘、

楹帖

楹帖之興、始自五代之桃符、簪雲樓襍說、謂昉於前明太祖者、非也、聯文當以蜀主孟昶所製、新年納餘慶、嘉節號長春、十字爲最古、其以施諸楹柱、則自宋人始、如朱文公守漳時、建書舍於芝山巓、適据開元而面天寶、題曰、十二峰送青排闥、自天寶以飛來、五百年逃墨歸儒、跨開元之頂上、者是也、歲久聯陷於地、同治甲子、赭寇過後、百廢俱舉、就寺址改建考棚、匠人掘土得聯、遂竟傳爲公之遺讖、何其妄也、漳泉人本好厚誣文公、謂公能識緯家言、又精青烏術、所稱引者不一端、率詭異庸陋、不可究詰、辯不勝辯、余故於此聯而偶發之、以正好事者之非、與朱子同時大儒、則有蘇東坡、眞西山輩、皆喜爲楹聯、福州梁茝隣中丞（章鉅）輯楹聯叢話、所搜錄者可見、嗣後元明之作愈多、可傳者寡、今觀趙子昂迎月樓聯、春風閬苑三千客、明月揚州第一樓、見堅瓠集王百穀門首聯、豈有文章驚海內、漫勞車馬駐江干、見散帶齋餘談鋪張詩謎、誠不足取、至於齋醮對聯、摭靈耆之草以成文、天數五、地數五、五五二十五數、數生於道、道合元始天尊、尊無二上、截嶰竹之筩以協律、陽聲六、陰聲六、六六三十六聲、聲聞于天、天生嘉靖皇帝、帝統萬年、云是夏貴溪手筆、一作袁文榮、詞略同、世雖傳誦、不過滿紙浮辭、何關要義、其去頌不忘規之旨遠矣、我　朝名作如林、體制大備、諸家纂錄、汗牛充棟、其尤以此專門者、前有梁山舟學士、后有俞曲園太史、學人恣情翰墨、取法梁俞足矣、其餘高下粲陳、洪纖駢列、可鑑觀焉、

近世古文家誌略

文無所爲派、亦猶詩之不可以盛中晚分也、宗派之說、起於鄉曲競名者之心、播於流俗之口、而淺學者據以自便、有所作不協於軌、乃謂吾文派別焉耳、益吾王氏此言正中近人之病、夫法不必一、而道則不可不同、韓子不云

乎、文無定體、惟其是而已、學者當於是乎切實求之、爲漢學可也、爲宋學可也、能漢學不必鄙宋學、爲宋學且能兼漢學、然後發爲有用之文、自合乎至當不易之歸、而一切桐城派陽湖派之說不與焉、余不敏、古文一道、全無窺見、向者習聞師說、知此道爲有用之文、竊有志焉、未幾師卒、弇陋寡儔、靡所請益、遂溺情競病尖叉之學、至今猶不克自振拔、日月不居、良用慨然、爰就平日所服膺者、起順治迄道光、得三十二人、臚其爵里、以著於編、雖近世能文之士不止於是、然嘉道以前數經論定、不啻膾炙之同嗜、芻豢之悅口者、究不外乎是、詩有之、高山仰止、景行行止、雖不能至、而心向往之矣、

侯方域、字朝宗、號雪苑、河南商邱人、順治戊子貢士、著壯晦堂集、

施閏章、字尚白、號愚山、山東宣城人、順治己丑進士、康熙己未 召試博學鴻詞、 欽取二等四名、改官翰林院侍讀、著學餘堂文集、

魏禧、字冰叔、又字叔子、號勺庭、江西寧都人、諸生、康熙己未 召試博學鴻

詞病辭不赴、著魏叔子集、

計東、字甫草、號改亭、江蘇吳江人、順治丁酉舉人、著改亭文集、

汪琬、字苕文、號鈍翁、一號堯峰、江蘇長洲人、順治乙未進士、康熙己未　召試博學鴻詞　欽取一等十九名、改官編修、著鈍翁類稿、

姜宸英、字西溟、號湛園、浙江慈谿人、康熙己未、補薦博學鴻詞、以諸生入館脩史、丁丑進士、官編修、著湛園集、

朱彝尊、字錫鬯、號竹垞、浙江秀水人、康熙己未、以布衣　召試博學鴻詞　欽取一等十七名、授檢討、著曝書亭集、

潘耒、字次耕、號稼堂、江蘇吳江人、康熙己未、以布衣　召試博學鴻詞　欽取二等二名、授檢討、著遂初堂集、

方苞、字靈皋、號望溪、安徽桐城人、康熙丙戌進士、官侍郎、著望溪文集、

李紱、字巨來、號穆堂、江西臨川人、康熙己丑進士、官總督、著穆堂類稿、

蔡世遠、字聞之、閩漳州漳浦人、康熙己丑進士、官侍郎、贈宮傅、追謚文勤、箸二希堂集、

袁枚、字子才、一字簡齋、號隨園、浙江錢塘人、乾隆丙辰 召試博學鴻詞、己未進士、官知縣、箸小倉山房文集、

朱仕琇、字斐瞻、號梅崖、福建建寧人、乾隆十三年進士、改庶吉士、散館以知縣用、選山東夏津、以足疾改福甯府教授、箸梅崖居士文集、

彭紹升、字允初、號尺木、江蘇長洲人、布衣、箸二林居一行居等集、

羅有高、字臺山、江西瑞金人、優貢生、箸尊聞居士文集、

姚鼐、字姬傳、一字夢穀、號惜抱、安徽桐城人、乾隆二十八年進士、庶吉士、散館、改禮部主事、遷刑部郎中、箸惜抱軒文集、

魯九皋、又名仕驥、字絜非、江西新城人、乾隆三十六年進士、官知縣、箸山木居士集、

惲敬、字子居、江蘇陽湖人、乾隆四十八年舉人、官知縣、以事去、著大雲山房文集、

張惠言、字皋文、江蘇武進人、嘉慶四年進士、散館授編修、著茗柯文集、

陸繼輅、字祈孫、江蘇陽湖人、舉人、著崇百藥齋文集、

姚瑩、字碩甫、安徽桐城人、嘉慶十三年進士、由知縣官至廣西按察使、著東溟文集、

呂璜、字禮北、號月滄、廣西永福人、嘉慶十六年進士、官同知、著月滄文集、

劉開、字方來、號孟塗、安徽桐城人、布衣、著孟塗文集、

吳德旋、字仲倫、江蘇宜興人、諸生、著初月樓集、

梅曾亮、字伯言、江蘇上元人、道光二年壬午進士、以知縣用、改捐郎中、著柏峴山房文集、

方東樹、字植之、安徽城人、增生、著儀衛堂文集、

龔自珍、字璱人、浙江仁和人、道光進士、官禮部主事、著定盦文集續集、

朱琦、字濂甫、號伯韓、廣西桂林人、道光十五年進士、散館授編修、以守廣西省城功擢道員、留浙江候補、咸豐十年、浙江省城陷、殉難、著怡志堂集、

曾國藩、字伯涵、號滌生、湖南湘鄉人、道光十八年進士、散館授檢討、官至武英殿大學士、兩江總督、以中興功第一、封一等侯爵世襲、卒謚文正、著有文集、

吳嘉賓、字子序、江西南豐人、道光十八年進士、散館授編修、同治三年賊陷南豐殉難、著求自得之室文鈔、

魯一同、字通甫、一字蘭岑、江蘇山陽人、道光十五年舉人、著通父類稿、

戴鈞衡、字存莊、安徽桐城人、舉人、著味經山館文集、

右皆有文集可徵、其文爲有用之文、其名爲不朽之名、乃天下之公論、非鄙人之臆度也、諸子尚已、此外保無有名山之藏、鬱而未彰、身可見而終隱文

有用而無聞、如我高雨農先生其人者、余深惜其名磨滅而不傳也、附述於此、以誌私悼、

篇中所稱師說師卒、蓋指曾廉亭師、師嘗侍其父、親受業高先生之門、師有恒言、吾所稱引皆高先生教也、故[illegible]於高先生雖謦欬不親、而飲水知源、尤眷眷云、

咏仙佛詩

漳人曾省題達摩畫像、有句云、當年若肯歸儒教也、是尼山一老徒、余嘗譏其腐氣太重、若昔人咏呂巖云、覓官千里赴神京、鍾老相逢蓋便傾、未必無心唐社稷、金丹一粒悞先生、何等超妙、

乘凶納婦

乘凶納婦、非禮也、村僻率不以爲怪、忍心害理、直可以非類絕之、然無禮之事、亦有所本、每讀春秋至宣公元年三月遂以夫人婦姜至自齊一則、未嘗

不歎爲作俑亂倫萬世魁惡也、夫子既筆誅之、後人復身犯之、吁、

食父母

兒時在塾中、聞村蒙語云、上古人有尾、視其色以定齒、如黃則子孫輩烹而食之、謂遲將委溝壑矣、此等誕妄不經之言、舉世相傳、實不知其所始、偶閱陸次雲峒谿纖志、載婺嶺北有猓黎種俗、以父母過五十、則烹而食之、殆與此語相類、嗚呼、其人爲皇天所不覆、后土所不載之人乎、其地爲日月所不照、霜露所不墜之地乎、世有阿鼻地獄、此等人當先入之、南洋有一種武吃番、其先亦食父母、受英人創戒、稍歛

古調獨彈

山陰朱氷壺字清玉、著古調獨彈集、以新樂府論古事、極有見解、如辯永王璘之非反、李白之受誣、作夜郎行、雪李贊皇之非黨、作崕州行、笑隋主詠宇文身死于宇文、作南氏怨、以何晏之不父曹瞞爲孝、不從司馬爲忠、其粉白

不離手之說、即梁冀誣李固之胡粉飾貌也。人言崔浩毀佛遭禍、乃[illegible]崔浩云、仙不能救、佛豈能阨、尤為超脫。右語見袁隨園詩話中、余聞之神往、惜古調獨彈集、已作廣陵散、無從借閱。然此吉光片羽、賴簡齋先生之言、以著於編、亦如顧況序中歸雲引華嶽引觀可也。

惲南田

惲南田畫師壽平、幼即與父遜庵遭明季之亂、相失、賣杭州將軍為奴。靈隱寺諦暉和尚、其父執友也。適官太太入寺燒香、詭云惲為古佛轉世、跪迎之。將軍素禮和尚、得因是度於寺、教之讀書學畫、一時名譽大起。同時有僧石揆、積不相能、石亦有弟子沈近思、官至總憲、或問諦暉孰優、曰沈講理學、不出周程朱張範圍、惲參畫禪、能脫文沈唐仇窠臼、嗚呼、惲果至今傳矣。滿州人不稱夫人祇稱太太故借其尊稱稱尊長字隨園老人曰、李方膺明府善畫梅、性傲岸、相與有年、歿後、其子某見贈云、記得先君交兩友、一子才、子一梅花、殊有風趣、有郭禮耕者、嫌其稱父執之字爲不恭、因曉之曰、仲尼祖述堯舜、子思且字其祖矣、何不恭之有、愚按古人未嘗諱字、故周公追王其祖曰王季、王而兼字也、屈原作離騷、朕皇考曰伯庸、父而稱字也、子貢言仲尼日月也、子夏之門人對子張云子夏曰、皆師而稱字也、皆不以爲嫌、則以表字爲臣子所得而稱也、

考亭確是朱子之稱

祥符周櫟園觀察亮工閩小紀云、癸巳陪巡過建陽、見朱子後人所藏家譜、知考亭是黃氏之亭、築於半山、以望其考、因名曰考亭、文公居近其地、世因以考亭稱之、以地稱人可也、以他人之考稱文公於理甚悖、然公在日、實無以此稱之者、謂當今急宜改正云云、蓉按朱子書晝寒堂詩墨跡拓本、後署乾道七年歲次辛卯三月朔後二日新安考亭朱熹書於晝寒方丈、是公生

前、固嘗以考亭自號、后人因從而稱之耳、家譜失載、容或有之、周之不見此刻、無怪措辭如是、其言以他人之考稱文公、於理甚悖、亦未確、夫曰考亭者、乃黃氏望其考之亭、非黃氏之考之名也、築亭者、五季人名稜、父名端、稜隨父至建陽、愛其山水秀麗、因家焉、故築亭以望考、朱子祖居新安婺源人、父松爲尤溪尉、朱子生焉、後亦遷於是者、其有取於考亭之號、同寄其不忘本之思焉宜也、櫟園知之否、

學政專祠

本朝吾閩督學稱得人者、自以浙江沈心齋先生涵、直隸朱文正公珪、爲最盛、一則闡濂洛之心傳、一則樹韓歐之正的、固非循例校試留意詩文之爲得也、久而益彰、故至今士子猶尸祝之、此後來者率沿故事、傳舍忽忽、但期塞責、求有留意詩文之主試、誠爲不可多得之遭逢、如李孫二督學其人者、詳下侯公軼事則亦可以不憾云、沈公心齋吾漳另有專祠、

秀才本草

舊閱錢本草、（后人僞托張燕公撰）以爲酷虐矣、不知更有惡謔者、近人許弧叔（起）雕談所載秀才本草是也、文云、秀才一名茂才、古稱博士弟子員、性寒、味酸、色青、有微毒、畏百部、主治强項腰硬諸證、近有售者、中空、外有微文、略似通草、質薄臭惡、誤近之、輒令人作嘔、又有一種春華秋實者、得淸高之氣、能開心胸、利耳目、益人智、與四君子湯、六君丸同功、惜不多見、新者貴重、陳即無用、價作庫平銀八兩、在處有之、來自異地者、多僞、然雖惡謔、不軌於正、得主文譎諫之義矣、

三嘲詩

莫笑區區職分卑、小京官裡最便宜、也隨翰苑稱前輩、且喜中堂是老師、四庫書成邀議叙、六年俸滿放同知、有時溜到軍機處、一串朝珠頷下垂、昔人嘲內閣中書詩也、海寧陳子莊大令（其元）、爲訓導時、戲改此詩以自嘲云、莫

笑區區職分卑、教官也最占便宜、春秋兩祭分肥胙、督撫同聲叫老師、遇考可求優行代束脩不怕上官知有時保得京銜着一串朝珠項下垂、時子莊以勸捐得保僉事府主簿銜風趣橫生聞者絕倒、又紀文達之子官鴻臚寺序班自嘲詩云、秀才每自嘆途窮、一進鴻臚氣便雄、金頂朝珠同太史、蟒袍補服僭王公、螭頭告示雙行白、門角封條兩道紅、更有待官儀注狠、坐看道府打三躬、與前詩同一機杼、讀之均足解頤、

觀察

陳子莊庸閒齋筆記曰、同治庚午、已於西捻肅清案內加道銜、有人貽書稱其爲觀察者、一幼僕粗解文義見之憤然曰、彼欺我官太甚、驚問之則曰觀察者、捕役之別名也、衆皆不解、則持水滸傳、緝捕使臣何觀察爲證、雖群嗤其妄、然元明之際稱捕役爲觀察、亦實有此名矣、右言如此、今按觀察在宋時確有其官、宋史梁灝本傳、雍熙二年賜進士甲科、解褐大名府觀察推官

是也、惟不以之稱道、蓋古職官、本無以道名者、前明始有巡道、糧道、僉事道、兵備道等稱耳、至元明以稱捕役、其詳則不可考、

咏古詩

咏古詩最忌平鋪直敘、先輩至比之爲十七史彈詞、則着議論者勝矣、然過於翻案、亦入魔道、不可不知、唐人薛能絕句有云、山屐經過滿徑蹤、隔溪遙見夕陽春、當時諸葛成何事、只合空山作臥龍、肆口狂吟、何莫非求新之過耶、

子才刻薄

詩以溫柔敦厚爲主、子才游珠江見珠娘成詩云、可笑珠娘負盛名、我來孤負看花情、靑唇吹火柴篷立、難近都如鬼手馨、直以嫚詈成文矣、當日倉山一老、必有爲而言、非定論也、此等詩當不示人爲佳、

再嫁

宋世士大夫、最講禮法、獨於此一事、不甚講究、如范文正公幼隨其母吳國夫人改適朱氏、遂居長山、名朱說、既貴、乃復范姓、凡遇推恩、多與朱姓子弟、前事曾不以爲嫌、又公長子純祐、與公門生王陶爲僚壻、純祐早卒、陶亦喪偶、寡婦鰥夫、遂相配合、實爲陶之長姨也、文正亦不之禁、更有事之可怪者、如王介甫憐媳未寡嫁人是也、夫再醮之事、律無明條、先王不禁、豈不以男女之別、雖不可不嚴爲之防、至于情欲所關、則亦難以抑勒者乎、宋人知之、亦曰與其墜行於冥冥、毋甯小過之不拘也、至若有夫之婦而再嫁人、苟非七出之宜、便干三尺之禁、媳而曰憐、其非犯七出可知、不謂文章經術如王介甫、而竟毅然爲之、且不於其子而於其躬也、兩引之、以見彼則有非有是、此則終非無是、固不可同年而語云、

戚里早寡者、或不安於室、始焉求牡、終且居鳩、卒以招夫養子藉言爲口實、此等惡俗、不知起於何時、甲午歲、家君仿范文正公義庄之例、集貲

鉅萬、以贍族之窮民、倘仍不安於室者、聽其改嫁、毋濁我涇、村隣則之、遂將千餘里百年來之陋習、一旦革除、誠快事也、而所以相與有成者、實賴錄章振祥二老輩之力、

食酒

里中率言飲酒爲食酒、初疑鄉談、不必有據、後閱漢書于定國傳、定國食酒至數石不亂、又柳河東文、予病痞不能食酒云云、古人文字亦有用者、固未可厚非矣、論語沽酒市脯不食、此則從市脯說所謂省文也、省文之例具見卷之三中

準當

里中凡以物爲質者、率言準當、當、典也、準、鄉談、猶言執據也、古人有用者、如韓退之贈崔立之評事句、錢帛縱空衣可準、與此同意、又按任彥昇彈劉整文突進房中取車帷準米去是六朝已有此語

禿驢

俗呼僧爲禿、又曰禿驢、皆輕薄之詞、某贈僧聯云、鳳宿禾下鳥飛去、馬在蘆邊草不留、蓋拆禿驢二字以詆之也、二字不知所始、惟禿字則見梁荀濟表云、曲躬供貪淫之賊禿、是六朝人已用之矣、

道盜

幼時寓粵、習聞道盜郭學顯軼事、郭在粵洋爲巨盜、盜而有道、舟中書籍斐然、手不釋卷、船頭錦幔牓二句云、道不行乘桴浮於海、人之患束帶立於朝、可以知其志矣、後就栢菊溪之撫、與以官辭不受、僦居粵垣、課子終焉、昔南宋末有鄭熏者、素作賊、以軍功得主簿、衆不爲禮、鄭乃獻詩云、鄭熏素行本無端、熏有狂言上衆官、衆官作官還作賊、鄭熏作賊還作官、此事郭與相類而品尤高、可以風盜、可以風世、

普救寺

傳奇小說、言多不經、然亦有本、其牽連附會處、則不可以不辨、元人著西廂

傳奇、實本元稹之會眞記、謂其不經可也、謂其無所本不可也、獨至折中所稱引事實地名、牽連附會、不一而足、卽如河中普救寺、據蒲之舊志云、本名永清院、院僧與郭威約、城克之日、不戮一人、因改名曰普救、蓋五代時事、西廂傳奇、乃附會爲唐武曌敕建、意欲影借白馬解圍、張嘗有恩於崔耳、此其所以不經也、說者謂張本無其人、特作者假名立義、幻出一篇空靈跳脫文字、自娛娛人、讀者玩其文可也、何必深考、不知張雖無其人、而崔與鄭則確爲夫婦、秦給事貫嘗稱鄭恒配崔夫人、四德咸備、當日無含垢之事可知、作者欲爲空靈跳脫之文、何題不可爲、何必於崔鄭二人、加以惡聲、豈有懷未遂、乃爲是誣人自誣之智耶、果爾、微特西廂傳奇爲不足憑、卽所本之會眞記、先已出於無本、則亦同爲不經而已矣、

弔馬湘蘭

葛筠亭弔馬湘蘭句云、天教薄命爲官妓、人實誰堪作丈夫、佳則佳矣、移置

薛校書、亦何不可、詩所貴切題也、

李賀有七言律

人言長爪郎、無七言律、非也、華亭黃石牧之篤太史謂長吉集有七律一首、後人誤編爲七絕二首耳、即今集中南園絕句第十一首與第十二首是也、詩確有見解、當從之、詩曰、長巒重谷倚稽家、白書千峯老翠華、白履藤鞋收石蜜、手牽苔絮長蓴花、松溪黑水新龍卵、桂洞生硝舊馬牙、誰遣虞卿裁道帔、輕綃一疋染朝霞、

劉詩悞編入杜

古詩悞編、往往有之、不第長吉集也、綿州李雨邨太史（調元）嘗讀杜牧樊川集江上偶見一絕云、楚江寒食橘花時、野渡臨風駐綵旗、草色連雲人去住、水紋如縠燕差池、以爲詩意未足、且疑非杜筆、後讀劉夢得集、始知劉集中七律一首、被后人截半首爲七絕、且誤編於此也、元題酬竇員外使君寒食

日途次松滋渡、先寄示四韻、后半云、朱輪尙憶群飛雉、青綬猶懸左顧龜、非是涖城舊司馬、水曹何事與新詩、據此以較長吉集、則更離奇矣、

贈內詩

昭文孫子瀟太史原湘集中有示內句云、書將子課如親讀、詩共妻聯勝獨吟、余壬辰歲、贈東門女士詩、亦有句云、新詩內子工酬和、舊稿鄰姬當課程、因余嘗將女士之詩書於字格、以課塾童也、其歲五月、女士以疾歸甯、六月隨其父母來海澄都司任所、延余往署中文牘、余贈以詩云、感慨如君曠代深、每於婦道見愔愔、閨房得友貞良友、文字知音勝賞音、王粲依人終愧我、維摩示疾尙聯吟、衙齋一臥滄江晚、飛鳥何時返故林、後女士病終不起、九月卒於鸞江舟次、末語殆爲之讖焉、是可憫也、

萩園贅談卷之二終

受業姪彝燦謹校

菽園贅談卷之三目錄

海澄邱煒萲俶員甫編

菽園贅談卷之三

海澄邱煒萲俶員輯箸

子路有子

仲夫子雖不得其死、然食祿忠事、萬古綱常、賴以立焉、其子子崔復讎事則世人知者鮮矣、謹按太平御覽載此事甚詳、見於第三百五十二條者、則云仲子崔者仲由之子也、子路仕衞、赴蒯聵之亂、衞人于黶殺之、子崔既長欲報父讎、黶知之、曰、夫君子不掩人之不備、須后日于城西决戰、其日黶持角弓木戟與子崔戰而死、見於第四百八十二條者、則云初子路仕衞、赴蒯聵之亂、衞人狐黶時守門、殺子路、子崔既長、告孔子欲報父仇、夫子曰、行矣、子崔即行、黶知之、于城西决戰、黶持蒲弓木戟而死、言雖略異、文義皆同、要爲復仇之孝子無疑、眞不媿仲夫子后也、

筆端不足畏

韓詩外傳、君子避三端、謂武士之鋒端、辯士之舌端、文人之筆端也、三端之中、筆端最烈、然亦視其筆之正與否、冰霜一語、斧鉞千秋、聖人之言尙矣、次則公是公非、不失立言之體、其下則淸議猶存、防我名教、凡此皆足畏也、若徒弄文墨、以遂恩怨之私、斯亦不足畏也已、宋汪彥章爲南渡詞臣弁冕、入文苑傳、其賀李綱右丞啟云、精忠貫日、正二儀顚倒之中、凛氣横秋、揮萬騎笑談之頃、既名高而衆娼、乃讒就而身危、士訟公冤、亟舉幡而集闕下、帝從民望、令免胄以見國人、其推崇未嘗不允當、及李爲張浚所誣落職、彥章草制云、朋奸罔上、有虞必去夫驩兜、欺世盜名、孔子先誅夫正卯、專殺尙威、傷列聖好生之德、信讒善佞、爲一時群小之宗、均是人也、廼前諛之如彼、後詆之如此、後有知言君子、李公之名、光爭日月、而汪彥章則人人鄙爲有文無行之小人、斯亦不足畏也已、

筆不端不得入筆端之例

魏蛺蝶以萬世之是非快一人之恩怨、其筆不端甚矣、尚得以可畏之筆端例之乎、其沾沾自喜、謂舉之則使上天、按之則使入地、痴人說夢、可笑可鄙、此等語言將誰欺、自欺乎、欺天乎、雖隋文帝命魏澹等更撰後魏書九十二卷、以匡收之非、皆不傳、澹等文學淺陋、固不得辭其責、遂使收也豎子成名、人皆恨之、而不知其不足爲恨也、收如有靈、穢史之稱、吾知其無改於衆人之口矣、不端云乎哉、直穢而已矣、

打導看山

天下事最俗不可耐者、莫過於此、蔣心餘太史平山堂詩、有樹杪飛來一繖紅之句、論者以爲山靈至今抱恨也、昔有題惡諢於梅花觀以嘲俗吏云、紅帽哼兮黑帽哈、風流太守看梅花、梅花忽地開言道、小的梅花接老爺、彼貿貿然打導看山者、請讀此詩、

辨書之難

東坡先生嘗云、辨書之難、正如聽響切脉、知其美惡則可、自謂必能正名之者過也、余按此論甚爲破的、况古書名家皆有代筆、趙松雪代筆京口人郭天錫、董華亭代筆門下士吳楚侯、而東坡先生己之代筆人則丹陽高述也、又秦少游僞先生書題詞於壁、先生見之、亦自不辨、終以詞非己出地不曾經爲疑、後知爲少游作、始啞然自失、此中道理、先生已經領略甚深、故持論如此、非謬爲謙抑也、余不工書、而性好收藏、所得頗夥、眞僞參半、究不知若者爲眞、若者爲僞、惟本先生之意、論其美惡、不論眞僞、以求古書、時得佳者、昔楊二山太宰每向飛鳧人曰、有假者持來我買、眞蹟價重、我不能買、蓋賣者徒知爲僞、而不知買者固不以僞視僞也、

藍鹿洲論馬班

藍鹿洲曰、史才以遷爲第一、後世箸述之士、皆莫能及、朱子曰、遷才高識亦高、但麄率、則衷于道、言之、呂東萊稱太史公指意深遠、寄興悠長、微而顯、絕

而續、正而變、若魚龍變化不可縱跡、是其行文之妙、固亦有然者也、班固譏遷先黃老而後六經、退處士而進奸雄、崇勢利而羞貧賤、此誠遷之所短、然當其時武帝窮極奢侈、海內凋敝、反不如文景尙黃老人主恭儉天下饒富也、武帝用法刻深、而當刑者以貨免、遷遭禍、家貧無財自贖、交游莫救、卒陷腐刑、蓋其意有所感憤、故其言不無過當、而能推尊孔子、序列世家、譏聚斂而終平準、則亦未可輕議乎、孟堅陽薄子長而陰實宗之、鄭夾漈極詆孟堅、謂全無學術、專事剽竊、則抑班太甚、史所重在剪裁褒貶、不以無所依據爲高、而或謂漢書制作之工、如英莖咸韶、音節超詣、後之爲史者、莫能及其彷彿、是以諸史棄遷而宗固、劉知幾之徒、尊班而抑馬、則又推崇過甚、不知孟堅之史、僅可爲子長之續、而紛紛議論、皆未得其平也、

煒萲謹按、藍鹿洲先生爲吾漳先達、與蔡聞之先生同時、以文章經濟相期許、文章雖不及聞之先生、而經濟則過之、今觀此論、知其學有本源、斷

制允當、有非今之空談時事自許爲經濟文章者比也、至其經濟之迹、具存全集、世人皆知、不復蛇足、

不踐迹解

仁和陳厚甫觀察(鍾麟)嘗解此句爲反辭、謂聖人明善人之道必當踐迹也、善人之質雖美、亦必循古聖賢之迹、乃能入於室、如不踐迹、亦不能入室、言質美之不可恃也、觀察善爲制藝、時有妙解、此尤允當可循、(按俞曲園太史春在堂隨筆亦記戴子高望之說、與此同)

滬游舊詩

煒菱乙未春仲、偕計北上、道出滬江、小住浹旬、感成四律云、昔年蠻徼賸詩囊、(余少侍家君客新嘉坡者八年)今日征帆望帝鄉、海上有山疑縹緲、巫峰成夢本荒唐、沈郎十載從教瘦、杜牧三生未敢狂、正是春申春色好、揭來此地問蒼茫、盈盈一水占風流、花月春江據上游、西國輸琛來食貨、南方作鎮此襟喉、出城

芳草連天碧、拔地層臺得氣秋、欲問卅年前往事、不堪榛莽說從頭、子野聞歌喚奈何、繁華無着嘆狂波、果然知己天涯少、未覺苦人世上多、流水似車龍是馬、散花有女夢稱婆、劇憐走遍章臺客、知否春光日易過、載酒尋花事事非、誰家雙影下重幃、橫塘夢入文鴛穩、明月魂驚杜宇歸、乍別鄉園愁自易、試談身世事偏違、放懷且作逢場戲、珍重吳娘金縷衣、躊躇無儔自鳴寡和、亦復置之、意有未盡者、續得四絕、託之罕譬海市云、地通南北往來安、天使東西戶牖寬、舟楫樓臺成海市、祇愁海市遜奇觀、蜃樓云、城闕芙蓉幻紫霞、氤氳偏抱遠風嗟、珠簾十里分明見、錯被人疑氣是花、花天云、翻憐織女阻銀河、長笑瓊樓住素娥、數到西方稱極樂、西來翻覺美人多、酒地云、休將醒眼看人忙、入世偏宜飽老場、我自欲眠卿且去、醉鄉爭似黑甜鄉、附錄於此、以誌舊因、

咏雪偶存

咏物題最難着手、耑咏物者固失使人讀其詩不知是咏何物者亦未爲得也、古名大家集中此類詩最少、然有作必佳、不肯潦草、要其訣總在於不脫不黏、斯爲近之、余於乙未二月客滬、先後即景得雪詩八首、皆有興托、故於體物難工、良由才絀、未免顧此失彼也、然鴻爪所留、身世麕焉、不忍割愛、聽其闌入贅談、篇中二月二十三日雪云、中江一夜沍嚴寒、化作光明大地觀、世界花花人潑潑、閉門容得臥袁安、梅花遜白玉同清、春色留痕竹有聲、吹汝苦因風太甚、鴻泥下墜欠分明、相逢縞袂半稱仙、天女維摩總悟禪、借問故鄉淪落後、於今不見已三年、（吾閩地近赤道、恒終年不見雪、三年前壬辰十一月廿九忽連降三宿、父老咸詫爲數十年來所未有也、此次到滬爲再見矣）小別能教意也銷、韶華莫遣綠陰凋、寒流相對清人骨、多事尋詩向灞橋、二十四日雪更大、再用前韻云、搏擊連朝興未闌、神龍酣鬪海天寬、遙憐醉倒銷金客、儘當天公玉戲看、餘威迅掃蔡州城、李愬平淮舊有名、今日來思經海上、可能再雪此平生、欲求壯士挽長天、兵洗銀河唱凱

旋、賀雪詩成應記取、花飛六出兆豐年、飄墜江南第幾橋、書生白戰亦無聊、
何當流作蒼生澤、盡點消埃答 聖朝、（時全權大臣李鴻章往日本求盟行成）

潘蘭史雪詩

閩粵居近赤道、地屬溫和帶、恒數十年不見雪、壬辰十一月廿九、兩地忽同日降雪、時余方揣摩時文、詩筆甚澀、當前錯過、負此好景、未嘗不自歎其拙也、近讀粵東潘蘭史典簿（飛聲）詩、中有壬辰十一月廿九日大雪登鳳凰岡望海作歌七古一篇、與余相隔千里、景同興同、奇氣鬱勃、爲之快浮一白、因全錄之、詩云、地能困我以抑塞詰屈之身、天特與我以激昂骯髒之精神、謂我邇日詩懷鬱不發、故命玉戲開乾坤、龍公呼龍出海島、玉京忽徙來江村、樓臺萬家種瓊樹、巷陌十丈霏珠塵、粵地炎方古無雪、鄉人曉起嘆奇絕、道光乙未一見之、父老相逢始能說、憶昔我泛金天西、氅衣踏碎青玻璃、坐玩海上三山白銀闕、縞袂仙人賸酒爲我斟酌之、歸來三載只閉戶、未有一首

吟雪詩、長安西望赤鬫足、村居得雪良足奇、未覺烏皮起寒栗、不愁龜手傾瓈卮、故人忽發剡溪興、邀我提壺出松徑、鳳凰岡頭觀海天、平鋪瓊瑤蓋明鏡、老蛟伏海海不流、一夜白了雲山頭、倒挽鵝潭作銀漢、仿彿當年西海騎鯨游、今我不樂竊海陬、欲瀉萬古胸中愁、大呼陳暄爲我營糟邱、便須一醉三千秋、不然荷戈執戟從李愬、有似蔡州殺賊盡斬諸蠻獠、敵船妖氛瞬息掃、高岡立馬陳貔貅、區區抱此十年志、整頓乾坤豈弄事、君不見窮簷凍餓千萬間、杜陵廣廈何能庇、詩見霓裳同咏樓詩選、

霓裳同咏樓詩選

霓裳同咏樓詩選者、山陰陳君居字林滬報館時、徵諸時彥詩而成者也、余適道出申江、抄庚寅舊作數十首投之、遂蒙編入、同詠者五十餘人、皆東南之雋、初日出一紙、夾輔滬報之晚報中以行、未幾晚報停派、選事因之中輟、僅得詩一卷而止、殊覺可惜、然零金碎玉、可傳之句正復不少矣、嘗日姑事

華亭朱明經昌鼎曾爲之序、其文曰、驅五洲數十國之衆、亙古未有之奇、山宮澤滙而萃於滬瀆一隅、懷才抱智之士、相率來游者、必將有以一廣其性情焉、而所以道性情者厥惟詩、山陰耀卿陳君、世家子、工詩、乙未夏與余同客茲土、橐筆之暇、爰編徵詩什、選霓裳同咏樓集、將排日登報牘、而以弁言屬余、余不能詩、何敢言詩、請言所以選詩之故、前乎此者若花團錦簇樓、通藝閣、兩選、均流播士林、年來未有繼者、今君自成馨逸、別具襟靈、抒卓識以主持風雅、行見元圃積玉、無非夜光、偉哉、誠觀止矣、或者謂茲土當多事之秋、一紙傳觀、非縷述中外異俗、即臚舉今昔傳聞、否則借箸以籌、期於國計民生、有當於萬一斯已耳、若夫雕蟲小技、雖上追元白、恐非今日之急務、則應之曰否否、夫既知詩以道性情矣、四方之風俗各殊、而性情則歸於一也、百世之運會迭變、而性情則守其常也、至於負經濟之長、必兼擅詞章之富、達則和其聲以鳴國家之盛、而窮亦可自鳴其不平、今天下之人情不平極矣、昔人云、詩以窮而益工、夫一士不遇之窮、雖甚抑塞、孰若喪師辱　國主憂臣辱之時之窮、其抑塞爲尤甚乎、窮愈甚則工愈甚、鯫生伏處海隅、尺寸未假、欲擊誤國賊無段秀實笏、欲殪鄰邦主無荆卿匕首、惟有把酒呼天、拔劍斫地、昂首高歌、以稍洩其發揚蹈厲之氣而已、當此之時、一唱群和、前喁後于、亦可見天下人性情之所同然、其詩有不求工而自工者、所冀自是以後、窮則變、變則通、貞下起元、剝極反復、安知他日賡歌之盛、不即以是選爲先聲乎、是爲序、

潘蘭史詩

蘭史潘君、嘗應德國京城東文書院之聘、箸述甚富、多閱歷有得之書、不僅以詩鳴也、家番禺、現主香港華字報席、所爲論說、語必透宗、能見其大、故紙貴一時焉、余雖未與謀面、然讀君詩、愛君才、若有不能去諸心者、則意氣之投、神交已久也、茲再摘錄七律數首、秋心云、秋心如海復如潮、恨比春愁不

易銷、渺渺樓臺疑隔世、冥冥風露坐中宵、淚傾金粟三條燭、魂在銀河一管簫、此夕人間望靈匹、蟾蜍無藥鵲無橋、楊超白別駕招飲酒家作云、君著羊裘我縕袍、花前意氣尙相高、江湖近日輕名士、琴筑當年賸酒豪、各有狂言供笑駡、豈無慧眼識牢騷、百壺忽動江東興、袖角裙邊放彩毫、閱舊游瑞士能薩克遜山水諸詩戲書長句云、天荒久未破奇離、挂席名山識面遲、四萬里來初放眼、五千年後獨題詩、馬頭百怪書堪寫、鰲背三峯筆可支、風雨巨靈呼欲出、草堂尊酒話當時、夢故婦佩瓊居士云、勞生飄薄世情諳、偏爾能來問苦甘、萬里舊游憑夢訴、十年前事與君談、嬌兒穉女身差長、經卷繩床我久慙、寂寂空簾聞歎息、起看遺像爇香柟、

陳耀卿詩

耀卿代人存詩、固有心人也、而已之詩亦復清爽可誦、五言若淮陰釣臺云、楊柳軟紅埃、王孫舊日臺、早知烹狗事、棄甚釣竿來、七言如瀑布云、如龍夭

嬌比珠明、林表峰頭瀉不平、縱爲人間添一景、出山那及在山清、荊軻云、願將忠烈報燕丹、一曲高歌易水寒、含怒入秦含笑死、祖龍權當小兒看、秋夜口占、不因中酒不關愁、人到無聊意轉悠、木葉蕭蕭秋夜永、五更清夢落蘇州、錢塘懷古云、山如屏障柳如絲、風景錢塘勝昔時、十丈銀濤江上吼、看潮人笑射潮痴、浣紗行云、香雨霏霏飛柳絮、美人家住雲深處、不種桑麻不飼蠶、淡粧一笑池邊去、池塘昨日春水長、明月今宵分外朗、嬌傍橋欄悄浣紗、紗自輕盈波淡蕩、纖纖玉手柔無力、渺渺春愁思無極、一天風景太蒼涼、鷺絲斜振淩風翼、露濕羅衣夜已深、鮫綃十幅半浮沉、幽情不解飄何處、要向清波極底尋、懺耀卿選政者有漱芳齋主綺琴軒主

步虛餘韻題詞

步虛餘韻百五十絕、爲吳人淦泉甫稿、蓋感抱黃門、而詞托游僊者、其意可謂遠矣、原稿載同詠樓詩選、篇幅太長、不及備錄、僅摘數首於此、南岳夫人

貌最丰、高盤雲髻碧瓏鬆、縱談甲子前頭事、惹得嫦娥改玉容、不管人間是與非、臥看日月兩丸飛、自從解唱無聲曲、獨自臨風拂素徽、廣寒宮闕近清虛、七寶裝成素女居、我亦有家蟾窟裡、大光明界是吾廬、洞府烟霞似太初、不禪不動自如如、東華昨日傳丹訣、親授先天玉篆書、司花仙子綠雲鬟、海上歸來駕白蜺、贈我一雙寒玉琯、花間吹落紫棠梨、琪樹浮疎映夕曛、萬千紅紫鬬芳芬、苑中日月無寒暑、不似人間有二分、上方山色最瓏玲、表裡晶瑩染淡青、絕妙游仙好詞句、憑人書遍水晶屏、來觀碧海洗銀蟾、天上人間夜色添、莫道神仙無嗜好、愛貪風月亦傷廉、詩後題詞甚多、余尤愛非園舊主吳逢之吉麟作、爰照錄之、新水令繁華夢醒月輪高、莽乾坤、英雄漸老、江湖尋舊迹、風雨感離巢、鳳泊鸞飄、譜出那步虛聲、餘韻稿、步步嬌想當初投筆從戎年正少、看白骨埋芳草、碧血染征袍、偉略雄韜、博得封侯早、宦海歷周遭、怎挂冠歸山去了、折桂令憑叅透好時光、過眼如潮、花開花落、雨散雲飄、問何處可避塵囂、靜叅眞諦、會證蟠桃、這壁廂南華秋水、那壁廂金板檀鐃、說甚麼幾個雲霄、幾個蓬蒿、曾記否、黃粱炊熟太無聊、（江兒水）秋風湘水瑟、明月畫樓簫、理絲桐怕聽求凰操、好張帆且放天河櫂、感浮生又折同林鳥、渾似那雪泥鴻爪、水流山高、將遺愁懷翻新調、（雁兒落）這幾首喚癡聾警世謠、那幾首悶愁懷毫端掃、說不盡岳陽樓酒興豪、說不盡邯鄲道意味消、話無生摩詰共相招、談瀛洲海客渾難道、悟空花對鏡黯魂銷、感浮雲借筆抒懷抱、花朝恨、愁來天地小、寒宵夢未成、酒杯澆、（僥僥令）天上相離別、人間感謝彫、訝傷神、奉倩多煩惱、雖學得太上忘情總寂寥、（收江南）這百五首詩、可當晨暮鐘鼓、發人深省拈花笑、好語呵、珠穿七寶、深情呵、春草苗條、儘教人敬服憑傾倒、心香一瓣燒、心香一瓣燒、再休題一燈風雨讀離騷、（園林好）仰襟懷鳳格鸞標、誦長吟桂檝蘭橈、度金針鴛鴦頻教、借酒杯塊壘澆、託吟咏談元妙、（沽美酒）喜月上梅梢、喜月上梅梢、劈瑤箋攄墨藻、絕比一泓秋水漾銀濤、沒些兒塵擾、楊柳岸、廣陵潮、把閒愁從今盡掃、都收拾入詩瓢、索題詞奈有崔灝、欲效顰慚愧東施貌、只索得山歌村笛儘人嘲、莫問他魏收藏拙、曾輩徒勞、惟道不着些兒堪自笑、（清江引）千潭一月休嫌少、跳出圈兒才是豪、你看那一樹梅花開泛了、

某邑團防

番禺孝廉沈宗疇、號瘦腰生、有是題律詩甚趣、閱竟爲之興歎、詩云、細雨空濛裡、扁舟入境初、行行饒野景、漸漸見民居、跌碎中軍帽、飛來太守輿、屠沽磨麼戟、市井走輕車、陣合魚龍衍、糧分鹿豕餘、胆從今日練、眉趁此時舒、肩背何妨失、頭顱總不如、嚇人眞腐鼠、變相即黔驢、幾見承平久、而能積弊除、欲求功狗輩、好讀相牛書、軍帖拘丁壯、王章付子虛、病民兼病國、呼籲渺愁予、又嘲吳蒙一首、未必迂儒勝老兵、鑽研故紙聳肩行、幾同刺繡描花樣、怕說文章吃菜羹、卻敵可能排筆陣、藏身莫若擁書城、不因嚇碎將軍胆、紙上

雄談尙有聲、

花間冠首楹對

古人楹聯、通無冠首、試翻攟楹聯叢話、及　國朝人諸雜箸可見、俗雖重之、亦惟百工之肆、鄉僻之塾爲然、大雅不尙也、若施諸妓室、則用合其宜、以妓女之名、牽纖佻小巧、取而聯之、不見其拙、衹見其趣、錢塘袁翔甫大令、好爲此體、今據滬游襍記摘入、五言如雪蘭云、雪是天公戲、蘭爲王者香、七言如鳳雲云、鳳簫式按求凰曲、雲錦新裁疊雪衣、二寶云、二月鶯花三月燕、寶兒風貌雪兒歌、素卿云、素面眞堪朝玉闕、卿心難得鄙金夫、十全云、十分春色有如此、全部烟花合讓卿、阿三云、阿子謌宜纖口唱、三辰酒待小鬟催、五寶云、五銖衣稱輕盈體、寶相花宜綽約姿、醉香云、醉我不關數行酒、香君自有千載名、少卿云、少年幾輩遨香國、卿相何人抵艷名、等聯、並皆佳妙、

花間楹對、不必拘拘冠首也、即僅嵌芳名於句中亦佳、蓋此等聯式、並無

定體、只取纖巧而已、憶昔壬辰夏秋間、偕亡室東門女士避暑鷺門、地多流鶯、即俗所謂檻子班也、有吳冬蓮者、工大小曲、頗饒聲譽、友人嬲余訪之、貌可中人、而酬應殊雅、陳設亦復爽潔、壁上楹聯甚多、初有擬長句云、是人物祇管風流、切莫唱大江東去、任菩薩能空色相、也有時並蒂蓮開、冬蓮請于余曰、儂名冬字、非東字也、有以聯贈儂者、率嫌悞書、先生肯補一聯、以正相沿之誤、斯免墨池久浸耳、余頷之、忽忽未就、他日返我鄉居、輒書二語以寄、句曰、冬山如睡春山笑、蓮子爲心鳳子腰、人還訪悉香巢已徙燕去樑空矣、余其負此一諾哉、

陳香雪

吾閩自 國初漳人陳鐵山常夏捷順治會元、至光緒乙未、復得省友陳香雪海梅之捷、蓋相距二百餘年矣、一時傳爲佳話、余雖與君同旅進旅退於矮屋中、然初未謀面、明年丙申、君游厦門、始識之鄰釀壚畔、跌宕不羈、風流

自賞、而一往情深之慨、余亦謝不如耳、曾于所習處見一聯云、牡丹衆人所愛、蘭花王者之香、爲君贈筆、盖隱寓愛香二字也、情之所鍾、正在我輩、況旅邸凄涼、得一工於顰笑者、藉爲窮愁之慰藉、則爲之顛倒、固有心人所不能已已乎、君聞此言、應相視而莫逆、愛香小名阿鸞有姊妹花曰愛雪均台灣産抵鷺門會亢與之遇卽以己字分貽之所以示暱也鸞體脩頎雙鈎復時乞靈於木底余戲呼爲大體雙喜行纏者則每嗤爲大脚鸞云

天然足

余於第一卷作纏足攷、第二卷錄弓鞵詩、亦云世人不言好、獨我知可憐矣、而六寸膚圓、則嫐然無迹、得無笑我拙者之將議其後乎、請補述之、以資談助、蜀江古號佳麗地、文君薛濤、實産是邦、故多瓌姿殊色、獨至裙下雙鈎、恒不措意、居恒輒跣其足、無膝衣、無行纏、行廣市中、聞之初頗尙弓彎、自流賊之亂、慘遭荼毒、張獻忠屠四川則婦人纖足聚成山尖以爲笑樂故至今羣以爲戒、以余所見、粤俗亦然、除廣州三數大縣、纏足不纏足、叅半外、餘縣咸不貴纏足、閑則曳屐、兩

足白如霜、不着鴉頭襪也潘蘭史曾有詩云姍姍响屧出迴廊、底用金蓮貼地香、解識膚圓光緻緻、憐香吾獨愛冬郎比玉能紅比雪香不籠藕覆昵檀郎、一番合德溫磨過敢信昭陽有異香細膩熨貼情景俱到固知非過來人、不能作此雋語他若津門雛鶯有譌爲旂粧者、滬上傭婦有來自蘇州者、榕垣歌妓其籍隸漁戶者同一白足、各具丰神、較諸行纏撟揉索索然一無生氣者、不更徵天然之足貴乎至若斗帳徵酬、溫生素玉正自可令人銷魂也外此與國均不纏足光緻圓潤自以東洋女子爲第一、秀削輕健、莫如歐洲諸國、降及南洋羣島環如列星、其俗土人、雖皆白足、姿首黎黑、無足可觀、姑置勿論惟外國嘗以中國纏足爲非思有以易之、集同志婦女百數十人於滬上、博論此事、美其名曰天然足會此去歲乙未間事、其意藉以易俗行仁、有足稱者尤吾國士大夫所當自爲提倡者也

村狗

蒙近野詔、字廷倫、廣東番禺縣河南堡人、少落拓、不爲婦家所禮、親迎時、婦翁之兄、令作催粧詩、限河南村狗四字冠於每句之上、所以辱之也、蒙應聲云、河漢浮槎到五羊、南風吹送桂花香、村人多少來爭看、狗吠仙姬會阮郎、歸而下帷奮學、期湔村狗之辱、嘉靖壬戌成進士、累官僉都御史、卒爲名儒、入祀鄉賢、至今日蒙氏子孫、且以文學世其家、爲河南右族矣、

行貨當時

宋王介甫未貴時、嘗囚首垢面、以談詩書、膚理如蚾、舅氏饒某輒見而揶揄之曰、行貨亦欲求官耶、及登顯要、以詩報云、世人莫笑老蚾皮、已化龍鱗衣錦歸、傳語晉江饒八舅、如今行貨正當時、蚾蟾蜍也

八比妨詩文

梁茝林中丞輯制義叢話、數引方望溪江若文諸公語、謂凡學詩古文辭、其先不從帖括入手、必不能工、且多淩雜無間架之弊、此言似也、予少好讀有

韻之文、雖連篇累牘、一過輒能背誦、生十有七年、始執筆戲爲之、期而成五七言一卷、即今坊間刊行之庚寅偶存是也、嗣以逐年文戰不利、揣摩之說興、而推敲之事廢、雖有時見獵、欲作馮婦、下筆每苦不類、自知才非中上、愛博難專、而俗學之汩沒性靈、已可慨見、旨哉、隨園老人之言曰、老子云、仁義者、道德之蘧廬也、可一蹴而不可久處也、其制義之謂乎、

親戚成讖

俗但以親戚稱外親、而未有施諸內親者、非也、左傳封建親戚、親戚爲戮等文、皆指父兄伯叔子弟而言、余乙未三月在京邸、得聞長兄及猶子輩之喪、時適脩書與知好、牘尾因并及之、中有嗟予親戚、胡天不弔之語、同寓者見之、詫曰、君瞀耶、胡連及親戚爲、余亦自知駭俗、因不與辨、復易他字始發緘焉、閱數日、外侄孫之噩耗至、而其夏家五兄之外父亦歿、殆無心成讖矣、

虎子

西京襍記、言漢朝以玉爲虎子、侍中執之、虎子溺器也、視玉杯象箸倍萬、而後世不議其僭、侍中文臣也、較執戟唾壺爲賤、而當時不嫌其褻、何也、

宋王兄弟語

宋郊爲相、儉約自奉、弟祁爲學士、游讌奢豪、以十重錦帳覆屋爲長夜之飲、酒闌撤帳、門外積雪三尺、已越三書夜矣、郊使人謂曰、寄語學士、記當日讀書某山寺夜半啜冷粥時否、祁亦使人答曰、傳語相公、試問當日啜冷粥是爲甚底、王介甫爲相、剛愎自用、弟平甫爲學士、獨不以乃兄所行新法爲然、一日介甫見平甫於內閣、使人謂曰、請學士放鄭聲、平甫亦使人答曰、請相公遠佞人、人謂宋祁有兄、王介甫有弟、

滄桑三變

惟同治甲戌、余生於海澄屬之惠佐里、甫六月、 家君忽忽出門、服賈海外、先期偕 生慈磪余附海舶走千里、依中表於濠鏡以居、(今澳門) 濠鏡地本粵

東香山縣轄、自前明西洋人（即衛國）來租地、自設兵房衙署、以衛居人、政令漸從西俗、雖數百年、然猶香山轄也、數年前、葡人肆其要請、總署不察、遽行奏准、舉而畀諸西洋、視同甌脫、滄桑之變、今之視昔、正不知如何耳、少長、家君自海外歸、盡室而南、遂居息力、（今新嘉坡也）是爲英屬政令較他國爲寬、蓋其地爲亞歐之衝、往來輪船、皆出其途、所以優待客民、本如是也、歐洲六七大國、英爲首、法次之、英以商務雄、法以武事著、而不廢商務、法之口岸在越南西貢、實偪我國滇桂、故英人輪船、以息力爲第一碼頭、法則以西貢爲第一碼頭、要之均在亞洲、洲內越南本我籓屬、西貢安在、法有法乃利而據之、此光緒甲申年事、余猶在息力塾中、兒時聞之、不甚了了、及長讀當世名人撰述、始知其詳、未嘗不嘆滄桑之變、能見微而知著、防患於未然之少也、戊子春、侍　堂上二老返閩、出應歲試、連詘有司、癸巳鄉科、作南游之行、過馬尾江、見昔年法越起釁、事機決裂、擾及我之腹地、感憤久之、不謂甲午難突發於日高其餤熾於明秋而未已、臺灣復從此棄也、滄桑之變、竟至是哉、當高事孔亟、日餤方張、遊艦出沒不時、春秋兩閩、咸有戒心、余則以乘此機會、正好冒險長途、藉資閱歷、半肩行李、一個蒼頭、往返萬四千里、蕭然無恙、自覺此行所得甚多、人亦莫我信也、嗚呼、我生之初、則亦有然、我生之後、未知奚若、身世蒼茫、桑田易變、祇覺百端之交集耳、

自同治末年以至今日、亞歐交涉事故甚多、右三事、特紀其大、且皆與我國腹背之害者也、若法佔越南後、復有事於暹羅、割其腴壤之半、暹雖我屬、朝貢闕如久矣、夜郎自大、不意見迫于法也、其他事之類是、（英管領緬甸）與事之小者、（如台灣野番殺日商事）未暇悉書、

林和靖梅花詩

和靖先生梅花詩、疏影橫斜水淸淺、暗香浮動月黃昏一聯、膾炙千古、實爲梅花生色、有强作解事者、謂蘇公曰、此二句詠桃詠杏、亦何不可、蘇公曰、有

何不可、只恐桃杏不敢當耳、冷語出以蘊藉、對無識者固當如此、陳輔之又以爲有類咏野薔薇、梁應來孝廉筆記從而駁之曰、薔薇叢生、初無疎影、花影散漫、焉得橫斜、則更直截痛快矣、

作詩貴性情

尤西堂云、詩之至者、在乎道性情、無性情而主風格、是鶩集翰苑也、無性情而炫華采、是雉竄文囿也、無性情而誇聲調、亦鴉噪詞壇而已、余平日不熟西堂詩、然不能不心服此論、

好教此輩永不識

東谷所見載一主一僕行役、忽登一山、穹碑大書大行山三字、主欣然曰、今日得見太行山、僕笑曰、官人不識字、祇有大行山、安得太行山、主叱之、僕曰、官人試問此間土人、若是太行山、某罰一貫、若是大行山、官人賞一貫、主人笑許之、至一村塾、老儒出接、主具述其事、老儒笑曰、主當賞僕矣、此祇是大

行山、主不得已、退而賞之、僕即欣然沽酒飲、而主意卒不能平、復見老儒曰、將謂公士居、必有可證、何亦如蠢僕之言耶、老儒大笑曰、公可謂不曉事、一貫錢細事耳、好教此輩永不識也、以今攷之、又確有大行山之號、此僕可謂談言微中矣、然老儒好教此輩永不識之言、則尤爲排解之善者、故錄之、

化學原質多中國之物考

古人所知化學之事甚少、見於墨子諸書者、說焉而不詳、其誕者則創爲燒煉黃白之說、要皆膚庸不足信、百年來、泰西人士踵接中土、格致之學、乃明於世、而化學即格致中之一門也、查化學物質、分爲二類、一曰原、一曰雜、雜質由各類原質互合而成、故原質則自中國嘉道而還、即西歷一千八百年以後、共攷得六十四種、六十四原質中、又分爲二類、一曰非金、一曰金、非金類者、若養、若輕、若淡、若弗、若綠、若炭、若燐、若碘、若硫、若溴、若砷、若矽、若碲、若硒、是也、金類者、若鏭、若鋤、若鋰、若鉀、若鈉、若鎂、若鍶、若鈣、若鋇、若鋁、若鈦、若

鉺、若鏑、若鋃、若錯、若鉽、若鋯、若釷、若鉛、若鐵、若錳、若銅、若錫、若鉛、若鉾、若銑、若鈾、若鉍、若鎳、若鈷、若鉻、若銦、若鎘、若鎢、若鉛、若銻、若鐠、若鈮、若鉭、若鉀、若鉬、若金、若銀、若汞、若鉑、若鈀、若銥、若釕、若鋕、若銖、是也、譯書家以其中之硫、燐、炭、汞、鉛、銅、鐵、錫、金、銀等質、皆中國自古所有之物、其餘則中國罕有之物、尙無定名、乃創爲以上諸字以名之、所創之法有二、一以平常字外加偏旁、而爲新名、仍讀其本音、如鈰、鈞、鉀、鎂、之類、一以字典內不常用之字、釋以新義而爲新名、如鋅、鈷、鉀、鉑、之類、果若是、似養、輕、淡、弗、綠、盈天地皆有之物、及硫燐炭鉛汞銅鐵錫金銀爲中國古有之物之外、遂非中國所有矣、不知有不盡然者、中國留心化學之士、頗能探攷其源流、博稽其同異、著爲論說、具見格致學會、茲採錄其考据詳明、文理曉暢者、串釋如左、

○養者何、即中國所謂和煦之氣也、能生養人、畜百物、故譯書者名之曰養、論其體則無色無臭無味、而有動靜二性、如水與坭土水晶火石、以及各種

定質、養氣在其中、皆隱而不顯、此則靜性也、一旦燃而燒之、熾而爆之、其性遂猝然大變、忽而發火、忽而現光、此卽動性也、原質中以此爲最多、地球體涵三分之一、天氣內涵五分之一、水道中涵九分之八、化學家謂世間人每日呼吸需養氣七十五億斤、禽獸每日呼吸需一百五十億斤、苟無養氣、物不自生也、其在六十四原質中、惟除弗而外、不可配合、餘皆可配合、況地球中之金石等物、亦惟養氣化合而成、養之用誠大矣哉、（此條兼採李國英楊毓輝二人之作）

○輕者何、卽中國所謂輕微之氣也、水中含此氣最多、人試立于水濱、便覺有涼爽氣、而不甚大、此輕氣之驗也、論其體、萬物中以此質爲最輕、比養氣且輕至十六倍、比空氣輕十四倍半、其純者無色無味、而性易燒、試取純輕氣盛於瓶中、入以燭火、則其性立燃、若空氣二三體質與輕氣一體質相合而燃之、更能爆烈、故取輕氣時、不可使養氣和入也、輕氣之用甚廣、裝入球中、可以帶人上升、卽今之輕氣球也、善與他氣化合、合炭爲炭輕、合綠爲綠

輕、與養氣化合則成水、如河水海水滑水滀水鹹泉水熱泉水上智泉水、皆輕氣合養氣所成、固人物所賴以生者也、此條亦採諸二人之作

○淡者何、即中國所謂爆烈之氣也、中國製造火藥、即須此、試將火藥燃之、則聲發甚宏、化爲氣而遠去、其氣即所謂淡氣也、淡氣之體雖淸淨無爲、而其性實猛烈、與別質化合愛力皆甚少、性究好熱、遇熱則爆而遠颺、仍爲氣質矣、其氣萬物中多涵之、天氣內涵十分之六、亦無色無味、不能自燃、不能獨養生命、故置生物於淡氣中、則立即氣悶、投火於淡氣內、則立即鬱塞、以無養氣均勻故也、論其用、爲造一切火藥、棉藥、汞藥、爆藥、銀爆藥之要品、其雜質中有淡養五、即硝強水、凡化分化合及變化金類、均需之、可見淡氣爲化學中所不可少之物也、同上

○弗者何、即中國所謂酷毒之氣也、感受其氣少許、即不可當、蓋毒氣足以害人也、與綠氣及碘質溴質無甚懸殊、其體常藏於鈣中、而成鈣弗礦、西人

鍊取金類、每用之爲配合之料、故遇金類及玻璃、則牽合之力甚大、至與輕氣化合而成酸類、其用尤宏云、上同

○綠者何、即中國所謂黃綠之氣也、食鹽內含之最多、動植物內之流質、以及金礦、均含是氣、色黃綠、故名曰綠、氣味難當、極多之空氣內有此少許、然不可吸、吸則肺管痛癢而大咳、論其體、氣質中以此爲最重、約比空氣重一倍有奇、若冷至六十餘度、再以四倍之空氣壓力加之、即成流質、色純黃、惟不易結冰、雖冷至下二百二十度仍如故也、若其用則爲漂白滅臭之要物、凡各種顏料所染之色、一沾綠氣、其色頓滅、各種惡臭之氣、一經綠氣化合而亦滅、可驗也、至與別質化合亦甚多、如鉀綠、輕綠、綠養、鈣養綠、鈉養綠等皆是、輕綠即輕氣綠氣合成者、所謂鹽強水也、然則綠固化學中實有用之物、亦醫藥中最有功之品哉、上同

右輕養淡弗綠五種、皆非金類也、皆中國之所有也、

○炭者何、即中國之炭也、中國煤炭等物、皆含炭氣、凡近煤火炭火之處、久則其壁自黑、即炭氣也、常見之炭爲黑色、脆定質、無味無臭、而能經久、嘗有西人查驗二千年前火山所噴之處、其跡尚存、此經久之明驗也、故西人挿木樁電杆、外炙令焦、意取諸此、地產之物、草木金石鳥獸、皆含之、世人所貴之金剛碹石、即純炭結成、又筆鉛木炭烟炱以及數種石類、亦爲炭化合所成、其氣質相通也、論其用、則研爲細粉、鋪於物上、可收一切臭味、以入藥品、則可解毒、（凡人悞食鴉片馬前槙非阿等毒物、用炭粉和水飲之、其毒可解）又作濾器、（今市上所售之玻璃水漏）可以濾污濁之水、使之自淸、與別質合成爲雜質、俱有用、如炭輕炭硫二鉀二衰三鐵皆是、鉀二衰三鐵水、與鐵二養三水相合、則成藍墨洋藍、用作染料、極是妙品、（此條參用李國英楊毓輝王輔才三人之作）

○燐者何、即中國之燐火也、（俗又名鬼火）張華博物志云、戰鬥之處、有人馬血跡年久爲燐、著地及草木如露、不可見、行人觸之、著體有光、拂拭則分散無數者也、本不足異、而世不察、以爲鬼物、亦已過矣、嘗考燐之體無獨成者、動物植物沙石田泥俱含之、禾麥之含此質、皆聚於穀仁、而桿幹中則略少、尋常所見者其爲色也白、質輭如蜜蠟、水不能化、必須衣打酒或火酒油而始鎔、若露而放之、即與養氣化合、熱自初度至十五六分便能自然、故必須貯之水瓶中、至其用亦不少、動物植物俱賴以生長、蓋燐與養鈣化合、爲鈣養燐養五、而成動物之骨、故骨中之燐爲最多、農者有用獸骨壅田者、亦以骨中之燐、能肥禾稼耳、且燐之性易燒、故自來火用之、是爲人生日用之一宗要物耳、此條參用李楊二作

○硫者何、即中國之硫黃也、中國臺灣一帶、及外國火山所産甚多、色黃質脆、與金類化合則成鐵硫銅硫鉛硫鋅硫等礦、其他石膏內亦有之、以迄動植各物、皆含硫質、銀匙入鷄蛋、用久匙黑、緣鷄蛋中亦含硫耳、硫黃之體厥有二形、地中爲披皮橙形、出地後經燒煉乃變爲長方形、若致力擦磨、即能

生電、有臭氣、惟性易燒燃、其火焰成淡藍色、火酒及衣打酒松香油皆能鎔之、其用極溥、中國昔第用之藥料、惟西士推闡其益、以之配成襍質甚多、如輕硫、硫養二硫三養二硫養二之類、其硫養卽與養氣合成者、是謂硫强水、可爲化合化分之用、蓋化學中第一要品也、同上

○⿰石布者何、卽中國之硼砂也、硼砂一物中西皆有、⿰石布卽在硼砂中、蓋⿰石布之質無獨成者、化硼砂而始見、初與養氣相合而成⿰石布養、是爲硼砂、再將硼砂化而分之、始得純全之⿰石布也、其形有三、一爲晶粒形、其色如金剛鑽、一爲半明定質、其色如筆鉛、一爲暗定質、其色黴綠、功用亦宏、略與下文矽同、此條參用李王楊三人之作

○矽者何、卽中國之水晶玻璃石也、中國所產晶石、質甚明亮、其中卽合有矽、矽無獨成之質、亦化晶石而分之、始見此矽耳、西人呼晶石等爲矽養、其實所含養氣極少、而矽居多、矽之形體與⿰石布同、其三品本係地球中最多之

質、晶石而外、竹篙籐皮、大半矽與養氣合成者、又尋常透明之玻璃、皆用鉀養矽養三、或鈉養矽養三、與鈣養矽養二、化合而成也、同上

炭也、燐也、硫也、碲也、矽也、此五者、與上文養氣、輕氣、淡氣、弗氣、綠氣、同爲非金類者也、非金之類、十有四種、乃僅誌其十種者、則以碘溴碲硒、爲中國所不經見也、文故從省、以下論列金類、凡爲中國所不經見者、概從此例、

○鉀者何、即中國之火硝也、鉀非火硝、鉀養淡養五、乃爲火硝、中國無鉀、而有火硝、使中國亦化而分之、即可得鉀於硝之內也、論其體、取鉀粒剖觀之、爲質甚白、而生繡亦易、不冷不熱、輭如蜜蠟、至下三十二度則甚脆、其用雖不宏、既與別質化合鉀養淡養五、是爲火硝、亦國家武備之要云、此條參錫王二人作

○鈉者何、即中國元明粉及食鹽也、鈉非元明粉食鹽、鈉養硫養三、乃元明粉、鈉綠乃食鹽耳、然鈉在西國、亦無獨成之質、使中國取元明粉及食鹽而化之、即可得鈉也、凡植物中亦多含之、體似鉀、而色略白、投於沸水、即能自

燒、冷水則否、顆粒之鹽、幷爲鈉與炭化合而成、故名之曰鈉養炭養二、此外若蘇特硝、即鈉與硝強酸化合所成、故名之曰鈉養淡養五、西人需鈉以化物處尙多、恒稱鈉爲最有用之質云、同上

○鈣者何、即中國之石膏也、鈣非石膏、使中國取石膏而化之、即可得鈣、即謂鈣爲石膏可也、其與硫養三化合所成曰石膏、別與養氣化合所成曰石灰、以至大理石、珊瑚、白石粉、蛤螺等等、亦爲鈣養炭養化合而成、鈣之化合、爲用有如此者、然化合是雜質、非原質、鈣之原質極淨、色淡黃、加熱至紅色、即化、再加熱則現白光、可打成薄片如紙、此條用楊作

○鋁者何、即中國之寶石也、鋁養爲寳石、化寳石而得純鋁、是中國無鋁而有鋁也、其色白、其質堅、與銀無異而較輕、價值則兩倍於銀、雖在空氣中遇濕氣亦不生鏽、若打爲薄抽爲絲、擊之、其聲甚大、西國人常以製遠鏡筒、幷洋琴板、其與別質成配合者、有如鋁二養三化合而成、即爲寳石矣、他如鋁

$_{二}$養$_{三}$矽養$_{三}$化合而成、即爲生泥、鋁$_{一}$養$_{三}$三硫養$_{三}$與鉀養硫養$_{三}$幷水二十四分劑化合而成、即爲白礬其用不可謂不多、故化學家嘗謂鋁在土金中爲最有用、（此條參楊王作）

○鐵者何、即中國之黑鐵也、鐵用之廣由來久矣、史記貨殖傳、邯鄲郭縱、以冶鐵成業、蜀卓氏之先趙人及魯人曹邴氏亦然可見裕民富國莫如鐵矣、其純者爲熟鐵、含炭者爲生鐵、鋼鐵、熟鐵體柔、鋼鐵生鐵體剛、而結力最大、論其用可以打薄、可以引長、幷可以任車、中國自古以來、即用造軍械農具、西人推廣其用、造房屋築橋梁製輪船範車軌皆惟鐵是賴鐵之用遂超出乎五金之上、而爲民生國計之大、（此條用李作）

○錳者何、即中國之粗鐵也、李瀕湖本草綱目、呼之爲無名異者是也、庚寅春間湖督張曾派員前往大冶一帶屢勘錳鐵等礦、見湖北官報、此後礦務如能逐漸推廣、將見二十二行省、地不愛寶、中國凡遇製造之大、皆免取材於外國矣、豈獨錳爲然哉、即以錳而論、色灰白、形性略如生鐵、質脆而堅、爲鑽挫所不易入、有角之粒、可劃玻璃、若與別金化合、所用亦廣、惟提純質非易耳、至於地產之錳養二、爲物甚多、研爲粉、可作玻璃及漂白粉、又與別質化合之物、其色皆如玫瑰、亦大有裨於化學之用、（此條參王楊作）

○銅者何、即中國之赤金也、漢書赤金丹陽銅也、師古曰、金者五色黃金白銀赤銅青鉛黑鐵、蓋中國之銅、與西國無異、質略帶紅色、而不甚硬、可搥爲片、可牽爲絲、并可引電傳熱、在空中不鏽、受濕氣過甚、止生綠皮一層、其礦之種類不一、形體亦不同、若得別金相合、其爲用也甚廣、如炮銅、即淨銅九十分錫十分合成者也、黃銅、即紅銅六十六分鋅三十四分合成者也、鐘銅、即銅一分錫十分合成者也、宣爐銅、即銅九十一分錫二分鋅二分鉛一分合成者也、其餘鼓鑄錢幣、製造器用、均需之至、與養氣合成銅養、尤爲化學中工藝最要之物夫、（此條參用李楊王三人作）

○錫者何、即中國之白錫也說文錫在銀鉛之間、徐曰、銀色而鉛質也、化學家亦謂錫之色白如銀而較輭若屈曲之簌簌有聲、是中西之錫、其體無甚懸殊也、常用者有二種體純者爲紋錫體粗者爲塊錫雖遇濕氣亦不生鏽、且打薄亦易鑄成各器亦甚光亮與養氣合則成錫養、錫養亦有用之質也、此條參李王作

○鉛者何、即中國之靑鉛也中國又名爲黑錫、攷正字通錫類生蜀郡平澤、今銀坑處皆有之一名黑錫、錫白故鉛爲黑錫李瀕湖曰、鉛易沿流故謂之鉛、大抵鉛之質過於軟、而結力亦小遇空氣則銹一層能保全質不再銹、加熱而鎔、冷則縮小甚多、故罕用模鑄爲器然用宜其位亦自有功、上海外洋通行自來水管、地火管、皆鉛是賴、亦可軋薄以蓋屋若與他質化合用尤廣、如白鉛粉即鉛與炭養二合成、紅鉛粉即鉛與養氣四合成硬鉛與酸醋合則成鉛養酸醋、黃鉛與養氣合則成黃鉛養、鉛養、鉛糖、其他如白鐵釬、即鉛

二分錫一分所合也作字粒之鉛字、（今活字版字粒）即鉛三分、錦一分所化也、（此條參用李王楊作）

○鋅者何、即中國之白鉛也、白鉛一物、中國古無而今有、蓋其質無獨成者、常見於鋅硫礦、及鋅養淡養礦、色藍白、性堅脆、加熱可以摺疊搥打、若熱過其鎔度、即化氣、遇空氣而燒焚、變成鋅養也、此質亦爲有用、鍍鋅於鐵皮鐵即不銹、若與綠氣合成輕綠、則可收淡輕氣、輕硫氣、以及臭惡之氣、并可使動植各物、不至有朽腐久壞之虞、雖不及靑鉛之用之廣、然亦極有用之物乎、（此條參李楊作）

○鉮者何、即中國之砒礵也、砒礵非鉮、乃鉮養耳、然取砒礵而分之、便得鉮於鉮養之內矣、本列金類、以其從砒出、亦有列于非金類者、要之其色如鋼、質極脆、可研爲細粉、恒見於銅鐵錫礦、純質極少、與別質化合之用則甚多、銅養鉮養三、可作綠顏料、鉀養鉮養三、可作藥材、得硫化合成鉀硫三鉮硫

五、即雄黃雌黃也、如砒礵、乃鉀與養氣化合所成者、性大毒、能殺人、然以擦動物之身上、則又可永不腐爛矣、（此條專用楊作）

○金者何、即中國之黃金也、中國黃金自古已貴、前漢書食貨志、金有三等、黃金爲上、書洪範、金曰從革、傳云、金可以改更、疏云、可以銷鑄爲器、又從革作辛、傳云、金之氣味、疏云、金之在火、別有腥氣、非苦非酸、其味近辛、西人言金大略相若、是中西之金質從同也、色極黃、性極韌、可造成極薄之葉片、極長之細絲、質純者、體軟如鉛、加大熱即鎔、鎔後復硬、惟略縮小、無論寒暑燥濕、皆不發銹、以之作金幣、（西國如英美等皆用金盾）器皿、須加銅十分之一、始能耐用、以煉金薄、可作包金之用、亦極光亮、若與養氣化合、則成金養、與綠氣化合、則成金綠、照相亦有用之、是爲金之雜質、（此條參李楊作）

○銀者何、即中國之白金也、中國之金三品、白金居其中、蓋古無銀稱、白金即銀也、質硬于金、而輭于銅、可抽細絲、可捶薄片、在礦中嘗與硫相合、或兼含他質、其在空氣中能不與養氣牽合、故久露不銹也、若以之造錢幣器皿、亦須攙銅少許、始能耐久、近西國銀圓流入中國、中皆略攙銅質、然銀圓攙銅、理不可易、西國自古已然、匪今斯今耳、其入銅多少、均有定率、英國銀圓、每銀十一分、銅一分、美國銀圓、每銀十分、銅一分、可考者如此、我曾謂中國宜倣而行之此中便民裕國之處甚多暇當別著論以明其效又可鍍於銅鐵玻璃等器、亦甚光亮、至與綠氣配合、則成銀綠、尤有裨於工藝之用、此條參考楊王作

○汞者何、即中國之水銀也、中國水銀甚多、係丹砂所化、西國則呂宋、奧地利、秘魯、墨西哥、舊金山所產甚多、色白而體重、獨成之汞、間亦有之、然不如含硫者多、即汞硫礦也、由礦取出、必加鍛煉、始得純汞、凡遇空氣及濕氣、俱不生銹、其質甚密、不冷不熱、爲流質、冷至三十九度、則凝結如鉛、可製成薄片、熱至三百五十度、則沸而化氣、其體質變化無定、有如此者、功用尤宏、凡寒暑表、風雨表、各種藥材、各種返光鏡、及在礦中之金銀、必有賴乎汞、其礦

質合成之汞養、即三仙丹、汞二綠、即輕粉、亦皆爲有力之藥、此條參李楊作此金類十四種、皆中國之所有也、合上文非金類十種、是於六十四原質中、得其二十四矣、吾嘗聞諸化學家云、金類雖多、其用自以非金類爲宏、中國有其大半、而不知所以用、坐令天地精奇、遲之又久而始彰、則不講格致之咎也、然西國化學之精、爲時亦未甚久、査嘉道以前、所攷原質不過二十有九、自是而降、續攷得三十又五、而爲六十四原質、近有英人勞君斯珥於六十四原質外、增攷金類四種、合爲六十八原質矣、即物窮理、理窮知至、中人何遜乎西人、惟於理有未窮、故其知有不至、深願吾人不以學于人爲恥、而以不能取諸人以爲善之爲恥也、吾甚慕李王楊之知恥好學、爰抄錄其所作、以爲有志斯道者告、李君安徽合肥縣人、附貢生、楊君廣東大埔縣人、生員、王君浙江鎭海縣人、附生、學者倘若窺其全、除上海格致書院所刊課藝、復有列邦西儒所撰之書在、如据今日已譯化學書、欲求善本、必以英士傅君蘭雅所譯之化學鑑原初續補三編爲最、餘亦可泛覽、光緒丙申孟夏由書創稿將半忽聞家君在星洲臥病急於南行輕裝就道抵地剛十日而 先君棄養慘當大事負百倥傯忽忽未暇此書遂亦置之是歲葭冬奉 生慈命扶 先君靈柩歸厝於門之初旬安葬工畢爰再伸紙吮毫附錄舊作以卒此業云是冬十二月十四日記此

記丙申十一月歸舟

丙申十一月十四日、由星洲買舟東渡、十七日冬至、北風大作、十九日過七洲洋面、是夜風浪尤甚、船勢掀騰、大起大落、水溢入艙、幸不占滅頂者間不容髮、事過情留、得詩三首、寄星洲社中諸子、藉報無恙、其一 我昔夢游仙、夢登崑崙頂、仙侶挾之偕、倏忽去來迥、駕我呑舟魚、云渡弱水溟、閉目無所覩、鯨背水沒脛、側耳無所聞、濤聲但鴻涬、忽然風雨來、攉將天地竝、大力負而趨、重類扛神鼎、壯哉得此游、已越三山挺、罡風高且寒、當之殊浣洗、無何日馭融、神雞驚我醒、幻境記依稀、至今如酩酊、此會賦歸與、蒼茫汎孤艇、海水自天來、應與游仙等、長嘯豁雙眸、當前逈炯炯、其二 風人愛多風、見風胸輒盪、不

競笑南方、歸舟快所想、南風送我還、北風迎我往、頃刻駕長風、已出南荒壤、前途一望遙、浩然憑俯仰、上有天蒼蒼、下有水瀁瀁、水天鎮相連、舟中足吟賞、余欲手捫天、天高難運掌、風狂識我狂、激將濤十丈、如挾余登天、如催舟直上、起落迄無端、廻環互震蕩、但見雲飛揚、欲避風聲響、始信宇宙間、奇觀此深廣、君看表海東、稱雄在泱泱、其三 舟行已千程、連日風不退、意云長至期、狂風本相背、分水有靈機、力可萬牛賽、誰知撓舟行、風捲水成隊、海日長歛芒、宵來更憒憒、觸我望風思、溯洄徒宛在、行囊滿新詩、檢之當談對、舟中無聊連日許閣社課 篷窗燭不明、驚濤忽入內、摧堅如拉枯、何止力破塊、水重舟自輕、浮沉一而再、風伯猶高號、舟人心已碎、舟師走蹌踉、指揮諸沸潰、毀器汲橫流、堵門當堰埭、或且速我輿、丹鉛毋詩愛、一笑揮以肱、勿得來詬誶、苟其老龍頑、來觀吾吟態、吾當吟與聽、一吐吾磈礧、不然是謫仙、更與吾沆瀣、揮手從之游、亦無干卿輩、生死顧等閑、丈夫貴慷慨、吾言已畢詞、君又何置喙、斯時客

聞言、僵走惟惶昧、如聞私語吾豈眞死無悔、附載於此、盖不勝蹤跡之感矣、

晏嬰章子對君語

以先妾稱母者、章子有然、以先臣稱父者、晏嬰有然、章子對齊威王之言曰、臣非不能更葬先妾也、晏嬰對齊景公之言曰、君之先臣容焉、一則大難索解、不可爲訓、一則對君而言、固自有說

廿四孝有兩女

千家詩二十四孝、皆隨手編輯之書、都無體例、失之簡略、千家詩選手署名竟陵、其爲僞託無疑、以不應如是之襍亂無章、村蒙學詩、苟從此入、終身皆不得其門矣、二十四孝雖不著編輯姓名、然所以教孝、有足嘉者、固不妨奇庸並列、賢愚同歸、其失之略、正以便村蒙之記誦、意爲前朝蒙師所編輯、未可知也、坊間刊本幷附圖繪、除堂上乳姑一則爲婦人、餘皆男子、不知搤虎救父一事、嘗見劉敬叔異苑、楊香、故好女子也、坊本偶失聲敘、圖者遂悞爲

男子、此當急宜改正、

名士

名士如珠玉、雖無用而不可少、見困學紀聞註、華陽王曰、家兄也不知我是名士、見傭吹錄、此飲酒賦詩名士、乃名士之緒餘、非眞名士也、眞名士到底怎的、曰、有諸葛公一個好榜樣在、

醒報

中朝自前明已有邸報、僅載官牘、不及民間淸議瑣事、泰西近代始爲報紙、中國自通商後始踵行之、創始香港、推及上海、廣東及南洋等處、去年日本亂平、福報、蘇報、時務報、知新報、復相繼起、存庶人淸議之權、通寰瀛萬國之故、意甚善也、惟內地動多忌諱、如昔年廣報指斥疆吏李某、縱賭殃民、其主筆即因此繫獄、强學會報、康工部立論昂激、常熟楊莘伯侍御崇伊、即据風聞奏禁、近且有請禁蘇滬各報者、坐使志士箝口、其弊不至率天下而盡爲

聾瞽之人不止、吁、可哀已、吾友林文慶醫師、（在英京考授大學醫師職照現歸星州售技兼充義政局人員）有見及此、慨然而興、念南洋爲亞歐之衝、見聞頗廣、又內地疆臣權力所不及之處、可無避忌、似當創設一有益報紙、集天下之公言、新吾民之耳目、乃囑閩清徐季鈞秀才亮銓草其節目、命名曰醒、取曾劼剛襲侯先睡後醒之意、所以冀中國也、集資用股、仿西國有限公司之例、所以通聲氣也、持以示余、余曰、有是哉、林君之熱腸也、宗旨既佳、章程既正、文章何患不美、惜余奉諱返閩、怱怱不暇商辦、又以規模太大、股本甚宏、自非一手一足之烈、可以旦夕幾事之成否、尚在不決、然南洋之衆、不乏英才、當有聞風而起者、余拭目俟之、

小說

本朝小說、何止數百家、紀實研理者、當以馮班鈍吟雜錄、王士禎居易錄、阮葵生茶餘客話、王應奎柳南隨筆、法式善槐廳載筆、清秘述聞、童翼駒墨海

人名錄、梁紹壬兩般秋雨盦隨筆、爲優、談狐說鬼者、自以紀昀閱微草堂五種爲第一、蒲松齡聊齋志異次之、沈起鳳諧鐸又次之、言情道俗者、則以紅樓夢爲最、此外若兒女英雄傳花月痕等作、皆能自出機杼、不依傍他人籬下

小說家言、必以紀實研理足資攷覈爲正宗、其餘談狐說鬼言情道俗、不過取備消閑、猶賢博奕而已、固未可與紀實研理者絜長而較短也、以其爲小說之支流、遂亦贅述於後、

紙錢

尤西堂悼亡詩云、平生不識開元字、今日多多送紙錢、按紙錢爲古所無、唐書載開元二十六年、王璵爲祠祭使者、以紙錢代帛、故西堂詩云然、此亦一作俑類也、

水滸傳

元人施耐菴、賣弄才情、希名後世、與他人窮愁抑塞、發憤箸書者不同、金聖歎嘗言之矣、耐菴何題不可箸書、何必取群盜而鋪張之、蓋因史有宋江三十六人一句、以三十六人之多、然後足供揮灑也、此亦聖歎之言也、相傳耐菴撰水滸傳時、憑空畫三十六人於壁、老少男女、不一其狀、每日對之吮毫、務求刻畫盡致、故能一人有一人之精神、脈絡貫通、形神俱化、惟小說家言、信筆揮洒、不無失檢、聖歎從而潤色、托之耐菴古本、遂覺洋洋大觀、何物羅貫中強起干預、妄行續貂、七十回以前、被其竄亂者、亦復不少、實水滸一大厄也、至毅然以忠義之名褒群盜、更爲耐庵所不及料、後人不譏貫中、而譏耐庵、曷不取聖嘆所批之本而觀之、此雖事之小者、然實關繫於人心風俗之大、余故不能已於言、又羅貫中後人三世皆啞、俗指爲耐菴事、亦誤

梁山泊

詩文雖小道、小說蓋小之又小者也、然自有章法、有主腦在、否則滿屋散錢

從何串起、讀者亦覺茫無頭緒、未終卷而思睡矣、卽如紅樓夢以絳珠還淚爲主腦、故黛玉之死、寶玉一痴而不醒、從此出家收場、無事紅樓後夢也、西廂記以白馬解圍爲主腦、故夫人拷艷、紅娘直認而不諱、從此名義已定、無事再續西廂也、水滸主腦在於收結三十六人、故以梁山泊驚惡夢戛然而止、意在於箸書、故可止而止、不在於群盜、故憑空而起者、亦無端而息、所謂以不了了之也、此是箸書體例、非示人以破綻、後之不察、紛紛蛇足、幾何不令讀者齒冷、

梁山泊辨

梁山泊不知在何處、談者津津、堅稱世間確有其地、及問其地之在何處、則又東稱西指、莫定主名、大抵人情好怪、不稽事理、隨聲附和、往往而然、不爲喝破、反增疑竇、使無識者日馳情於無何有之鄉、則當世之惑、而人心之害大矣、今按宋史、並無梁山泊、而有梁山濼、梁山濼、雖爲盜藪、究與宋江無涉、

宋江事見徽宗本紀侯蒙傳、張叔夜傳者、大略相同、三十六人、除宋江外、皆不著姓名、更何有於梁山泊、其屬杜撰可知、若梁山濼事、見諸蒲宗孟傳、言梁山濼多盜、宗孟痛治之、雖小偷必斷其足、盜雖衰止、而所殺甚多云云、徽論與江無涉、且宗孟爲神宗朝人、其去徽宗朝亦越數十年也、作者隨手扭揑一梁山泊地名、亦猶三國演義之落鳳坡、本無心於牽合、談者求其地以實之、不得、或遂指梁山濼爲梁山泊、如今時四川之有落鳳坡者、究未可知、要爲齊東野人之言、非大雅所宜出也、

仁兄小弟出處

今人署欵稱人自謙恒用二者、二者出處、均有所本、仁兄本漢書獨行傳、小弟本唐人說部也、

失傳

李華三賢論、稱劉挺卿詩、至比之元德秀蕭穎士、陸游稱呂咸叔和蘇詩百

首字字工妙、然兩人詩皆失傳、昔人謂吾輩留得幾句歪詩、被後人指摘、亦是幸事、此言果不予欺也、

失當

李贄極稱武曌馮道、丁謂極稱曹操司馬懿、至比之聖人、夏竦極稱李林甫、彼小人不知中庸而無忌憚、本不足責、乃賢如朱考亭蘇潁濱、一以文章道德稱王安石、一以鍼量稱牛僧孺、又是何意、此等處終屬失當、不能曲爲之說、

父母異稱

舊唐書王琚傳、明皇稱睿宗爲四哥、明皇子棣王傳、棣王稱明皇爲三哥、四朝聞見錄、高宗稱韋太后曰大姊姊、此等稱謂、實在不可爲訓、今泉屬鄉僻有呼父爲阿哥、母爲嬸、又人呼庶母爲阿姐者、與此將毋同、

詩[illegible]

詩中所稱父母、有時不必専指已之父母者、如日月之詩曰、父兮母兮、畜我不卒、是莊姜呼莊公爲父母也、杕杜之詩曰、王事靡盬、憂我父母、是指戍役之君子爲父母也、沔水之詩曰、莫肯念亂、誰無父母、傳曰、京師者、諸侯之父母也、正月之詩曰、父母生我、胡俾我瘉、傳曰、父母謂文武也、讀者皆不可不知、

陋俗

鄉僻陋俗、指不勝屈、莫甚於南縣屬之納嫂爲妻、兄終弟及、輕薄者比之生員之挨缺補廪、雖屬虐謔語、可以見其概矣、不知此事大干禁例、律載弟納兄妻者斬、兄納弟妻者絞、戶族尊長及隣右知情不舉者、以黨惡論、乃村氓無知、犯之貿然、族長隱忍匿而不舉、遂致相習成風、淪爲獸窟、不大可哀耶、愚維此等惡俗、積重難返、諭以禮義而莫之知、儆予唇舌而莫之諒、蠢蠢然如鹿豕、有心人安忍與之終古、安得賢有司訪獲三數愚頑、寘之重典、庶幾

徵一警百、而澆風于以少戢耳、中國自翔爲文明之邦最講節義此等陋俗不能禁除最爲可歎

送行詩

今冬余在星洲之將返也、同社諸君競爲詩歌以祖余行、洋洋灑灑、不下千數百言盡由星報分日錄登報牘矣、余尤愛安溪李生竹癡七律二首、爲情眞語摯、是時竹癡亦自有緬甸之行、倚裝吟云、斷腸誰忍別離聲、我更依依未了情、一日程門殷立雪、三年馬帳許聞箏、劇憐小住成虛願、誰信先鞭指客程、終是勞人悲草草、天涯落日又孤行、漫言孤棹自行行、酒幔河橋感不勝、交果通神無二致、別猶忍淚對先生、浮萍瀏迹隨流遠、泉水歸山舊日清、一樣分馳勞燕異、教儂此事未分明、此外若許允伯進士陳十梅廪生盧桂舫徐季鈞劉建平三茂才李侶影王會儀兩主筆之作均刻入星報中矣

國士衆人

豫讓國士衆人之說、雖非正論、自是確論、錢竹初明府題豫讓橋云、愛士須

愛徹、愛馬盡馬力、長芻數束豆數升、縱有騂騮氣先塞、此詩已經隨園採入詩話、余愛其痛快、故贅錄於此、

辛達士

英員辛達士、以字行、少游粵東、嘗讀中國書、見客能操粵語、無事舌人也、本任新嘉坡巡理府、猶我華之太守者焉、故華人競以太守呼之、爲人謹飭廉幹、饒有政聲、每逢七日假期、退處私衙、不妄出戶、私衙與制軍第爲鄰、亦公家業也、孑然一身、了無梅鶴之累、日惟展閱中西書籍報紙、以銷永晝、客至則瀹茗清談、移時忘倦、余在星洲、屢相過從、見其暖暖姝姝、無西人習氣、未嘗不心焉愛之、未幾檳榔嶼華民政務司遺缺、調君往署、遂別去、

奚爾智

星嘉坡之有華民政務司、何以稱也、英吉利政府知數十年來商埠廣開、中國內地、如粵如潮如厦、窮檐婦女、被奸民誘掠出洋、轉展抑勒者、不可指屈、

乃特置司官一職、以重保護、故又稱護政司、轄各一員、不獨星洲、星洲之始任此職者曰畢麒麟、繼之者曰奚爾智、皆勤厥職、奚尤長於幹濟、除保護婦女外、解散會黨以十數萬計、會黨非他、即內地歷年滋事漏網奸徒、私立名目、迫脅善良、小則貽害民生、大則阻撓國計者也、君以隻手薙而去之、不張皇不姑息、而民起安居樂業之思矣、宜彼都人士之所亟許也、保護婦女之政不一、最著者則有保良局、局員以華人爲之、君時接見會員、周諏民隱、而猶有未盡善者、則以中西法律不能從同、男女之際、爲尤甚云、余與君有一日之雅、嘗抗論當世時事、頗得要領、始悉君足跡幾遍東方、其知之也稔、故其言之也詳、蓋亦有心人也、

林文慶

林文慶醫師者、余同年友三山黃黻臣孝廉乃裳之快婿也、少日讀書英倫大書院、學成考授一等職照、歸而售技、即以字行、一時聲名藉甚、咸謂林氏

有子矣、君居英久、改從西裝、及返星洲、見夫文獻遺徽、慨然有用世之志、遂棄西服、仍服漢制、然猶未有室家也、或造之謀、則曰、篷矢桑弧、某將爲東西南北之人矣、何以家爲、强之、則又曰、世無孟光、誰可配梁鴻者、於環島之中、而求家人之卦、吾終咏雉朝飛乎、友人知其意有在、陰代物色、久之始得、即黃公之女公子也、籍隸榕垣、生而不俗、幼隨美國教會女塾師誦習、能通歐西語言文字、熟精醫學、平生游踪幾環地球之半、李傅相使俄返 命與之邂逅太平洋郵船艙面、手書褒嘉爲 中國奇女子云、今冬行將南下成合巹禮、適余歸舟相左、不及見、聞君夫婦雖俱諳西學、然無西人習氣、此尤足多者、故特表而出之、

子同生解

兩般秋雨庵隨筆、謂見作燈謎者、公與文姜如齊、齊侯通焉、射四書一句、然則有同與、因案春秋經於十一公之生、皆不特記、而獨於桓公六年九月丁

卯莊公之生記之、其中豈無深意、文姜淫亂、越境成姦、恐後之讀史、或有嬴呂之嫌、故特於夫人姜氏如齊之前、大書特書子同生、明其的係吾君之子也、穀梁傳曰志疑者、蓋非傳疑、乃以釋疑云云、似此讀書有識、可與論古。朱竹坨先生舊說與秋雨庵同可知昔讀書者無不別具隻眼也

古文從一而省之例

禮經大夫不得造車馬、造者車、非馬也、周易不耕穫、不菑畬、耕時本不得穫也、潤之以風雨、雨則潤、風不可潤也、孟子華周杞梁之妻善哭其夫、善哭與華周妻無涉也、禹稷躬稼而有天下、禹稷當平世三過其門而不入、過門非稷、躬稼非禹也、凡此等文、皆從一而省之例、不必爲疑、

鐙虎兩則

淛老名士俞曲園先生、掌教西湖之詁經精舍、進諸生以講求古學、廿餘年中、裁成獨多、教學相長、先生之著述亦日富、隨著隨刊、訓詁詞章小說雜記、

共成四百卷、爲一時極盛、門下士徐花農太史(琪)、時爲孝廉、年少不羈、風流自賞、嘗言夢知前身實爲曲園先生洞天守書鶴、既而浙士咸念舊山長全椒薛慰農觀察(時雨)官斯土時惠政、爲建薛廬於湖上、徐君倡議於衆、謀以安曲園先生杖履者、亦築一所、榜曰俞樓、彭剛直巡江至西湖、與先生結小兒女新姻、念樓址太隘、力任擴充、使健兒負土從事、期月而成、同己之退省庵三者鼎峙、稱佳話焉、先生爲著俞樓經始一卷、越明年燈節、杭州有好事者、卽以俞樓經始四字懸謎射孟子人名二、徐辟彭更、謂花農倡築、剛直增廓之也、先生聞而喜甚、叙入所著春在堂筆記諸類中、花農後以壬辰年視學廣東、所取進及拔置高等者、悉幼童世家子、與翩翩裙屐之少年、粵人大譁、其被棄向隅者、爭爲蜚語以嘲訕之、惟傷失實、御史摭以入奏、 廷旨寄疆吏按查、終因事無左證而罷、聞其時穗垣燈市亦有一謎云、徐宗師取進學生、射三國志武將人名二、識者解之曰、此顏良文醜也、旁立而聽、群起和之、爭相擊節、以爲用意巧合、得未曾有云、愚按徐君好奇太過、專取幼童、致干衆怒、未免咎由自取、而粵人任意詆諆、或亦流于輕薄矣、此外詩詞雜文甚多、雖極贍麗、故不欲採也、

詩稱友名

白也詩無敵、杜甫詩、飯顆山頭逢杜甫、李白詩、李杜二公、交相引重、而不諱名如此、 國初黃九烟贈尤展成句、今朝喜得見尤侗、或以爲疑、尤嘗舉李杜事以解之、曾文正懷劉中丞蓉云、我思竟何屬、四海一劉蓉、蓋亦沿古例耳、

古人同時詩句相似

杜甫詩云、星隨平野闊、月湧大江流、李白詩云、山隨平野盡、月入大荒流、兩人同時、句各相似、今杜句十字、多有能舉之者、若李作反不甚著、蓋爲所掩也、

袁香亭香奩詩十三首

錢塘袁薌亭太守（樹）紅豆村人詩稿、效疑雨集體十三首、嘗見採其兄簡齋先生隨園詩話、濃情綺思、絡繹行間、筆筆如畫、或譏其過於麗淫、殊失齊梁艷體正軌、余謂古有無題詩、有香奩詩、無題須風格性情並茂、乃不卑靡、若一味緣情而作、風流靡曼、取悅聽者、是香奩也、薌亭太守明言效疑雨集體、其詞或過綺靡、自所弗檢、然至第十三首忽以莊論結之、尚知曲終奏雅之意、想其當日編集、亦經幾許參詳、而未肯割愛者乎、隨園云、愚兄閱歷柔鄉一世、能體貼到此、亦未能傳神到此、傾倒至矣、宜其膾炙人口、傳誦至今也、謹繙原稿、爲之備載左方、

（其一）碧城錦瑟恨偏長、詠到無題事渺茫、明月未妨呼作姊、青山原可喚爲郎、詩箋罪孽留遺稿、襟袖嫌疑惹暗香、朝暮陽臺神女夢、古人詞賦已荒唐、

（其二）廻廊百折轉堂坳、阿閣三層鎖鳳巢、金扇暗遮人影至、玉扉輕借指聲敲、脂含垂熟櫻桃顆、香解重襟荳蔻梢、倚燭笑看

屏背上、角巾釵索影先交、其三 窗下停針竹下吟、暫時小別亦追尋、羞聞軟語情猶淺、許看香肌愛始深、他日悲歡憑妾命、此身輕重恃郎心、須知千古文君意、不遇相如不聽琴、其四 一簾花影拂輕塵、路認仙源未隔津、密約夜深能待我、吃虛心細善防人、喜無鸚鵡偷傳語、惟有流鶯解惜春、形跡怕教同伴妬、囑郎見面莫相親、其五 窗外聞聲暗裏迎、膽娘有膽亦心驚、常妨過處留燈影、偏易行來觸瑟聲、條脫光寒連臂顫、流蘇春暖放鈎輕、枕邊夢醒低聲喚、消受香郎兩字名、其六 聞說將離意便愁、駐郎無計淚交流、身非精衞難塡海、心似齊紈怕及秋、散影落花隨馬勒、繫情香餌在蟾鉤、錦衾角枕凄涼味、從此相思又起頭、其七 同心巧疊寄書函、字字簪花細細緘、紫鳳已飛空記曲、靑蠅雖小易生讒、一襟秋水懷新月、遍體餘香惜故衫、安得射來雙孔雀、教他帶綬一齊銜、其八 爲戀恩深取次過、佳期屢卜總蹉跎、不如意事機偏巧、但有心人恨便多、强別難抛初熟酒、含愁怯渡未塡河、淸溪桃葉迎雙槳、一寸相思百尺波、其九碧桃花下訪臨卭、流水溪邊夜色溶、帶一分愁情更好、不多時別與尤濃、枕衾先自留爐席、衣鈕遲郎解內重、親舉纖纖偎頰看、分明不是夢中逢、其十知郎無賴喜詼諧、刻意承歡事事偕、學畫鴛鴦調翠黛、戲簽蝴蝶當荊釵、減他繡事來磨墨、助我詩情坐向懷、百種溫柔千婉轉、不留蹤跡與同儕、其十一惺惺最是惜惺惺、擁翠偎紅雨乍停、愈我驚魂防姊覺、教郎安睡待奴醒、香寒被角傾身讓、風過窗櫺側耳聽、天曉餘溫留不得、隔宵密約重叮嚀、其十二見面歡娛背面思、百年能得幾多時、盟心好訂他生約、囓臂難生薄命詞、未必傾城皆國色、大都失足爲情癡、生知不免風流罪、甘墮泥犁不負伊、其十三慚愧題橋乏壯才、枉將心事訴妝臺、津非少婦偏能妬、山嫁彭郎易起猜、底事妄傳仙子降、何曾親見洛神來、勸君莫結同心結、一結同心解不開、

萩園贅談卷之叁終

受業姪彝燦謹校

菽園贅談卷之四目錄

海澄邱煒萲叔元甫編

汀茫話柄

宋江以下三十六人

紀信李廣一幸不一幸

不食豕鴨

菽園贅談卷之四

海澄邱煒萲叔元輯著

侶影道人

星嘉坡之有麗澤社、余主其政、開課得侶影道人卷、亟賞之、他日徐季鈞秀才偕其來謁、年可五十許、而太瘦生、與之談甚辯、滔滔不竭、如瀉百川、益奇之、詢以何事來島、始悉素居臺灣、去夏使者李經方割臺、臺衆內渡、與其居停均從兵燹中而出、所有蕩然、來島呼將伯也、文人遇苦、可爲浩歎、索觀吟稿、欣然首肯、歸寓即錄一冊來、余既檢付星報手民排登報牘矣、茲再擇其尤雅者附錄於此、代人存詩、生平一樂、原不嫌其屢見也、讀洛神賦二首、一賦淩波後、千秋洛水靈、有才空八斗、無計悞雙星、此事亦多韻、相傳太不勝、江臯誰解佩、願與惜惺惺、余亦飄零者、無心賦感甄、江波前渡恨、烟水可憐身、何地容才子、長天懷美人、相看膚緻緻、羅襪莫生塵、題美人荷塘垂釣圖、釣竿弱、釣餌香、亭亭相映炫明粧、東西與南北、魚戲在何方、題美人擫笛圖、花壓欄干白晝閑、襯苔選石坐花間、兒家自譜調楊柳、不管春風渡玉關、詠彈詞盲女、四弦橫抱發清歌、我未聞歌輒奈何、楚璞不完瑕兩點、鮫珠縱泣淚無多、明眸太息雲長翳、美盼空言水不波、自嘆子都不知姣、要郎畢世畫雙蛾、溫柔殘廢可憐身、難怪歌眉總欠伸、脆肉風流高格調、微波詞托莫傳神天公買櫝珠偏韞、水母隨流性不嗔、閉月羞花眞個是、曲終響尙墜梁塵、道人姓李、名季琛、字汝衍、吾閩閩縣人、候選巡檢、

下官

名士恃才、多所狎侮、然亦有時爲人倒行逆施反被其辱者、嘉慶時吳江郭頻伽明經麐、頗負詩名、一日飲友人家、有客先在坐、蓋新授庶常者也、少年得志、見於詞色、頻伽輒侵以冷語、意欲辱之、客不能堪、作色曰、郭先生有何開罪、何以句句奚落下官、頻伽笑詰之曰、君讀書中秘、言當雅馴、烏竟拾稗

官之稱耶、客曰、某承乏翰林、官當七品、稱下官、禮也、郭先生獨不聞晉書、朝士七品以下、不得稱臣、但稱下官乎、頻伽大爲所窘、按下官不職見於漢書六朝之際已有是稱近人以小說戲劇多用之遂見爲不雅耳

相馬經

伯樂相馬經、有隆顙跌目蹄如累麴之語、其子執馬經以求馬、出見大蟾蜍、謂其父曰、一馬略與相似、但蹄不如累麴爾、伯樂知其子之愚、但轉怒爲笑曰、此馬好跳、不堪御也、古人之爲此言、所以譏按圖索驥者之非也、雖然執相馬經以求馬、其道亦何嘗誣、特難爲徒讀父書者語耳、

小說閑評 七則

紅樓夢一書、不著作者姓名、或以爲曹雪芹作、想亦臆度之辭、若因篇末有曹雪芹姓名、則此書舊爲抄本、祇八十回、倪雲癯曾見刻本亦八十回、後四十回乃后來聯綴成文者、究未足爲據、或以前八十回爲　國初人之舊、而

後之四十回、即雪芹所增入、觀其一氣銜接、脈絡貫通、就舉全書筆墨、歸功雪芹、亦不爲過、

兒女英雄傳、自是有意與紅樓夢爭勝、看他請出忠孝廉節一個大題目來、搬演許多無非想將紅樓壓住、直如項莊舞劍、意在沛公、才多者天且忌、名高者矢之鵠、不意小說中亦難免此、然非作紅樓夢者先爲創局、巧度金針、兒女英雄、究安得陰宗其長而顯攻其短、攻之雖不克、而彼之長已爲吾所竊取以鳴世、又安知兒女英雄顯而攻之者、不從而陰爲感耶、紅樓夢得此大弟子、可謂風騷有正聲矣、

文章爭起句、亦爭結句、於二者而權其輕重、則結句尤重於起句、試觀今人應試之文、結句或有不佳、起句無不佳者、古人傳世之文、起句無不佳者、結句往往佳於起句、其精神貫注之處、優劣分而難易見、難易見而輕重得矣、小說亦然、紅樓夢徹首徹尾、竟無一筆可議、所以獨高一代、兒女英雄傳、不

及紅樓、正坐後半不佳、

兒女英雄傳、前半寫十三妹生龍活虎、不可捉摸、令人作天際眞人想、分貼諸人、亦各色舞眉飛、恰如分兩、讀者幾欲一一遇之紙中、而可數其主名也、中權寫却婚贈奩、細針密縷、尙見慘淡經營、入後文筆懈怠、可議之處、不勝枚舉、尤陋者寫安學海爲四子解圍引侍坐章、翻入長姐兒之金釧鬆却、用西廂記脫胎、醜態百作、有類兒戲、直至不堪寓目、豈江郎亦有才盡之時耶、抑畫鬼魅易而畫人物難耶、此書結而未結、尙是待續之書、後有作者、吾知不急於續、而勇於改、

花月痕一書、亦從熟讀紅樓夢得來、其精到處、與兒女英雄傳相馳逐於藝圃、正不知誰爲趙漢、若以視紅樓、則自謝不敏、亦緣後勁失力故也、就使後勁、要亦未到紅樓地位、

花月痕命意、見自序兩篇中、大抵有寄託而無指摘者近是、人見其所言多

咸同間事、意以爲必有指摘過矣、亦猶紅樓夢一書、談者紛紛、或以爲指摘滿洲某權貴某大臣而作、及取其事按之、則皆依稀影響、不實不盡、要知作者假名立義、因文生情、本是空中樓閣、特患閱歷既多、瞑想遐思、皆成實境、偶借鑒於古人、竟畢肖於今人、欲窮形於魍魎、遂驅及於蛇龍、天地之大、何所不有、七情之發、何境不生、文字之暗合有然、事物之相値何獨不然、得一有心者爲之吹毛求疵、而作者危矣、得一有心人爲之平情論事、而觀者諒矣、

或曰、紅樓夢花月痕無所指摘、則吾既得聞命矣、然則琵琶西廂荊釵之牽爾拈毫、亦在可原之例乎、余曰、否否、不同年而語矣、西廂之非、非無可掩、余前故直誅其心、荊釵之寃、界乎疑似、又安忍以爲美談、獨至琵琶一記、世有謂爲譏王四而作、李笠翁曾暢辨之、不過言箸書者當知自愛、當不爲小人影射之智、究無解於中郎之辱、然其先已有言之者、宋甫里陸游爲一代宗

工、其詩乃云、身後是非誰管得、沿邨聽唱蔡中郎、爲中郎地者、不亦至乎、罪有眞疑、定以文之虛實、紅樓夢花月痕二書、所謂疑也、琵琶西廂荊釵等作、已明明道出崔蔡孫王、故不可同年而語也、

隱奸非譏袁

乾嘉時海宇乂安、 天子右文、留心典籍、士之涵濡聖治、靡不爭自濯磨、揚扢 休明、其間大儒肩摩、各以提倡后學爲任、江南尤民物殷富之區、壇坫風流斯世更無其匹、袁簡齋先生以六橋之逸民、作六朝之寓客、一時物望、翕然歸之、標榜所至、厥有趙蔣與爲犄角如鼎足者、然說者謂蔣雖後起、其初以宏濟寺題壁詩見賞於袁、結千載文字契、而蔣箸傳奇隱奸一折、意有所指、其不足於袁也可知、然平心論之、袁氏文章、微特自命爲 本朝第一流、未能從欲、即當日並生二三豪傑、使之一一推倒、亦力有未逮也、若以言趙蔣二子、則三人之集俱在、袁氏何多讓焉、況一代曹劉江山二鳥沆瀣所

投可考而知耶、爲此說者、亦不過以飯顆之逢、尊酒之約、疑李杜相輕例耳、假曰其出塲詩云妝點山林大架子、附庸風雅小名家無一語不與袁類、雖意不指袁而詞則礙袁投鼠忌器、蔣曷不爲袁留餘地、抑知在蔣爲此詞時、專注陳眉公身上刻畫盡致不暇他顧也、脫蔣意存譎諫、則有趙控袁於巴太守之辭在其辭曰、爲妖法太狂、誅殛難緩事、竊有原任上元縣袁枚者、前身是怪、點蒼山氛漫脫逃、年老成精、閻羅殿失於查點、早入清華之選、遂膺民社之司既滿腰纏、卽辭手版、園偷宛委、佔來好水好山、鄉覓溫柔、不論是男是女、盛名所至、軼事斯傳、借風雅以售其貪婪、假詠觴以恣其饕餮、有百金之贈、輒登詩話揄揚、嘗一臠之甘、必購食單仿造、婚家花燭使劉郎直入坐筵、伎席笙歌、約杭守無端闖席、占人間之艷福、游宇內之名山、人盡爭奇、到處總逢迎恐後、賊無空過、出門必滿載而歸、結交要路公卿、虎將亦稱詩伯、引誘良家子女、娥眉都拜先生、凡在臚陳、都無虛假、雖曰風流班首、實乃名教罪人、爲此列款具呈、伏乞按律定罪、照妖鏡定無逃影、斬邪劍切勿留、情重則付之輪廻、化蜂蝶以償夙孽、輕則遞回巢穴、逐獼猴仍復原身、羅織無遺、不嫌其虐、則以其於友朋規過之意無傷、詞人游戲之辭應酷也、胡蔣計不出此、而乃爲琵琶影射之智耶、其亦可以曉然矣、

李雨邨譏袁

袁簡齋先生曰、昔曹子桓以金幣購孔融文章、韓昌黎以光芒誇李杜、皆慕古人非生同時也、四川李雨邨太史調元、路隔七千里、素無一面、而蒙其抄得隨園詩、愛入骨髓、時方督學廣東、遂代刻五卷、以教多士、生前知己、古未有也、二十年來、風聞其說、終未敢信、今秋以書先與所刻隨園詩、方知非有才者不能憐才云云、似雨邨于先生、中心誠服、毫無遺議矣、今觀雨邨詩話、雖極口稱贊先生、而於先生偏處、亦多不滿、如譏其黃鶴樓詩、子才子謂爲太狂、與劉霞裳及諸女弟子周旋、亦失之放、皆道着痛癢、先生在時、未有以

應也、先生嘗曰、所貴乎知己者、非第知其長、幷能知其短、此言最深切有味、或疑李少時名譽未起、欲援先生自重、始刻其詩爲依附地、晚年退居童山、棱刻函海一書、從游之人日衆、聲望日隆、遂有意攻擊袁氏、與之頡頏、亦淺之乎測雨邨矣、余不敏、竊慕雨邨不阿所私、爰揭其當日立言之意如此、且以媿世之爲應聲蟲者、

綠端蟬腹硯辨

硯修廣各三寸餘、受墨處微凹、底圓而凸、象蟬腹、沿左邊至項、刻謝皋羽銘云文山攀髯之明年、疊山流寓臨安得遺硯焉、憶當日與文山象戲譜玉蕈金鼎一局、石君同在座右、銘曰洮河石碧于血千年不死萇宏骨欵識皋羽袁簡齋先生貯以檀匣而識原委於匣蓋云乾隆丁未十二月杭州臨平漁父網得此硯於臨平湖、王仲瞿居士舟過相值、知爲文文山故物、以番錢廿元得之、轉以見贈、余仿竹垞玉帶生故事爲作匣、兼招詩流各賦一章、甲寅

六月望日、袁枚記於小倉山房、時年七十有九、右載錢塘梁晉竹孝廉紹壬兩般秋雨庵隨筆中、觀其紀硯之形體綦詳、似梁君固親見此硯者、然是說也、余不能無疑焉、閒考隨園全集、亦未一言爲論及、且梁君明據匣蓋有兼招詩流各賦一章之語、遍查續同人集及王仲瞿孝廉曇集中、皆付闕如、則袁氏之屬僞托可知、硯內銘詞欵識、又疊山臯羽二名錯出、其僞更不待辨、按臯羽、謝翺字、先是福之長溪人、後徙建之浦城、會文山開府延平、著諮事參軍、未幾別去、及文山柴市授命、翺悲之、因築臺嚴子陵釣臺之西、設文山位以哭、以竹如意擊石作楚謌、竹石俱碎、即世所傳朱鳥歸來之詩也、其臺即世所謂西臺也、若疊山亦謝姓名枋得、諡文節、弋陽人、少固與文山同登進士第者、宋社既屋、奉母偕隱建陽、元世祖徵之、作却聘書以見志、卒不屈餓死、作僞者殆以二公之行誼略同、又均與文山有涉、而悞會爲一人耳、後又閱施可齋閩雜記、亦以是爲言、其辨悞二人爲一人、袁集中無存詩、持論將毋同、此外且於余慮所未及者而更密合、亟錄之、一則曰、玉躄金鼎、見南宋雜事詩序、引文山集云、公平生嗜象棋、以其危險制勝奇絕者命名、曰玉層金鼎、至單騎見敵、爲四十局、玉層、公所居山名也、此作玉躄、蓋欲借此僻字徵信而悞記作躄、不知躄字字書無之、一則曰、玉帶生硯本宋漫堂先生所藏、詳見筠廊隨筆中、竹垞曝書亭集玉帶歌、其叙但云、玉帶生文信國所遺硯也、予見之吳下、既摹其銘而裝池之、且爲之歌、所謂裝池、第言裝池所摹之銘、非爲硯作匣也、此云仿竹垞玉帶生故事、爲之作匣、謬矣、再得此一辨、不第曉然於綠端蟬腹硯非文山故物、而凡疑其悞玉層爲玉躄、裝池爲作匣者、亦無庸遽歎臯羽之簡而笑簡齋之陋也、（按隨園文孫翔甫大令所著隨園瑣記手澤條亦引爾般秋雨庵之說殊欠深考蔓及筆）

豆腐詩

余性嗜食豆腐、有口號載庚寅偶存中、不過說余偏嗜、尚未道着豆腐好處、近讀尤自芳閩豆腐詩、可以補余未道、漿云、醍醐何必羨瑤京、祇此淸風齒頰生、最是隔宵沈醉醒、磁甌一吸更怡情、衣云、波湧蓮花玉液凝、氤氳疑是白雲蒸、素衣自可調羹用、試問當壚揭幾層、花云、瓊漿未是逡巡酒、玉液翻成頃刻花、何羨仙家多幻異、靈丹一點不爭差、乾云、世間宜假不宜眞、幻質分明身外身、纔脫布衣圭角露、亦供俎豆宴佳賓、乳云、膩似羊酥味更長、山廚贏得甕頭香、朱衣蔽體心仍素、咀嚼令人意不忘、滯云、化身渾是坎離恩、火到瓊漿滯獨存、入口莫嫌滋味淡、鹽梅應不足同論、渣云、一從五穀著聲名、歷盡千磨涕泗傾、形毀質消俱不顧、竭殘精力爲蒼生、憶香山居士有句云、詩篇調態人皆有、細膩風光我獨知、移以評此、撫衷灑然、

以萬爲万

偶觀何子貞太史一帖、書東坡五言古詩、中有万法了一電句、或疑爲俗字、不知以萬爲万、本東漢建平郫縣石刻、即如世通行省文、礼處㡀等字、皆說

文本字、人反疑而不用、豈字之果俗、習見爲俗、亦遂以爲俗已、

婦人往夫家曰嫁、不知男子亦可稱之、列子云、國不足將嫁於衞、注嫁、往也、

嫁歸甯男子亦可稱

婦人返父家曰歸甯、錢起詩云、才子欲歸寧、棠花已含笑、則歸甯二字、亦可以稱男子、

上頭二字男女通用

古者男子冠而字、女子笄而字、朱子嘗對或問云、閉了門將冠與自家子弟戴、有何費事、疑當時必有以古禮難復爲言、朱子因設爲或問以曉後人、今漳州俗、但於婚前一日舉行是禮、謂之上頭、男女通稱、按南史孝義傳、華寶八歲、父成往長安、臨別謂之曰、須我還爲汝上頭、長安陷、父不歸、年七十猶不冠、是男子可稱上頭之證、若晉樂府、窈窕上頭歡、那得及破瓜、此則主女說、總之加冠加笄、其義一也、

結髮二字男女常時可用

俗以結髮稱正室、實本蘇武五言結髮爲夫婦之句、然此二字男女尋常皆可通用、不必定於一稱也、如史記李廣傳云廣自結髮與匈奴戰可證、

令家二字古人用之不拘

稱人曰令、自稱曰家、人所共知、乃有時與之相反者、謝靈運酬弟惠連句、末路值令弟、開顏披心胸、是以令字爲自稱也、謝安石謂王獻之曰、君書何如家尊、家尊指其父義之、是以家字而稱人也、

家弟

家雖爲自稱而言、然可以稱長輩、不可以稱後輩、古人於此、亦是不拘、有之自晉戴逵呼戴逵曰家弟始、

家書署姓

梁山舟學士、嘗見諸城劉文淸相國、與其父文正公家書、末署欵云、男劉墉

百拜、趙味辛司馬、亦見王文成與父太宰公家信手跡、名上亦署姓、此等處、前輩皆不拘、今人見之必以爲怪、

聯句

聯句詩最難、須兩家性情學問相近、如韓之於孟、方爲工力悉敵、古有作者、集中少存、然莫詳所始、劉中壘云、泥中中露、衛二邑名、式微之詩、即二人同作、是爲聯句之祖、理或然歟、

集句

漁洋山人嘗謂詩集句起於宋、石曼卿工介甫皆爲之、李龔至作剪綃集、終非大雅所尚、余則謂雖非大雅所尚、然亦觀其所施、遇有平日往來應酬之題、慶賀祝壽、強作膚泛腴語、陳陳相因、不如剪綵錯金、較爲淹雅耳、若夫有爲而言、自當以性情相見、此等伎倆、原可免用、國朝詩老兼工集句者朱竹垞黃石牧其尤著也近日恭親王亦癖躭此體撰有萃錦唫

王紫詮有二

一粵東惠州人官太守、嘗築羅浮子日亭者是也、 國初陳恭尹諸詩家、皆有題咏、一江蘇長洲人名韜、號子九、又號弢園、紫詮乃其字、博聞强記、究心當世之務、咸同間中人之談洋務者、自以君爲翹楚、少補博士弟子員、後乃棄去、嘗因蜚語幾羅不測、避人之香港之歐洲之日本、往返水程十餘萬里、老而歸隱滬上、箸書自活、有弢園文集尺牘普法戰紀瀛濡雜志等書行世、近人懷才不偶、莫此爲甚、然天南遯叟名已滿天下矣、現年六十九、猶聞談笑甚豪云、後閱滬報知君於丁酉四月廿三日卒於滬寓又筆

俞蔭甫箸書廬

王紫詮有所箸、輒題曰弢園、俞蔭甫有所箸、輒題曰曲園、二君並時出名、亦並重弢園多經世之書、曲園多考古之訓、皆近代時髦、爲世傾慕、曲園箸書處、在蘇州城馬醫科巷西、合肥李爵相題其額曰、德清俞蔭甫太史箸書之

盧、太史名樾、曲園其號也、全集凡四百卷、可謂富哉言乎、

古多寓言

古多寓言、或有未盡知者、晏子春秋二桃殺三士、史記魯仲連射聊城書、齊將自殺、又優孟假孫叔敖衣冠、楚莊以爲眞、卽欲相之、國策秦滅六國、而唐雎能不辱使命、實存安陵是也、若夫兒女言情、感甄名賦、友朋譎諫、北山移文、夷考其實、盡屬子虛、則人既已知之矣、可不縷述、其他言之近似者、又何莫不作如是觀、

儒者爲親追薦

釋道之言、儒者弗道、況其爲齋懺道塲也、先師曾孝廉爲同安岳口人、世守儒先之訓、族有死喪、無一延僧齋懺者、可謂知本務矣、余生性最惡僧道而不能絕、然視世之養生而浪費錢財、佈施滿地、送死而塲誇水陸、鐃鈸喧天者、則有間也、更有僧道之外、雜陳百戲、晝夜不倦、此等陋俗、所當亟爲禁止、

本朝講宋學家、陸氏隴其、曾題齋壇聯云、讀儒書不奉佛教、尊母命權作道場、不激不隨、殆得調劑之宜乎、

謝又新

詔安謝又新（錫鉻）予數年舊雨也、今年以拔萃貢成均、於揭曉後、買舟紆道、過余郡居、樂叙契闊、并欲索余近作、余近以讀禮端居、詩文應酬、久付寢閣、因出在星洲時所品騭諸友會課互相賞析、君極爲擊節、并請往詔安一游、藉脩題衿之雅、余頷之而未果也、居數日卽別去、適沈乙垣秀才（青黎）至自漳、詢其意亦欲邀余見過其家、沈家詔安城東、聲氣頗廣、倘於此倡立吟社、來者自必鱗萃、友人林澤農文學極從旁慫恿之、余意乃決、遂馳函告又新於中道、卽於今冬爲詔安之行、同出門者余及乙垣澤農也、

金聖嘆死時語

金聖嘆名喟、又名人瑞、舊姓張、名采、字若采、爲文俶儻有奇氣、少補博士弟

子員、後應歲試、學使視其文不能句讀、以爲詭衆褫之、來年冒金氏子名科試、一變爲委靡庸腐趨時之調、學使大悅、拔冠童軍、遂再入吳縣邑庠、而金人瑞之名遂仍而不易矣、蓋聖嘆憤時傲世、意以天下事、無不可游戲出之、不獨於其名其文爲變動不居也、嘗大言曰、天下有才子書六、而世人不知、所謂六者、一莊二騷三馬史四杜律五施水滸六王西廂也、其放誕如此、然遇理所不可事、則又慷慨激昂、不計利害、直前蹈之、似非全無心肝者、以是而得殺身之禍、亦可哀已、聖嘆之獄、具見無名氏所譔辛丑紀聞、（順治十八年事）惟其臨危寄家中人書有云、殺頭至痛也、籍沒至慘也、而聖嘆以無意得之、不亦異乎、寥寥數語、悲抑之情、見於言外、論者謂聖嘆以公憤訟貪吏任維初、詞連撫臣朱國治、以是而死、死出於義、人復何憾、所可惜者、以一卓犖不群之士、竟死於昏庸冗蹋之夫、即謂天不忌才、安得可耶、生平遺稿散佚、僅存者若制舉文、及西廂水滸批本、已盛行於世、其餘莊騷馬杜等集、猶未卒業

也、

彭雪琴多情（彭名玉麟、官尚書、宮保銜、賜謚剛直）

中興名將、而又有名士襟格者、必推彭公、鴻雪所留、如退省菴海南防次、豪情逸致、文采風流、均足照耀一世、或有談公軼事者、公少即岐嶷、能見頭角、寡母弱弟、仃伶相依、每爲族人所窘苦、由是發憤積學、武林高廬洲翰林守衡陽、試日得公卷、歎爲清才、拔冠童軍、以案首送縣、揭曉來謁、見其瀛瑩露爽、亟以遠到許之、公感知己恩、終身執弟子禮、赭寇亂浙、高已前卒、家道凌替、僅存孀媳孤孫、煢煢無告、公賙恤而教養之、俾至成立、每來武林、必寓高家、布衣草笠、閒行市中、或獨游蘭若、自稱洞庭七十二峰樵子、人不知其爲欽使宮保也、素性儉約、無絲竹狗馬文繡肥甘之奉、寓高家、食越中乳而甘、高於其行、饋六小餅將意、乃受其三而返其三焉、杭之人至今類能道之、當其微時、有鄰女梅仙者、雅慕其才學、知公貲、願委身事、里媼達其意、將有成議忽爲勢阻、女怏怏而卒、女故具殊色、公聞之慟、誓願寫梅花十萬幅以報、故其題采石太白樓詩有云、詩境重新太白樓、青山明月正當頭、三生石上因緣在、結得梅花當蹇脩、到此何嘗敢作詩、翠螺山擁謫仙祠、頽然一醉狂無賴、亂寫梅花十萬枝、姑熟溪邊憶故人、玉臺冰澈絕纖塵、一枝留得江南信、頻寄相思秋復春、太平鼓角靜無譁、直北旌旗望眼賒、無補時艱深愧我、一腔心事托梅花、意蓋指此、嗚呼、古今大君子皆古今有情人爲之也、公之多情、卽公之所以爲君子、

科目忽貴忽賤

乾隆朝、河東總督田文鏡、不喜科目、王士俊以下屬見、問出身、王不得已曰、士俊不肖、某科翰林也、田以爲忤、已大怒、此與唐李贊皇好騾馬不入行、金衛紹王高廷玉人材非不佳、可惜出身不正之意何異、古今人褊量正復一轍、然其貴也、至於天子慕之、唐宣宗自稱爲鄉貢進士李道隆矣、後蜀王衍

人怪其待翰林有加、猶自承不及唐天子之渥、可以想見、

葉谿田題畫詩

葉於吾澄咸里間爲望族、今稍式微矣、然風流文采、猶照耀鄉閭也、當乾隆時、有葉孝廉文載者、字谿田、好學深思、家大觀山麓、築大觀山房、藏書卷軸之富甲一郡、其志趣之遠、宜非鄉曲俗學之士所能識、余屢求其遺墨、冀永其傳、以勗里人之嚮學者、數年不得、今日爲丙申小除夕矣、余以來廈待渡、忽有持山水畫册求售者、則君舊題詩在焉、字體圓潤秀削、略兼行草、把玩久之、良愜、適余編輯贅談、爲之摘十四首於下、詩云疎林翠篠好風俱、一抹晴嵐淡欲無、秋景會心入平遠、靜拈枯管仿倪迂、長松謖謖護村居、對宇風清處士廬、蘆荻隔江維釣艇、時來沽酒買鱸魚、空林落木自蕭蕭、老屋書聲破寂寥、斷續聲音度山谷、翠嵐深處曉烟消、千竿翠篠護槃阿、百尺長松占翠螺、閉戶何人脩大業、竹籬圍住綠陰多、奇峯列障插天開、密竹疎林傍水

隈、曲徑斜通高閣處、無人曳杖踏雲來、郤居深密巽塵寰、碧水長林盡日閒、我欲探奇來坐嘯、開軒把酒對名山、懸瀑前山響素秋、碧亭斷處水爭流、高人獨步何岑寂、噴玉貪看入耳幽、空匡古木猙無塵、脩竹娟娟翠色新、棋客未來酒徒散、隔江山似掃眉人、絕無人處景空澄、畫格淡為最上乘、玉宇清虛涵遠趣、筆端髣髴漸江僧、翠靄晴嵐氣鬱葱、城居谷隱兩相同、林於簇簇眞幽邃、總在重巒疊障中、曲岸斜轉柳毿毿、隔水平岡擁翠嵐、小艇漫依綠楊住、載將烟景過溪南、霽雪山山似玉屏、凝寒縞素遍林垌、瀌瀌自兆豐年慶、佳景眞堪作瑞稱、四望淸輝盡皎然、臥袁訪戴儘堪傳、瑤光滿目宜樽酒、作賦憑誰喚惠連、古木懸崖倒蔭寒、扁舟碧水似天寬、季鷹淸興秋風裏、合有鱸魚上釣竿、

一字字三字字

古人字只一字、如管仲曾晳屈原陳涉項羽劉季彭仲吳叔枚叔朱游袁絲

張季鄭莊房喬顏籀劉乂錢穆范淳之類甚多、又有字至三字者、隋時道士屈無爲、字無不爲、見龍川別志、宋晁景迂、一字伯以父見陸務觀文集、劉敞劉攽兄弟、字伯貢父仲原父、見歐文忠所作墓志、前涼張天錫字公純嘏、見十六國春秋、此外不及備載、暇當翻擷諸書、各從其類補之、左傳中三字四字人名却有然只是名耳非字也

傳名之難

近人駢渠子、箸薑露庵襍記、論傳名之難、最爲沈痛、略爲天地生人易、生才難、既畀以才矣、或人阻事撓、趨向不專、或窮鄉僻壤、見聞不博、或鑒識未精、塗軌自悞、有一於此、無以成功、幸而無是、窮年仡仡、至於老死、而遺編零落、子孫不能雕刻、朋友無從傳鈔、蟲殘鼠齧、終無所成矣、幸而無是、藏梭有人、登諸梨棗、顧生前未享盛名、而欲行舉世不重之道、將見祖龍不焚而亦滅、章蔡不禁而自銷、即或聲光未泯、不無觀聽之人、而鹹酸異嗜、竽瑟殊音、明

珠仍屬暗投、良璞誰爲抱泣、幸而無是、焦桐柯竹、邂逅知音、而人非有力、不能登高而呼、性或疎狂、未獲珍藏之固、譬猶賈誼屈於聖主、梁鴻竄於明時、若是而千萬人中生一才難、什伯才中傳一人難、名之不可必得如此夫、讀此輒爲惘然、然以視生前碌碌、百無一長、乃欲得大人先生之筆、竊依草附木之榮、托頑石枯木之靈、傳董事鄉衿之號、其得失相去、不知幾許、則又蹶然而興也、

袁簡齋先生、解傳字從專從人、謂人專則傳、旨哉言乎、余嘗廣其意以學之專不在乎守一經之言而爭得失於一、先生之前也、惟尊其所聞、行其所知、以求合於吾心之安、雖當舉世不爲不重之時、而吾無所搖奪焉、則專之謂也、余不敏、願與天下之士共參之、

韓文公

韓文公生時、學者仰之如泰山北斗、民到於今、無論婦孺、舉公之名、無不讋

服者、蘇東坡先生作公廟記、稱爲浩然之氣、塞乎天地、貫乎古今、良有以也、
公平生大節、盡在諫迎佛骨一疏、乃世之學人、猶有樂佛老之誕而自小者、
時時稱述薛正巳仲尼師老聃師竺乾之說、公如有知、不且貽在天之恫哉、
或者不察、甚至造作言語以誣公、如掃雪餌丹等事、尤不可以不辨、吾嘗聞
諸錢塘戴醇士閣學熙矣、文公左遷至藍關、有示姪孫湘詩、即今所傳雲橫
秦嶺家何在、雪擁藍關馬不前一聯是也、夷攷其時、乃初出長安、至藍田關、
湘來迎公時作、秦嶺指商山、鄧州、公鄧州人、今屬河南河陽府、公過南陽詩
云、秦界渺既遠、又次鄧州界詩云、商顏暮雪逢人少、皆指此、藍關非他、即藍
田關也、公嘗雪後寄崔立之詩云、藍田十月雪塞關、又酬崔立之詠雪見寄
云、吾方嗟此役、君乃詠其妍、總之不離乎陝西作者近是、或乃指南行粵嶺
而言、誤矣、今潮州有藍關秦嶺、是誤公詩爲潮州作、而土人附會其名於誌
書中以實之也、湘子掃雪之事、蓋因此而傳訛、粵中罕得見雪、故易於取人

之信、今其地既辨正、則掃雪訛言、自不待攻、若夫文公有無餌丹、本不足辨、觀公爲星士李虛中墓志歷序以服食致者數人爲世戒、其于金石痛詆之不遺餘力可驗也、顧人或有狃於白香山詩、退之服硫磺一病訖不痊之句、殊不知香山之友衛中立餌金石至死、故香山詩云云與韓文公無涉、其稱退之者、以衛中立亦字退之耳、辨見呂汲公甚詳、之二說者、究之辨與不辨、於公毫無損加、特不意爲此說以誣公者、彼將何所取爾也、由後之說、殆欲快一時之口談、而不知自居於不學、由前之說、則亦如公文集所云、樂其誕而自小者乎、而不知其惑世也大、余故於前人辨正之說而兩引之、

海棠荔枝

花中海棠、菓中荔枝、皆天下之尤物、杜工部久居西蜀海棠盛開之地、竟一無歌詩、若荔枝詩、雖有之而不工、殊令後人悶煞、蘇文忠集兩題皆有詩、而皆佳、足以副老饕饞眼者之希望矣、

荔實

漢初尉佗以荔枝備方物、始通中國、故出於粵者爲多、亦最佳、吾閩下游漳泉興永四郡所在有之、其木堅理難老、有二百歲者、枝葉繁盛、生結不息、亦其驗也、然其實亦較他果稍難、大抵就土脈以分遲速、沃土五年就實、瘠土亦不過七八年而已、乃東坡居士集、再和曾仲錫荔支詩、有荔實周天兩歲星句、自注荔支最難長、二十四五年乃實、則耳食之過也、 國朝查初白補注蘇集、以此詩編在元祐八年、蓋東坡未謫粵時作、無怪措詞如此、

吾閩諺語云、龍眼豐荔支凶、謂龍眼大熟主年豐、荔支大熟主年凶也、施可齋閩襍記、故有閩人以荔占歲之說、以余觀之、殊不驗、蓋荔之實也、或繁或稀、以年遞間、無異他果、惟番蒜（俗作檨）黃梨大熟、則狼藉街頭、暑氣薰蒸、食者往往致病、時症傳染、不可不知、

侯仙舫先生軼事

督學去思之在閩者、有若前述之沈（涵）朱（珪）二公矣、近五十年來、稱大宗師李（聯琇）孫（毓汶）二公、亦嘖嘖人口、李固寒士、屢躓小試、乃誓於人曰、使聯琇得志、當盡反今司文之爲也、及出爲督學、已皤然老叟矣、始終勤愼、能踐其言、卷卷俱親丹黃鈐私印曰、聯琇經眼、孫雖早達、而虛心延攬、體貼入微、先師曾孝廉可軒先生、及曾編修幼滄先生宗彥皆出其門、此外所拔多知名士、後有作者、莫能及也、二公誠學優於仕、又居達官之位、故其力足以轉移一世、世之稱道、至今不衰也、若我先師安仁侯公、雖以孝廉出膺民牧、三權劇郡、（台灣漳州福州）兩充簾官、（丙子辛卯內監試）要其名位不敵二公、然身后之名、且與爭烈、則亦有不可沒者在、謹就所知而紀之、公在漳校士、竟日能閱三千卷、試日危坐堂皇、不須臾離、往來巡綽之吏、皆屏絕俾無擾及士子、且杜傳遞之弊也、座前横長案、卷森然、自收自閱、筆兩點下、交者完而閱者亦完、諸試者度公疎漏必多、榜發多無虛士、始稍稍服、他日復取落卷視之、徹首尾竟無一卷不加丹黃、總批眉批、或少僅一二字、或多至數百字、皆中肯綮、愈驚爲神、疑公者且共相愧服也。漳郡自昔文風固盛、代有聞人、宋時經紫陽之化、儒術日精、明末●國初、鄉先正如黃道周陳[illegible]晟蔡世遠莊亨陽●輩、類能振絕學於海濱、通文章於上國、矜式浮靡、世有功焉、同治甲子兵燹以還、元氣凋喪、故家遺俗靡有存者、士鮮聞道、遂專習爲八股俗學之文、人心日趨於僞、公憂之、廼言於觀察劉公、興復丹霞書舍、購有用之書、置有恒之產、所費金錢、數踰鉅萬、皆移郡中不急之欵、以充之、紳商之明理者、咸樂輸將、以觀成焉、復手訂學約訓士、一以闡明義理、考求世務、躬體力行爲先、不以干祿得名、虛聲標榜、人世之所歆羨者爲重、其循循善誘、所以期望吾漳人士者、不可爲不厚、且至也、此豈可與按棚考試、循例取額、依期發落者同日而語哉、公去後、漳士之掇甲乙科、日以衆、論者謂公教養之功、不知此淺淺、何足爲公榮、然又烏知此中之無擔當世道、箸述名山其人在耶、憶公去日、士民扳留、出郭數十里、猶不忍舍、觀察劉公曰、仙舫此行、吾失一臂助矣、然仙舫此番在漳、種種作用、於吾實有榮施、聞者以爲實錄云、其他惠政甚多、當世大人先生、已爲之誌、不復紀、即其恩之及漳士者而論之、以見我公去思不讓沈朱李孫四督學者、誠非無故而得也、

鵲非喜

俗以鵲噪爲喜、鴉鳴爲惡、沈桐威孝廉 起鳳 箸諧譯、有祥鴉一則、意謂鵲乃因人成事、不得爲功、不及身驗神鴉反有先見之明云云、余謂物猶如此、人亦有然、明竇參爲相、其族子名申者爲給事中、招權受賂、參每遷朝士、常與申議、申因先報其人、時以喜鵲目之、及參賜死、申亦杖殺、事載東阿于愼行穀山筆麈中、則不祥莫大乎是、

蠅不惡

國初逸民番禺屈翁山先生廣東新語、載明嘉靖間三水何維柏侍御按閩

時、疏論嚴嵩被逮、闔人哀號扳送、有無數小蠅、朋飛䖸䖸、如泣如訴、止于輿、止于桎梏、止于校人之衣、出郭十餘里乃散、抵京入獄、蠅集如前、是能辨美惡者莫此蠅若矣、猶得曰適從何來遽集於此、

方言俗稱入詩

古咄唶歌、棗適今日賜、賜者猶言盡、杜子美詩、一昨陪錫杖、一昨者、猶言昨日、李太白詩、遮莫枝根長百尺、遮莫者猶言儘教、孟浩然詩、更道明朝不當作、不當作者猶言先道个不該、元微之詩、隔是身如夢、隔是者、猶言已如此、施肩吾詩、嫵媚吳娘笑是鹽、鹽者、猶言好、王建宮詞、見人忘却道勝常、勝常者、猶言萬福、杜牧之詩、至竟薛忘爲底事、至竟者、猶言究竟、凡此皆方言也、太夫人之稱見杜子美詩、起居八座太夫人、夫人之稱見白樂天詩、惟有夫人笑不休、姊姊之稱見司空表聖詩、姊姊教人且抱兒、丫頭之稱見劉賓客詩、花面丫頭十三四、當家之稱見王建詩、不是當家頻向說、妮子之稱見王

通叟詩、十三妮子綠窗中、親家之稱、見盧綸詩、人主人臣是親家、小姐之稱、見朱有燉詩、知是嫖嫖小姐來、凡此皆俗稱也、親家之親平仄相通

凡月初五皆可稱端午

唐明皇以八月五日生、宋文貞璟千秋表云、月維仲秋、日在端五、是知凡月五日皆可云端午、端者、始也、首也、猶言初五、

四月實清和

四月實清和、本謝朓句、白居易詩、亦言孟夏清和月、今人疑而不用、蓋泥首夏猶清和詩句之猶字而誤、

丁字解

唐書張宏靖有言、女曹挽六石弓、不如識一丁字、續世說則謂个字、以丁與个似誤傳寫也、呂西邨孝廉嘗謂丁字、亦甚難識、古文作●、篆文作朩、隸書正書作丁、●、古文之正也、朩今字、字之變也、丁、今所用字、又變之變也、丙丁

之丁、爲丁眞字、伐木丁丁之丁、爲丁假借字●、今之所無丁、亦古未曾有云云、錄之以進一解、

分水關茅庵聯語

閩粵漳潮交界處、有分水關、余以航海紆潮州屬而入詔安、故取道經此、關內小茅庵之前涼亭柱、懸一聯云、願勞人少憩萍蹤、出關便算他鄉客、趁往日來叅絮果、度嶺先逢舊識僧、澤農愛其造語明雋、向庵中索紙墨抄得之、乙垣謂是詔人林二有太史筆云、

古人作詩相襲

古人作詩相襲、詩三百篇、卅逝我梁四句、谷風小弁凡兩見、曹孟德橫槊賦詩、襲小雅呦呦鹿鳴之句、歐陽公平山堂詩、襲王摩詰山色有無中句、諸如此類、不可勝數、或無心而暗合、或愛之至、不啻自其口出、在所有之古人俱已成家、觸興成吟、信手所到、無怪其然、吾人學詩、當以力去陳言爲貴、方有

見眞之日、愼毋藉口古人而自蔽其聰明也、

改古句爲己句

有取古人之詩、改易一兩字、便成名句、千古傳誦者、此點鐵成金手、如宋蘇東坡雪詩、（凍合玉樓寒起粟、光搖銀海眩生花、）本晚唐裴說詩、（瘦肌寒起粟、病眼餒生花、）明鍾伯敬慰人落第詩、（似子何須論富貴、旁人未免重科名、）本唐姚合詩、（才子何須藉富貴、男兒終竟要科名、）唐王右丞輞川詩、（漠漠水田飛白鷺、陰陰夏木囀黃鸝、）本李嘉祐詩、（水田飛白鷺、夏木囀黃鸝、）是也、要須學問才力過於原作、方得青出於藍、不則不如其已、

林和靖梅花詩、疏影暗香二句、獨有千古、而不知亦從江爲詩得來、只抹去竹桂二字、易以疏暗二字耳、

余耕雲龔紀文達句

河間紀文達公（昀）、於書無所不窺、學問淵雅、負天下重望、而平生精力所萃注、悉於四庫提要一書、此外殊少存作、晚年頗厭考索、始蒐錄舊聞、成閱微

草堂筆記五種、詞意則取其忠厚、體例要歸於謹嚴、而大旨總不外寄所欲言、以期匡謬正俗、雖一時興會之作、然亦足以不磨矣、曾自署七絕二首於篇端以見志、其一云平生心力坐銷磨、紙上雲烟過眼多、擬築書倉今老矣、祇應說鬼似東坡、乃山陰余耕雲司馬瀚亦有即事云、平生心力半銷磨、無限烟雲眼底過、昨夜月明今夜雨、來宵情緒更如何、起二句似與文達類、而用意各有所發、自不嫌其偷格也、

朱竹垞先生誓神文

朱竹垞先生、經學、古文學、詩學、詞學、在　國初諸老中、極負重望、亭林顧氏、嘗以文章爾雅、宅心和厚許之、或以不删風懷詩二百韻爲病、隨園老人代辯甚力、不知先生當日已對夫人自明無他、湘水湘靈、疑雲疑雨、作者本無容心、讀者不求甚解可也、要其生平軼事、持躬廉潔、有足嘉者、嘗典試某省、作誓神文、曰年月日具官某等敢告於天地神祇先師孔子之前、曰某備官

禁近、　皇上拔於衆中、俾典試事、　主恩深重、惟有同事一心、攬眞才以佐治、　命下之日、師友親懿、一槪屏絕、今入棘闈、用白於神、如或心存曖昧、遏抑眞才、徇一人之情面、受一言之賄托、通一字之關節、神奪其算、鬼褫其魄、五刑備其體、三木囊其頭、刀斧分其尸、烏鳶攫其肉、矢言之出、百神共聞云云、嗚呼、殆所謂立意較然、不欺其志者非耶、微斯人吾誰與歸、事見卷三行貨條

論王介甫

嘗怪介甫少日有志聖賢、未必不樂於爲善、故以朱子之賢、亦稱其文章道德、奈何三造濂溪、不見所答、稗史流傳、復有如饒氏舅互相輕薄一事、是介甫剛愎不遜、自許太過、遂以誤盡天下蒼生者、未始非諸人激成之過也、饒氏

辨時人語

時人口頭語、急口語過、多忽而忘、若句句取而察之、是者少、似是而非者多、

蓋語既爲流俗所傳、必爲流俗所喜、流俗之所喜、與君子之所否、何以辨之、辨于其所稱引之意而語之是非以定、

張纘廷

余初識張纘廷於京師、爲日甚淺、怱怱一晤、未暇深談、不知其能詩也、比來詔安有張復初以恨辭二十四絶見示、詩云、銷魂萬古是生離、况值飛瓊小弱時、日暮空房心膽怯、微濛細雨一簾垂、不緣重利到天涯、總爲郎心一著差、桃李春風千萬樹、幾曾比得故園花、迷離宵夢到遼西、惱煞憐家午夜鷄、强起添香還兀坐、更無言語背燈啼、慰情姊姒冷相依、同悵天涯雁影稀、驀地侍兒忙報道、小郎已自月支歸、羅裙初褪小蠻腰、易覺新凉到紫綃、耐冷非關貪夜月、香衾如水怕魂銷、荷花落盡菊花開、簾捲西風待雁回、小女無端啼把袂、問爺何事不歸來、鰈鶼誰遣判西東、六幅湘裙染淚紅、欲盡蠶絲除是死、他生還作石尤風、織錦裁成擬寄將、雙魚猶怯客程長、蕃河一折三

千里、盡入香閨九曲腸、記得臨歧泣別時、蕭然行橐慼雙眉、今年秋信寒偏甚、異地裁縫倩阿誰、王孫芳草不同歸、烟景蓬蓬晝掩扉、悄立花前偷拭淚、一雙蝴蝶向人飛、萬斛鮫珠拭不乾、怕聞慰語刺心酸、小姑未解離懷苦、花樣教人畫與看、愁病交侵半醒眠、似聞郎喚枕函邊、痴心突起褰帷看、一點殘燈欲曙天、刮地霜風入繡帷、安排半臂禦寒威、笥箱欲啓心先怯、惟有征人舊日衣、停針無計度芳朝、舊譜鴛鴦不敢挑、輸與多情雙繡枕、並頭猶似定情宵、今年不繡踏青鞵、厭聽鄰姬說景佳、滿架荼蘼春欲老、共誰沽酒拔金釵、心傷自分玉成烟、憔悴菱枝有鏡憐、不及當年金谷女、落花猶得在君前、朝朝紅雨損花顏、骨縱成灰恨未刪、此去泉臺程遠近、祇應重上望夫山、說到貧家淚總添、謀生百事仰蔥尖、可能長作鷦鷯鳥、裙布荆釵亦不嫌、九十春光一刻爭、狂風容易落紅英、他時縱有黃衫客、已誤年華過半生、不敢脩書怨薄情、自憐妾命一毛輕、幾枝紅豆當階發、知是臨歧淚化成、盈盈十五嫁郎時、豆蔻含春嫩一枝、早識別離滋味苦、爭如祝髮禮長眉、笛聲吹出滿天秋、子夜歌成字字愁、誰道郎身千里遠、終朝只在妾眉頭、秦筝湘瑟一鈎銀、半冒蛛絲半掩塵、兩鬢如蓬簾下立、隔花鸚鵡冷嘲人、昨宵燈蕊一枝紅、私擲金錢信已通、燕子來時郎合至、數殘二十四番風、訝其何得有此、詢悉爲令兄纘廷之作、亟錄之贅談中、纘廷名繩武、乙酉拔貢、己丑　恩科舉人、

詔安書畫家紀聞

詔安能書、少能畫、多佳者、不恒有、然世有聞人、余居詔兩月、或謬傳余知書畫、群携卷軸請鑑別、辭不獲已、轉念藉此芳因、飽我眼福、計亦良得、未見不敢知、既見而無所可否者不復紀、紀其可見而有當於衆人之心者凡五人、

葉觀海字雲谷、乾隆時拔貢、家藏圖書卷軸甚富、所爲詩文亦卓然有以自立、可傳者多、原不必以書法鳴、邦人愛其文采、往往兼稱其書法也、如以書

法論、吾尤愛沈洲、洲字松軒、舉嘉慶孝廉、其書不名一家、自晉唐以下、按帖臨摹、輒得八九、壯客京師、校書中秘、復與世賢士大夫、叅究用筆之妙、學益進、琉璃廠肆爲之鋟板、分朱墨二色搨之、人爭易以匹錦、其名重如此、以余觀之、君雖臨橅多家、眞書自以學黃山谷張果亭爲優、草書自以學王右軍爲最、要其眞書不敵草書也、咸同間、得謝穎蘇字管樵者、繼起、書法之外、兼擅畫法、寫竹瓣香鄭板橋、然能自出新意、不爲所囿、可謂有志之士、少作不工、後漸悔之、輒易其欵曰琯樵、意劃昔之管樵而二之、初書米帖、至是一變爲顏魯公書、小詩篆刻、皆自爲之、駘宕可喜、時有三絕之譽、故人觀管樵畫、於署欵處恒致意、遇有顏魯公體者、乃晚年到家之作、所以可寶、間爲花卉翎毛、純用斂筆、是其一短、而不失爲老手、後有沈雪湖祖文、愛其畫竹、極意仿傚、若將終身、僅得其髣髴、蓋無其天才學力、而欲冥心追橅、希踪古人、凡百皆難、豈惟畫哉、平心而論、琯樵之詩之字可百年、寫竹之功、直可傳之不杇、同時沈瑤池字古松、一字則仙、以畫人物聞鄉邑、書法不工、僞者依樣葫蘆、易於矇混、眞者每難得、余從文孫月二處、曾見其眞者、規橅黃癭瓢、雖未脫前人窠臼、然步趨是循、亦既踐跡而入室矣、癖者至比之謝琯樵、或又以遜琯樵遠甚、余終以二君不同道、未便强爲軒輊於其間也、陳丹谷許煌晚出、亦畫人物、名躡古松後、實不如古松純、使假以年、必有可觀、卒僅三十、未竟其志、嗚呼、天之賦一傳人、不難乎其有兼人之才、實難乎其能聞道之早、必且享大年、獲晚譽而後可耳、苟爲不熟、不如稊稗、觀於丹谷而益信、丹谷同道友曰胡漢槎倬章、且與谷齊名、則以其生同時而連類及之、不足爲定論、中間許禹涯歲貢鈞龍、生亦有名、今稍殺矣、所作花卉翎毛具在、束縛拘墟、未見其可、世之純盜虛聲者、將毋同此畫、以言乎今、居葉謝二沈四先生之後、有能擺脫一切、岸然傑出、其爲馬君乎、君名兆麟、字瑞書、一字子般、號竹坪、或稱東山里人、同治拔貢、光緒舉人、幼時作花卉、私淑謝琯樵、後乃決然舍去、博覽古今諸名家眞跡、縱橫出入、一以北派爲主、而參以己意、非復曩時面目矣、名從此日著、書法蒼堅疎古、如其畫、然求書畫者戶限爲穿、且有從六千里外走書帛以相屬者、壬辰識君於榕陰講舍、方据案作畫、與酣揮毫、頃刻數紙、見余至、推紙相揖、通姓名外、即不復作寒暄、諸談懽甚、忽謂余曰、子是解人、亦有以啓我乎、余曰不敢、而君必欲得余一言、乃笑謂君雖宗北派、偏與南人合轍、何也、急問誰何、余曰、浙士任伯年及君家鏡江子耳、君不覺解頤、君學既有成、且以所得化其鄉人、詔人知北派之可學、實自君始、先是有吳織雲天章、爲書畫頗邀時譽、後輩多向之、至是咸覺其非、及君門者衆、有薦明經者、有舉賢書者、率傳其干祿時文、非眞能傳君之可傳也、知君之可傳而專精一意以效之、其在詔者曰沙濤松布衣韵、謝觀有茂才東瀾、沙則學問深造、謝之手腕奔放、其進尙未可量、然皆爲君之高足無疑、子廼堂茂才一鳴、書法秀潤、余友謝又新拔貢錫銘、楷法素精、不輕許可、顧數稱廼堂書爲後來之秀云、之五人者、雲谷松軒善書者也、瑨樵竹坪善畫而兼善書者也、古松善畫而不能書者也、其附見諸人、或以書、或以畫、趨向異途、淺深各判矣、羅而列之、使後之人有所采擇焉、其無所否可者、概不闌入、玩者自得之、

陳習夫

詔安賈人、固多能詩、如郭仲昇、林翰坡、許惠亭、皆市廛中之有烟水氣者也、舊有陳習夫估客、素性耽詩、日手一編、危坐船頭、吟咏不輟、暇復觸緒成吟、自適其適、然未敢以示人也、歿後、其子乃請於張纘廷、叙而刊之、其友人沈月三請余採入贅談、重違其意、爲之摘數聯於下、五言如雜感云、多愁增酒債、久別淡歸[illegible]、舟阻石坪云、地僻書難達、天寒夢未成、七言咏水仙花云、香聞雪裡花難辨、春到瀛洲蝶未知、渡海云、潮滿海疑浮地去、波澄船似上天來、贈友云、英雄處世成名易、富貴當場本色難、又題張伯喦圯上拾履圖、起

四句、君若古之張孺子、何術至今能無死、君是今之張伯崙、圯上焉有黃石君、亦佳、

水烟筒詩

吾鄉郭遠堂中丞（柏蔭）有此題七絶四首、供吸巴菰辟嫩寒、倒茄合作碧筒看、丫鬟曉起勤揩抹、又汲新泉向井闌、（其一）吸水吹筒又改觀、盛詩綿葉出皋蘭、家家陳設人人購、竟作琵琶飯甑看、（其二）餉客憑詩氣若蘭、奚僮只向案頭安、送情不若雛伶慧、紙撚親吹奉所歡、（其三）吹香未必等旃檀、空費滇銅與飾觀、踵事更饒鴉片具、銀燈金匣水晶盤、（其四）細膩熨貼、體物瀏亮、又廣東王象坡進士五律一首、淡處求眞味、相需意若何、象原占既濟、性喜協中和、啖向重陰出、香分一勺多、漫誇炎赫勢、持滿在無頗、則復小中見大、不徒賦物爲工矣、

燈謎小誌

燈謎濫觴於叔展語無社之隱語、如東方朔之射覆、蔡邕之題碑、皆是也、說部所載、儘足解頤、餘若私家編撰春鐙新謎、廿五家謎等集可爲洋洋大觀、今歲丁酉、燈節前後、詔安人士輒循曩例、興會飈舉、惟日不足、余厠足其間、見夫鈎心鬥角、鋒發韻流、未嘗不同聲贊歎、退而搦管追搜、則復十遺八九、蓋作戲逢塲、神有所不屬也、茲僅就所記憶者錄出、以誌一時之會、

● 西廂一句 方是一對兒

寡 國風一句 殲我良人

丟 詞牌名一 眼兒媚

心猿 詞牌名一 憶王孫

外孫 宋文四字 千金之子

遠觀 孟子一句 助之長者 折字格

氣球 詩經一句 上天之載 捲簾格

快刀（易經二句）利用刑人以正法也

一汪水（詞牌一名）秋波媚

曾子師也（古官一名）參軍

曹丕篡漢（古人一名）劉禪

鴉背夕陽（禮記一句）日在翼

有採薪之憂（論語一句）而患不安（落燈格）

緇衣之宜兮（左傳人一名）寺人披

千金散盡還復來（論語一句）不患貧

武陵洞口花飛盡（美人二名）桃葉桃根

人之無良我以爲君（論語一句）不患寡

惟江上之清風與山間之明月取之無禁用之不竭（詩人名一字）白樂天居易

桑中詩別解

仁和李海匏學博（光彝）解此與小序朱傳異、舊皆以爲刺淫而作、學博則以爲戴嬀答莊姜而作、所以報燕燕之詩、其曰桑中上宮淇上、乃當日話別送行之地也、孟姜卽言莊姜、下言庸弋、皆姜氏同姓國、因懷莊姜而兼及當時之媵妾也、右說載梁孝廉秋雨庵隨筆、

狼跋非比周公

梁孝廉又謂豳風狼跋一篇、若依舊說、以狼比聖、擬不於倫、詩人諒不至是、因引蜀人楊少卿（民望）語、以狼之遇人、必先旋繞於人之四旁、甚疾、人爲之神顫自失、然後得肆其毒、詩人蓋以狼比四國、而周公孤立其中、危疑震撼、弗爲之迷也、說甚中肯、不第立異爲高、

匪鷄則鳴釋

午夜有鷄聲、無蠅聲、至聞蠅聲、必朝暾之已上、古今事理、容有不同、物理則無不同者、此二句之說、何至不順如是、愚以私意詮釋、當作不獨雞聲之鳴、

而且有蒼蠅之聲、似較明適、後再得番禺徐子遠灝詩說、與余略同、惟釋匪字、引古義與彼字通、言彼雞則鳴、且有蒼蠅之聲、下章月出、斷爲日出之誤、言彼東方則明、且有日出之光、蓋詩人述戒旦之詞、所以戒其晏也、說視余爲更密、

又一仲翁

翁仲如何喚仲翁、只緣平日欠夫工、而今不許爲林翰、貶去蘇州作判通、聞之久爲汗淋矣、不謂事之倒運、有絕相類者、某說部載國子祭酒和詩、以琱弓誤弓琱、監生嘲之云、琱弓難以作弓琱、如此詩才欠致標、若用是公居酒祭、算來端的負廷朝、錄之以資一噱、

辨姓詩

錢塘厲樊榭徵君鶚有翻刻其詩者、厲誤作勵、嘲以詩云、展卷風前睡眼醒、何人未辨六書形、蕭生有系知非鄭、溫尉如存笑帶令、旅食欲添雙鬢白、鄉

書祇說兩峰靑、多年不得詩書力、早晚烟波買釣船、又嘉善黃霽靑太守安濤、有投札其家者、黃悞作王、答以詩云、江夏瑯琊未結盟、草頭三畫本分明、他家自接周吳鄭、賤姓原連顧孟平、須向九秋尋鞠有、莫從四月問瓜生、右軍若把涪翁代、辜負籠鵝道士情、

李文叔論文章

宋時濟南李文叔格非、元祐黨人文士也、平生箸作、自洛陽名園記外不多見、然其論文章則有善者、墨客揮犀嘗引李語云、諸葛君出師表、李令伯陳情表、陶淵明歸去來辭、沛然如肺肝流出、殊不見有湊拍痕跡、三君在後漢之末兩晉之間、未嘗以文名世、而詞意超邁如此、蓋文章以氣爲主、氣以誠爲主、故老杜謂之詩史者、其大過人在誠實耳、愚案誠字即性情之正、氣字即天地之淸、何物文叔竟窺此祕、

先輩言古今至情之文有三、一前出師表、二陳情表、三瀧岡阡表、武侯令

伯純乎天機、永叔雖以文章起家、然非得性情之正、何從生此至文、此語正可與李語互相發明、又李將武侯令伯二表幷稱、忽牽入五柳一辭、蓋兼詩與文而論之、末特添出杜詩作陪客、非偶然也、

毛袁論詩

毛西河與友札云、夙遊泰山、見奇峰怪愕、拔地倚天、然山澗中杜鵑紅艷、春蘭幽香、未嘗無倡條冶葉、動人遐思、此泰山之所以爲大也、大家之詩、何以異此、袁隨園詩話補遺云、唐人五言工、不必再工七言古體工、不必再工近體、是得性情之眞而成一家之盛、二老皆　本朝作家、意各有取、其言則可參觀而善也、

李袁論詩

簡齋先生編輯詩話、專主性靈、時有某巨公教人作詩、必須窮經讀注疏、然後落筆、詩乃可傳、先生笑曰、且勿論建安大歷開府叅軍、其經學何如、試問

關關雎鳩、采采卷耳、是窮何經、讀何注疏、陶詩清微淡遠、而平日讀書、以不求甚解聞、何不讀注疏以解之、他日又引李玉洲太史語曰、凡多讀書、自是詩家要事、然必須多讀書者、欲其助我神氣耳、其隸事不隸事、作詩者不自知、讀詩者亦不知、方可謂之眞詩、若有心矜炫淹博、便非第一義、

王袁論詩

漁洋山人謂作詩者要講道學、自有語錄可箸、何苦作詩、隨園老人、亦謂詩者、人之性情也、近取諸身而足矣、其言動心、其色奪目、其味適口、其音悅耳、便是佳詩、孔子曰、不學詩無以言、又曰詩可以興、兩句相應、惟其言之工妙、所以能使人感發而興起、倘平泛膚腐之言、能興者其誰耶、

妲巳夫巳皆位次第六

顏師古匡謬正俗、謂妲爲妃號、巳爲干支甲乙之稱、稱巳者當是妃位第六人、非人名也、愚按左傳齊桓公如夫人有夫巳氏者、疑亦此例、後閱我　朝

邵學士晉涵之說亦云然則更無疑義矣、

潮州韓文公廟詩

潮州韓文公廟、有吳制軍興祖石刻云、過橋尋勝迹、徙倚夕陽隈、水綠迎潮去、山青抱郭來、文章誰代起、烟瘴幾時開、不有韓夫子、邦人尙草萊、厚甫詩話引此詩稱其結語高渾、潮州鄭昌時秀才平階曾用其結意爲起筆成七律四首云、潮陽不有韓夫子、嶺海瘴煙今未開、佛骨可令投水火、人心特與闢蒿萊、神湖浪擁樓臺出、鱷渚潮驚風雨迴、亭下留衣陳法服、爲招方外好歸來、千秋廟貌鎭雙旌、八代宗風拜主盟、長有文章垂後死、且憑蕉荔薦先生、詩書載筆曾多讓、張孟從游已善鳴、自此天南仰北斗、不于禹下數功名、孟夫子後竟誰人、道脈斯文萃此身、不使乾坤容二氏、何妨嶺海置孤臣、布衣談笑無房杜、星嶽精靈侶傅申、千載知言蘇玉局、如公浩氣合爲神、嶺表蠻煙一捲空、起衰還障百川東、狂瀾人作中流柱、瘴海春回八月風、鷓鴣碑

前芳草碧鳳凰洲畔夕陽紅、瓣香遙奉韓江上、猶想騎龍下帝宮、排宕縱橫、與吳作各極其妙、

京師城門略説

友人偶坐談及首善率以午門爲問、或疑午字、即五字之解、以　皇城直有五其門也者、不知非也、因爲略説而成此編、

外城爲門七、正南曰永定、南之東曰左安、北之東曰東便、西曰西便、正東曰廣渠、（俗呼沙鍋門）正西曰廣甯、（又曰彰義）

内城爲門九、（故俗呼步軍統領爲九門提督）正南曰正陽、（俗呼前門）南之左曰崇文、（又曰海岱）右曰宣武、（又曰順治）北之東曰安定、西曰得勝、東之北曰東直、南曰朝陽、（又曰齊化）西之北曰西直、南曰阜成、（又曰平側）

皇城爲門四、南曰午門、北曰神武、東曰東華、西曰西華、

婦人吸煙嘲

宋孤山處士嘗曰、某件件便得、惟奕棋與挑糞使不得、余亦曰婦女件件可耐、惟吸烟不可耐、三借廬筆記曾有詩云寶奩分得買花錢、象管雕鏤估十千、近日高唐增妾夢、爲雲爲雨復爲烟、婉而多風、謔而不虐、寄語紅樓、請細心咀嚼些、

三笑傳奇非唐伯虎事

才子多風流、風流未必才子、蓋風流二字、亦正有別也、如俗所傳三笑傳奇、唐解元乃一狂且耳、是直以狂且爲才子也、烏乎可、不知六如居士、固以節操聞者、初宸濠知其賢、有時望、思羅而致之幕下、博禮士名、乃以千金爲聘、聘居府中者半載、六如憂之、佯狂自廢、得放還、以賣畫自給、平居翛然物外、足遠城市、何來苟且之事、若三笑傳奇所云、意者別有傳訛、亦未可知、後閱懷珠閣卮言、近人元和江標箸、始釋然也、卮言實本王行甫耳談、謂竊婢非六如事、婢名秋香、竊者爲元和陳元超、

歐公甥女之誣

古名人被人汙衊、盡出好事者爲之、雖以小人之腹、妄度君子、然其中亦多挾嫌誣罔、以遂報復、而爲君子之自取者、衆口鑠金、流爲口實、伊可畏也、宋歐陽修理學文章、卓越來茲、毫無疑義、惟甥女之誣、聚訟紛煩、至今固結、推原作僞、群識爲公妻弟薛良孺之爲、而良孺敢于爲此者、以已經遇赦、公復劾之也、君子觀於此、不能不歎倉頡爲禍首、留此文字、乃惹是非矣、

無得而稱

博學之士而無著述、則身死而書亦死、制藝之士而無他能、則身死而名亦死、夫泰伯無稱、孔子還尋出一讓字、夷齊無稱、孔子還尋出一異字、吾人欲爲博學制藝兩等人表彰、何患尋不出兩个字面來貼他、不知彼之無稱、乃是至德、此之無稱、乃是無得、字面有却有、已被前人說煞了、一個說做迂、一個說做腐、試問半生攻苦、八比鑽磨、到頭來只博個迂腐惡名、愛我者不能

翻前人之成說、別求一字爲我開脫、豈不可哀、余所以爲此言者、余蓋有感於吾戚馬伯常之死也、伯常名祖培、又名祖襄、吾邑人、十三舉茂才、十五補廩生、工爲制藝、會課屢冠其曹、人咸以上第期之、不謂曩歲甲午、年纔弱冠、遽傷夭札、使早問道、以彼之才、必能上奮、而不爲謬悠俗口所給、自甘汨沒于俗學帖括而不悔、亦何致泯然澌滅如是之速耶、計不出此、以至於死、其亦太自苦矣、寄語世人、欲求沒世之名、須於無鄉曲譽處着眼、

小鳳大鳳老鳳

小鳳謂紫薇舍人、大鳳謂翰林學士、老鳳謂丞相也、右宋世通行語、

古音可存不必復

嘉定王西莊鳴盛嘗云、聲音文義、學之門也、隨時而變、勢所必至、雖聖人亦不能背時而復古、知今而不知古、俗儒之陋、知古而不知今、迂儒之僻、發源江愼脩永作古韻標準成、自述於人曰、吾書可以考古存古而已、非能使之

復古也、兩先生皆深於經學音韻、而其言若出一口、可爲有見、

汀茫話柄

崑山顧亭林炎武、爲　國朝經學椎輪、所箸日知錄郡國利病書、宏深肅括、體大思精、至今後學猶宗尙焉、湘鄉曾文正嘗譏顧學近於爲人、此則衷于道言之要、其品節詳明、文章爾雅、自不掩也、惟平生好持復古音韻之議、是其一短、所箸音學五書、有云天之未喪斯文、必有聖人復起、舉今日之音而還之淳古、其自任之重如此、宜乎踐形維肖矣、他日過山西太原傅青主家、天明、傅呼於寢門曰、汀茫久矣、胡貪睡耶、顧訝其音不類、乃笑而答曰、君嘗言古音宜復、以天爲汀、以明爲茫、亦行古之道也、顧憮然、由此觀之、可知聖人復起一言、乃爾日客氣語、逾時亦未嘗不自知其非矣、

紀信李廣一幸一不幸

紀信不侯、李廣亦不侯、漢誠寡恩、二人終歸寂寞、不知西漢死事無追贈而

有襲封、信死無子、信之不幸也、廣雖不得志於其身、然裔傳隋末而有天下、是爲李唐國祚之長、且越西漢焉、俗儒讀書不讀史、求其故而不得、則曰廣之不侯、此廣殺降卒之報矣、

宋江以下三十六人

宋周密癸辛雜識中載龔聖與作宋江等三十六人贊、今爲据錄其名號如左、呼保義宋江、智多星吳學究、玉麒麟盧俊義、大刀關勝、活閻羅阮小七、尺八腿劉唐、沒羽箭張清、浪子燕青、病尉遲孫立、浪裡白條張順、船火兒張橫、短命二郎阮小二、花和尚魯智深、行者武松、鐵鞭呼延灼、混江龍李俊、九紋龍史進、小李廣花榮、霹靂火秦明、黑旋風李逵、小旋風柴進、插翅虎雷橫、神行太保戴宗、先鋒索超、立地太歲阮小五、青面獸楊志、賽關索楊雄、一直撞董平、兩頭蛇解珍、美髯公朱仝、沒遮攔穆橫、拚命三郎石秀、雙尾蝎解寶、鐵天王晁蓋、金鎗班徐甯、撲天鵰李應、以上次序與元人施耐庵水滸傳所傳、

微異、即名號亦有出入今并錄水滸原列者於後以廣異聞焉天魁星呼保義宋江、天罡星玉麒麟盧俊義、天機星智多星吳用、天閒星入雲龍公孫勝、天勇星大刀關勝、天雄星豹子頭林冲、天猛星霹靂火秦明、天威星雙鞭呼延灼、天英星小李廣花榮、天貴星小旋風柴進、天富星撲天鵰李應、天滿星美髯公朱仝、天孤星花和尚魯智深、天傷星行者武松、天立星雙鎗將董平、天捷星沒羽箭張清、天暗星青面獸楊志、天佑星金鎗手徐甯、天空星急先鋒索超、天冲星神行太保戴宗、天異星赤髮鬼劉唐、天殺星黑旋風李逵、天微星九紋龍史進、天究星沒遮攔穆弘、天退星插翅虎雷橫、天壽星混江龍李俊、天劍星立地太歲阮小二、天平星船火兒張橫、天罪星短命二郎阮小五、天損星浪裏白條張順、天敗星活閻羅阮小七、天牢星病關索楊雄、天慧星拚命三郎石秀、天暴星兩頭蛇解珍、天哭星雙尾蠍解寶、天巧星浪子燕青、

不食豕鴨

姜西溟不食豕、紀曉嵐不食鴨、此見於各家紀載、可謂與衆異嗜、

菽園贅談卷之四

受業姪藝燦謹校

菽園贅談卷之五目錄

海澄邱煒萲宿垣甫編

菽園贅談卷之五

海澄邱煒萲宿垣輯箸

星宿之宿音肅

菽園主人別字宿垣、取星宿之義、以宿音肅、與菽疊韻雙聲也、或曰星宿之宿群讀如秀、請問音肅、亦有說乎、曰有、容齋隨筆云二十八宿之宿、當如本音、證一、說苑辨物篇云天之五星、運氣於五行、所爲宿者、日月五行之所宿也、證二、孏眞子云二十八宿、宿猶言舍也、次也、皆有止宿之意、證三、陰符經云天發殺機、移星易宿、地發殺機、龍蛇起陸、作入聲讀、證四、言至此、又問音秀可得聞歟、曰古人有用者、韓愈南山詩、左思吳都賦是也、惟假音韻終非本音、莫如讀肅、其義乃確、或曰然、吾屬漳泉雖讀肅若秀、然曩過粵東、聞塾中兒咿唔周興嗣次韻千文、於辰宿列張句、無不讀如肅者、一向疑之、今始釋然也、

截錄康孝廉安危大計疏

舉人康祖詒言、竊以爲今之爲治、當以開創之勢治天下、不當以守成之勢治天下、當以列國並立之勢治天下、不當以一統之勢治天下、蓋開創則更新百度、守成則率由舊章、列國並立則爭雄角智、一統垂裳則拱手無爲、言率由而外變相迫、必至不守不成、言無爲而列強交爭、必至四分五裂、易曰、窮則變、變則通、董仲舒曰、爲政不調、甚者更張、乃可爲理、若謂　祖宗之法不可變、則我　世祖章皇帝何嘗不變　太宗文皇帝之法哉、若使仍以八貝勒舊法爲治、則我　聖淸豈能久安長治乎、不變法而割　祖宗之疆土、馴致於亡、與變法而光　宗廟之威靈、可以大強、孰輕孰重、孰得孰失、必能辨之、不揣愚狂、竊爲皇上籌自強之策、計萬世之安、非變通舊法、無以爲治、變之之法、富國爲先、戶部歲入銀七千萬、常歲亦已患貧、司農仰屋、羅掘無術、鬻官稅賭、忍恥爲之、而所得無幾、而且旱潦河災、船砲巨帑、皆不能舉、聞日本索償二萬萬兩、是使我臣民上下、三歲不食、乃能給之、若借洋債、合以利息扣除、百年亦無償理、是自斃之道也、與其以二萬萬兩償日本、何如以二萬萬兩籌變法自强之道哉、夫富國之法六、曰鈔法、曰鐵路、曰機器輪舟、曰開礦、曰鑄銀、曰郵政、今奇窮之餘、急籌巨欵、而可以聚舉國之財、收舉國之利、莫如鈔法、令天下銀號、報明貲本、皆存現銀於戶部及各省藩庫、戶部用精工製鈔、自一至百、量其多少、皆給現銀之數、而加其半、許供賦稅祿餉、其大者戶部皆助資本、其虧者戶部皆代攤償、助其通流、昭彰大信、巨商樂借國力、富戶不患倒虧、以十八行省計之、可得萬萬、既有官銀行、上下相通、若有鐵路船廠大工、可以代籌、軍務賑務、要需可以立辦、 國家借欵、不須重息、中飽、外國匯欵、無須關票作押、公票寄存、可有入息、鈔票通行、可擴商務、今各省皆有銀票、而作僞萬種、利不歸公、何如官中爲之、驟可富國哉、此鈔票宜行一、可縮萬里爲咫尺、合旬月於晝夜、便於運兵、便於運械、便於賑荒、便於漕運、便於百司走集、便於庶士通學、便於商賈運貨、便於負擔謀生、便於通言語、一風俗、有此數便、不費　國帑、而更可得數千萬者、莫如鐵路、鐵路之利、天下皆知、山海關外、久已興築、方今運兵、其效已見、所未推行直省者、以費巨難籌耳、若一付於民、出費給牌、聽其分築、官選通於鐵路工程者、畫定行省郡縣官路、明定章程、爲之彈壓保護、凡軍務運兵運械賑荒、皆歸官用、酌道理遠近、人數繁寡、收其牌費、吾民集欵、力自能舉、無使外國收我權利、天下鐵路牌費、西人計之、以爲可得七千萬、且可移民出於邊塞、而荒地闢爲腴壤、商貨溢於境外、而窮閻化作富民、俄人揮春鐵路將成、邊患更迫、但爲防邊、已當亟築、況可得巨欵哉、且可裁漕運、而省千萬之需、去驛舖、而溢三百萬之項、此鐵路宜行二、機器廠可興作業、小輪船可便通達、今各省皆爲厲禁、致吾技藝不能日新、製作不能日富、機器不能日精、用器兵器、皆多窳敗、徒使洋貨流行、而禁吾民製造、是自蹙其國也、官中作廠、率多偷減敷衍欺飾、雖望致精、則吾軍械、安有起色、德之克虜伯、英之黎姆斯著於海內、爲國大用、皆民廠也、宜縱民爲之、並加保護、凡作機器廠者、出費領牌、聽其創造、輪舟之利、與鐵路同、官民商賈、交收其益、亦宜縱民爲之、出費領牌、聽其拖駛、可得巨欵、此機器輪舟宜行三周官丱人、漢代鐵官、開礦之法久矣、美人以開金銀之礦、富甲四海、英人以開煤鐵之礦、雄視五洲、其餘各國開礦、均富十倍、而藏富於地、中國爲最、如雲南銅錫、山西貴州煤鐵、湖廣江西銅鐵鉛錫煤、山東湖北鉛、四川銅鉛煤鐵、其最著者、亘古封禁、留待今日、方今　國計日蹙、雖極節儉、豈能際此艱難哉、家有重寶、而仰屋嗟貧、無策甚矣、山西煤鐵尤盛、星羅棋布、有百三十萬方里、苗皆平衍、品亦上上、德人以爲甲於五洲、地球用之千年不盡、又外國蒙古阿爾泰山、即金山也、長袤數千里、金產最盛、苗亦平衍、有整塊數斤者、俄人並爲察驗繪圖、至滇粵之礦、尤爲英法所窺伺、我若不開、他人入室、今雲南已專設礦務大臣、熟河開平、亦設官局、並著成效、而未見大利者、由礦學之未開、采辦之非人也、礦學以比國爲最、自山色石紋草木苗脈子色、皆有專書、宜開礦學、專延比人教之、且爲踏勘、購機器以省人工、築鐵路以省轉運、二十取一、而無定額稅、選才督辦、而無濫私人、則吾金銀煤鐵之富、可甲地球、此礦務宜辦四、錢幣三品、以通有無、其制最古、自濠鏡通商、洋銀流入中國、漸徧內地、及於京師、觀其正朔、則外邦之年號、而非吾之紀元也、是謂無正朔、考其漏卮、則每歲運入約數百萬、進口無稅、八成夾鉛、而換我足銀、市價漲落、七錢二分之重、或有漲至八錢者、多方折耗、是爲大漏卮、名實俱亡、吾政之失、孰大於是、而吾元寶及錠、形體既難握携、分兩又無一定、有加耗減水折色貼費之殊、有庫平規平湘平漕平之異、輕重難定、虧耗滋多、而彼重率有定、體圓易握、人情所便、其易流通固也、查泰西皆用本國之銀、如俄用盧布、法用馬克、德奥用福祿林、英用喜林、外國銀錢、不許通用、我宜自鑄銀錢、以收利權、今廣東已開局鑄銀、每刻可成大圓一千二百、而每圓之利三分、移作製造之費、猶有餘饒、利亦厚矣、請　飭下戶部預籌巨欵、並令各行省皆開鑄銀局、其花紋式樣成色皆照廣東鑄造、而叙明其年歲、以清眉目、由督撫選廉吏精明、專司此局、厚其薪水、嚴其刑罰、督撫以時月抽提、戶部以化學核驗、他日礦產既盛、增鑄金錢、抵禁洋圓、改鑄錢兩、令嚴而民信、可以塞漏卮而存正朔矣、此鑄銀宜行者五、　國朝公牘文移　諭旨　奏摺、皆由塘驛汛舖傳遞、而軍務加緊、又有驛馬、偏布天下、設官數百、養夫數萬、歲費帑三百萬兩、而民間書札、不得過問、貲費重厚、猶復遠寄艱難、消息浮沉、不便甚矣、查英國有郵政局、寄帶公私文書、境内之信費錢三十、馬車急遞、應時無失、民咸便之、而歲入一千六百餘萬、我中國人四萬萬、書信更多、若設郵政局、以官領之、遞及私書、給以憑樣、與鐵路相輔而行、消息易通、見聞易廣、而進坐收千餘萬之欵、退可省三百萬之驛、上之利　國、下之便民、此郵政宜行六、行此六者、國不患貧矣、然百姓匱乏之國無以爲富也、中國生齒、自道光時已四萬萬、今經數十年、休養生息、不止此數、而工商不興、生計困蹙、或散之他國、爲人奴隸、或嘯聚草澤、蠹害鄉邑、雖無外患、内憂已亟、夫國以民爲本、不思養之、是自拔其本也、養民之法、一曰務農、二曰勸工、三曰惠商、四曰恤窮、天下百物、皆出於農、我　皇上躬耕、　皇后親蠶、董勸至矣、而田畯官之未立、土化之學不進、北方則苦水利不闢、物產無多、南方則患生齒日繁、地勢有限、遇水旱不時、流離溝壑、尤可哀痛、亟宜思良法以救之、外國講求樹畜、城邑村落、皆有農學會、察土質、辨物宜、入會則自百穀花木菓蔬牛羊畜牧、皆比其優劣、而旌其異等、田樣各等、機車各式、農夫人人可以講求、鳥糞可以肥培壅、電氣可以速長成、沸湯可以暖地脈、玻罩可以禦寒氣、刈禾則一人可兼數人之工、播種則一日可以三日畝、擇種則一粒可收一萬八百粒、千粒可食人一歲、二畝可食人一家、瘠壤變爲腴壤、小種變爲大種、一熟可爲數熟、中國地大物博、但講之未至、宜命使者譯其農書、徧于城鎭、設爲農會、督以農官、農人力薄、　國家助之、比較則棄楛而從良、鼓舞則用新而去舊、農業自盛、若絲茶爲中國獨擅、恃爲大利、而近年意大利法蘭西日本皆講蠶桑、印度錫蘭茶葉、與吾敵、奪我之利、致吾衰減、至千餘萬、而吾養蠶未善、種茶未廣、再不講求、中國之利源塞矣、宜設絲茶局、開絲茶學會、力求振興、推行各省、其餘東南種棉蔗、西北講牧畜、棉以紡織、蔗以爲糖、牛羊之毳、可以織呢絨氈毯、以及沙漠可以開河種樹、海濱可以漁網取魚、種樹之利、俄在西伯利亞部、歲入數百萬、漁人之利、美國沿海、可得千餘萬、今材木之運、罐頭之魚、中國銷流甚盛、宜有以抵拒之、又美國養蜂、西人以爲能盡其利、所入等於舊金山之金礦、宜有以鼓勵之、此務農宜行一也、周官考工、中庸勸工、諸葛治蜀、工械技巧、物究其極、管仲治齊、三服女工、衣被天下、木牛之制、指南之車、富强之效也、嘗攷歐洲所以驟强之由、自嘉慶十二年、英人始製輪船、道光十二年、即犯我廣州、遂闢諸洲屬地四萬里、自道光二十五年後、鐵路創成、俄人以光緒二年、築鐵路於黑海裏海、開闢基窪阿爾霸等國六千里、其餘電線、顯微鏡、德律風、傳聲筒、留聲筒、輕氣球、電氣燈、農務機器、雖小技奇器、而皆與民生國計相關、若鐵艦礮械之精、更有國者所不能乏、前大學士曾國藩、手定大難、考知西人自强之由、創議開機器之局、近者各直省漸爲增設、而只守舊式、絕無精思創爲新製、蓋 國家未嘗教之也、宜令各州縣咸設考工院、譯外國製造之書、選通測算學童、分門肄習、入製造廠閱歷數年、工院既多、圖器漸廣、見聞日闢、製造日精、凡有新製繪圖貼說、呈之有司、驗其有用、給以執照、旌以功牌、許其專利、工人自爲身名、必殫精竭慮、以求新製、鎗礮之利、器用之精、必有應 國家之用者、彼克虜伯礮、毛瑟鎗、爲萬國所必需、皆民造也、查美國歲給新器功牌、一萬三千餘、英國三千餘、法國千餘、德國八百、奧國六百、意國四百、比利時、嗹國、瑞士皆二百餘、俄國僅百餘、故美之富冠絕五洲、勸工之法、莫善於此、此勸工宜行二也、凡一統之世、必以農立國、可靖民心、並爭之世、必以商立國、可侔敵利、易之則困弊矣、故管仲以輕重強齊國、馬希範以工商立湖南、且夫古之滅國以兵、人皆知之、今之滅國以商、人皆忽之、以兵滅人、國亡而民猶存、以商滅人、民亡而國隨之、中國之受斃、蓋在此也、今外國鴉片之耗我、歲凡三千三百萬、此則人痛恨之、豈知洋紗、洋布、歲耗凡五千三百萬、洋布之外、用物如洋綢、洋緞、洋呢、洋絨、羽紗、氈毯、手巾、花邊、鈕扣、針、線、傘、鐙、顏料、箱篋、磁器、牙刷、牙粉、胰皂、火油、食物若咖啡、呂宋烟、夏灣拿烟、紙捲烟、鼻烟、洋酒、火腿、洋肉脯、洋糖、洋餅、洋鹽、藥水、丸粉、洋乾菓、水菓、及煤、鐵、鉛、銅、馬口鐵、材料、木器、鐘、表、寒暑針、風雨針、電氣燈、自來水、玻璃鏡、照相片、玩好淫巧之具、家置戶有、人多好之、乃至新疆、西藏、亦皆銷流、耗我以萬萬計、而我自絲茶減色、不敵鴉片、其餘自草帽辮、駝毛、羊皮、大黃、麝香、藥料、綢緞、磁器、雜貨、不敵三千萬、僅得其洋布之半數、而吾民內地、則有釐捐、出口則有重稅、彼皆無之、吾物產雖盛、而歲出萬萬、合五十年計之、已耗萬兆、吾商安得不窮、今日本且欲通及蘇州重慶梧州、又加二萬萬之償欵、吾民精華已竭、膏血俱盡、坐而垂斃、弱者轉於溝壑、强者流爲盜賊、卽無外患、必有不可言者。似宜特設通商院、派廉潔大臣、長於理財者、經營其事、令各直省設立商會商學比較廠、而以商務大臣統之、上下通氣、通同商辦、庶幾振興、商學者何、地球各國、貿易條理繁多、商人愚陋、不能周識、宜譯外國商學之書、選人學習、徧敎直省、知識乃開、然後可收外國之利、商會者何、一人知識未周、不若合衆議、一人之力有限、不若合公股、故有大股會大公司、 國家助之、力量易厚、商務乃可遠及五洲、明時葡萄牙之通澳門、荷蘭之收南洋、英人乾隆時之取印度、道光時之侵廣州、非其政府之力、乃其公司之權、蓋民力既合、有國助之、不獨可以富國、且可以闢地、商會所關、亦不小矣、比較廠者何、泰西賽會、非聘游樂、所以廣見聞發心思辨良楛、凡物有比較、優劣易見、則劣者滯消、而優者必行、彼之貨物流行中土、良由此法、今我並宜設立此法、於是廣紡織以敵洋布、造用物以敵洋貨、上海造紙、關東捲烟、景德製窰、蘇杭織造、北地開葡萄園以釀酒、山東製野蠶繭以成絲、江北改土棉而紡紗、南方廣蔗園而製糖、皆與洋貨比較、精妙華彩、務溢其上、又令吾領事探其所好、投其所欲、更出新製、且以奪其利、非止敵其貨而已、然後蠲釐金之害以慰民心、減出口之稅以擴商務、此外發金銀煤鐵之利、足以奪五洲、製臺艦鎗炮之精、可以橫四海、故惠商宜行三也、我生齒既繁、鐵路未開、運貨為難、即以北口之皮、京師之煤、天津之貨、作貨者人四百而運貨者人六百、生之者少食之者多、其餘窮困無業所在皆是、京師四方觀望而乞丐徧地、其他孤老殘疾、無人收恤、廢死道路、日日而有、公卿士夫車聲隆隆、接軫不問、熟視無覩、直省亦然、此皆 皇上赤子也、 皇上不忍匹夫之失所、但 九重深居、清道乃出、不知之耳、若親見其呼號無訴、癯瘠臥道、豈忍目覩乎、以一人而養天下、勢所不給、宜設法收恤之、恤之之法、一曰移民墾荒、西北諸省、土曠人稀、東三省蒙古新疆、疎曠益甚、人跡既少、地利益以不開、早謀移徙、可以闢利源、可以實邊防、非止養貧民而已、移有二、曰罪遣、今俄國徙希利尼黨於西伯利部、而西伯利以開、曰認耕、英之坎拿大各境、北般鳥各島、美之密士必實河東南各省、巴西全國是也、曰貿遷、荷蘭南洋諸島、皆商留者也、英自移民之後、闢地過本國七十倍、民益繁盛、豈有苦其生齒之繁而棄之、今我民窮困、游散最多、爲美人傭奴、然猶不許、且以見逐、澳洲南洋、各島效之、數百萬之民、失業來歸、何以安置、不及早圖、或爲盜賊、或爲間諜、不可收拾、今鐵路未成、遷民未易、若鐵路成後、專派大臣以任此事、予以謀生之路、共有樂土之安、百姓樂生、邊境豐實、一舉數善、莫美於是、二曰教工、周禮有里布、以罰不毛、圜土以警游惰、游民無賴、小之作奸、大之爲盜、宜令州縣設立警惰院、選善堂紳董司之、凡無業游民、皆入其中、擇其所能、教以藝業、紳董以其工業鬻給其食、十一取之、以充經費、限禁出入、皆有程度、其大工大役、以軍法部署、俾充役作、其能改過、取保乃放、再犯不赦、其小過犯人、皆附入之、等其輕重、以爲歲月、其乞丐之非老弱殘疾者、收於外院、工作如之、窮民得食、而良民賴安、仁政之施、似難緩此、三曰養窮、鰥寡孤獨、疲癃殘疾、盲聾喑啞、斷者、侏儒、民之無告、先王最矜、皆常餼焉、宜各州縣市鎮聚落、並設諸院、咸爲收養、皆令有司會同善堂、勸籌巨欵、妥爲經理、其司事經理有效、窮民樂之、聯名請獎、許照軍功勞績獎勵、則無一夫之失所、其於　皇仁、豈爲小補、民心固結、　國勢繫於苞桑矣、故恤窮宜行、四也、然富而不教、非爲善經、愚而不學、無以廣才、是在教民、學校之設、選舉之科、先王之法盛矣、然漢魏以經法舉孝廉、唐宋以詞賦重進士、明以八股取士、我　朝因之、誦法朱子、講明義理、亦可謂法良意美矣、然　功令禁用後世書、則空疎可以成俗、選舉皆限之名額、則高才多老名塲、況得之則詞館而躐公卿、偕于旦夕、失之則耆碩不聞徵聘、終老茅菅、題難故少困於搭截、知作法而忘義理、額隘故老逐於科第、求富貴而廢學業、標之甚高、束之甚窄、甚至鑑於明末因噎廢食、上以講學爲禁、下以道學爲笑、故任道之儒既少、才智之士無多、乃至嗜利無恥、蕩成風俗、而　國家緩急無以爲用、法弊至此、亦不得不少變矣、若夫小民識字已寡、或有一郡而無禮律之書、一縣而無童蒙之館、其爲不教甚矣、夫天下民多而士少、小民不學、則農工商賈無才、產物成器利用厚生、既不能精、化民成俗、遷善改過、亦難爲治、非覆幬群生之意也、故教有及於士、有逮於民、有明其理、有廣其智、能教民則士愈美、能廣智則理愈明、今地球既闢、輪路四通、外侮交侵、閉關未得、則萬國所學、皆宜講求、宋臣姚燮謂我之所爲、彼皆知之、彼之所爲、我獨不聞、安得不爲所制乎、嘗考泰西之所以富強、不在炮械軍兵、而在窮理勸學、彼自七八歲人皆入學、有不學者、責其父母故鄉塾甚多其各國讀書識字者百人中率有七十人其學塾經費美國乃至八千萬其太學生徒英國乃至一萬餘其每歲箸書美國乃至萬餘種其屬郡縣各有書藏英國乃至百餘萬冊所以開民之智者亦廣矣而我中國文物之邦讀書識字僅百之二十學塾經費少於兵餉數十倍士人能通古今達中外者郡縣乃或無人焉夫才智之民多則國強才智之士少則國窮土耳其天下陸師第一而見割印度崇道無為而見亡此其明效也故今日之教宜先開其智武科弓刀步石無用甚矣王制謂贏股肱决射御出鄉不與士齒此武后之謬制豈可仍用哉同治元年前督臣沈葆楨請廢武科近年詞臣潘衍桐請開藝學今宜改武科為藝科令各省州縣徧開藝學書院凡天文地礦醫律光重化電機器武備駕駛分立學堂而測量圖繪語言文字皆學之選學童十五歲以上入堂學習仍專一經以為根本延師教習各有專門學政有司會同院師試之以經題一論及專門之業通半中選

不限名額、得薦於省學、謂之秀才、比之諸生、五年不成者、出學、省學書器益多、見聞益廣、學政督撫會同院師、每歲試其專門之業、增以經一論、史一考、掌故一策、通半中選、不限名額、貢於　京師、謂之舉人、五年不成者出學、京師廣延各學教習、圖器尤盛、每歲、總裁禮部會同大教習試之、其法與省學同、不限名次、及半中選、謂之進士、三年不成者出學、其進士得還爲州縣總教習、其舉人得爲分教習、並聽人聘用、其諸生得還教其鄉學塾、及充各作廠、其文科童試、即以經古場爲正場、自占經解一、專門之學一、二場試四書文一、中外策一、詩一、亦及格即取、不限名額、每場考試人數不得過三百、增設學政、每道一人、可從容盡力矣、其鄉會試頭場四書義一、五經解一、詩一、縱其才力、不限格法、聽其引用、但在講明義理、宗尚孔子、二場掌故策五道、三場問外國攷五道、及格者中、不限名額、　殿試策問、不論楷法、但取直言極諫、條對剴切者入翰林、其文科藝科、願互應者聽、其有創著一書、發明新義、確實有用者、皆入翰林、進士授以檢討、舉人授以庶吉士、諸生授以待詔、如是則天下之士、才智大開、奔走鼓舞、以待 皇上之用、其餘州縣鄉鎮、皆設書藏、以廣見聞、若能厚籌經費、廣加勸募、令鄉落咸設學塾、小民童子、人人皆得入學、通訓詁名物、習繪圖算法、識中外地理、古今史事、則人材不可勝用矣、周官誦方訓方、皆攷四方之慝、詩之國風小雅、欲知民俗之情、近開報館、名曰新聞、政俗備存、文學兼述、小之可觀物價、瑣之可見士風、清議時存、等於鄉校、見聞日闢、可通時務、外國農業商學、天文地質、教會政律、格致武備、各有專門、以爲新報、尤足以開拓心思、發越聰明、與鐵路開通、實相表裡、宜縱民開設、並加獎勸、庶裨政教、然近日風俗、人心之壞、更宜講求挽救之方、蓋風俗弊壞、由於無教、士人不勵廉恥、而欺詐巧滑之風成、大臣託於畏謹、而苟且廢弛之弊作、而六經爲有用之書、孔子爲經世之學、鮮有負荷宣揚、不覩外人西來、險阻不辭、勞怨克任、直省之間、拜堂棋布、而吾每縣僅有孔子一廟、豈不可痛哉、今宜亟立道學一科、其有講學大儒、發明孔子之道者、不論資格、並加徵禮、量授國子之官、或備學政之選、其舉人願入道學科者、得爲州縣教官、其諸生願入道學科者爲講學生、皆分到鄉落講明孔子之道、厚籌經費、且令各善堂助之、並令鄉落淫祠、悉改爲孔子廟、其各善堂會館、俱令獨祀孔子、庶以化導愚民、扶聖教而塞異端、其道學科、有高才碩學、傳孔子之道於外國者、　明詔獎勵、賞給國子監翰林院官銜、助以經費、令所在使臣領事保護、予以憑照、令資游歷、若在外國建有學堂、聚徒千人、確有明效、給以世爵、餘皆投牒學政、以通語言文字測繪算法爲及格、悉給前例、若南洋一帶、吾民數百萬、久隔聖化、再傳之後、土著習氣尤深、皆宜每島派設教官、立孔子廟、多領講學生、分爲教化、將來聖教施於蠻貊、吾道其南、在此一舉、且藉傳教爲游歷、可詷外情、可揚　國聲、莫不尊親、尤爲大義矣、夫教養之事、皆由國政、而今官制太冗、俸祿太薄、外之則使才未養、內之則民情不達、若不變通、無以爲教養之本也天下之治必自鄉始而今知縣、選之既不擇人望、任之兼責以六曹下則巡檢典史一二人、皆出雜流、豈任民牧、上則藩臬道府、徒增冗員、何關吏治、若京官則自樞垣臺諫以外、皆爲閒散、各部則自掌印主稿以外、徒縻廩祿、堂官則每署數四、而兼差反多、文書則每日數尺、而例案煩瑣、至於鬻及監司、而吏治壞濫極矣、今請首停捐納、乃改官制、用漢世太守領令長之制、唐代節度兼觀察之條、每道設一巡撫、上通章奏、下領知縣、以四五品京堂、及藩臬之才望者充之、其知縣升爲四品、以給御編檢郎員、及道府之愛民者授之、其巡撫之下、增置參議參軍支判、凡道府同通改授此官、其知縣之下、分設功曹決曹賊曹金曹、以州縣進士分補其缺、其餘諸吏、皆聽諸生考充、漸拔曹長、行取郎官、其上總叔、皆由巡撫兼管、各因都會、以爲重鎭、使吏胥之積弊、化爲士人三老之鄉、官各由民舉、整頓疏通、乃可爲治、其京官則太常光祿鴻臚、可統於禮部、大理可併於刑部、太僕可併於兵部、政通可併於察院、其餘額外冗官、皆可裁汰、各營一職、不得兼官、章京領天下之事、宜分以諸曹、翰林爲近侍之臣、宜輪班顧問、部吏皆聽舉貢學習以升郎曹、通政准百僚奏事以開言路、駢枝既去、宦途甚清、以彼冗縻、增此廩祿、令其達官有以爲輿馬傔從之費、而後可望以任事、其小吏、有以爲仰事俯畜之用、而後可責以守廉、若用魏隋之制、予以世祿之田、既體群臣、庶多廉吏、內弊既除、則外交宜講、春秋子羽、能知四國之爲、漢武下詔、求通絕域之使、蘇武不辱、富弼能爭、列國交爭、其任重矣、而今使才未養、不諳外務、重辱　國體、爲人姍笑、今宜立使才館、選舉貢生監之明敏辨才者、入館學習、其翰林部曹、願入者聽、各國語言文字政教律法風俗約章、皆令學習、學成或爲游歷、或充隨員、出爲領事、擢爲公使、庶幾通曉外務、可以折衝、考俄日之强也、由遣宗室大臣游歷各國、又遣英俊子弟、詣彼讀書、俄　彼得乃至易作工人、躬習其業、歸而變政、故能驟强、我親藩世爵大臣、與　國休戚、啓沃　聖聽者也、而不出都城、寡能學問、非特不通外國之故、抑且未知直省之爲、一旦執政、豈能有補、大臣固守舊法、習爲因循、雖利國便民、力阻罷議、一誤再誤、國日以替、宜選令游歷三年、講求諸學、歸能箸書、始授政事、其餘分遣品官、激厲士庶、出洋學習、或資游歷、並給憑照、能箸新書、皆爲優獎、歸授教習、庶開新學、則上之可以贊　聖聰、下之可以開風氣矣、夫中國大病、首在壅塞、氣鬱生疾、咽塞致死、欲進補劑、宜除噎疾、使血通脈暢、體氣自強、今天下事、皆文具而無實、吏皆奸詐而營私、上有德意而不宣、下有呼號而莫達、同此興作、並爲至法、外人行之而致效、中國行之而益弊者、皆上下隔塞、民情不通所至也、夫以一省千里之地、而惟督撫一二人、僅通章奏、以百僚士庶之衆、而惟樞軸三五人、日見　天顏、然且堂廉迥隔、大臣畏謹而不敢盡言、州縣專城、小民冤抑而末由呼籲、故君與臣隔絕、官與民隔絕、大臣小臣又相隔絕、如浮屠百級、級級難通、廣

厦千間、重重並隔、夫天下萬物之繁、封圻千里之廣、使督撫樞軸、皆是大賢、
然是數人者、心思耳目所及、 有未周、才力精神之運、必有不逮、以之運縣
四海、措置百務、已狹隘不廣矣、況知人之哲、自古爲難、唐帝失之於共兜、諸
葛失之於馬謖、任用偶誤、一切乖方、而欲倚之以扶危定傾、經營八表、豈不
難乎、天下人民四萬萬、庶士億萬、情僞百端、才智甚廣、 聖上僅寄耳目於
數人、而數人者、又畏情保祿、不敢竭盡、甚且惕寵蔽賢、壅塞 聖聽、 皇上
雖欲通中外之故、達小民之阨、其道無由、名雖尊矣、實則獨立于上、遂至有
割地棄民之舉、 皇上亦何樂此獨尊爲哉、夫先王之治天下、與民共之、洪
範之大疑大事、謀及庶人、爲大同、孟子稱進賢殺人、待于國人之皆可、盤庚
則命衆至庭、文王則與國人交、尚書之四目四聽、皆由闢門、周禮之詢謀詢
遷、皆合大衆、嘗推先王之意、非徒集思廣益、通達民情、實以通憂共患、結合
民志、昔漢有徵辟有道之制、宋有給事封駮之條、伏乞 特詔、頒行海内、令

士民公舉博古今通中外明政體万正直言之士、畧分府縣約十萬戶而舉一人、不論已仕未仕、皆得充選、因用漢制、名曰議郎、皇上開 武英殿廣縣圖書、俾輪班入直、以備顧問、並准其隨時請對、上駁 詔書、下達民詞、凡內外興革大政籌餉事宜、皆令會議于 太和門、三占從二、下部施行、所有人員、歲一更換、若民心推服、留者領班、著為定例、宣示天下、上廣 皇上之聖聽、可坐一室而知四海、下合天下之心志、可同憂樂而忘公私、皇上舉此經義、行此曠典、天下奔走鼓舞、能者竭力、富者紓財、共贊富強、君民同體、情誼交孚、中國一家、休戚與共、以之籌餉、何餉不籌、以之練兵、何兵不練、合四萬萬人之心以為心、天下莫強焉、而後用府兵之法、而民皆可兵、講鉄艦之精、而海可以戰、于以恢復琉球、掃蕩日本、大雪國耻、耀我威稜、昔德國相臣畢士麻克、嘗以中國之大、冠絕四洲、他日恐為歐羅之患、思與諸國分之、後以中國因循不足畏、議遂中止、今若百度更新、以二萬里之地、四萬萬之

人、二十六萬之物產、力圖自强、此眞日本之大患、畢士麻克之所深忌、而歐羅巴洲諸國所竊憂也、

右疏爲廣東南海縣人康廣厦工部、有爲原名祖詒爲舉人時主稿、時乙未春仲、倭事正急、糾集直省公車千有餘衆、聯名所上者也、原疏甚長、約共一萬八千言、大意請下　明詔、行大賞罰、遷都練兵、變通新法、以塞和欵、而拒外人、保疆土而延　國命、疏呈都察院、方欲代上、而和議已成、事遂寢、工部門人節存後幅、刋於康工部四上書中、錢塘袁翔甫大令屬滬上石印書坊、全載原疏、爲公車上書記、而附以公車諸君名單、一時各報館鈔印萬紙、風行海內、聞者亦莫不欷歔太息、若深慨其謀之不果用也、今者事成既往、平心以觀、處當日　主憂臣辱之時、懦者緘口、激者沽名、非以規避爲能、即以掊擊用事、治標固本、兩無所益、　朝廷亦何貴有此臣耶、獨有工部其人、排衆議而直前、忘草茅之疎逖、傾筐倒篋、奉我　至尊、其意

氣可不謂壯且遠哉、前半遷都廢約、練兵籌戰、詞意操切、未策萬全、抑亦思勢値倉皇、　京師危迫、間不容髮、彼時結俄拒倭之策、既不可行（江督張電奏稿二）誰復能忍以須臾從容而殿前席、（予初頗聯名後卽取回名單誠以主戰之不可恃也）後半則綱舉目張、皆坐言起行之要、截錄於此、俾後之談時務者、可以覽觀焉、又按原文萬餘言、厲奇於偶段落分明脈絡貫注、無浮詞、無野調、卽以文字論、固陸宣公之所喜、而蘇文忠之所畏矣、宜乎有目共賞宇內傳誦也、

俊秀

孝感屠制軍之申、嘉慶中葉、以巡檢起家、引　見、　上問出身、對曰臣姚聖朝由俊秀入、　上問俊秀云何、對曰書曰俊民用章、禮曰秀士升學、前聖人開科目之未行、我　皇上、補科目之未及、　上喜曰、俊秀二字、確鑿矣、遂簡在以至大用、說本醒睡錄、

捐班

道光朝有某捐職引見、籍江蘇寶應、 上猝問曰、爾嘉應人耶、對曰、臣實寶應、則 問曰、寶應二字、作何寫、 御前以指畫爲不敬、乃對以聖人之大寶曰位之寶字、順乎天而應乎人之應字、復 問嘉應二字、對曰、嘉會足以合禮、出其言善則千里之外應之、 上首肯者再、 諭曰、捐班有此、可訂翰林譜矣、擢內用備顧問焉、始知 上之兩問、皆所以面試其才也、此亦見睡醒錄所載、

監生

乾隆時有以監生、新授知府者、 純皇帝問曾應科舉否、對以鄉試數薦、皆不遇、 問既應科舉、必善作文、朕昨拈一題、爲周有八士至季隨、已得上句、是紀周士而得七、爾試續來成一破題可也、因從容奏曰、皆兄也、 天顏溫霽、踰月擢監司、

老頭子

康熙朝何義門先生焯、夏日入直上書房、方披襟當風、猝傳　聖祖駕至、倥遽無以爲計、乃匿炕下、移時、不聞　玉音、遽昂首於外、詢左右曰、老頭子去否、而不意適爲　聖見也、大懼伏前引罪、　聖色甚厲、使之自解、乃奏曰、先天不老之謂老、首出庶物之爲頭、父天母地之爲子、　天顔於是有喜、不問前事、

先輩眞賞識

朱竹垞先生少日、袖所作就正吳梅邨祭酒偉業、既出、梅邨語人曰、此子將來必以文名天下、會出老夫上也、吾老不及見、諸公請拭目以觀可也、時竹垞正落拓、人意以吳之言爲戲、退皆有後議、後果以布衣應　詔而入翰林供職史館、

明鍾伯敬負時名頗重、一日省親過毘陵、陳伯玉組綬往謁請教、鍾無禮焉、且曰、秀才宜埋頭几案、僕僕何爲、及到吳門、文啓美震亨有詩名、鍾往

拜之、文肅公震孟亦在坐、時以孝廉九次會試矣、座間呈所作、請云尚可僥倖一第否、鍾唯唯、退謂人曰、如此老孝廉、尚欲奢望、能𣪺選一官、已是萬幸矣、後見伯玉辛酉冠南都、壬戌文肅魁天下、始悔孟浪、

捐納秀才成案

四學採芹錄抄本、載康熙十四年乙卯先有廪增附生、准其一體捐納作貢之令、十六年復有納捐生員之令、凡歲科二次、得捐生員八百二十五名、許眉叟年譜、載康熙十六年丁巳魏象樞條陳入學、每學止取四名、其餘每名俱捐銀一百十兩、准入泮、履園叢話、載康熙十七年戊午奉　旨准令該直省童生、每名捐銀一百兩、得予入泮、一科一歲後不爲例、

去歲甲午、日高之亂、當事籌餉、且有捐納舉人之例、由監生援例須三萬兩、由生貢援例須二萬兩、准直省報捐一百名、一體會試、後御史奏停、僅捐數名而止、

監生捐納

漢元朔二年、始置太學生、郎官可以貲得、太學生則不得也、隋大業年間、改稱國子監、明初尤爲貴重、定制以入國學者、通謂之監生、舉人曰舉監、生員曰貢監、蔭生曰蔭監、入貲曰例監、洪武時、一旦擢用、便至布按兩司、犯法者亦得讁爲典史、建文時定考挨法、分上中下三等、上等選用、中下等歷一年再考用、亦不拘品級、永樂五年、選三十八人、隸翰林院、習四方譯書、迨其後遂賤、則以景泰元年納粟之例開、而冗雜爲嫌也、

四川李雨邨太史曰、四川人每輕監生、獨不可以概江浙人、蓋以爲入闈梯階、通籍羔雁也、余按閩粵二省、亦然、每科揭曉、例監雋者、閩額居十之二、粵亦十之一、散在北闈、尚不計焉、吾閩則以王可莊太守爲最著、家聲政績、談者猶有身去名留之慕、不啻閩始之於吳瀹莊中丞也、是人之輕重於其間者、在乎已之自立與不自立、不在監生不監生也、於監生乎何

嫌、於不監生乎何忌、

和戎

隨園牘外餘言、論歐陽文忠、嘗劾楊偕輕許元昊不稱臣以爲大罪、宜棄市、後偕死、文忠爲作墓志、則又夸之人以爲疑、而不知不必疑也、文忠少時意氣正盛、以爲蠢爾蠻荊、必使稱臣而後快、晚年學養愈純、識見愈廣、見伐夏之師屢挫、一時君臣皆悔、悔敵起釁、空言無補、故向之所非、即後之所是耳、愚按此論不差天下事惟能知已知彼、方是通人、富鄭公名相也、嘗規宋帝以二十年口不談兵事、懼其輕渝金盟致召兵凶也、豈若今人不審時勢、一聞和議、便復信口訾議、自相掊擊、上下皇皇、幾何不爲敵人所笑、而反與人以可乘耶、

太王翦商釋疑

詩言太王翦商、按爾雅釋詁翦勤也、即逸周書所謂奉勤於商之意、蓋商自

雍已以來、商道始衰、諸侯或不朝、至河亶甲寖衰、至陽甲再衰、至小辛又衰、小辛崩而小乙立、二十六祀、太王始自豳遷於岐、詩云居岐之陽、實始翦商、蓋謂其時諸侯叛散、太王出而翼商、亦猶文王率商叛國事紂云爾、自毛傳訓翦爲齊、說文引翦爲戩、說者遂讀翦如勿翦勿伐之翦、而古人之心於是乎不可白矣、右說載呂西邨孝廉雜記、愚按爾雅一書、多後儒竄竊、所引釋詁、未足爲據、太王翦商、當以臣子追頌之辭爲定、紛紛聚訟、皆不得其平也、

詩三百篇非孔子所刪

孔子但正樂、使各得其所而已、未嘗刪詩、觀自衛反魯云云可見、且一則曰、詩三百、再則曰誦詩三百、家語對哀公問郊、亦曰臣聞詩三百、不可以一獻、知古詩本來有三百篇、非孔氏自刪定、又左傳列國卿大夫燕饗賦詩、率皆三百篇中之詩、多在孔氏之前、其非夫子所刪、了然可見、右說載漁洋山人池北偶談及他雜著、殊近理、

孔子口中不得稱經

時文中口氣題、有用六經二字者、非也、或引莊子天運篇、孔子謂老聃曰、邱治詩書禮樂易春秋六經、自以爲久矣、又曰、夫六經先王之陳迹也、爲孔子口中稱經之證、不知此蒙莊寓言何足徵信、吾人實事求是、凡作文字、序事萬物、皆可包孕、原不以後代事物、不得引用、惟呆呆寫出、終嫌辭氣鄙倍矣

詩小序必不可廢

或問小序是何人作、程子伊川曰、序中分明言國史明乎得失之迹、蓋國史得詩於采詩之官、故知其得失之迹、如非國史作、則何以知其所美所刺之人、使當時無小序、雖孔子亦不能知、況子夏乎、如大序則非聖人不能作、要之皆得大意、朱子學宗程子、而於小序則不然、且力詆之、國風尤甚、謂其傅會書史、依托名諡、鑿空妄說、以欺後人、甚矣此言之過也、又詆小序之說必使詩無一篇不爲美刺時君國政而作、將使讀者疑詩人絕無善則歸君爲

尊者諱之意甚非溫柔敦厚教也此言尤爲近似亂眞今謹按毛詩稽古篇辨正之篇爲 國朝吳江人陳長發啓源撰篇義一準諸小序所辨正者朱子集傳爲多其辨此有云詩小序傳自漢初由來古矣若必求其證驗的切別見他書史而後信之則詩序與他書史皆秦以前文字而漢世諸儒傳之者也安見他書史可信而詩序獨不可信乎至依托名謚之語尤屬深文邶柏舟之刺頃唐蟋蟀之刺僖猶與謚義相近也若宣非信讒之名昭非好奢之號明矣而陳之防有鵲巢序以爲刺宣曹之蜉蝣序以爲刺昭又何所依託乎以言美刺總迫於好善嫉惡忠君愛國之心而然此而非是必以君親爲秦越疾視其死而不救而后可耶況刺時之詩大抵是變雅傷亂而作處汚世事暗君安得不怨怨則安得無刺且孔子說詩嘗曰可以怨矣孟子說詩亦曰不怨則愈疏矣惟其能怨所以爲溫柔敦厚之妙用而朱子反之則亦異於古所云矣史言三百篇大抵聖賢發憤之作朱子所見何反出腐遷

下、既以刺時爲非、而悉指爲淫奔所作、豈男女相悅之私、反賢於憂時傷亂之士哉、此論直截伉爽、最爲明快、有功詩學不淺、非徒騁口辯、有意攻擊朱子者比也、抑吾又聞朱子作集傳時、本用小序、因與呂氏東萊論詩相爭、始改從鄭漁仲無本之臆說、此乃一時之客氣、非盡出初心也、後儒震於朱子之名、雖心知其非不敢妄議、元時至呼太祖御名以祭朱子、其推崇可謂既極、以朱子詩經集傳取士、亦本元制、一日之差、百代沿襲、實爲朱子所不及料、而無識者、遂囂然右朱以爲朱子之功臣也、噫、

曾墨農

詔安返棹後、親知書問、動盈篋笥、以詩册辱教者、復堆積夥頤、排日編校、草草蕆事、摘其尤雅者、以著于編、曾墨農名宗藻、龍溪庠生、渭兆舍人之弟也、暮春漫成云、落絮縵空飛、飄飄無主意、隨云逐風高、終覺沾泥易、緣徑看花人、各具看花眼、看花不入微、錯過花無限、枝上子規啼、啼聲悲徹耳、儂非離

別人、亦爲愁心起、春愁一斛多、觸處恨如何、況儂愁萬種、能不怨蹉跎、漳州放櫂云、引盃靜對月輪高、萬里江天放小舠、欲奏笙簫嫌費事、昂頭一嘯起波濤、他如情原有種栽紅豆、心本難舒捲綠蕉、家無債累貧何礙、生有塵緣世怎逃、略可消愁惟濁酒、最難置意是虛名、皆有幽折之思、

詠樵夫

藉手剷平荊棘路、一肩挑盡古今秋、馬耿甫徵士嚮爲余誦其咏樵夫句也、耿甫好爲詩、著有全集、近日編輯養源詩話、羅搜亦富、

邱苹孫

苹孫名炳萱、福州長樂人、甲午進士、乙未朝考、以知縣即用、簽發浙江、屢以書來言近況、且媵以詩云、微官瓠落繫西泠、世態悟時眼孰青、俗吏衣冠塵寸積、狂奴意氣夢初醒、桑閑曷釋鴻嗷嘆、栗碌空爲鵠立形、家計雙肩腸百結、雨聲燈畔不堪聽、需次擁擠、可想而知、又題山水障贈余云、羣山潑黛水

掩藍、樹木陰中屋兩三、客子欲歸歸未得、艣聲搖夢到江南、今年春間、奉委滬局、忽以母憂撤囘、此詩若爲之先兆者、噫、

桑梓稱鄉里所始

或以此爲問、余因按隨園有言、古無以桑梓稱鄉里者、詩經維桑與梓、必恭敬止、上下文皆無鄉里之說、惟文選載張平子南都賦云、永世克孝、懷桑梓焉、眞人南巡、覩舊里焉、當是後人稱鄉里所本矣、

曾渭兆詩聯

對聯、卽律詩中之一聯也、律詩、卽合數詩聯而爲一也、而闔詩之法、卽詩聯中之別體法、舉錯綜二字分貼句中、自一至七皆可聯綴、吾閩士人、多餘角藝、恆喜爲之、每屆興高采烈、美不勝收、好事擇尤刊刻、各有選編、佳句流播、同茲欣賞、致足樂也、惟上游稱盛、下游則罕有述、良以提倡乏人、斯群安其舊、不知此舉雖同游戲、有益觀摩、商量舊學、賞析文義、而防逸警惰之功、卽

于是寓、昔人云、凡作一詩、必尋一囘典故、久而久之、獺祭既多、便成夙學、此其驗也、吾友曾渭兆舍人（宗琪）、獨工此體、往歲先師侯官郭履齋兵部（兆麟）、主芝山書院、及溫陵楊雪滄觀察（浚）、三山劉吉夫廣文（其旋）、各張一軍、擬題徵咏、惟日不足、一時風氣大開、作者踵接、而以舍人爲最、予函索舊稿、謀刊贅談、不可、索之力、乃蒙鈔示圖詩若干聯、皆經先師諸人所選定者、其餘隻字不存、蓋其退也、爰爲詮次、以附於後、

春色媚於新嫁婦　月光寒似老窮儒（春月）

虎猛無如官吏虐　錢多轉爲子孫憂（錢虎）

似水人情還覺冷　如雲夜夢不妨濃（水雲）

諫草久焚留史少　名山小隱著書多（山草）

病草將枯經雨養　亂山欲倒倩雲扶（山草）

擁劍盤肥雙佐酒　落釵驢緩一敲詩（劍釵）

將倒山扶雲氣直　初胎花孕雨聲肥　山花
隔簾花氣濃蒸雨　繞郭山痕瘦倚秋　山花
偶耽夜話頻忘睡　懶答人言但託聾　夜人
書耐人看尋有味　字緣夜作寫多訛　夜人
亂雲與瀑爭歸壑　斜月移花浸入池　花瀑
欲戰雌風須療妒　如除傲氣合醫狂　風氣
病知養氣魔無術　談到生風酒有權　風氣
餬口外家妻易厭　礪身異路僕堪親　家路
簫吹窮路尤沈咽　劍遇仇家忽躍鳴　家路
臨歧分路情猶戀　久客思家夢轉無　家路
寒逐征衣先出塞　魂隨旅夢暗還鄉　衣夢
縱飲典衣償酒債　豪吟入夢捉詩魔　衣夢

沙漠霜風搖月冷　崑崙雲氣抱河流 風氣
處士虛名空畫餅　羈人愁緒亂如麻 如畫
敢參末議陳當路　爲採遺聞補舊書 路書
身經老病艱行路　境際窮愁愛著書 路書
春燈燕子歌圓海　夜盒鯉魚鬬白門 海門
曉鐘搖月沈珠海　羌笛因風怨玉門 海門

錦瑟注

元遺山先生論詩絕句、詩家儘說西崑好、只恨無人作鄭箋、余十七歲、讀李義山集、翻遺山意、題之曰、傷春傷別知何限、錦瑟無端費鄭箋、誠見李詩、不第難讀、亦實難注也、惟何義門太史注此、獨得妙解、其言曰、錦瑟一篇、乃義山自題其全稿之作也、首二句、言平時著述、遽已成集、而一言一咏、俱足追憶生平也、次聯、言集中諸詩、或自傷出處、或託諷君親、作詩之旨、隱寓於蝶鵑也、三聯、言淸辭麗句、珠輝玉潤、而語多激映感慨、又有根柢栽培、所以自鳴其匠心之巧也、結二句、言詩之陳事、雖堪追憶、惟回首當年、無窮悵惘、猶望後之讀其詩者、知人論世、或想見其生平大凡也、

瓠瓜別解

何晏註瓠瓜一處物也、孔子云、我乃東西南北之人、焉能如瓠瓜之繫、此一解也、黃東發引天官書曰、瓠瓜星也、洛神賦有瓠瓜無匹之辭、惟北有斗、不可以挹酒漿、故曰、焉能繫而不食、此二解也、朱子以爲浮水之物、本莊子所謂五石瓠是也、此三解也、近日鄒翰飛秀才、以三解爲非、而別立一解曰、此句當作視斯指掌神情講去、便得其竅、孔子以子路之言、自明堅白說至不淄句、適見庭中有瓠藤瓜繫其上、卽指之曰、吾非此繫而不食之物也、此卽用我有爲之意、若謂不能飲食、豈瓠瓜自能飲自能食耶、

自行束脩以上

自行束脩以上、朱注云、十脡爲束、說本邢疏、而鄭康成注謂年十五以上、後漢書、延篤傳吾自束脩以來、章懷太子注、亦以束脩爲年十五也、同安呂西邨孝廉、謂束脩指束身脩行、如互鄉童子能自潔己以進、夫子未嘗不與、若鄭注謂十五以上、未爲典據、十五入大學則誨焉、此當不獨夫子爲然云云、愚按西邨之說、甚爲精確、然亦有本、後漢卓茂傳束身自脩、伏湛傳束脩其躬、義皆可通者、

寡字男女通

孟子老而無夫曰寡、爲後世婦人稱寡字所自始、然左傳襄公廿七年、崔杼生成及彊而寡、易林曰久鰥無偶、思配淑女、求其非望、自令寡處、是男子又未嘗不可稱寡也、

題畫葡萄

李太史雨村吟詩、與羅觀察兩峯寫畫鬥捷、須臾羅畫葡萄成、而李吟七絕

亦成、事見雨邨自箸詩話中人皆艷之、愚謂此等詩全在天趣與人籟合成、原不在工拙上計較、龍溪友人魏培庭廪生（李擧）一日見人畫葡萄、忽口號云、不拂花箋不打稿、寫來風味葡萄好、賞心何用到棚間、一樣纍纍似簾橐、也曾芳實映離離、非復牽籐屋角時、憑着兎毫尖亂點、贈人原不用多枝、未知與李詩如何、然急就之章、生趣盎然、聞之亦自入耳、

傍妻

傍妻二字、見隋書王后傳、注妾也、同安陳劍門孝廉鴻文、出眎詩稿、有上元日取傍妻詩、今錄一首、上元佳節彩雲飄、不看花燈看鵲橋、偏是小星明最甚、炤人不寐更通宵、又柬王二桂庭、聞道君家小畹蘭、甘心風雨受摧殘、美人知己眞難得、休作尋常遇合看、王名步蟾、一字金波、與陳同邑孝廉、少日極有文名、試輒甲其曹人、或以狀元目之、廈門小家女慕王才譽、願爲夫子妾、雖阨於大婦、而無怨言、陳有妾境遇略同、故不覺爲之情深一往也、

題靖節閑情賦後

曾於友人案頭見是題云、閑情作賦太無聊、有好何須九願饒、我願將身化長帶、一生牢繫美人腰、閑字頗寫得出、惜未詢爲誰氏作、

用典不自知

大凡博覽之士、所蓄既多、下筆成文、百川奔赴、苟遇其人問以出處、亦有瞠目莫對已耳、蘇東坡刑賞忠厚之至論、有殺三宥三云云、實脫胎戴記文王世子公曰宥之、有司曰在辟、公又曰宥之、有司又曰在辟、三宥不對、走出、公又使人追之曰、雖然、必赦之之文也、何一遇歐公下問、反以想當然三字抵塞、良由讀書既多、取精用宏、必不能如章句俗儒、記誦之專也、談者刻薄、遂舉坡公想當然三字爲杜撰掌故口實、一若奸檜口中之莫須有一語者、焉有蘇公而與奸檜同其師心哉、

播鼓三通

俗說三通、各異其義、憶李靖兵注有云、鼓以三百五十三槌爲一通、是三通之數、一千零五十九下也、

博學身死書死

余嘗有感於胡稚威先生天游之言曰、一肚皮書、而全無撰述、則身死而其書亦死、若夫箸作之才、韓柳歐曾、李杜工孟、至千古不磨、胸中記得之書、恰是有限、其大過人者、在乎善讀、

日月之食

西人有言日食者、緣地球之體本黑暗、須受日光而明、如日居上、而地居下、月過其中、掩蔽日光、且月之正面受日而明者、向上其背面黑暗者向下故日食必在月朔、以此時日月地俱平直相對也、如月居上、而日居下、或月居東、而日居西、地在其中、則有月食、緣月亦受日斯明、地過其中、掩蔽日光、不能照射、且月常循環於地球之外、必於十五日、方至地球背面、故月食必在

月望、以此時月地日俱平直相對也、日月食、每年之多不踰七次、至少不能無二次、且日食比月食較多、倘以十八年得七十次之食、而計日食當居四十一、月食當居二十九、愚按日月之食、皆可先期推步、其爲常事而非變異可知、夫子作春秋經、有食則書、意亦本魯史之舊而存之、原未言明其爲災異也、當時柱下史官、雖掌天文、然泥於占驗、而略於推步、無怪所見云然、降及後世、天官五行、侈陳蔓引、尤屬可删、近代沿而不改、鼓聲鏜鏜、永爲巨典矣、

遵例捐納實始於漢

司馬相如以貲爲郎、顔師古注、以家資多得拜爲郎、非取其貲而與以郎也、韓紹眞駁其説曰、司馬相如以貲爲郎、自是入貲而後與官、非上之人因其家貲多、而平白地拔之家中也、如顔師古所言、何以與相如同時之卓王孫、及茂陵三輔諸富人、家貲皆百萬、過於相如者多矣、乃不聞漢廷授之一秩

一官耶、而卜式之流、亦何待入貲助邊、而後問其肯爲官哉、要之詔民入粟拜爵、漢文十二年春三月已著爲令矣、司馬相如之入貲、自是遵例捐納不疑、愚按秦政本紀、百姓納粟千石、拜爵一級、惟未著爲令、其著爲令、自漢文始、要之遵例捐納、終屬盛朝稗政、即如 國家捐例廣開、歷有年所、未嘗無得人之效、然管仲獲盜得士、要未可求士於盜、先輩嘗引此言、以痛詆士之爲八股時文者、要亦可借爲捐納之鑑也、

古人引經不拘字句

古人援引典訓、只取其意、原不拘字句、四子書引經與原文異者甚多、後世通儒亦然、如論語君子之德風、小人之德草二句、班固文帝敘贊曰、我德如風、民應如草、潘岳晋世祖誄曰、我德如風、民應如蘭、凡兩引用文、皆不嫌改易、

出母與母出異解

檀弓子上之母死而不喪、後世遂疑子上之母、有被出之事、門人問諸子思曰、子之先君子、喪出母乎、又疑伯魚之母、亦有被出之事、故孔氏之不喪出母、自子思始也、以爲出母二字、即被出之母之解、何聖門之多出妻也、吁、是直厚誣聖人而已、前明吾邑先正何氏楷、已疑其說、今按出猶生也、出母即本生母、猶今人傳誌言某某爲某氏出也、其不喪出母、因本生母班居助遣、其喪在吾父嫡母之前、不能行喪禮也、子上之母乃側室、子思在堂、是以死而不喪、故不爲伋也妻云云、明不得以敵體之妻之禮待之也、子之先君子、不必泥定孔鯉說、先君子尊稱言先人也、喪出母、孔子少孤、嫡母早卒、本生母顏氏乃後死、得以從容爲之服也、當日孔門家法、父如在堂、側室無服、雖所生子亦不得爲之行喪禮、若喪在父母之後、則可從權持服、孔子與子上同爲庶出、而遭遇不同、道隆則從而隆、道汙則從而汙、正謂此也、子上遇之、子思斬之、正以行其家法、故曰、自子思始也、後人不明此義、胸中橫梗一出字、遂附會爲被出之母之解、以惑學者久矣、不知左傳呂相絕秦篇曰、康公我之所自出、朱子注詩言康公之舅爲晋公子重耳、盖康公即穆姬所生、是出字即生字之實證、猶得曰出母爲被出之母耶、若出妻即河廣章朱注母出與廟絕者是、如出母即出妻、朱注當言出母、不當言母出、可見古人母出、無以爲出母者、安得於檀弓出母二字而疑其有他、嘗見周櫟園先生及近人厚甫詩話持論畧同

雪蘭女史素心閣詩删

永嘉雪蘭女史惠、鄭君松岩之女也、平陽殷心齋司馬執中副室、少嫻吟咏、歸殷後學益邃、隨殷閩中、卒於福鼎、得年二十有三、盖同治壬申十月也、殷悲悼不勝、裒所爲詩、得上下兩卷、顏曰素心閣詩草、以光緒癸未刻於京師、友人遺余一帙、余披覽數四、愛其雛才、因略加評語、并稍淘汰、名曰詩删、凡二十一首、附見於後、

秋至憶高氏妹

憶昔同攜手、於今獨倚欄、無緣夢裡見、有淚暗中彈、地僻鴻難至、天高樹易寒、秋雲能蔽日、何處望長安、

宮怨

秋風團扇舊情涼、靜裡更籌短亦長、獸炭不添銅鴨冷、羅衣重換麝薰香、香韵

翻用唐句意更深遠

春雨 二首删一

細雨濛濛暗未收、年來多半爲花愁、隔窗不解春歸去、鈴索聲聲上翠樓、

夏日

秋風團扇尚依依、漏盡更闌萬籟稀、寂是青天好明月、坐忘花露濕羅衣、

秋夜

砧聲遥度月明中、賸有同心蠟炬紅、寄語鄰家諸姊妹、漫將團扇怨秋風、

樓上黄昏獨夜時、西風吹落桂花枝、花香月白秋如水、高捲湘簾讀楚辭、

夜坐寄呈主人二絕 删一

背燈爲愛窗前月、破夢知憎寺裡鐘、安得劉綱來跨鶴、結茅同住白雲中、

次高妹見寄原韻五首 五首删二

心如篷梗鬢如鴉、簾幕垂垂日影斜、燕子不歸春亦嬾、隔窗閑殺碧桃華、

縷金冠子鬌盤鴉、碾玉蜻蜓整復斜、繡罷垂簾無箇事、試香新插滿頭花、

踏青 三首删二

羅裙百摺繞香街、欲覓名花綴燕釵、春色不知何處所、惹他蛺蝶逐弓鞵、

送主人還里有懷

同是天涯客、君歸妾未歸、高堂疏奉養、異地重睽違、旅夢隨鐘斷、鄉心逐雁飛、思親兼別恨、灑淚在羅衣、

對月

河漢淡無影、秋光射小樓、樓頭一片月、照出古今愁、通首但只寫月未用一愁字結而對字之神理

自足

次主人秋夜原韻

簾箔沈沈蠟炬寒、銀床葉落井梧殘、蛩聲斷續深宵聽、月色淒清異地看、夢數轉忘爲別久、才疏常覺和詩難、蒪羹菰米勞相憶、滄海橫流處未安、

即事

相彼高岡上、伊人不可望、青霞鬱奇氣、黃鵠喜翺翔、天地自秋色、關河已早霜、後凋松栢性、切莫豔群芳、

秋風

病久詩都廢、浮生萬事空、疏燈連夜雨、落葉滿江風、骨肉天涯隔、艱難世境同、有家歸未得、旅燕共飄蓬、

擬李陵送蘇武歸漢

異地負初志、遂成千古悲、君王恩已矣、幸有故人知、濯纓臨清河、河流逝不

囘、白首子歸漢、秋風生故帷、親舊遠過問、空山墳纍纍、顧我何爲者、遠在天一涯、今朝一尊酒、與君成永辭、他日如相憶、臨風奠一巵、起四語沉著

白雲

白雲飛盡見青山、空谷幽人自往還、却笑出山雲太急、貪爲霖雨到人間、閨人

有此襟致由多讀書得來

登樓

登樓遙望柳婆娑、隔水諸峯蘸翠螺、欲賦遠山無好句、自臨明鏡斸雙蛾、作者

七絕多諧熟此與宮怨首獨別

高枝鳴好鳥 三首刪一

高枝鳴好鳥、流響入閨房、蘧然驚夢覺、何處是故鄉、

高枝鳴好鳥、知是春歸去、呼婢下簾櫳、不忍看風絮、

病中寄主人六首 刪五

一枕黃粱夢覺時、襟懷非復世人知、罏中自有長生樂、不羨仙翁採紫芝、

素心閣詩删逸句

雪蘭女史詩草全首頗流平熟、蓋慧業有餘、而根柢未厚也、若欲斷章取之、則佳句甚多、五言如登樓憶別云、背燭憐孤月、因風惜落花、對月有懷云、佳景愁中過、幽懷別後加、秋夜云、簟冷秋先覺、樓高月半臨、送人云、荷風吹去袂、花氣撲行舟、中秋云、墜露剛凝砌、斜河欲挂天、竹窗云、人坐幽篁裏、書堆積翠間、課小婢學詩云、體格吾能講、性情爾自思、病中云、含嬌猶畫黛、扶病强携琴、七言如遷居有懷云、故土未歸猶作客、索居多感况依人、中秋同許氏娣望月云、未許乘槎游碧漢、長思把酒問靑天、秋興云、千里白雲空望遠、半村黃葉易驚秋、病裡云、久疏畫黛羞明鏡、强起觀書愛短檠、寄家主云、侍硯每思文字契、加餐聊慰別離心、落花云、掃除庭院驚宵雨、點綴樓臺讓夕陽、是皆清而不靡者也、

素心閣清課

鄭雪蘭女史、體羸弱、善病、殷居閩再納妾許氏、名琼、字榴仙、鄭聞之不怒、且加愛憐、如姊妹焉、暇輒誘課筆硯、久之亦能成咏、閨中清課、有落花一首、枝上啼鵑爲底忙、西園何處更尋芳、繁華易去隨流水、烟景無多負豔陽、紅燭夜深空對酒、玉階春靜尚留香、闌干寂寞休重倚、回盡詩人九曲腸、此詩附刻在鄭遺詩中、其筆致亦正似鄭也、

說照像

西人照像之法、全靠光學妙用、而亦參伍以化學、其法先爲穴櫝、按機進退、藉日之光、攝影入鏡中、所用之化學藥料、大抵不外硝礦強水而已、一照即可留影於玻璃、自非擦刮、久不脫落、精於術者、不獨眉目分晰、即點景之處、無不畢現、更能仿照書畫字跡、逼眞宛成縮本、又能於玻璃移於石上、印千百幅、悉從此取給、新法又能以玻璃作印板、用墨搨出、無殊印書、其便捷之

法、殆無以復加者、聞有格致之士、漸悟攝影入鏡、可以不用日光、但聚空中電氣之光、照更勝於日、將來夜間亦可爲之、右說載長洲王紫詮廣文瀛壖雜志、蓋咸同時所言如此也、近更日異月新、不用濕片、而用乾片、坊間有照乾片像法之譯本、閱之頗可了了、惟不易精耳、若夜間用電燈照像之法、余去歲在新嘉坡、曾向德國人藍末氏假得此項機器、一試其用、略帶黝色、究不如日間所照爲妙、計電燈全副十七盞、燃之光耀四射、倘開夜宴以之照取人物、亦頗不俗、今未盛行、盛行者惟日照耳、凡照人之面目、其坐位處、必上覆暈色明瓦、以聚陽光、卻畏正對烈日、爲其所現之影過濃、反遮部位矣、故玻璃暈瓦之下、加張素幔、坐處必旁通窗牖、設羅冪焉、凡以消納此光、使之得宜、良工乃不窘于步也、其或天陰雨晦、晨曦籠霧、斜照含烟、咸聚光之不宜、雖巧者無能施技、凡欲照像、自以辰巳午未四時許爲佳也、尋常携具出攝山水名勝一流、只講高下向背而已、不似居者之規規光學也、影鏡亦分數等、佳者貴重不易得、大率以藥水製成凸光玻璃、數加薰染而後用、至亮者、可察秋毫、至快者、能追流電、人物面目、宜於亮鏡、山水名勝、宜於快鏡、各極其妙、而不兼長、要惟面目之工、雖能可貴、邇來西人新法、製成一鏡、以之照人、能見人身骨朶、醫家爭願購之、此後推行天下、以之治疾、凡遇肢骨損傷、皆可一照而知、此醫門衛生法寶也、照像神化、其未有所底乎、

雪蘭女史輓詩

殷司馬有悼亡詩八首、附刻素心閣詩草之後、今錄四首、不愛濃粧愛淡粧、生年十五嫁王昌、學書慣寫簪花格、扶病還搜服玉方、化蝶羅裙悲貯篋、乘鸞畫扇記熏香、尋思响屧經行地、何處迴廊不斷腸、忍將庸福靳嬋娟、造物由來賦命偏、枉有聰明無壽骨、奈多煩惱少歡緣、銀箋怨曲留殘稿、瑤瑟悽音迸斷絃、寶鼎蕙帷香易盡、芳魂不返奈何天、中饋曾勞汝共治、翻教大婦惜嬌癡、每憐絡秀來還屈、更奈朝雲病不支、官閣吟梅縈別夢、寒天倚竹動

幽思、深宵兀坐還孤憶、無復燈前聽說詩、優曇一見只空花、銀燭秋光別恨睽、遺像怕看新粉本、吟窗忍展舊文紗、劇憐妖夢無端踐、不分罡風此刦加、每憶平生最惆悵、孤燈寒雨自煎茶、每首必關合小妻身分、足令讀者愈增惋悼、

蒼頡兄弟疑

法苑珠林、謂上古造書者、兄弟凡三人、長名梵、書從右行、次名佉盧、書從左行、少乃蒼頡、書從下行云云、愚案今三體書、皆有而蒼頡兄弟、則不可考、世頗惑於珠林之言、轉相傳述、以堅人信、不知古稱蒼頡曰帝曰臣、尚無定解、夷攷其時、在炎帝以來、前此若燧人氏、庖羲氏、已有文字、（伏羲時河出圖洛出書、易緯又有燧人刻石文）是蒼頡造書一事、原界在疑信之間、又何有於兄弟三人之說、且即其說以觀、亦不見他本、惟珠林稱是、又安知非釋子之張皇其辭、藉三體可見之書、播千古無稽之妄、而其旨總在於長梵、而少蒼、即以抑儒而尊釋耳、學

者不察、反從稱引、以炫淹博、噫、其疎已、

火頭二字稱廚子所始

漳泉人俗呼廚子爲火頭、其來已古、南史何承天傳東方朔發憤於侏儒、遂與火頭倉子稟賜不殊是也、今粵東人廚子、亦有火頭之呼、

父父子子

尙書康誥曰、子弗祇服厥父事、大傷厥考心、于父不能字厥子、乃疾厥子、于弟弗念天顯、乃弗克恭厥兄、兄亦不念鞠子哀、大不友于弟、惟弔兹不于我政人得罪、天惟與我民彝大泯亂、曰乃其速由文王作罰、刑兹無赦、謹按此段經訓、將父子對說、其文本甚明朗、或猶不免疑義、以爲父子之分、去相天淵、不應兩平對說、同一刑罰、此蓋執後世明辨君臣天澤之義、而誤通之者、是尊而不親矣、後世天子之貴、曰孤、曰寡、曰予一人、謝絕群倫、至尊無對、其去古昔君一位、卿一位之制蓋遠、遑及以民貴君輕之諷諭乎、然此猶曰漢

家自有制度、非臣庶所敢輕言、若父子天性之親、凡有血氣、莫不知親、是爲良知、莫敢賊恩乃止于慈、一門之內、人親其親而天下平、是則我、孔子嘗曰父父子子之恰切注脚也、兩平對說毫無疑義苟如或之疑必無區父於子之外、累臺百級、上與天齊名分雖甚尊崇天性無乃隔絕乎、萬一不當如瞽瞍幽王吉甫獻公之事出乎其間、斯時爲重華宜臼伯奇申生者自屬不知我罪之伊何、而旁觀之人亦無能執公義而一讞其事人孰無父人孰無子、今日爲人父之人、猶夫前日爲人子之人耳、平心按之、當必有以處此、何書經言誠千古無弊者也、

邱姓

予所姓文、古作丘、恭同孔子聖諱、至　國初雍正朝、遵　諭迴避、始加邑旁文作邱、凡古今地名如營邱壽邱、人名自左邱明以下皆追改、惟讀如字音坵、世俗恭遇孔子諱處、則音讀如某以示分別謹按　憲廟欽定、邱在毛詩

古文、作期音甚多嗣後宜讀作期音今俗知之者鮮矣、

異代追謚

南宋之末文文山、謝疊山、兩先生、守義不屈、大節凜然、元朝不加褒錄、蓋以周之頑民目之也至明朝景泰年間始追謚爲文忠烈謝文節鬱久必彰可見公道自在人心迨明末漳浦黃石齋先生殉難　本朝即復追謚忠端、不以勝國之臣而稍異視事雖出于敎忠而大度并包過元朝遠矣、

十全富貴

牡丹一物福建極罕而珍、每年上海估客運至香港、再由香港運入漳泉等處吾漳獨產水仙、著名天下、恆相易焉、牡丹來閩水仙過省、皆一既花、而不能再花、年年須求新種、若牡丹則偶有再花者、水仙則絕無矣、辛卯春間友人以牡丹兩盎見遺、邨居各開十朶、是冬復結新蘂至明年壬辰燈節再花、惟僅單朶、俗例甚異再花、尤貴單朶、美其稱曰獨占天香、邨中聞者踵門求

觀、幾穿戶限余殊厭之、默計兩年中、人事偃蹇、兼喪弱妻、所謂十嘗八九不稱意、苒此時爲甚、藐茲花妖、樂子之無知、而俗論則確不可憑矣、又明年甲午春、余訪外舅王玉墀先生於漳郡、時總鎮署來有牡丹異種一開十朵、葩萼奇麗、湘南侯桂舲軍門名貴繪十全富貴圖、徵詩遠近、排日開樽、欣賞其異、外舅以侯公意、屬余賦之、余爲題七古一章云、牡丹之愛宜乎衆、借用周子愛蓮說結語儘說稱名富貴重、那知富貴果能銷素位何曾累藏用不觀李唐郭尚、身兼壽考冠今古、遠敵雲臺將相良、長沐天家雨露普、將軍昭代之汾陽、移封南伯臨清漳、南伯猶言南方之鎮也見唐人詩話論功夙閫指大樹、敷政行見歌甘棠、別有閑情寄幽暢、屏間欽侍原不尙、惜花自具一番心與貴相宜氣尤壯、羅隱牡丹詩此花偏與戲相宜歲維甲午春正月、分得新枝來自闕、清香好向宴寢凝、濃姿爭倚雕闌發、曈曈旭日華筵開、傳觀共醉霞光盃、並蒂連枝相間出、一丈佛擁千樓臺、蘇詩畏家將軍一丈佛爲憐易謝留圖照、自將矜寵徵謌嘯徵詩徵到野人家笑儇無夢筆無花、生來歐九況瞻焉（歐陽諮素短視、又嘗爲二字出齊書徐儇王傳、猶言短視也）、譜到姚黃媿昔賢、（歐公有牡丹記）霧裡評花花所恥、披圖不下筆屢矣、恰有一言爲公陳、十全爭似萬全身、他時寫入淩烟閣、記取今朝四座春、此詩率筆寫來、自知未滿題量、若夫妄談瑞應、鋪敘吉祥話頭、以全俗論、余固謝不敏矣、

兩韻體

乙未三月下浣、出都、余與同安陳劍門孝廉（渦文）、同舟共濟、由通州曉發潞河、兩晝夜將近楊柳青驛、忽遇大雨、一阻三日、舟不解纜、苦悶殊甚、戲爲兩韻體詩示劍文云、昨發桑乾河上路、今羈楊柳驛邊艫、濕雲重壓危檣住、春訊狂、催大海空、來怯飛塵方覓渡、（劍文與余追論來時入京道路不治、極叉顛簸之苦、因此改從水道）濟思巨楫奈欺風、蓬窗如吼日遲暮、不盡征人感慨中、此體詩古人嘗有作者、余偶效顰、輒見窘滯、因笑謂亦如舟之膠於河也、此外復有兩人聯句詩數首、今弗省記、不能錄、

受業姪鑫燦謹校

菽園贅談卷之六目錄

澄海邱煒萲菽樊甫編

菽園贅談卷之六

海澄邱煒萲菽園著

鬻田議

駢藁子曰、北方雖萬金之家、視其田業、猶商賈之於貨殖、裕則買之、蹶則賣之、歲以爲常、越人小有田業、輒以轉鬻爲恥、平時起居服食、侈然自奉、幾若侯伯、其子若孫、往往百無一能、深居簡出、絕不知門外事、故外人詈之曰臺門貨、其別具生計者、縱未必量入爲出、而經營挹注、猶可支撑、一旦生計絕、起居服食則如故、婚嫁喪祭則如故、其需費也孔棘、此時宜鬻田矣、而曰故業不可失也、其金珠服飾及一切器皿之屬、又不忍鬻於市、曰故物亦不可失也、於是竊竊焉次第登諸質庫、既質矣、必贖焉、既贖矣、又質焉、輪環迭轉、必至無力更贖而後已、計子金所出、酬其所入之母、且數倍矣、是不啻餽人以物、又不足而賸之金焉、方營營質物時、又必於戚黨間、由親及疏、次第稱貸、假甲以歸乙、出李以納張、久之轇轕紛紜、千瘡百孔、莫可收拾、不知者以爲此時必鬻田矣、猶曰故業不可失也、乃謀質田者徒自收其不及什一之租、而供人以什二什三之息、久之田絕於人、債臺百級、計息金所出、酬其所入之母、已過半矣、是不啻餉人以田、又不足而賸以債焉、嗚呼、何斠渠之言之沈痛也、嘗怪古鐘鼎皆聖賢豪俊手澤、輒銘曰某作器、子子孫孫永保用、彼豈不達者流、而顧爲是言耶、亦明知循環往復之理、必有由盛而衰之一時、惟不得不勉以永保之言、冀其自喻、後人而解吾意、顧名思義、必當有以處此、此古人之微旨也、非然者、與其輾轉而謀、如斠渠子以上云云、毋甯早爲之所耳、世有達人、方識乘除消長之機、亦惟令人急求勤儉忠恕之本

左傳逸詩錄十一條

古詩三千、删爲三百、實自孔子以前時事、其佳而見逸者何限、其或散見他書、以左傳爲最多、今据杜注錄出、取便瀏覽、亦輿觀之一助也、莊二十二年、

翹翹車乘、招我以弓、豈不欲往、畏我友朋、一也、宣二年、我之懷矣、自貽伊戚、二也、成九年、雖有絲麻、無棄菅蒯、雖有姬姜、無棄蕉萃、凡百君子、莫不代匱、三也、襄五年、周道挺挺、我心扃扃、講事不令、集人來定、四也、襄八年、俟河之清、人壽幾何、兆云詢多、職競作羅、五也、襄二十六年、子國賦轡之柔矣、六也、逸周書錄其辭曰馬之剛矣轡之柔矣馬之不剛轡之不柔志氣麃麃取與不疑襄二十七年、何以恤我、我其收之、七也、襄十三年、淑慎爾止、無載爾僞、八也、昭四年、禮儀不愆、何恤於人言、九也、昭十二年、祈招之愔愔、式昭德音、思我王度、式如玉、式如金、形民之力、而無醉飽之心、十也、昭二十六年、我無所監、夏后及商、用亂之故、民卒流亡、十一也、

解元邱鵬飛

邱鵬飛、侯官縣人、乾隆六年辛酉科、應福建本省鄉試、中式第一名舉人、其時大主考爲秀水諸編脩錦、全椒郭檢討肇鐄、後經到部磨勘、查悉邱君嘗

應武試、已入泮矣、奏請開革、從之、愚按前明宏治五年、南直隸鄉試劉南坦（麟）、亦以武生應舉中式文科、後乃官至尚書、卒爲名臣、此例至嘉靖中始無、本朝承用明末之制、故邱鵬飛一經磨勘、不論文品人品之如何、但以違例罪之、只應一革到底耳、人之遭遇有幸有不幸如此、

自稱令弟

向例令以稱人、無有自稱者、即古人最不拘小節、如謝靈運之呼阿連爲令弟、亦惟以兄稱弟、非阿連之自呼也、乾隆時陽湖莊狀元（培因）未第時、素瞻才華、睥睨一切、其兄（存與）侍郎以乙丑第三人及第、莊負氣不服、調以詩曰、他年令弟魁天下、始信人間有宋祁、甲戌殿試、果獲首選、時論榮之、此可爲令弟二字添一重故實矣、

鄭聲淫不是淫媟

李巨來先生解鄭聲淫作沾濡解、歷引經集、如詩之淫威、左氏之淫於元枵、

禮記之毋淫視、聲淫及商、孟子之淫辭知陷、晉語之底著淫淫、列子之朕之過淫矣、皆不作男女褻媟解、況齊襄衛宣陳孔甯儀行父之事、惟鄭鮮有聞焉、安得以聲淫爲治淫之淫乎、愚按此說通達、況孔子口中、明言鄭之聲淫、不言鄭之詩淫、聲淫云者、使歌褰裳同車固淫、卽歌關睢卷耳、其聲之宣、亦未嘗不淫也、此其所必放也、亦猶楚聲近哀、垓下郢中均含酸楚、豈以爲異、居使之然耳、

算命無益

命之理微、聖人尚且罕言、然則今之言星命者、既聖矣乎、不知彼星士所言之命、與吾儒所言之命有異、其法始於唐李虛中、稱爲子平數者是也、而一切鐵板數梅花數皆從此出、當日退之韓氏、曾爲李虛中作墓志、詡其推人壽算了無一失、何以不知己身之壽命、而服水銀、致疽發背死也、蓋已明燭其奸、告人勿信矣、無奈游民無業、藉此藏身以糊其口、一爲打通後壁、立索

同文書庫·廈門文獻系列　第三輯

其死矣、故君子亦姑容之、行之既久、習焉不察、乃得肆其簧鼓、奪聖人言命之權、以與星士流風相煽、附和日多、言有根株、猝難斬拔、今姑援前人說之明快者一發其覆、世有明理之儒、當不以余爲多事也、謹按梁溪漫志有云、一時中同生此一人、是同此一命矣、一日共生十二命、以一歲計之、任天下之大、生廣生、只得四千三百二十命、以金甲子計之、止有五十一萬八千四百八命而已、除此五十一萬八千四百八命、爲數不同、其餘無不重複者、一郡戶口、不下數百萬人、則犯同年同月同時者不少、又何貴賤貧富之不同哉、文文山先生贈朱斗南序亦云、命只五十一萬、而四柱盡矣、固亦不以推算祿命之說爲然也、抑吾又聞明代沈石田畫士周八字與其君英宗同、國朝湘陰左侯相宗棠與其三姑母之孫子吳偉才同時同刻而生、侯已貴而吳猶屠狗於市、八字之說果足據耶、業此道者、幸以教我、左吳四柱壬申辛亥丙午庚寅客或告余曰、四柱之要、盡爭乎時、如上所云左吳二人命同人異、雖其時無後先遲速之不同、意者毫釐之偶差、所以祿命亦分厚薄耳、余曰、客亦知有子平之説乎、客唯唯、余曰子平實始李虛中、余既言之矣、乃前史紀虛中推人祿命本不用時、而子今以時爲言、不亦數典而忘祖乎、即以時而論、左吳二人不明朗同時同刻云爾哉、而必曰毫釐之偶差、夫亦好奇之過矣、抑星士常談、客亦不免顧甘爲此遁詞而顯與虛中矛盾耶、且余更有疑者、四柱干支濫觴大撓、其始之甲乙子丑云者、亦猶一二三四而已、使起大撓而問之、當亦無所謂生尅配合之成見可循也、是不惟以時刻推命之説、見惡於虛中、即虛中之以年月日推算之説、先已無解於干支多見其不知量而已、客嘿然、未有所對、忽從旁一人代答曰、先生欺余哉、洪荒之始、芸芸生聚、非無姓名乎、獨何解派以姓名呼之即應也、甲子之作、雖無意義、亦何難强爲意義、余曰、亦可呼之而即應耶、曰、不應猶應也、余曰、居毋躁、子所謂應者、亦以五行之理、似有可憑耳、豈知天地之大、人物之繁、固不止於五行、其在太虛、則舊見五星之外、別有三星、同爲繞日之八大行星也、其在萬彙、則夙號五行之中、儘多雜質、驗諸化學、而六十四種也、五行既不可以概括天人、五行又安可以强配天人、其不相率而爲僞者幾希、客於是嗒焉若喪、出語人曰、菽園子好辯好辯云、

瑞南道人論賞鑒

南紙堅薄、極易搨墨、北紙鬆厚、不甚受墨、北搨如薄雲之過青天、以北搨用松烟、墨色青淺、不和油蠟、故色淡而文緲、非夾紗作蟬翅搨也、南搨用油烟和蠟爲之、故色純黑、面有浮光、今之市帖、多用油烟搨者、間有效法松烟搨、色似青淺、而敲法入石太深、字有邊痕、用墨深淺不勻、濃處若烏雲生雨、淺者如白虹跨天、殊乏雅趣、惟取眼生、以惑矇瞶耳、古昔傳帖、受𥙊數多、亦歷年更灕、其墨濃者、堅若生漆、且有一種不可稱狀異香、發自紙墨之外、若以手揩、墨色纖毫無染、兼之紙面光彩如砑、其紙年久質薄、觸之即脆裂、側勒

轉摺處、並無沁墨水跡、侵染字法、今之濃墨搨者、以指徽抹、滿紙皆黑、其古帖色紙面有舊意、原人摩弄、積久自然陳色、故面古而背色長新、以古紙堅厚不湮、今之贋搨、大率以川扇紙竹紙、用挂灰爐烟瀝和水、染成古色、表裡湮透、兩面如一、若以一角揭試、薄者卽裂、厚者性健不斷、如古帖不然、薄者揭之堅而不裂、以受糊不多耳、厚者反破碎莫舉、以年遠糊重紙脆故也、右古帖紙墨玩法

看畫之法、須着眼圓活、勿偏己見、必細玩古人命筆立意委曲妙處、不能潦草涉略、論山有起伏、轉水有隱換顯源流、林木、求其深邃蓊鬱而深淺分明、人物觀其覷面凝眸而顧盼相屬、四時之景要分朝暮陰晴、烟雲動蕩、花鳥之態須觀欵風含露宿食飛鳴、次及牛馬昆蟲魚龍水族、無一不取神氣生動、天趣渙然筆墨之外、斯不失爲眞賞、若專以形似取之、則市街貼壁賣畫、儘有克肖人物花草貓狗之圖、何取於古、且古人之畫豈特不以形似物跡

求也、當無筆跡留滯、方見天趣、如書之藏鋒始妙、松雪詩云、石如飛白木如籀、寫竹應須八法通、正謂此也、且好畫不宜多裱、裱多失神、亦不可洗、更不可翦去破碎邊條、當細細補足、令人寶惜、古畫豈特寶若金玉、即如宋人去此不遠、畫之在世、流傳便少、無論唐時五代、藏畫之家、當自檢點、不失勤煩、乃收藏至要、畫之失傳、其病數種、古畫年遠、紙絹已脆、不時舒卷、略少局促、便即折損、破碎無救、此失傳之一、童僕不識收卷有法、即以兩手甲抓畫捲起、不顧邊齊、以軸幹着力緊收、內中絹素碎裂、此失傳之二、或遭屋漏水濕、鼠嚙貓溺、梅雨蒸白、不善揩抹、即以粗布擦磨、逐片破落、此失傳之三、或出示俗人、不知看法、即便手托畫背、起就眼觀、絹素隨折、或挂畫忽慢、以致墮地折裂、再莫可補、蹤貼襯何益、此失傳之四、而兵火水溺歲苦流移尚不計焉、有等敗落子孫、無識婦女、不知寶藏、堆積朽腐、或兒女痴頑、用筆塗寫、或燈下看玩、以致油污透骨、或偶墜燭燒損、或推當風狂起、吹斷刮裂、甚矣古畫之難存也、且古人名畫更少對軸、若高尙士夫之畫、適與偶作、天趣生動、人即實存、何能有對、若高齋精舍、豈容四軸張挂、即對軸亦少雅致、世又以不曾署欵之畫、即臆塡古名人欵字、尤爲可笑、畫院進呈卷軸、皆是名家大家、俱不落欵、何必見牛指戴、見馬指韓、嘗見格古論云、無名之畫、多有佳者、若云無名、決無好畫、無名欵者、皆御府畫云云、可證、唐人紙則硬黃箋楮、絹則絲粗而厚、有搗熟者、有四尺濶者、宋絹則光細若紙、揩摩如玉、灰則如常、更有闊五六尺者、名曰獨梭紙、用鵠白澄心堂居多、宋畫迄今、其絲往消滅、更受糊多、無復堅韌、以指微跑、則絹絲如灰推起、表裡一色、若今時絹紙以藥水染舊、無論指跑、絲絲露白、即刀刮亦不成灰、此古今素絹之辨、似不容僞、又如元絹有獨梭者、與宋相似、有宓家機絹、皆妙、古畫落墨着色、深入絹素、礬染既多、精采迥異、其花草紅若初暘、綠如碧瑱、粉則膩滑如玉、黑則點墨如漆、僞者雖極力模擬、而諸色間有相似、惟紅不可及、且求其入絹深厚則不能矣、文采索然、又如古人之畫愈玩愈佳、筆法圓熟、用意精到、以人趣倣模物趣、落筆不凡、而天趣發越、今人之畫入趣先無、而物趣牽合、落筆粗庸、入眼不堪玩賞、何用僞爲。（右古畫藏賞辨法）

瑞南道人爲明朝人、所箸八牋、猶有存者、此則從其淸賞牋錄出者也、所言如是、未嘗非藝苑之指南、然吾意則有未盡者、請得贅述於此、名人書畫、流播至今、遠者已千年、近者亦數百年數十年、其間千百臨模轉相傳刻、用筆一差、精神盡失、結體徒具、灰木貽譏、以是而辨其眞僞、夫亦何難、特古來名手、善於作僞、自可亂眞、如唐蕭誠以己書試李北海爲王右軍筆、北海信之、宋米芾以己書僞褚河南之文皇哀册、當世惑之、雖至今存、亦安從而辨之哉、王虛舟云、論古帖于今日、但須問其佳惡、不必辨其眞僞、持論與蘇東坡先生之言如出一口、可謂所見略同、深知賞鑒三昧者矣。（東坡先生論書評卷三辨書之難篇）蔆不敏、愿藏吾拙、從二先生後、

苦

南食嗜鹹、北食嗜酸、西食嗜辛、四裔及部落人食嗜甘、中州及城市人食嗜淡、古語則然或疑五味中何以遺却苦字、余曰苦之一字、不容易食、亦正難食、庶幾聖賢豪傑忠臣俠士方肯食他、其餘庸人、只是討苦吃、並非能食苦也、

詩話

隨園恒言講六書者拘於凡將急就、其人必不工書、歐虞褚薛、何嘗有此劣習、不甚講反切引證者、自能工詩、李杜蘇韓可驗也、是故唐人許敬宗醫名一世、而不箸方書、曰恐人得吾所言而不能得吾所不言、必亂用藥以殺人矣、此可悟作詩文之法、昔人謂詩話作而詩亡者此耳、他日隨園又言、上古三百篇、猶詩集也、舜典命夔數言、即詩話之祖也、使不遇王迹之熄、詩亦安見其亡哉、曩者嘗謂千古作詩之法、莫過於帝舜命夔、讀詩之法、莫過於孟

子之知人論世、以意逆志、解得孟子之言、可以詁詩、幷可以讀天下一切之詩話、

四書改錯

近來坊間重印毛西河奇齡、四書改錯一書、一時紙貴、廠肆爲空、蓋在購者之意、喜其助我臨文翻駁朱注之用也、雖經某侍御奏禁在案、而坊間仍復漁利不顧、改題曰西河別集、按西河在日議論多所穿鑿、閻百詩曾太息曰、汪堯峰私造典禮、李天生杜撰故實、毛大可割裂經文、貽悞後學不淺、斯言當有見也、

伯牛有疾章、朱注有疾先儒以爲癩也、嘗本晉欒肇之說、先儒即指此、四書改錯駁爲朱子妄自臆造謬矣、豈西河讀書一生、幷或問注類尙未寓目耶、抑欺人而不惜自欺耶、

又聞山陽閻百詩若璩箸四書釋地、好以私意輕改前人、一如彼之譏西

河者而自蹈之、可嗤也、其尤謬者、解孟子少艾二字爲男色、歷引古籍如騷經長劍幼艾、左傳艾豭婁豬等說以証、博辯聳聞、經旨反失、抑思孟子當日果曰知好色則慕少男、不但文理不通、且鬧出一句大笑話、如何使得、

周禮近蠻

本朝江愼脩群經補義曰、周禮雖極文、然猶有俗沿太古、近於野蠻不能革者、如祭祀用尸、席地而坐、食飯食肉以手、食醬以指、醬用螘子、行禮偏袒肉袒、脫屨升堂、跣足而燕、皆今人不宜者、而古人安之、王紫詮老饕贅語因從而稱之曰、此說殊爲痛快、迂儒俗士、動謂古禮制自聖賢、不敢有所指摘、不知禮者、通乎人情者也、苟悖乎人情、即不能行之久遠、故古今升降之間、貴乎變通、余謂江語痛快、王語尤痛快、

西學暗合周禮

古禮之非者、既知變通古禮之是者、尤當急講、周禮爲元公致太平之書、行之萬世而可無弊、間有謬戾、半沿古近無文、近野近蠻、在所不免、半屬漢儒篡亂經解紛拏、其大段總不可誣也、即如今日各國通商、歐人航海來者、日出其技巧以誘我、權力以侮我、而我之束手受制、日甚一日、論者謂宜急求富強、以與之抗、于是有志遠大之士、無不涉獵西學、鈎索西法、期得一當以爲世用、而不知周禮至今數千年、早備西學之門戶、余嘗讀滬報而善之、其言曰、周禮八歲入小學、十五入大學、六年教以數與方名、十年學書記、十三年學樂誦詩、二十學禮、即西人五歲入學之例也、鄉大夫正月之吉受教法於司徒、而又州長黨正之屬教民讀法、擇其賢者能者獻於王、即今西人之小學堂也、師氏保氏教國子以三德三行、大司樂教國子以樂語樂舞、而王之適子、公卿大夫之元子、不論貴賤、皆得與國子同入太學、即今西人之大學堂也、内宰以陰禮教六宮九嬪、以陰禮教九御、曰婦德曰婦言曰婦容、曰婦工、雖王后及卿大夫之夫人亦必就之、即今西人之女學堂也、內史掌王八枋之法、以詔王治、外史掌四方之志、與三皇五帝之書、以達書名於四方、即今新聞報館書籍館是也、馮相氏掌十有二月、十有二歲、十有二辰、二十有八宿之位、保章氏掌天星、以志星辰日月之變動、以辨吉凶水旱之祲象、大司徒掌土圭之法、測日影以求地中、即今西人之天算光學電學汽學等事也、又以土地之圖、量九州廣輪之數、以土會之法、辨五地物生之數、以土均之法、辨九等地征之數、以土宜之法、辨十有二壤名物之數、即今西人之地球格致重學化學等事也、他如礦學者、則有丱人之金玉錫石、即西人開採之法也、言醫學者、則有醫師之掌民病疾、即西人考醫之法也、言農學者、則有太宰之三農九穀、即西人廣種立館之法也、言工學者、則有冬官之百工技藝、即西人製造器械之法也、言商學者、則有太宰之商賈貨賄、即西人公司交易之法也、以外如西人之設立巡捕、以禁鬭囂、而周禮亦有司虣巡市之法、西人修潔道路、以禁汚穢、而周禮亦有司隸掃街之法、西人多種樹木、以壯觀瞻、而周禮亦有宿息井樹之法、西人廣通工商、以銷土貨、而周禮亦有合方通財之法、西人必設條約以保商民、而周禮亦有司盟約劑之法、西人必精繙譯以通方言、而周禮亦有象胥傳言之法、西人必立議院以論政事、而周禮亦有司救誅讓之法、至於西人立官、多類於周禮司徒之屬、西人用法、多類於周禮司寇之屬、西人用樂、多類於周禮韎師之屬、更其彰明較著也、滬報之言如此、特周禮開其端、歷再傳而已替、西人致其極、溯千古以同源、中國有聖人、西方有美人、此心同、此理同也、是西學卽中學也、乃守中學者薄西學而不爲、競西學者詆中學爲無用、幾何其不相枘鑿也哉、世有知言、當不以予言爲河漢、

嚴梅石詩存

近者曾渭兆舍人手一編泫然告余曰、此吾師嚴梅石先生之遺稿也、先生

少不得志於有司、閉戶自精、怡然淡薄、壯遇赭寇之變、奔走流離、不失其素、是能以道自適而不願乎外者也、乃日以窮、窮而死、殆所謂遯世不見知而不悔者非耶、宗璸不敏、上之不能拾遺補闕、爲先生表彰、惟日抱遺經以究終始、忽忽十有餘年矣、而未有所聞、幸得交於吾子、吾子如有意乎、肯代爲存之、俾附不朽、是先生之願、酬而璸之罪可告末減也、余曰諾、乃略爲删節而刻之、先生名坤、龍溪人、歲貢生、

短歌行

地濶天荒、蒼蒼茫茫、世路荆棘、我心悲傷、

雜咏

佛者求無生、神仙求無死、佛妄仙亦愚、謬悠豈至理、吾愛聖賢人、行法以順俟、生亦不徒存、死亦非長已、

長相思

情人忽已至、覿面竟無言、相見未可失、把袂意猶溫、欲待訴心事、不知是夢魂、

咏古

奇寶不售世、大材無炫俗、卞和輕獻玉、固宜受刖足、苟或昧事主、返自遺身辱、古來賢達士、豈能相迫促

翁雲橋寄洪葦菴詩中有同是薄命人敢邀多福與多壽之句余讀而悲其意因作此以慰之

詩人遇多窮、自古固云爾、我每誦斯言、悲痛何如是、不窮詩不工、詩工窮亦喜、今世窮者多、工詩寥寥耳、君乎詩之豪、可以坡翁擬、意氣籠群英、好交天下士、爲我言葦菴、工詩時無比、恨我不識荊、天涯隔尺咫、秋色從西來、寒風吹愁起、忽接停雲篇、深情躍素紙、感君同病憐、欲默難自已、天地不易測、往來寓至理、折挫使之窮、非徒偶然矣、君莫傷薄命、待君從此始、古來窮詩人

每數杜與李、雖曰不能至、私心切仰止、爲我告峯菴、相期古人裏、

寄友人

自過重陽節、無情復咏詩、不堪秋欲老、同是病相隨、世亂方多事、人窮益可悲、與君聊一慰、此意更誰知、

畫眉鳥

秋迫堂前冷、雕籠叫畫眉、秖緣音太巧、返累迹空縻、顧影猶含怨、窺人似有思、高飛吾所羨、何用借棲枝、

古意

明月入我夢、倐然忽見之、喜極翻不識、彼美想爲誰、翩翩有遠意、一顧生嬌姿、欲語前復却、含羞袖低垂、宛是素所憶、如何得來時、既是又疑非、佇立神已移、

詠懷

擊劍論素志、匡坐憂四方、感懷不能寐、中夜起徬徨、東南飛羽檄、萬里爲兵荒、詩書何足用、濟世非所長、欲學投筆人、嘆息多熱腸、

百憂集行

生不逢太平日、學不爲濟時用、終當餓死塡溝壑、渺爾微軀何足重、百憂百憂并交集、世無英雄空飲泣、天地茫茫未可知、滿目昏迷長獨立、

漁陽操

禰正平、天下奇男子、目視曹瞞如無人、擊鼓之吏奚汗爾、解衣磅礴眞雄壯、豪氣浩浩不可抗、舉手一撾復再撾、三撾愈覺響相還、堂上突然來此聲、四座聞者淚縱橫、鼓聲未斷奸魂死、鼓吏千載凛如生、吁嗟乎、漁陽操、至今絕、末世名士碌碌無奇節、

渡江

一櫂大江奔、風濤勢欲吞、急帆跨石角、怒水齧山根、天接無分界、潮歸不見

痕、壯觀有如此、況渡海中門

感事

鼙鼓震三關、風雲暗百蠻、丈夫期許國、戰死不生還、破壘荒烟慘、殘旗落日殷、獨留英氣在、慷慨激懦頑

觀漲

漲水勢吞城、奔流不肯平、緣溪無岸隔、入市有舟行、滿地魚龍影、一天雷雨聲、風波雖欲慎、處處總能生、

鄴山懷古（黃石齋先生讀書處）

宗社傾危不忍閒、獨辭岩壑濟時艱、早年夢寐通先帝、一旅馳驅出故關、自信命名同李泌、無慚完節配文山、奔騰五夜潮聲至、似是當時靈魄還、

桃花

萬樹夭桃倚岸開、見花人自悵徘徊、春風應不管離亂、依舊年年一度來、

歸里

三年避亂他鄉去、今日携家故里歸、風景已殊人事改、不妨寂寞掩柴扉、

採蓮曲 二首

涉江採芙蓉、冉冉花中去、見花不見人、人在花何處、

風吹羅衣裳、掩映花間葉、人道妾似花、郎道花似妾、

漫興

桃花樹樹紅初重、楊柳枝枝碧漸勻、細雨輕風三十里、光陰何處不逢春、

感舊

月色分明入夜多、重敲牙板按新歌、青衫冷落紅顏老、莫向人前唱奈何、

夜雨

滴瀝連宵未肯停、孤窗寂寞一燈青、莎蟲吟靜寒生榻、蕉葉聲多春滿庭、消息如今還阻滯、夢魂依舊被吹醒、壯心應爲聞雞舞、起讀陰符數卷經、

白菊

夜月滿空庭、秋風過無跡、忽遇素衣人、淡然見高格、

解悶

桃紅柳綠一邨深、盡日啼鶯盡日陰、安得春光濃似酒、醉人事事不關心、

蓬萊峽

半壁巉頑落照荒、怒濤駭浪兩茫茫、游人莫作登臨看、猶是前朝一首陽、

感舊

一曲陽關絕有情、閒愁觸撥幾重生、於今人事都非舊、切莫相逢更問名、

喜諛惡直

恒情喜諛惡直、友數斯疏、梅石又有詩云、人心不可測、古道難施行、喜諛而惡直、悠悠當世情、金蘭誼至重、責善豈沽名、言出反致怨、釁隙由此生、敢謂聽者非、自悔言者輕、愚昧寡所識、率直如性成、遽欲相許與、誰能諒厥誠、前

後已殊迹，意氣太分明，捫舌思圭玷，緘口凛金銘，耿耿抱此意，無辱全友朋，篇中敢謂聽者非，自悔言者輕，二語尤見忠厚之遺。

長泰縣張燈

明嘉靖間，桂林方載道進士鎌令漳郡之長泰，頗有聲，值元夕，循俗張燈于儀門之外，士民擁觀不前，喧鬧踐踏，是役死者百有七人，名譽大減，去官時遺所知書云，雖伯仁由我而死，諒曾參亦必殺人，創聞創見，安保無虞，公是公非，久而自定，亦可謂善於文過矣，昔東坡居士守揚州，始至即判革牡丹之會，杜漸防微，與民更始，此是何等識見。

林警庸識士

明相國華亭董文敏公爲舉子時，意氣不可一世，輒以會元自許，蓋勝國習帖括者，有傳燈之說，元度元派，皆可先期揣摩，以迎合主司意，才識醞釀，無不可操券而得也，文敏有父本老名宿，計偕時，訓之曰，以若功候，誠堪籠罩一時、吾聞蕭山陶望齡、健者也、須嚴壁壘、防彼先發、餘子碌碌、不足數矣、文敏諾而行、抵都會陶於逆旅、互誦闈作、大爲驚服曰、吾父之言驗矣、陶曰、君亦不必作第三人想也、榜發陶果第一、文敏第二、都下傳遍以爲佳話、此事人多知之、至陶之早見賞於提學道林警庸、則知者鮮、謹按林公家傳書之以見先輩之宏奬風流、具有眞賞也、林公名偕春、吾漳雲霄人、好汲引、督學兩浙、所拔多知名士、而尤以陶爲最、先是陶歲考不與補試之日、携斗酒入蕭然獨酌、若不以試事爲意者、晡夕惛然未醒、堂吏以白公、公曰此必異士盍爲我覘之、既而酒醒、磨墨數回、騷騷筆下、公不待終篇、取稿視之曰吾固知異士、取冠首名之上、由是聯翩以至上第、

武王

陳同甫以武庚爲孝子忠臣之首、此蓋借以指斥宋高宗之無意復仇、甘爲小朝廷而不悔耳、非正言殷周已事也、乃蘇東坡直以武王不得爲聖人、何

其謬妄、豈知武王以前、除堯舜禹之有天下、其易代者皆從征誅而得之耶、

蝶山小才女墓

出郡城西有培塿肖蝴蝶形、明洪武間淳守錢古訓未婚媳梁氏埋香處也、梁杭產秀慧有才思守逆至淳而子已卒梁亦繼亡、初無知者、明末士人訪古剔碑始得之叢莽中、一時歌咏其事者甚衆佳話流傳、遂成艷跡前輩風雅好事可見一斑、 國朝嚴梅石有詩云自古紅顏傷薄命於今黃壤已千秋可憐寂寞明終始不及斜陽斷碣留淒迷鬼哭夜黃昏明月依依照墓門、此是錢塘小才女花開長與拜芳魂、（培塿二字仄音說文小土山也）

釧

正字通言古者男女同用釧、古文苑亦言何偃與謝尚書珍玉名釧、因物寄情、今閩粵二省男子皆喜帶釧抑猶古人之遺乎、

壹貳叁肆伍陸柒古今通

一二三四五六七八九十取繁密之字代以壹貳叁肆伍陸柒捌玖拾使人不得妄下雌黃官私稱便迄今考之惟捌玖拾三字古無與八九十通餘如壹貳叁肆伍陸柒等字則無不可通者按容齋隨筆引詩鳲鳩序刺不壹也又用心之不壹也而正文其儀一兮禮表記節以壹惠注言聲譽雖有衆多節以其行一大善者爲謚耳漢華山碑五載壹巡狩祠孔廟碑恢崇壹變祝睦碑非禮壹不得犯而後碑云非禮之常一不得當則與壹通用也孟子市價不貳趙岐注云無二賈者也本文用大貳字注用小二字則貳與二通用也易繫辭傳參天兩地釋文云參七南反又如字音三周禮天官參謂卿三人伍謂大夫五人則參三伍五通用也陳大令子莊庸閒齋筆記又引肆則周禮注編懸之四八曰肆六六無奇馬援傳今更共陸陸七則墨子周公夕見漆十士其以柒代七別見山海經剛山多柒木是變漆爲柒亦有所因矣

雌黃注

胡鳴玉訂僞雜錄曰、今謂譏議人者爲雌黄、非也、古人寫字用黄紙、故以雌黄滅悮、以其色相類也、顔之推曰、讀天下書未遍、不得妄下雌黄、蓋言不得以己意擅抹書中之字、改金根車爲金銀車之類是也、晉王衍善談論、錯舉經籍、輒隨口改易、時人謂之口中雌黄、以其改易字句、如口中塗滅更定、非謂其善譏議也、愚按胡説甚是、惟雌黄之悮已久、不能猝易、兩説宜幷存之、

富韓德量

宋代名臣富韓幷稱、二公大節、俱見史書本傳、然其瑣屑軼事、亦足爲後人矜式者、富弼字彦國、少有駡者、如不聞、人曰、駡汝、彦國曰、恐駡他人、又曰、呼姓名而駡、豈駡他人、彦國曰、天下豈無同姓名者乎、何獨於吾、告者色沮、韓魏公琦判相州、因祀孔子省宿、有盜夜至、挺刃曰、不能自濟、求濟於公、公曰、几上器具、可値百千、盡以與汝、盜曰、願得公首、以獻西夏、公即引領、盜稽顙曰、以公德量過人、故來試、几上之物、已荷公賜、願無泄也、公曰、諾、終不以告

人其後盜以他事坐罪當死於市中、備言其事曰、慮吾死後、公之遺德不傳於世也、余嘗舉此二事以告人、或曰有是哉子之迂也、吾惛不能進于是矣、余曰、非汝不能、蓋天不肯便宜汝去作富韓、聞者大笑、

不死諸君死此君

有哭友過慟而爲人揶揄者、口號答云、慟哭心知逝夜臺、爲他不覺過情哀、如卿數百今朝死、莫乞劉君滴淚來、痛殺人間逝子雲、昊天夢夢復何云、從旁多少衣冠客、不死諸君死此君、右載兩郵詩話、余讀至此輒批曰、痛快痛快云、

博學鴻詞科

康熙十七年、詔舉博學鴻詞、十一月初一日、奉　旨各大臣官員題舉才學諸人、俟全到之日考試、其中恐有貧寒難支者、交戶部酌量給與衣食用副朕求賢之至意、欽此、戶部議酌給俸廩、併柴炭銀兩、誠曠典也、次年三月

初一日平明、薦舉人員齊集太和門魚貫而入、 上御太和殿、鴻臚唱三跪九叩首禮畢、命赴體仁閣下、大學士捧黃紙唱給、首題璇璣玉衡賦有序、用四六、次題省耕詩五言二十韻、散畢、命就坐、撤護軍、俾吟咏自適、巳刻鴻臚引跪聽 上諭云、諸士皆讀書博古、當世賢人、朕隆重有加、宿命光祿授餐、使知敬禮至意、從容握管、文完者先出、未完者命給燭、至漏二下始罷、有孫枝蔚者、字豹人、陝西三原人、世爲大賈、甲申明滅後、折節讀書、極有文名、時年六十、與李天生並應詔、同舉中有奔競執政徐尚書乾學之門者、京師爲之語曰、萬方玉帛朝東海、一點丹忱向北辰、豹人聞之恥、求罷不允、促入試、特不終幅而出、 天子詔示諸布衣處士有文學素著、老不任執事者、授京銜以寵其行、及格者七人、豹人預焉、初吏部集驗於庭、見其鬚眉皓白、曰、君亦老者也、可循例授官、豹人正色曰、不老不老、吾年四十時、即若此、且我前以老求免試、公必以爲壯、今我不欲以老得官、又以爲老、何也、部臣愕然、卒以老官之嗣後、乾隆丙辰、再開博學宏詞科、有嘉興張庚僅剩詩二句未謄完、日已暮、被逐、吳江迮雲龍早完卷、因足瘡脫鞾欲搔、侍臣以爲失儀、亦被逐、右說嘗見許壬叔珊瑚舌雕談中、以此例彼、何有幸有不幸耶、況復生不遇時、未蒙薦剡、至於老死而莫之表彰、其相去不更天淵耶、聞道光初元、有府丞張姓請開宏詞科者、部臣尼之、致不果行、可惜可惜、

嘲戒指

內地男女雖同帶釧、然男道尙左、只帶左釧一隻、至戒指則惟女人尙之、男子無有也、因物尋義、鄭康成詩箋云、后妃群妾以禮御於君所、女史書其日月、授之以環、當御者著左、既御者著右、五經要義云、古者后妃群妾進御於君所、當御者以銀鐶進之、娠則以金鐶退之、合觀兩說、知古人卽物命名之初、要自有深意、戒指者、戒其容止也、奈何以鬚眉之身、反效巾幗之飾、如南洋時風、男子率帶戒指者、幼時偶見、頗以爲怪、至今日則洋習沾染、內地男

子亦無不帶戒指者矣、宜有心人目爲服妖、味燈室主人創爲新樂府以嘲之云、金戒指娠事至示戒乃自宮掖始、不信堂堂七尺身、忘却鬚眉效女子、燦然指上誇多金、相君之指眞富人、當筵拇戰開若蘭、據案作字難屈伸、勸君此後莫作字、有貝無貝本兩事、能作字者無戒指、

是非作氏飛

野客叢書言、或有書是非字爲氏飛者、雖屬不倫、亦有承襲、漢志立玄孫氏爲莊王之氏字、漢碑飛陶唐其若是乎之飛字、卽是是非二字之替代、愚按古字不全、間用替代、亦其常事、讀者遇此等處、當以意求之、勿爲字拘、苟或死煞句下、必求甚解、則茫茫天壤、又從何處去尋紙月哉、（紙月卽子月之替代前人亦有說辨過）

算命餘議

余前裒諸家之議、草爲論說、極言命不可算、算命不足憑、冀解里人之惑、今

又得海甯李善蘭之說合亟錄之、其說與上文所論略同、惟推闡事理、妙在指陳親切、足發瞶聾、略謂大撓造甲子、不過紀日而已、幷不紀年月與時者也（愚按上古甲子本是紀日堯舜以前所稱年壽多難徵信至堯乃羲和以三百六十六旬閏月定四時成歲此孔子刪書所必斷自唐虞也）幷無所謂五行生尅也、其幷舉年月時、且以五行配之、皆起於後代之人術士衍之、其說遂繁、至於不可究詰、且五行肇見洪範、不過言其功用、言其性味、初不言其生尅也、是干支之配五行、本非古作者意也、而謂人之一生、可据此而定、果何所見而云、攷五星偕地球同繞日、而各不相關、夫五星與全球之體、尚不相關、況球內之人之微、等而至於人中之一人、微之又微、而謂某星至某宮、主此人吉、某星至某宮、主此人凶、有是理哉、此何異於浙江之人、在浙江巡撫治下、他省之巡撫於浙江無涉也、今試謂之曰、某巡撫移節某省、於爾大吉、某巡撫移節某省、於爾大凶、可乎不可、明乎此而五星推命之說可以廢、

雙姓

余先世氏曾、家泉州之龍頭山、支祖諱明公、洪武間游於漳州之新江、遂占籍焉、再傳諱晚成公、入嗣於邱、遂承其祧、至今無易、亦猶海甯陳氏之系出於渤澥高氏也、海甯陳氏爲南省巨族、代有聞人顯宦入　國朝更烜盛、詳見陳子莊大令庸閑齋筆記、述祖德等條、雖與高氏連宗、事聞於　上、然皆單姓相承、無爲雙姓者、吾族考生、不知何時倡爲私智、率用邱曾雙姓應考、有名姓四字者、有司屢爲愕眙、咸豐邑中學究數人本出微族、戲爲雙姓以自表異、後有周盧楷蔣楊春洪許崧其人相繼鄉薦、後輩承風、遂蹈其故步、此大不可也、余獨矯之、屢言其非、聽者始稍稍悟、而積習已成、則亦未能盡喻耳、

異姓爲後

陳子莊大令庸閑齋筆記又云、今世之姓、代有變更、如己之海甯陳氏、系出

於渤澥高氏、陳文簡相國面奏　聖祖、上達　天聽、嗣後乾隆朝、陳文勤相國遂奉　純廟諭與漢軍高文良公聯族誼焉、此天下皆知、至嘉興錢文端公及籜石尚書本姓何、近日合肥李相國本姓許、則人知者鮮、他如先輩中之吳狀元信中本廣東人、爲蘇州吳給事玉崧途中所收養之異姓子、又韓城狀元宰相王文端公杰實其封翁官石門巡檢時所乞養於民家者云云、余按詩稱螟蛉式穀、其來已舊、在昔偉人少而出繼他姓、紀傳多有、固不獨於今爲烈、惟率單姓相承、未聞糾纏本姓、如吾鄉黨鄰邑中創爲雙姓含混之野習、觀以上諸公可徵矣、況漳泉下游、多撫異姓爲后、近日此風一開、群以雙姓應試、一若私立之名目、亦等于原有之覆姓、其不爲有識者所訶幾何也、

嚴梅石詩摘句

余既錄吾漳嚴梅石明經拙園遺稿古近體詩於前幅、其被刪節者、偶有佳

句、亦復存之今錄如下、五言如狂生云、書中能見性、世上不知名、秋夜云、溪流孤月白、樹雜亂山青、雜詩云、徂征雁唳空、悲鳴蟬閃夕、又感恩無所施失路誰復識、夏日云、雲邨積深翠、溪雨生薄寒、冬至云、愛吟成句苦、厭酒與杯疏、偶占云、所得在偶然、一涉即成故、七言如登高云、世事祗宜陶令醉、胸懷誰比杜陵深、自嘲云、貧裡歲租餘石硯、囊中詩選當青錢、哭友云、存亡大節君無負、奔走餘生我未知、漫興云、友爲新交思舊好、春因欲老惜將離、登雲巖云、高低秋色無多樹、遠近人烟別有邨、九日與社友登芝山云、同人今日成佳節、到處名山屬我曹、題鄰禪山館云、看到名花頻笑我、掃餘落葉自迎賓、登雲洞上巖不果云、境留不盡方爲妙、人未曾經倍有情、君平日手訂稿甚繁、經亂喪失、自序從記憶錄出者、僅得十數首、近體爲多、其古體即亂後所作、亦最佳、五古尤勝、全帙約三百首、皆未梓、君之門人曾渭兆舍人宗璜、戴達夫組文、張西銘庚、兩孝廉、陳摯夫明經汝誠、均風雅好事、留心文獻、日

嘗校刊鄉先正遺書、次第觀成、知必有以處此、

餘莽畫法

同年福州駐防椿孝廉(安)之父、榮丈餘莽(慶)、亦老科前輩、先世長白富察氏、工六法、爲吾閩第一派、衍徐熙之沒骨、徐渭之寫意、皆能得其神髓、 國朝吾閩畫士、舊數癭瓢黃氏(慎)、竹莊上官氏(周)、沒終百年、無能繼者、以君視之、不知如何、然一以人物著、一以山水鳴、而君獨擅長於花卉草蟲、則亦儼然鼎峙矣、馬子般孝廉以六法久負吾郡雅望、嘗於余處見君畫冊、有望塵弗及之嘆、林生澤農更爲心折、借置案頭、與浙中任君伯年(頤)、朱君夢廬(偁)、兩家畫譜、同一瓣香、其爲人所傾慕如此、君題畫署欵、姿態百出、能引閱者入勝、蓋天趣勝人也、所鈐私印曰多文草堂畫記、曰四十以後所作、曰庚戌生、曰富察氏第十二子、曰憚犧子、皆所自鐫也、

侯仙舫先生遺句

昔日龍沙未解兵、登臺南望白雲橫、即今鼓吹轅門日、回首秋風棃槖城、此先師侯仙舫先生筆也、先生以勤吏事、故不喜爲詩、此篇之存、乃從提督侯公疏勒望雲圖錄出、又咏笛句云、落梅五月吹黃鶴、折柳三春散洛陽、

陳季常有妾

陳季常素懼內、東坡嘲之云、忽聞河東獅子吼、拄杖落地心茫然、後人遂引爲懼內典實、疑妒莫妒于季常妻矣、乃東坡又有別季常詩云、家有紅頰兒、能唱綠頭鴨、是季常固嘗置傍妻者、

徐季鈞

去年小住星洲、文字之交絕少、初以爲苦、及識徐季鈞茂才、聆其言論、宛一解人、意頗善之、越日辱以四詩相投、中有小樓一夜拜詩人、見說梅花是故身、又中原此地求文獻、大雅于今屬寓公之句、獎借逾量、媿不敢當、始知其能詩也、由是每來必嫐之談、漏三下、恒無去且、因君以識君友、如盧季舫秀

才等、皆海外一時文字契也、謬以余爲知言、誘校社卷殆無虛日、曾吟麗澤二社、蓋因是起、迄今郵筒絡繹、萬里神交、落月屋梁、相思顏色、猶彷彿寓樓話雨時矣、

折句

折句詩極難做、須上下精神呼吸、令人讀之不覺、如陸劍南句、靜愛竹時來古寺、獨尋春偶過溪橋、是也、雖以盧贊元做之、亦未諧律、何況其他、初學舉筆、詞意不能貫注、動成兩橛、率據此自便、宜爲有識所棄、余執筆從不敢犯此、古有作者、甯知之而不由、毋由之而不知耳、盧作雪詩云、想行客過梅橋滑、免老農憂麥隴乾、

同道人

小說輒稱仙人呂洞賓游戲塵寰、偶示化身、恒喜自號爲同道人、意以同字而隱呂字也、不知呂文幷非作兩口書也、乃若單公潔諱言粥、稱爲雙弓米、粥之左右文、亦不屬弓書法也、而今時有司出題、且有直標雙弓米者矣、是

不知書、不可責之大人先生、又何責乎小說、蓋甚矣自行楷興而六書淆矣、

墨竹詩

江西德化羅穀臣太史（大佑）、詩品甚高、取材典則、有贈劉壽芝廣文墨竹七古云、渭川枒杈千畝竹、不知何時卻入高人胸、森然拂几吐長幹、四壁肅肅生寒風、潛叢翻疑鬼神入、還勢乃與瀟湘通、不獨其身與竹兩合化、中有騷愁史恨萬古鬱結之氣紛葱籠、先生本詩傑、勁節凌霜松、同時諸子若培塿、高唱壓倒松寥（按松寥指閩中張亨甫先生也）雄、筆端餘怒不可蓄、灑作萬个青玲瓏、我願截此竹、製爲碧玉筩、招邀伶倫子、用合蕭韶工、天門迢遙紫鸞杳、箏笛聒耳繁秋蟲、不如留此天然好圖畫、携琴靜對忘炎烘、蓬萊方丈萬塵土、豈知蒼厓翠壁別有清涼供、太史需次吾閩、數宰劇邑、光緒己丑擢臺南郡篆、卒於任所、其秋門人閩縣林仲良文學（有燮）、抱其遺稿、刻於三山、爲栗園詩鈔一卷、

栗園詩鈔

栗園詩鈔凡一百六十一首、亦云僅矣、曾墨農茂才宗藩遺余一卷、乃竭晝夜手口丹黃、雌黃始畢、蓋其愼也而三復低徊之意、終不能恝、謹圈數首於此以公同好、古體戍婦詞一首、蟋蟀鳴我帷、明月照我牀、盈盈望明月、悠悠憶遼陽、遼陽隔遠海、郎行已十載、豈無合歡期、但惜芳華改、前年遺我緘、云及今春還、今春忽復過、秋生簾幕間、秋寒歸不得、感此心悽惻、願借西北風、吹夢入郎側、別歲一首、晨雞猶未唱、歲行似遲遲、毋亦惜茲別、一去不可追、客子倒良醞、餞之滄海涯、留連知無及、戀此須臾時、月缺仍復圓、容瘦還將肥、歲去無返期、今古同一悲、新年來意急、促歲與我辭、行矣歲復歲、少壯成老衰、上坪四首之一、寓廬不盈丈、而能遠歒塵、山農暗窺壁、似防使君嗔、山農勿復爾、使君亦耕民、採菱溢江晚、種藥廬山春、舊憶感夢碎、暫歡託鄰新、女實解作苦、吾亦能食貧、墟日市村酒、期汝同酌斟、近體南樓晚眺一首、落日照溪頭、灘聲走急流、四山摧木葉、一水亂鳧鷗、砧杵高城晚、關河大地秋、平生憂樂意、俯仰獨憑樓、贈林養丞茂才兆域一首大雅今寥落、文章衆派分、半生攻簡蠹、一例負山蟁、海水呑霄漢、天風入斧斤、君看泰山石、膚寸出層雲、玉關詞四首之二、塞上霾風沙接天、洮河西去見祈連、將軍好躍天山馬、十萬胡兵盡控弦、斷鰲不補瀉天流、莽莽黃河咽古秋、莫上函關西向望、靑門萬柳正搖愁、

咏雪齋詩錄

咏雪齋詩錄、卽詔安閨秀謝芸史女士浣湘所箸、林二有太史壬爲之刻於都下者也、當時摩刷百部、分送友人、日久蠹蝕、欲再翻印、而二有一歿、路遠莫致、故傳本僅有、卽求諸詔人、亦多未見、遑論其他、光緒三年、沈守定均增輯漳郡志書、佚而不錄、不知何意、余故於贅談卷貳中特敘漳州閨秀紀略一門、附以芸史、冀後之君子有所考徵、輶軒之採、未必無補、芸史族人又新

拔貢錫銘見而首肯因謂咏梅五律二首固全編之冠餘悉吐棄未免去取太嚴余以紀略之作多本志書芸史一傳乃余剏稿以待來者其例似不能寬致與志書異軌又新復請別爲專條許之近日疊承函催似不能緩爰再搜錄一二報我又新且慰芸史五絕如放棹云花港一聲棹漾開芙蓉朵水畔兩沙鳧飛上木蘭塢七絕如課讀云年來喜讀十三經深愧坤儀我未能閒把詩書教穉子羞聞箇箇喚先生梅花云一枝冷艷出紅塵岩徑蕭條澗水濱積雪滿山天欲曉數聲老鶴四無人惱鶯云夢囘枕畔惱流鶯久坐高枝弄晚晴多少春光不管領故來繡戶喚人醒殘菊云丰姿無恙雪霜侵閱盡炎涼慨古今晚節自持香更潔不關人世有知音秋柳二首云千條萬縷掛長亭冷落今宵酒復醒又是曉風殘月處柳郎舊曲不堪聽淡烟疏雨日微濛蝶思凄涼燕影空一種情懷描不出隨風吹入笛聲中秋蝶二首云栩栩依依似有情炎涼歷徧隻身輕玉腰更比黃花瘦領盡幽香過一生小院

屏風畫折枝、幾番飛過乍遲疑、拈將黛筆無人處、自對秋風一寫伊、偶成四首云、忍凍霜禽噤不鳴、翛然獨坐悄無聲、近來每得閑中趣、不飲茶多思亦清、綠窗紅日上遲回、拂拭巾箱筆硯開、底事花間聞剝啄、隔窗稺子送詩來、得句遲疑未稱心、悄無人處幾回吟、小鬟不解低聲笑、昨夜詩成誦至今、想到當年百感生、紅閨少小竊詩名、而今欲擬梅花句、搜索枯腸苦未能、五律如漁家云、殘月猶依依、蒹葭露未晞、空江人語絕、獨掉野風微、綸放天初曉、舟還鳥亦歸、生涯雲水裡、落日曬簑衣、七律如梅花云、參橫月落景依稀、夢裏相逢是也非、素手折來休浪寄、孤芳賞處莫相違、風吹隕籜人方醉、雪滿空山鶴未歸、獨對青松烟水外、天寒日暮掩巖扉、

紅葉詩冊

紅葉蘇氏、泉同馬家巷人、同邑吳菊農鹾尹納為簉室、居久之、未出、菊農本豪族、婢而妾者八人、紅葉位次第七、時自危、及菊農病、益不安、謀所以殉之、

遺書與母氏訣、事聞大婦、喻同侍勸、不聽召之曉譬、亦不聽菊農卒、遂仰藥其側、此光緒庚寅十月五日也、其情可憫、其志亦誠烈矣、晉江陳鐵香太史棨仁輓以詩云、吳家之妾蘇家女、事主十年迄末子、光緒庚寅主病亡、誓甘從死主屍傍、一盃阿芙蓉、涕泣辭大婦、結束身上衣、隨郎泉路走、貞烈之氣何淋漓、怡然飲酖如飲飴、繐帷同儕五六輩、讓汝巾幗成鬚眉、噫嘻、靑連乃自泥中出、里黨傳聞皆嘆恤、細詢籍貫報輶軒、家在厦門年四七、厦門呂淵甫孝廉澂爲之賦紅葉詞云、冬日淒淒百卉腓、寒山霜葉轉芳菲、飄茵落溷不自惜、祇似飛花飛處飛、石家七尺珊瑚樹、如意敲來朝復暮、最憐金谷鳥啼時、竟是玉樓人墜處、昔日辭根託遠枝、紅嫣紫姹鬬春思、流鶯競繞芳林囀、乳燕爭從綵幕窺、豈知韶景難長駐、鶯燕啁啾殘月曙、錦叢淚染杜鵑來、香塢魂銷蝴蝶去、零星數點血痕丹、誰抱冬心耐歲寒、瀟瀟浥露依銀井、黯黯隨風隕畫欄、風號露咽喬柯折、一葉琤然聲似鐵、非關砧杵苦相催、不爲亭皐怨生別、歲暮冰霜感不禁、微聞落葉更傷心、古來樂府哀蟬曲、多屬離鸞別鵠音、又創爲徵詩啓、今年二月、余自詔安返櫂、以巨册來屬加墨、嘗賦三言一什、並轉屬林雪薑景脩兩茂才同作數詩以歸之、而紀其大略於此、

從俗免俗

曲禮有從俗之文、鄉僻率據以自便、不知事之無害於義、從俗可也、害於義則不可也、余在戚里中、有迂名怪名、自念平生無甚大惡、何來惡名、既而思之、他人惟不肯受迂怪之名、所以未能免俗、則復默然而慰、

說部不必妄續

詞客稗官家、每見前人有書、盛行於世、即襲其名而著爲後書副之、取其易行、竟成習套、有後以續前者、有後以証前者、甚至後與前絕不相類者、亦有狗尾續貂者、四大奇書、如三國演義名三國志、竊取陳壽史書之名、東西晉演義亦名續三國志、與前絕不相侔、如西遊記乃有後西遊記、續西遊記、後

西遊雖不能媲美於前、然嬉笑怒罵、皆成文章、若續西遊則誠狗尾矣、更有東遊記、南游記、北游記、眞堪噴飯耳、如前水滸一書、後水滸二書、一爲李俊立國海島、花榮徐甯之子、共佐成業、應高宗却上金鰲背上行之讖、猶不失忠君愛國之旨、一爲宋江轉世楊么、盧俊義轉世王魔、一片邪淫之談、文詞乖謬、尙狗尾之不若也、金瓶梅亦有續書、每回首載太上感應篇、道學不成道學、稗官不成稗官、且多背謬妄語、顚倒失倫、大傷風化、况有前書歷卷而妄思續之、亦不自揣之甚矣、外而禪眞逸史一書、禪眞後史二書、一爲三教覺世、一爲薛舉托生瞿家、皆大部文字、各有各趣、但終不脫稗官口吻耳、再有前七國後七國、而傳奇各種、西廂有後西廂、尋親有後尋親、浣紗有後浣紗、白兎有後白兎、千金有翻千金、精忠有翻精忠、亦名如是觀、凡此不勝枚舉、姑以人所習見習聞者筆而志之、總之作書命意、創始者倍極精神、後此縱佳、自有崖岸、不獨不能加於其上、卽求媲美並觀、亦不可得、况續以狗尾、自出下下耶、右說載遼海劉廷璣在園雜志、愚按此論甚善、足正好事之非、近來滬上倖利書賈取時賢所箸說部、改易名目、以期速售、如後聊齋志異、續閱微草堂筆記之類、正坐不知此失、後聊齋志有二、其一不知誰氏創稿、筆墨庸劣、令人欲嘔、其一爲長洲王廣文韜手筆、遣詞旖旎、亦自成家、惟名淞隱漫錄、其曰後聊齋志異者、乃書賈翻印更名、非廣文本意也、而世不察、以爲大訴、人之多言、亦可畏已、至於閱微草堂五種、論者以爲我 朝第一、超出聊齋志異之上、安在其能續、亦正不必續耳、

屬對之難

在園又云、屬對雖曰小技、然有絕不能對者、有對而勉強者、如泥土地對鐵金剛、剛字從側刀、非金旁也、卽石城隍亦不合格、烟鎖池塘柳、對波熖錦堤梅、殊無意味、梅香春意動、對以月老夜情多、仍欠自然、棗棘爲柴、砍斷劈開成四束、何等眞切、對以閶門造屋、移多就少作雙間、何其謬也、又荷蓋水珠、

柳線松針穿不過、純用假事、香香兩兩上下疊字、更難屬對云云、愚按以上諸對、誠難屬比恰切、惟疊字對聯、有一佳者、西湖花神廟云、翠翠紅紅、處處鶯鶯燕燕、風風雨雨、年年暮暮朝朝、不知誰氏手筆、然的是可傳之作、又嘗見某說部載明李空同督學江西、一生姓名偶同、李哂曰、藺相如司馬相如、名相如、實不相如、生遽應曰、費無忌長孫無忌、公無忌、我亦無忌、可謂巧合天成矣、

摘錄王紫詮興學校論

長洲王紫詮廣文韜所著弢園文集、有此論一首、今節之左方、其言謂古之教學、不惟其書、惟其行、不惟其理、惟其事、孔子曰、予欲無言、又曰、吾無行而不與二三子者、又曰、行有餘力、則以學文、蓋其教人以躬行爲要、而不以猶人之文爲要明矣、曾子述夫子之言、以作大學、明明德於天下者、必推本於致知格物、則當時之所謂學、豈專在詞章記誦乎、況六經贊定、皆夫子晚年

事、七十子之心悅誠服、非必若今時科舉秀才、沾沾集注講章可知、小學教人以洒掃應對之節、禮樂射御書數之文、莫非眼前指點、使人從事於日用實務、然後反諸身心、以求得失、一切徒託空言、躐等助長、皆所以欺人而自欺、爲學人之大惑、故孔子罕言利與命與仁、而子貢曰、夫子之文章、可得而聞也、夫子之言性與天道、不可得而聞也、夫教之以實事、程之以實功、於是乎實材出矣、可以通當世之務、可以供國家之用、今之所謂學者、牽制章句、剖析文義、弊弊焉銷磨其歲月、以吾身爲蛀書之蠹、應聲之蟲、而不復顧其行誼如何、其不爲帖括所拘者、又復高談性命、衍說仁義、理解紛拏、而至於錢穀財賦之事、茫然罔曉也、且附會籩豆有司之言、以文其陋曰、彼非吾事也、亦不恥其不知、故今之學者、不惟其行惟其言、不惟其事惟其理、若是則望實材之出也、不亦難乎、是其爲弊一、古者治教出於一、上自人主、下至比長閭胥、莫非師也、而無所謂掌教之官者、蓋吏乃師也、非有德行道藝者不能爲吏、其爲吏必兼掌六藝載籍、及至後世、治教分而儒吏判、掌錢穀刑獄之事、名之曰吏、掌學校教授之任、名之曰儒、吏自爲吏、儒自爲儒、二者不相謀、而互相訾嗷、爲吏者不識先王之精意、而專以法令從事、爲儒者不知經世之務、而專以口舌爭、故學校之日衰、即治化之不能復古、是其爲弊一、古者仕學爲一、子夏曰、仕而優則學、學而優則仕、子產曰、吾聞學而後入政、未聞以政學者也、古者學校所教者、莫非實事、故士之入學者、大而禮樂兵刑、細而錢穀算數、莫不曉暢而諳歷、故雖未入仕、而其所以仕之故、固已了然、他日服官、懷而予之耳、舉而措之耳、學其所仕、而行其所學、欲治效勿成得乎、今也所讀者題目、所講者題理、所志者科名焉耳、其於當世之利害、錢穀兵刑之實務、漠然置之度外、如是爲學、爲典試、爲督學、則得矣、爲教官、則得矣、爲童子師、則得矣、及仕而爲仕、方棄承破講段伎倆、而從事簿書案牘、是猶不習操舟而泛於海、其不爲滑吏狡胥所玩弄者幾希、所用非所學、所學非所用、仕學歧而爲二、是其爲弊三、古者文武出於一途、有文事必有武備、文以治國、武以禦侮、猶之水火之性異而相爲用、故古者射御幷於六藝、而教之於學、所以使其嫻於武事、一有征戰、人皆知兵、可以據鞍而從戎、今之武人、卒不知禮讓爲何物、儒者亦藐視武事、以爲非我所宜知、於是文武分爲二途、而士氣之傲惰、愈不可救、是其爲弊四、古者人專學一事、學成而仕、終身不易其任、故皋陶作士、益作虞、夔典樂、伯夷典禮、終始一官、不遷他職、是故其爲事專而功莫不成、漢儒治專門之學、伏生於書、申公於詩、二戴於禮、皆以畢生之力、專治一經、故其爲說深微、非後世所及、今也不然、方其學也、兼習諸經、涉獵雜書、散漫無紀、或搜括異聞、徒供談柄、故雖以十數年之學、而識見議論不加進、及其服官、今日治吏曹、明日移刑曹、未及熟其職事、則又轉而之他、夫今日典禮而明日典刑、雖伯夷皋陶、胡能底其績、今日治詩、明日治書、雖伏生申公、不能通其義、今者人材之壞、正坐此、是其爲弊五、今在上者、苟能留意於此、取士以德行道藝、則弊去其一、使儒通世務、吏知治道、則弊去其二、學其所仕而行其所學、使悉當其用、則弊去其三、文武歸爲一途、儒知戰陣、將知仁義、則弊去其四、使士專治一經、專學一事、隨其材之成、官之終身、則弊去其五、五弊去而實材出、實材出而國勢不振者、未之有也、愚按王說上下千年、瞭如指掌、自是按切時勢、對症下藥、

停捐奏議

憶去歲丙申冬閱邸抄、有侍講王榮商呈奏停止捐納知縣、略謂知縣爲親民之官、必廉潔自持、然後民受其福、自捐納之例開、士之工心計者、皆貸錢以求官、輸於部者不過數成、取於民者何止十倍、溯查乾隆年間、祇捐 封典虛銜、戶部歲取捐欵不下五百萬、近則名器太輕、輸將愈寡、綜計各項捐款、歲止百餘萬、知縣一項、不過二十萬、伏求飭下部臣、將報捐知縣一項、立即停止云云、又翰林院侍讀學士陳兆文奏請停止知縣道府實官捐納、略

謂近年捐項繁多、除新海防捐外、如鹽捐、當捐、房捐、股戶捐、息借民款、皆准獎叙實官、並許移獎親族、而各捐戶私自減成、或六七折、或四五折、其價愈廉、趨之若鶩、各省候補人員、道府多至百餘人、同通州縣多至數百人、佐雜多至數千餘人、督撫以人浮於事、紛紛請停分發、不知此省既停、則改指他省、又捐離、捐指、任意更張、不過以隣爲壑、捐輸爲籌餉計、若今日之捐輸、非惟無補於軍糈、實則暗虧夫國帑、何以言之、以錢糧而論、大縣五六萬兩、小縣亦萬餘兩不等、彼以官爲貿易者、往往因本求利、每署一缺、補一官、計出產之肥瘠、而地方之利病、生民之休戚、不遑顧問、故錢糧所入、略一侵吞、已逾原捐之數、即令嚴察重究、而所侵之款、已日無着、至各省釐卡林立、屢奉諭旨裁撤、督撫總以減無可減爲言、實則因此盈千累百之員、坐淹歲月、衣食無資、藉卡局以爲調劑、究之得差者不過十之二三、於是鑽營奔競、無所不至、到局後百計搜括、権算錙銖、民脂民膏、半歸中飽、即此二端、通盤籌筭、是得於捐輸者甚微、而失於正項者至鉅、惟有籲懇　飭部將捐納道州府縣四項實官亟行停止云云、又御史馮錫仁奏請停止新海防捐輸、略謂開捐本一時權宜之舉、近年自舊海防例開、繼而鄭工、繼而新海防、初議只以一年爲期、乃年復一年、有展無停、將有不能終止之時、非不知部庫空虛、司農有不得已之苦衷、然查戶部及各省收捐、每年約只有百餘萬、　朝廷何惜百萬金錢、致使天下受無窮之毒、查吏部每月銓選及分省人員、或百餘員、及二三百員不等、到省以後、實缺之能否勝任、候補之有無差委、一切付之不問、不過以認眞甄別、隨時察看、於督撫責之、督撫無可如何、遂紛紛以停止分發爲請、部議又未便駁斥、且收捐一項、惟道府銀數最巨、惟州縣人數獨多、其關係地方則同、缺分本寬、花樣又優、銓選自可如期、瘠缺則已得實官、亦獲厚利、肥缺則立償成本、更擁重貲、以各省親民之官、爲若輩牟利之券、故人皆趨之若鶩、今王榮商陳兆文所請、無非從根本起見、如部臣議准、則捐項中之精華立竭、此外更不値毫末、又豈別有招徠之術、既無實濟、徒受虛名、固不如全行停止之爲愈、擬除淮商續捐金一百萬兩、仍遵前旨獎給外、所有新海防捐例一律停止云云、又御史王鵬運奏請捐納實官一概停止、略謂竊臣近閱邸抄、侍講王榮商、學士陳兆文均以捐納實官、有妨吏治、懇請停止、兩臣陳奏、祇就外官之道府州縣言之、而未嘗旁及其他、不知開捐之害、以外官爲鉅、而收捐之款、亦以外官爲多、今停道府州縣、而獨留京員及佐貳雜職兩途、是受鬻官之名、而無助帑之實、不如一併停止之爲愈也、自去年和議之後、出款驟增、庫儲罄竭、百計張羅、猶恐不支、臣深悉時艱、豈敢鶩此停捐之美名、而忘公家之大計、然臣維戶部收捐之數、每年僅及百萬金而止、猶復歲有短絀、弩末之勢、實已昭然、國計雖甚艱難、亦何至愛惜百萬金、長留此弊政而不去乎、夫捐納出身之輩、固未始無人材、而品流混淆、其生事殃民者實居大半、即不殃民、不生事、而每省候補人員、以千百計、不得不多設局卡、籌薪費以養之、議者一則曰釐剔中飽、再則曰裁省浮糜、而每月報捐分發各省者、多至數十人、少亦十餘人、夫此數十人者、將皆能概解私囊以奉公乎、抑將藉差使仰薪俸以自肥乎、未清其源而欲潔其流、此必不可得之勢云云、部臣等會閱四疏所奏、於現行捐例、或請分別停止、或請一律停止、并極言名器之輕、流品之雜、以及到省時之藉差中飽、得缺後之操券取償、種種流弊、知非苟論、聞初已議准將入　奏矣、廣東南海人張野樵侍郎蔭桓獨不畫諾、事遂決裂、而四疏竟託於空言不用也、惜哉、

湯武得國之正

尚書大傳、載湯居中野、士民奔湯、桀與其屬五百人南徙、不齊、不齊士民往奔湯、桀與五百人徙于魯、魯士民又往奔湯、桀曰、國、君之有也、吾聞海外有人、乃與五百人俱去、是其迹不明明出於禪讓哉、臨川李穆堂論武王未嘗

伐殷、弔民之日、紂自焚死、即立武庚爲殷後、可見其置三監、所以輔之非制之也、故自行退居于鎬、尚書百篇序目、祗有微子之命、別無封武庚之文、多士之文、尚稱武庚爲商王、自稱爲小國、是武王伐殷之後、仍安侯服也、及武王沒、三監叛、成王乃黜殷命、（詩閟宮稱大王翦商書康誥稱文王殪殷皆子孫追崇之詞當日并無其事凡經籍中盛誇湯武武功疑亦此例）

一姓傳國之永

日本人撰其國史、自以開國至今之相承君統者、歷數千年一姓無易、謂爲五大洲各名國所未嘗有、今稽其紀元之初、洪荒㳽穆、託於神降、略如中國古史所載盤古三皇一例冥渺、以其歲考之、要在姬周之世耳、以前故事、已無能舉、以後紀元斷代、則推神武天皇爲首、略如中國之軒轅氏焉、至今實得二千五百餘歲、豈若中國自伏羲神農黃帝至今凡五六千年、遙遙可數耶、且地球五大洲中一姓傳國之永、無如中國之黃帝軒轅氏也、軒轅姓公孫、居姬水、又以姬爲姓、習用干戈、以征不享、與神農氏三戰、由征誅得天下、次傳顓頊帝、爲高辛氏、即黃帝之孫也、又傳帝嚳、爲高陽氏、即黃帝之曾孫也、又傳國陶唐堯帝、以伊祁爲姓、即黃帝之玄孫也、國有虞舜帝、以姚爲姓、即黃帝之第九代孫也、夏朝禹王、以姒爲姓、即黃帝之元孫也、商朝湯王、以子爲姓、即黃帝之裔、及十七世矣、周朝武王、以姬爲姓、即黃帝之裔、及十九世矣、迨秦始皇政、滅周一統、以呂易嬴、呂姓則實姜氏神農之後裔、若就始皇政之先君秦莊襄王以上而計、一派嬴姓、系本伯益、依然黃帝之後裔也、又皆見于太史公司馬遷史記各帝王之本紀、今從黃帝起訖周滅、或稱唐虞、或稱夏商、屢易朝代、子姬婚媾、云不同姓、古者人少、分族命氏之後、閱世既久、便曰異姓、其實遠祖多同、如上文徵引者是已、其間以黃帝一人衍派歷主君統凡二千餘年、（其後滅呂秦之劉漢係陶唐堯帝之後）其歷永矣、

君臣冢

君臣冢在粵垣北門外、地名流花橋、隴畔藁葬明末唐王及其相臣蘇觀生處、日久荒壞、尚辨故址、同治間有爲之修治者、表其阡曰明紹武君臣冢、

林文忠寄内詩

吾閩林少穆宮傅則徐、氣節之盛、天下宗仰、公善詞章、尤篤於情、夫人亦通翰墨、常相倡和、内而持家課子、節節有方、其女公子之適同鄉沈文肅葆楨者、卽世傳廣信府血書解圍之林夫人也、翁婿母女、皆稱一時奇人、亦難矣哉、林公所箸政書外、有集名雲左山房詩鈔、其荷戈出塞時作、尤雄傑沉鬱、公夫人嘗賦七古二章達之、公返報云、廿年鳧雁鎭相依、萬里鶺鴒悵獨飛、生別勝如歸馬革、壯游奚肯泣牛衣、祇憐瘦骨支床久、想對殘脂覽鏡稀、忽得詩筒狂失喜、珠璣認是手親揮、又句蘇蕙迴文常觸緒、彩鸞寫韻不愁貧、索和婦能諧競病、弄嬌孫亦識之無、老我難辭身集蓼、憶卿如見首飛蓬、兒女言長、英雄情摯、此乃公之眞處、

曾文正生日詩

湘鄉曾滌生太傅（國藩）、爲我　朝同治中興功臣第一、經學小學、專宗高郵王氏父子、古文則尊方望溪姚惜抱兩先生、有所作、恪守方姚義法、爲桐城派大家、詞章經濟、近世大員中、實罕倫比、而其虛懷汲引、善於舉賢、陸將如塔齊布羅澤南、水師如彭玉麟楊岳斌等、簡拔行閒、尤卓著者、薨日、湘陰左文襄（宗棠）挽語有曰、謀國之忠、知人之明、自愧不如元輔、誠非諛也、曾公早得科第、居道光朝、已歷階侍從、愔愔而未有建白、其三十三歲、自爲生日詩云、三十年來似轉車、吾生泛泛信天涯、白雲望遠千山隔、黃葉催人兩鬢華、去日行藏同踏雪、迂儒事業類摶沙、名山壇席都無分、欲傍青門學種瓜、誠不料其後來勳名彪炳、位望崇隆之一至如是也、有唐賢相裴晉公未遇時方三十、人笑龍鍾、亦何異此、

三言詩

同安烈婦、蘇紅葉詩册題者、各體俱有、而尚闕三言詩、余乃成一首、以充其數云、吳家婦、蘇家女、彼小星、能事主、主菊農、庚寅冬、歿五日、殉從容、兩家人皆大感、欲招魂、奈寂寂、乃徵詩、慰烈姬、冀不朽、媿鬚眉、題者徧、讀者欷、有客來、前致辭、要我歌、歌彼烈、按其狀、爲嗚咽、吳之婦、盛羅綺、蘇之班、次夫已、（國朝邵晉涵謂左傳夫已氏之己卽干支之第六人也）歸十年、尚未子、時十月、竟以死、死之前、志何堅、死之候、良欣然、歿三日、顏如故、卅年中、等朝露、惟大節、無死生、妾心慰、妾身輕、泉臺上、應分明、事主君、得其所、守節難、讓同侶、（用狀內烈婦對諸姬語）已焉哉、骨可埋、笑已乎、世克諧、獨憐伊、寄母帛、藏無人、泯手澤、（按狀稱烈婦有訣絕書遺母家余欲知其中作何語不可見矣）苟存之、足與思、編正始、纂燃脂、鳳一毛、知不遺、又安用、懷其人、而不見、徒愴神、茲好事、憐燕婉、代表揚、文自遠、亦可知、心皆同、苟有善、無不通、或者謂、姬之名、賴鴆毒、所由成、殊不燭、姬心曲、心已死、身奚局、莫之推、莫余促、血淚殘、命安續、藐芙蓉、固斷魂、匹夫諒、豈並論、言有死、道在此、若歸功、烏在彼、吁

噫嘻能如斯千載上仰今儀矧聞見不嗟咨

菽園贅談卷之六終

受業姪彝燦謹校

菽園贅談卷之七目錄

海澄邱煒萲東園甫編

菽園贅談卷之七

圃翁說圓

海澄邱煒萲菽園輯著

雨邨詩話嘗云、今人字號多同音、而異字、如蔣心餘、一作辛畬、趙雲松、一作耘菘、程魚門或作漁、周書昌或作倉、是也、可見此風、其來已遠、余戲倣其意、於己號菽園、時作別字、如蓿蕃、俶員、叔元、宿垣、菽樊、東圓之類、恰得七個、因分編贅談卷中、此爲第七卷、乃全書收束義、有取於東圓諒也、然圓之時義、尙有不盡於此者、謹援圃翁之說以申之、圃翁、爲桐城張文端英自號、所著聰訓齋語、有云、天地至圓、故生其中者、無一不肖其體、懸象之大者、莫如日月、其昭著者、莫如列星、以至人之耳目臂脛指趾鬚髮、物之毛羽、樹之枝幹花實、土得雨而成丸、水得雨而成泡、凡天地自然而生、皆圓、其方者、皆人力所爲、蓋秉天之性情者、無一不具天之體、萬事做到極精妙處、無有不圓者、聖人之德、古今之至文、以至一藝一術、必極圓而後周規折矩、登峰造極、四時之旋運、寒暑之循環、生息之相因、無非圓轉、人之一身、與天時相應、大約三四十歲以前、譬夏至前、凡事漸長、三四十歲以後、譬夏至後、凡事漸衰、中間無一刻停留、中間盛衰關頭、無一定時候、大概在三四十之間、觀於鬚髮可見、其衰緩者、其壽多、其衰急者、其壽寡、人身不能不衰、先從上而下者、多壽、故古人以早脫頂爲壽徵、先從下而上者、多不壽、故鬚髮如故、而脚輭者難治、凡人家道亦然、盛衰增減、決無中立之理、一樹之花、開到極盛、便是搖落之期、多方保護、順其自然、猶恐速開、况敢以火氣催逼之乎、京師溫室之花、能移牡丹各色桃於正月、然花不循其分量、一開之後、根幹輒萎、此造化之機、不可不察也、蓋草木之性、亦隨天地爲圓轉、梅以深冬爲春、桃李以春爲春、榴荷以夏爲春、菊桂芙蓉以秋爲春、觀其枝節含苞之處、渾然天地造化之理、故曰復其見天地之心乎、旨哉言乎、得圓之義矣、近日西人格致之學大明於世、其汽機輪括、無一不取象於圓、而化學家推驗天地之理、考究萬物之質、無一不從微點結成、點者、圓也、其理更確而可信、

朱子綱目乃僞書

千秋良史、據事直書、而是非自定、孔子之修魯史也、知我者春秋、罪我者春秋、初無成見、五代史褒貶太明、所以失春秋之旨、而謂舞文弄筆僭擬春秋、賢如朱子、而竟爲之耶、隨園嘗摘其謬戾之顯者、有若偏安之主稱殂、不知尚書之帝乃殂落、堯非偏安之主也、小人卒稱死、不知尚書之五十載陟方乃死、舜非小人也、荊軻刺秦王書盜、張良擊秦王則書報仇、苻氏毛后以死節與之、呂氏楊后以不死節與之、既特筆書揚雄爲莽大夫矣、而劉歆諸人之臣莽者不書、既做習鑿齒之漢晉春秋以昭烈爲漢帝矣、而其子則書後主、郭威弒湘隱王書弒、弒隱帝則書殺、所謂自亂其例也、蓋紫陽綱目乃門

下士趙師淵所擬稿、詳見朱子文集中、未經刪定、而朱子已卒、目爲僞書、可無疑義、

紫陽綱目、見稱於世、亦爲尊蜀漢爲正統一事爲著、他無聞焉、不知此意陳壽三國志本有先主之稱、原非剏解、論統則近承漢獻、魏吳誠不得與爭論正則遠宗漢高亭長不依然秦吏耶、如其國之三降其史曰志、陳壽蓋竊比春秋矣、

尺牘 二則

宋人尺牘有書感激爲感磯者、實本孟子是不可磯也、注磯激也、其有綴死罪二字於牘者、屢見王羲之書、唐李涪云短啓出於晉宋兵革之際、時江左禁往來尺牘、非弔問不得輒行、故羲之白承死罪、意以違制令也、不知某惶恐叩頭死罪等字面、漢末孔融繁欽陳琳諸人已有用之、原不始於右軍也、又牘尾自尊與卑曰不具、以卑上尊曰不備、平行書問曰不宣、詳東軒筆錄、

今則忘其所以用之不拘矣

古無稱人曰閣下者、凡讀閣下、皆閤下之訛也、其稱閣下自明置東閣內閣始、本朝承用明制、論稱於今日、自以閣字爲正、必改古之閣下爲閤下固妄、即强今之閣下爲閤下、亦非、惟稱人所以致敬、嘗見古今人尺牘手蹟、凡某翁閣下、某丈執事云云通行作一筆書、漳泉下游、獨於某翁之下、別從側書、豈以側書爲敬耶、或云坊刻指南尺牘有是、余取而閱之、果然、且其筆墨陋劣之處、不一而足、後人翻刻、竟不改削、貽誤來者、的是可恨、

喜用近典

連日評閱詩社來卷、多喜用本朝故實者、而尤以隨園北江二家詩話爲多、大是惡習、古人如庾子山答王褒餉酒句未能扶畢卓、猶足舞王戎、戎卓去子山未遠、已見徵引、嗣後劉後邨王義山遞衍其風、甚至同時事實、亦多亂用、王阮亭尙書帶經堂詩話箴之、宜也、

王梁譏李

錢塘梁晉竹（紹壬）嘗譏李笠翁（漁）爲輕薄、常熟王東溆（應奎）則直呼笠翁爲鄙夫妄人、言其略具小慧、全未讀書、故游談之中、隨手牽挪、不知根據、二公一箸兩般秋雨庵隨筆、一箸柳南隨筆、皆斯世所謂善鳴者、宜乎笠翁身後之名、被其抹殺矣、而何以至今不殺耶、愚按笠翁輕薄使嘗有之、不過才人常事、觀其自作詞曲誓神文、存心忠厚、亦足多者、至東溆目其爲鄙夫妄人、則未免太過、笠翁誠小慧、然不穿鑿、平生箸作、如閒情偶寄、十種傳奇、皆確有見解、犁然而當於人心、何謂無根據、大抵才人相輕、千古一轍、生有庸福、死負令名、則人之忌之也尤甚、

李鄭風流

李笠翁曲部誓詞、鄭板橋書畫潤格、余嘗以爲言而未載其文、客之見贅談底本者、每以無從檢閱爲恨、爰爲臚列、以廣前輩之風流焉、李誓詞云、竊聞

諸子皆屬寓言、稗官好爲曲喻、齊諧志怪、有其事豈必盡有其人、博望鑿空詭其名焉得不詭其實、矧不肖硯田餬口、原非發憤而箸書、筆蕊生心、匪託微言以諷世、不過借三寸枯管、爲　聖天子粉飾太平、揭一片婆心效老道人木鐸里巷、既有悲歡離合、難辭謔浪詼諧、加生旦以美名、既非市恩於有託、抹淨丑以花面、亦屬調笑於無心、凡此點綴劇場、使不岑寂而已、但慮七情以內、無境不生、六合之中、何所不有、幻設一事、即有一事之偶同、喬命一名、即有一名之巧合、焉知不以無基之樓閣、認爲有樣之葫蘆、是用瀝血鳴神、剖心告世、稍有一辜所指、甘爲三世之瘖、即漏顯誅、難逋陰罰、作者自干於有赫、觀者幸諒其無他、鄭潤格云、大幅六兩、中幅四兩、小幅二兩、書條對聯一兩、扇子斗方五錢、凡送禮物食物、不如白銀爲妙、蓋公之所送、未必即弟之所好也、若送現銀、則中心喜悅、書畫皆佳、禮物既屬糾纏、賒欠尤恐賴賬、年老神倦、不能陪諸君子作無益語言也、畫竹多於賣竹錢、紙高六尺價

三千、任渠話舊論交接、只當春風過耳邊、

詩所以寫性情、涵養性情之用、亦莫妙於詩、友人見贈壺天笙鶴集、皆吾鄉人士鬮詩類聯、間擇其言之有性情者、共若干聯、或爲私印之鐫、或應楹帖之請、旣我神明、眞覺有餘不盡、爰付鈔胥、以公同好、

鬮詩雋句

前身因果圓明月　水面文章悟落花　水前

生機潑潑魚非我　小夢蘧蘧蝶亦仙　小生

涼生異地客應瘦　月望家鄉歲幾圓　涼月

願將天上長生藥　醫盡人間短命花　願醫

別後湖山誰管領　年來詩酒共盤桓　別年

長歌未竟呼兒續　宿墨猶濃揖客書　歌墨

幻夢卒多難解事　亂流故作不平聲　夢流

名山已徧雙遊屐　故我依然一布衣　山我

閒中歲月多忘却　妙手文章偶得之　手中

好詩字字磨心血　芳草年年長恨根　詩草

寫眞何日逢佳士　署尾頻年愧小官　眞尾

尋詩擁被閒中苦　對客談棋讓裡爭　詩客

臥石白雲閒似我　病秋黃葉瘦于人　石秋

萬刦不磨情一字　千金難買淚雙行　刦金

醉鄉恰向愁邊入　明月何堪客裡圓　鄉月

守貧似病醫無益　習靜如禪悟却難　貧靜

濁酒澆胸消壘塊　寒燈妒夢破惺忪　酒燈

共人夜話蟲如訴　伴我南來雁不孤　夜南

酒懈小戶多逃席　詩入青樓有艷辭　小青

好花帶我過三徑　舊雨來君話一燈　帶來

情根斷到談禪日　膽氣寒於說鬼時　斷寒

天上多情惟有月　人間老氣莫如秋　多老

日日囊錢空以酒　年年心血耗于詩　錢血

重尋好夢還欹枕　再訪名山欲買舟　夢山

舊雨經春疑久別　好山未老擬重來　春老

舊雨何堪三日別　名山有約十年還　堪約

梅鶴精神人共瘦　芰荷世界水俱香　人水

歸家却被春先到　療俗誰云竹可無　春竹

懶於作答來緘少　久不塡詞合拍難　來合

重刪詩卷古風變　一絕琴絃同調稀　古同

幾回問月秋何瘦　終日尋花事太忙　秋事

山爭作勢高低立　雲本無心出入閒　高出

慧爲我輩天生福　義是君家寡有貲　有生

好游贏得耽詩癖　處困磨虛用世才　詩世

民驕已似衰年子　官苦如同受戒僧　年戒

頭顱漸重初中酒　口角猶調甫得詩　中得

傖父交游多酒肉　散人踪跡半林泉　酒林

文境艷如新嫁女　宦途難比逆流船　女船

衰鬢疎於秋後柳　歸心急似晚來潮　柳潮

頹唐老態空心樹　落拓閒情不繫舟　樹舟

我豈忘情如太上　君眞同病恰相憐　上憐

比來妃子花無色　別後王孫草又青　色青

旅況冷於蒓菜性　病容瘦比菊花黃　性黃

憐才處處爲之地　篤舊年年壽以詩 詩地

醉鄉欲借埋憂地　夢境猶吟感舊詩 詩地

好拈紅豆記新曲　不負黃花歸冷官 曲官

三春還有難圓夢　百歲猶多未讀書 夢書

書催遠使難成字　燈對愁人故作花 字花

忽成一夢化爲蝶　試問幾生修到梅 蝶梅

紅燭替垂無數淚　錦緘封得幾多愁 紅緘

貌美如花春亦妒　愁深於海酒難塡 貌愁

瘦骨闌珊扶上馬　別言珍重勸加衣 別衣

懷人竟夕不成寐　折柳明朝又送君 人郎

夜雨敲愁如許碎　西風吹夢幾回圓 雨風

鷓鴣道儂前夜事　鴛鴦爲我再生媒 爲道

郎是春駒花裡活　妾如苦李道傍拋 苦春
好風豈料還吹汝　明月何堪又送君 汝君
無意懷人偏入夢　有心看月未當圓 圓夢
浣我熱腸憑酒飲　書卿小字當花呼 呼飲

宣爐說略

明宣德時內殿火、金銀銅佛像、俱鎔一處、遂命鑄爲爐、凡銅經六鍊則生寶光、上命加火七煉、以綱鐵爲篩格、以赤火鎔條、取其極淸而滴條下者爲爐、存格上者、製他器、此宣爐之質也、爐制略如宋瓷、其上者曰百摺彝、曰乳足、曰花邊、曰魚耳、曰鰍耳、曰蚰蜒耳、曰薰冠、曰象鼻、曰石柳足、曰橘囊、曰香奩、曰花素、曰方員鼎、下者曰索耳、曰分檔、曰判官耳、曰角端、曰象鬲、曰鷄腳扁、曰番環、曰六稜、曰四方、曰直腳、曰漏空桶、曰竹節、其欵陰印陽文、眞書大明宣德年製、又有呈樣無欵者、最難得、此宣爐之名、即可知其形也、宣爐妙處、在色熱火久則假色外炫眞色內融燦爛善變嫩如哀梨入口欲化凝如魚凍呵氣便消須有此兩種光景方爲佳品又有製時空隙以赤金銜滿之者名曰銜眼得火則金色盡顯黯淡中愈發奇光火候既到即久納汙泥中取出拭去汙而顏色不改此辨宣爐之眞者也其僞者雖火薰火養終不能然且爐色又有初中末三年之分初仿宋燒斑尙沿永樂爐舊製中年用番滷浸擦薰炙成茶蠟色亦間有滲金者末年則露本質著色更淡矣其色有五曰栗殼曰棠梨曰茄皮曰褐色而藏金紙色爲上乘更有所謂燭淚痕者或在口或在腹下在口爲覆祥雲在腹下爲湧祥雲皆火氣凝成更非易得此宣爐之色也右說見王應奎柳南隨筆節錄之以資談助

曹孟德

曹孟德祭喬公贖文姬二事艷稱千古雖以操之奸雄而人猶不掩其善如此可見大惡在所必誅小善亦所必錄也況嘗欲延攬諸葛孔明却而勿罪

者哉、事詳抱朴子奸雄可兒、固不僅優容關壯繆、爲人所難能矣、

盛世危言公法篇題後

東粤香山鄭陶齋觀察官應所箸盛世危言、有論公法一篇曰、公法者、萬國之大和約也、中國爲五洲冠冕、開闢最先、唐虞三代相承爲封建之天下、秦併六國、改爲郡縣、歷漢唐以迄今、莫之或易、其間可得而變易者、宗子之封藩、疆域之分合也、其雖變而莫之或易者、概不得專禮樂征伐之權也、然均有相維相繫之勢、而統屬於天子則一也、統屬於天子一、故內外之辨、彝夏之防、亦不能不一、其名曰有天下、實未盡天覆地載者全有之、夫固天下之國耳、知此乃可與言公法、公法者、彼此自視其國爲萬國之一、可相維繫而不能相統屬者也、可相維繫者何、合性法例法言之、謂夫語言文字政教風俗、固難強同、而是非好惡之公、不甚相遠、故有通使之法、有通商之法、有合盟合會之法、俗有殊尚、非法不聯、不能相統屬者何、專主性法之謂、夫各國

之權利、無論爲君主爲民主爲君民共主、皆其所自有、他人不得侵奪、良以性法中、決無可以奪人與甘爲人奪之理、故有均勢之法、有互相保護之法、國無大小、非法不立、列邦雄長、各君其國、各子其民、不有常法以範圍之、其何以大小相維、永敦輯睦、彼遵此例以待我、亦望我守此例以待彼也、且以天下之公好惡爲衡、而事之曲直、登諸日報、載之史鑑、以褒貶爲榮辱、亦擁護公法之干城、故曰公法者、萬國一大和約也、今泰西各國、兵日强、技日巧、爭雄海陸、將環地球九萬里、莫不有火輪舟車、我中國海禁大開、講信修睦、使命往來、歷有年所、又開同文館、習西學、譯公法、博考而切究之、如此詳且備矣、然所立之約、就通商一端而言、何其矛盾之多也、如一國有利、各國均沾之語、何例也、烟台之約、强減中國稅則、英外部從而助之、何所仿也、華船至外國、納鈔之重、數倍於他國、何據而區別也、中國所徵各國商貨、關稅甚輕、各國所徵中國貨稅、皆務從重、何出納之吝也、聞鴉片在孟加拉每箱徵銀六十磅中國稅銀十磅

（中國出口茶稅每箱僅徵銀百元之七五不足一成至英人入口所徵不下四五成即茶與鴉片較之其公道爲何如）外國人至中國、不收身稅、我中國人至外國、則身稅重徵、今英美二國、新舊金山等處復有逐客之令、禁止我國工商到彼貿易工作、舊商久住者、亦必重收身稅、何相待之苛也、種種不合情理、公於何有、法於何有、而公法家猶大書特書曰、一千八百五十八年、英法俄美四國、與中國立約、嗣後不得視中國在公法之外、又加注而申明之曰、謂得共享公法之利益、噫、甚矣、欺也、然則如之何而可、曰、約之專爲通商者、本可隨時修改、以圖兩益、非一成不變者也、稅餉則例、本由各國自定、客雖強悍、不得侵主權而擅斷之、宜明告各國曰、某約不便吾民、某稅不合吾例、約期滿時、應即停止重議、其不專爲通商者、則遣使會同各國使臣、將中國律例、合萬國公法、兩兩比較、同者彼此通行、異者各行其是、無庸越俎代謀、其介在異同之間者、則參稽互考、折衷至當、勒爲通商條例、會立盟約、世世恪守、有渝此盟、各國同聲其罪、視其悔禍之遲速、援賠償兵費例、罰鍰以分勞各國、若必怙惡不悛、然後共滅其國、存其祀、疆理其地、擇賢者以嗣統焉、庶公法可以盛行、而和局亦可持久矣、雖然公法一書、久共遵守、乃仍有不可盡守者、蓋國之强弱相等、則藉公法相維持、若太强太弱、公法未必能行也、太强者、即古之羅馬、近之拿破崙第一、雖有成有敗、而當其盛時、力足以囊括宇宙、震懾群雄、横肆鯨吞、顯違公法、誰敢執其咎、太弱者、如今之琉球印度越南緬甸、千年舊國、一旦竟見滅於强隣、諸大國咸抱不平、誰肯以局外代援公法、致啓兵端、不特是也、法爲德蹶、俄人遽改黑海之盟、法無如之何也、土被俄殘、柏林不改瓜分之約、各國無如之何也、然則公法固可恃而不可恃者也、且公法所論、本亦游移兩可、其條例有云、倘立約之一國、明犯約內一欵、其所行者、與和約之義大相悖謬、則約雖未廢、已有可廢之勢、然廢與不廢、惟在受屈者主之、倘不欲失和、其約仍在、兩國當照常遵守、至所犯之事、或置而不論、或諒而槪免、或執義討索賠償、均無不可、由是觀之、公法仍憑虛理、強者可執其法以繩人、弱者必不免隱忍受屈也、是故有國者、惟有發奮自強、方可得公法之益、倘積弱不振、雖有百公法、何補哉、噫、余讀畢而喟然起曰、思深哉、所謂能見其大也、夫中國之積弱至此、亦云亟矣、議者雖日取富強之說以進、無如法吏拘墟、司農仰屋、良法美意、格而不行、即毅然行之、外而強敵排擠、內而愚氓阻撓、己隨其後、又何其動輒得咎之至此極哉、此而責諸誠信未孚、則立約通使已數十年矣、責諸風氣未開、則啓關互市已徧行省矣、盍亦反其本也、治國民有本、在乎學校之能興、與外人交有本、在乎律法之能一、二者相需相成、實爲今日之急務、而一切置郵築路開礦鑄幣修器械備戰陣、猶其次也、學校不興、將智識淺近、意氣易驕、志趣卑汚、性情亦妄、俗尚龐雜、趨向皆非、種種流弊、不可枚舉、斯則　朝廷養之而不知恩、覆之而不知愛、及觀其懋遷他族、受他人種種苛刻、如觀察所言身稅諸端、則復鬱鬱久居、忍與終古者、豈不以遠適異國例在則然耶、乃華人居西屬而從西例、西人居華屬不從華例、堂堂中國、竟失自主之權、使西人儕我於緬甸暹羅之列、此眞萬國所同羞、兆民所同恥耳、如恥之、莫若新律法與西國爲平等、遇事方可援公法、國民旣先被學校之澤、中有所主、自不至因變法之故、舍己從人、且可因變法之故、取諸人以爲善、由是以聯與國而與國信、以治國民而國民從、舉排擠阻撓之法而空之、不獨富强可期、而王道亦於是復、豈不美哉、

人禽通稱

畜類稱頭、奴子亦稱頭、是頭字人禽互用也、卽如雌雄屬禽、牝牡屬獸、古作於雉鳴求牡、牝鷄司晨、雄狐綏綏、雌兎迷離、等文、皆不妨錯舉、至墨子非樂篇則云、雄不耕稼穡樹藝、雌不紡績織絍、竟以稱獸者通諸稱人矣、此後有述習見亦不以爲怪云、

通商略論

王星使之春使俄草之言曰、通商、非西制也、亦非新法也、中國古昔盛時、已有行之者矣、日中爲市、交易而退、此爲通商所自昉、降及成周、太公之九府圜法、管仲之府海官山、何莫非通、或疑孔孟言教、商務爲緩、不知孔子對君、則云來百工則財用足、孟子勸王、則云市廛而不征、法而不廛、則天下之商、皆悅而願藏於其市矣、明明重商、昭示來許、漢興始頒明詔、令商人不得衣錦乘軒、以示限制、菱按卜式助邊起家馬卿入貲爲郎漢之限制商人毋亦衛女不嫁有子之說乎一笑唐宋而還、代沿其陋、遂至脈絡不通、精華易竭、水旱頻仍、老弱輾轉、愚民從而生心、上下於焉交儆、況今五洲通道、風氣日新、各國皆以商立國、菱按如英數十年來開疆畧地驟增本國數十倍其始皆商民公司之力而政府復助之者也而謂獨守成規、能與之競爽哉、蓋商務興則脈絡貫通、國家必隱受其福、菱按君民既聯爲一氣遇有君國大役免借洋債致使利權外溢又按歐洲各國皆有國債皆借諸民而民從之者通故也以視中國減成捐需無補大計而且大壞吏治貽笑鄰封則中國不通之爲患大矣商務衰則精華日竭、國家必顯受其虧、菱按美國人林樂知箸有中東戰紀本末初續二編已極言其敝尤深切怵目者莫詳於二次貸銀記一篇一定之理也、竊以爲及今宜參酌西法、設立商務衙門、與總理衙門相表裡、實力奉行、不准敷衍、通商各局、設立司員、使之研究進出各貨、何者可以擴充、何者可以製造、並諭令駐紮領事、勸令各埠巨商、集資購置兵船保護、發按欲盡保護之責必興各國先立平等之約而後可欲立平等之約必如前幅公法篇題後所云更新律法而後可由國家慎選練達人員、經理駕駛、量加津貼、所費無幾、實足收無形之效矣、王星使又云、孟子之告彭更也、子不通工易事、則農有餘粟、女有餘布、旨哉斯言、通商一途、即以其所有餘、易其所不足者也、彼此交相易、即彼此交相益者也、益之在於不足者、如人所必需之物、來日多而價日賤也、益之在於有餘者、如惡棄於地之貨、去路暢而利路開也、且往來轉運之商人、又可緣之以弋利、是通之者一、而益之者三也、況乎三者之外、更有富國之一道焉、以中國各新關稅則而計、三十年前、僅歲徵八百萬金耳、今乃增至二千三百萬金、苟使中國自今日始、再行推廣商政、即歲徵五千萬金、僅指顧間事耳、謀國者於此、自宜博考良法、擴充出口貨物爲第一義、是故有地而不知用、與無地同、有人而不知用、與無人同、膏腴之地、無人播種、惟彌望荆榛而已、勤儉之人、無資本以供其藉手、惟頹然坐廢而已、苟有資本、即有器具、然又非尋常耰鋤織紝已也、必有機器以輔之、機器愈多、出貨愈廣、地主人工、皆藉機器而增利益、然又必水則通水道、造輪船、陸則開通衢、築鐵路、無一不通道路、即無一不廣利源、苟使水路不通、則村農禾稼如雲、而無以達諸市集、時而斗米僅五十錢、且無人過問矣、彼嗷嗷待哺之狹鄉、至願以五金購之而不可得、不且交受其弊乎、若使增造火船火車以通之、則利與弊適相反、又不但運貨之速也、價亦漸廉、生物之處、以能廣銷售、故雖廉而猶利、用物之處、以貨多之故、愈便而愈喜其廉、於是乃交收其益、中國本至腴之地、又多勤於工作之人、惟少創用機器耳、似不若暫延西人、擇要創開水陸各路、以及各新工作、華人無不知其益、自能逐漸仿行、或謂外人得入內地、不啻奪華人之口食、此大謬不然、試思所延西人、不過數人或十數人、數十人而止、即歲縻二十萬金、以五年計之、不過百萬金、而工作繁興、道路四通八達、運廉價省、貨又精巧、華人不購自有之物、而猶購洋物者、未之有也、漏卮之塞、歲可以千萬計、不特此也、中土工廉物衆、自用有餘、價必甚廉、且可出口而收外人之利、夫亦何庸深閉固拒爲哉、

邵康節

漢儒專精經學、宋儒專精理學、二者不可偏廢、漢儒經學却甚好、惟多讖緯陋習、是其大惑、宋儒以躬行實踐主一無適爲功、而以多讀書爲戒、看似空疏、考其言論、均切實可循、不墜讖緯陋習、神怪之說無由而起、覺世牖民之功、過於漢儒遠矣、然猶有邵康節一流人、陡創天地元會十二萬年之說、則漢人讖緯流澤孔長也、夫子天道不可得而聞、邵子元會可得而聞、邵子賢於仲尼、其然豈其然、

閨怨

自李義山楚雨含情皆有託一言發其端、後之作豔體詩者、無不託於義山、究之託其所託、去義山之旨也遠、所謂託之不善者也、託之善者、不着一字、盡得風流、細玩義山含情二字可見、

阿蠻

或舉唐狄昌詩、馬嵬楊柳正依依、又見鑾輿幸蜀歸、地下阿蠻應有語、這回休更怨楊妃、昔人有解阿蠻爲楊妃者、是否可通、余按一典兩用、古嘗有之、如劉越石詩、宣尼悲獲麟、西狩涕孔子、謝惠連詩、雖好相如色、不同長卿慢、以彼例此、似亦可通、惟阿蠻爲楊妃之號、未見所本、究難傳信、（一說明皇小字阿瞞、與曹操同、阿蠻二字疑即阿瞞一聲之轉、）

重疊

古人爲詩、不但典故兩用、即字義亦多重疊、謝康樂句、揚帆采石華、挂席拾

海月、挂席與揚帆犯、孟浩然句、竹間殘照入池上夕陽微、夕陽與殘照犯、此何異今人之合掌八股、大是礙眼、

電報創始

羅浮待鶴山人鄭陶齋盛世危言有云、電報通行、先之英國、繼者法美、以及天下、然考其創始、實由泰西意大利國博士戛拉法爾及弗爾揚二人、法用紅銅幷白鉛數對重疊、每對以强水浸透之厚紙、復聯以二銅絲、卽能生電、是爲濕電、迨後弗爾揚見浸强之紙易乾、乃易頗黎杯爲電池、復有人稍變弗君舊法、于長箱內用磁片分格數十、箱蓋下安銅鉛合對數十、以銅條聯之格內儲足强水、一加蓋而二金相攝、發電甚大、於是丹麥國人倭君有磁電合一之說、法國人阿那格安貝爾等、又攷得銅絲之螺旋者、電力須運轉而過、其力較勁、今皆用之、愚案鐵能生電、磁能吸鐵、其理本出天成、亘古以來、留爲今用者也、若夫傳電之速、萬里曾不一瞬、片刻可了千言、苟無格致、

幾何百慮而不能明也哉、

林雪齋詩

吾友雪齋、天姿明敏、欲多上人、是其可以入德處、惟愛博不專、是其一短、以方攻制舉文、無暇爲詩、復分力於藝事、亦不屬於詩也、然其詩率意寫來、時多意趣、若素學宋人者、今錄數首、山行云、峯巒滴翠媚新晴、野草山花互送迎、漫道詩成嫌和少、松篁嚦嚦答吟聲、避暑云、卓午長空萬籟沉、風吹日馭漸流金、覓來避暑消煩地、除却人前附熱心、游春詞云、老屋疎籬幾處斜、小通畧彴隱桃花、人隨蛺蝶隨芳去、引到前邨賣酒家、自嘲畫扇云、漫言筆墨無痕漏、不減河南錐畫沙、可惜一輪明月影、却教幾片黑雲遮、舟中聽琵琶云、晚天卵色照江秋、水上聞聲入耳幽、何必潯陽江上去、荻楓一樣也生愁、

君父之前可用草書

唐太宗許臣下奏事用草書、惟署名用眞、見東觀餘論、明王文成公擒宸濠

時、寄父家稟、亦用草書、見隨園隨筆、

脫胎

文章家有脫胎之法、如揚子法言、非正不視、非正不聽、非正不言、非正不行、若張子房之智、陳平之無懦、絳侯勃之果、霍將軍之勇、終之以禮樂、則可謂社稷之臣矣、王通中說、是故惡夫異端者、可與共樂、未可與共憂、可與共憂、未可與共樂、知之者、不如行之者、行之者、不如安之者、皆脫胎他人也、左傳、君子是以知秦之不復東征也、君子是以知靈公之爲靈也、白圭之玷、尚可磨也、斯言之玷、不可爲也、荀息有焉、于以采蘩、于沼于沚、于以用之、公侯之事、秦穆有焉、公羊傳、仇牧可謂不畏强禦矣、末又云、仇牧可謂不畏强禦矣、荀息可謂不食其言矣、末又云、荀息可謂不食其言矣、皆自行脫胎也、韓退之論文、惟陳言之務去、然集中祭田橫文、亦襲用屈騷中成句、非徒脫胎、而且沿襲、藍鹿洲曰、文字所重在剪裁、不以無所依據爲高洵哉、

鯉魚尺素

漢世書問往還、卒將束帛摺疊雙魚之形、古詩、尺素如霜雪、疊成雙鯉魚、要知心裡事、看取腹中書、可證、若呼童烹鯉、不過詩人設色語、何足據為典實、

健訟悞讀周易

佩文韻府送韻中收健訟二字、注謂出於周易、今案周易、並無此二字、字眼、若訟卦之訟、上剛下險、險而健、訟、乃以健為句、訟字另讀、如蒙之險而止、蒙、隨之動而說、隨、蠱之巽而止、蠱之例、非健訟連讀也、二字割裂之弊、可見其來已久、雖欲正之、又烏從而正之、右說嘗見訂偽雜錄、

田畝古今異

子程子曰、古者百畝、只當今四十畝、今之百畝、為古之二百四十畝、據此、顏氏子有負郭田五十畝、僅今日之二十畝耳、然以西國農學成效而計、二畝已養人一家、則顏氏子固儼具中人十家產也、一笑、古畝與今畝不同今畝又與西國畝不同西畝

約比中畝倍蓰、特附志之

惠孟臣茗壺

前人治圖章如屈徇鈞、治砂壺如時大彬、治硯如顧青孃、治金如呂愛山、治銀如朱碧山、治竹如濮仲謙、治玉如陸子剛、治瑪瑙如王小溪、治銅如蔣抱雲、治犀如鮑天成、治錫如趙良璧、治嵌漆如江千里、治扇如馬勳、皆一技之微、名動公卿、且與士夫抗禮、同時大老若王遵岩王漁洋輩、既爲表章、異時詞客、如梁晉竹所箸秋雨庵筆記、嘗津津稱述、若有餘慕、雖其藝足以感人、亦以見諸公宏奬之雅矣、他如湖海之間、以鐵筆鳴者有人、以鐵畫鳴者有人、以筋畫鳴者有人、散見名人雜箸中、不一而足、即如吾閩習用紫砂茗壺、小比彈丸、製同福橘、區其名號、約有四家、曰孟臣、曰逸公、曰君德、曰思亭、皆康雍舊製、而尤以孟臣爲最、（孟臣惠氏、或曰四家皆一作者、孟臣乃其晚年自號）此外製者、名號雖多、不入清賞、一壺之値、價逾中產、甚有百計營謀、興訟搆釁、而不能得其眞者、然贗鼎亦甚易辨、冷攤上擺列充牣、皆僞物也、其希奇見珍如此、世有作者、則又無述、豈以其細已甚、抑物限一隅、知之者少歟、予故取而錄之、酒後琴餘、聊當談助、若云宏奬、則吾豈敢、

蛋家

蛋字字書所無、俗以呼禽鳥介族之卵、音讀如但、粵人又以呼漁戶、男爲蛋家佬、女爲蛋家妹、是以稱卵者稱人也、何其悖哉、抑知南海本有蜑戶之稱、蜑一作蜒、壇上聲、昔人嘗謂南海蜑戶、以舟楫爲家、採海物爲生、即指此、不知何時悞蜑爲蛋、且以蛋爲卵、遂使漁人橫被惡名耳、

五元

科目之士、連得三元、亦云難能而可貴矣、故趙甌北贈三元錢棨詩、有秀才頭上三重關、何限英雄老此間之句、又句、設令　國家更有別科目、不知復領幾次雁塔名、此則設想之言、所謂加倍寫法也、然古來確有連掇五元者、

是齋日記、稱宋張伯紀、自本州試貢士、次公試、次內舍校定、次上舍合格、次升補上舍上等、皆第一、徽宗皇帝以爲五狀元云、

詩稱己名日月所由始

詩稱己名、實本吉甫作誦、如杜工部集、甫也東西南北人、有客有客字子美句是也、其稱日月、實本二月初吉朔日辛卯、如白香山集、去年八月十五夜、曲江池畔杏花邊、今年八月十五夜、湓浦沙頭水館前、是也、不用替代、不用帮貼、方家舉止、固宜爾爾、

寓香雜綴 四則

余以廿一日自廈門買舟展輪、廿二日泊汕頭一宿、廿三日抵香港、憩裝蔡君子淙寓樓、適值英吉利國女君主維多利亞臨蒞周甲、維多利亞生於西歷千八又十九年五月二十四號即我嘉慶二十四年閏四月初一日以西歷千八又三十七年六月二十號即我道光十七年五月十八日繼其叔諱威廉第四者爲英君主時年十七耳今年已計臨蒞已來恰逢西歷千八又九十七年六月二十號即我光緒二十三年五月二十一日爲周甲之期因六月二十

號奶值禮拜西例謂之安息日乃通飭所屬改遲至六月二十二號即我五月二十三日始舉行慶祝云港民勷辦賀典、四方來觀者、實繁有徒、平時收藏家、亦盡出所藏、陳諸大會堂、冀有善物色者、出一言以爲重、是故逐隊來遊、無論其碧眼胡、汨董鬼、古董東坡曰骨董朱子曰汨董皆見霏雪錄不必賞鑒之士夫也、列肆爭奇、莫辨爲龍宮寶、波斯市、不必米家之書畫也、然於熱鬧場中、求雅人深致、則此會近之矣、余襆被匆匆、篋中除自娛文史、僅攜得顏清臣麻姑壇小字拓本、同安孫復生軍門雪鴻家藏其壻林景脩秀才壽椿舉以贈余舊拓有唐撫州南城縣麻姑山仙壇記舊人稱其字形大如指頂筆筆帶有隸意不知何時毀壞世無見者陸放翁則云麻姑壇記有大字小字二本今予所得乃小字本也字體僅似蠅頭而具有芥子須彌之概平生嗜古得此一慰文雲孫山堂圖上梁長卷、程敏政補題卷額胡幼黃原製堂圖公手自楷書上梁文虞集楊士奇二人跋尾黃石齋五律中堂、行書游金山超然臺作惲南田九秋立軸、粉本菊花宋芷灣大字楹帖、行書魏遒元句呂西邨分體冊頁、由周秦漢魏以迄我朝劉氏石庵逐節臨摹共得三十六體數種、或謂可張一軍、余固謝不敏也、

西人於歲時朝賀、雜陳百戲、與民同樂、然猶以操兵爲第一義、蓋寓安不忘

危之意、連日偕子淙憑軾往觀、一望平蕪、成行鵝鸛、整齊嚴肅、可稱有制之師、水陸商團之外、又有華兵多名、仍穿華服、隨之操演、折矩周規、動中竅要、西人嘗贊華人性勤質美、易於部勒、此其見端乎、（華人勇於私鬭、怯於公戰、宜於埋伏、不宜短接、皆不教之過、教之之法、必先分入水陸師學堂、以讀書識字爲根柢、而陣法縱橫、號令變化、山川測量、攻守機宜、皆所素習、要不外從文字而出、若徒恃勇力、膽氣幾何、其不僨事也耶、）近日我華內地、奏設自强軍、（專聘外國武員教習、）頗著成效、惜兵額有限、不敷調遣、安得裁汰無名、厚蓄軍實、爲之一廣其制耶、

長日無俚、購得潘蘭史典簿箸書六種、曰西海紀行卷、曰天外歸槎錄、則詩也、曰海山詞、曰花語詞、曰珠江低唱、曰長相思詞、則詞也、卒讀一過、見其情深文明、神爲之往、細玩辭意、尙是詞勝於詩、予不能歌、未敢妄爲採入、寓廬距此、僅尺有咫、暇當一欵之、（余於卷三中錄蘭史典簿詩、僅據同詠樓所載、故西行之作、一字未及、是書梓期遄促、復以不及補錄爲恨、他日擬別刊於蕙孌瑣綴中也、）

歸善同年廖碧侯孝廉（恩熊）之兄、雪崕太守（恩燾）、風雅好事、殆深於情者、予

此行來香、始訂交焉、知余編輯贅談、承鈔舊作見示、尤好倚聲、惜余性粗浮、不能悉心領取耳、茲錄其遺懷二首、年來枯菀兩蹉跎、白眼青天醉後歌、萬事拚同塵土視、百年爭奈鬢絲何、無多鶴俸償書債、有限光陰被墨磨、匣裡龍泉吟不得、與君奚日砍蛟鼉、休將跼蹐怨鹽車、紫絡金鞿却笑余、處世但能留退步、居官詎敢釣虛譽、無裨時局空籌策、聊慰親心密寄書、何日扁舟歸栗里、黃鷄白酒飯園蔬、辭旨含蓄、餘味曲包、

呼黑爲青

禹貢厥土青黎、王肅注、青、黑也、今人呼黑爲青、實本諸此、

穀谷通

吾閩官私文契招貼遇五穀穀字、皆省作谷、歷來沿用、或疑爲俗、不知何休公羊傳註、水注川曰谿、注谿曰穀、穀即谷也、二字可通、由是所本、

疾病古今異稱 附中西醫署

隨園隨筆、曾彙紀今人疾名、古書有爲異稱者、如鄭康成曰、湯半體、即今之半肢風也、荀子曰、徐偃王目可瞻焉、焉烏之微者、即今之近視也、或云焉字乃馬字之訛楊倞註云目不能細視故但能瞻馬耳孫叔敖突禿、即今之髮禿也、左氏晉侯張如廁、即今之膨脹也、崔令欽教坊記、范漢女開元出內庭、有姿而微愠羝、即今之狐騷臭也、素問淡陰之疾、即今之痰飲也、周禮春時有痟首疾、即說文之酸痟頭痛也、子雲有離眗之疾、即今之怔忡也、左傳稱陳豹望視、即今之望羊眼也、趙羅、痁作而伏、即今之瘧疾也、荀偃生瘍於頭、即今之落頭疽也、史記樊荒侯不能爲人、即今之天閹也、韓女腰痛、淳于意以爲欲男子而不得、即今之相思瘵也、論衡言周公背僂、即今之背彎也、荀子嘗言傅說如植鰭、周公如斷菑、即今之枯瘦也、愚按以上所稱、雖異其名、而不異其實、近日西醫書譯本層出、有所謂全體新論者、余間取而讀之、凡於中醫考究未及者、皆創爲新名以名之、如腦根精珠之類腦筋司知覺徧互於人之一身髮膚爪甲爲腦筋所不及故無知覺精珠形如珠纍結於子宮實主生育其餘名

號尙多由其從剖驗而得立說較確、又有圖譜以明之、宜不詧於所索云、

中醫善治無形、西醫善治有形、愚謂外科宜專用西醫內科當參用中法則各有所長也、中醫化學未明、恒執五行色味臆說而昧物質之理故不能各當其用西醫方隅或囿、中西人調攝異宜飲食異嗜加以天時地氣之不同西醫好用攻伐峻削之藥治疾此所以治西人則效而治中人則有效有不效則各有所短也、西醫從考試出身、中醫恒師心自用、則不得不讓彼擅長也、安得以彼之長濟吾之短、然後博考其或長或短之故、調劑以至於中、則善之善也、

佩瓊居士

蘭史有婦曰佩瓊居士、氏梁、名靄、又字飛素、南海右族女也、婉嫿嫻雅、習禮明詩、歸蘭史靜好甚篤、未幾遂卒、蘭史誓不續娶以報之、所作遺稿尙未刊行、外間間有傳者、幽思清音、紉蘭佩芷、宜其不永年也、選錄一過、嗟我懷人、愈不能忘情於東門女士先室王孺人自號東門女士生時好吟詠矣、奈何奈何、五言如問月云、元會迭春秋、河山閱圓缺、今古幾多愁、儂欲問明月、家姑命賦月云、銀蟾愛

人世、飛下廣寒宮、樓閣移天上、山河入鏡中、庭鋪荇芷影、衣帶桂花風、一夕華堂醉、淸光萬里同、題蘭史詩草云、文采佳人擅、千言下筆輕、琴心笑穠冶、劍氣倚縱橫、愛國同工部、陳書切賈生、牛衣休下淚、戒旦正雞鳴、七言如楊妃云、三生鈿盒恨茫茫、宛轉蛾眉事可傷、千古美人衛社稷、論功應比郭汾陽、重過海山仙館（按即潘德畬方伯別業）云、殘脂剩粉漲紅橋、渺渺春流送暮潮、猶有舊時明月在、碧雲吹過一聲簫、題蘭史抱琴圖云、成連海上神仙調、靖節庭中太古音、譜入詩人新畫本、落花時節一微吟、春陰云、寂寂閒庭似水流、峭寒不捲繡簾鉤、花前怕倚迴闌望、紅是相思綠是愁、又云、瑤窗幾日不通曦、黯黯春隨鏡裡枝、做雨天疑烟暝夜、倚欄人似夢回時、花陰匝地涼如水、柳色遮簾淡入詩、暈碧樓臺成畫本、獨憐風峭燕歸遲、病中云、落花簌簌晚庭陰、几硯塵封久廢吟、有恨年光憐水逝、無端小病與春深、窺簾月白疑開鏡、引榻苔青欲上琴、閒看茶烟度幽夢、寂寥寒入杜鵑心、另有古體、限于篇幅、

不及詳載、

金聖嘆批小說說 十則

人觀聖嘆所批過小說、莫不服其畸才、詫爲靈鬼轉世、其實聖嘆所批過之小說、恰是有限、今最流傳者、一部施耐庵七十回水滸傳、一部王實甫關漢卿正續西廂記、此外無有也、人見聖嘆嘗題水滸傳爲第五才子書、西廂記爲第六才子書、可巧又遇見聖嘆之取茂苑毛氏所批三國志演義一種、題曰第一才子書、遂恍惚誤以三國志演義、亦謂爲聖嘆所批矣、不但將原書各卷毛氏題名、看不明白、連簡端之聖嘆序文、所以傾倒於毛子者、亦未及一爲寓目矣、豈不可笑、抑知聖嘆所自稱其品定之才子書六者、一莊子也、二屈騷也、三馬史記也、四杜律詩也、而五之以施水滸、六之以王西廂、與三國志演義、初幷不相關涉、後見毛氏批了一部現成好筆墨、訝爲突出己上、愛之羨之、至不忍釋、遂暫舍其平日首選莊子之正論、而急急以第一才子書之嘉名、逕相轉贈、此見於聖嘆撰三國志演義序中者、明明可考、殆一時興到語也、豈眞騷、史、杜詩、反不若小小說部演義、而甘爲之下哉、後來坊間、因仍三國志演義爲第一才子書、而湊出好逑傳平山冷燕白圭誌花箋記各下乘陋劣小說、硬加分貼爲第二才子書第三才子書、以下除却五才水滸六才西廂還依聖嘆舊號外、一直排下、到至第十才子、無理取鬧、設聖嘆見之、當自悔不該爲作俑之始、使毛施關王四位眞才子共起、何嘗比余於是之嘆也、

東周列國演義、薈萃左傳國策史記原文而成、故詞華古茂、足供儉腹之掇拾、三國志演義多本陳壽志書、裴松之補注、習鑿齒春秋而出、故書法微顯、頗與世道爲關係、三國志演義尤好縱談兵略、不厭權謀、筆致雪亮、引針伏線、起落分明、以視東周列國演義、文尚繁縟奇倔、宜於學子、不宜於武夫商人之披尋者、迥不侔矣、按 國朝康熙朝、嘗有 詔飭印三國志演義一千

部、須賜滿洲蒙古諸路統兵將帥、以當兵書、又聞日本國前未明治維新變法之時、亦嘗以爲兵書、究之此兩大部小說、均不知撰人名氏、是一憾事、只知有評者之人而已、列國是白下蔡元放手批、三國是茂苑毛序始手批、同一批評小說、金聖嘆之名、則里巷皆知、蔡毛兩君反無知者、徒于紙角一露姓名而已、何有幸有不幸耶、

嘗謂天苟假聖嘆以百歲之壽、將西游記、紅樓夢、牡丹亭三部妙文、一一加以批評、如水滸西廂例、然豈非一大快事、

施耐庵苦心孤詣、前無古人、撰出一部七十回水滸傳、須歷元朝至 國初、良久良久、而後獲聖嘆其人、爲之批窾導窾、有盛必傳、且於原有語病處、則諉爲今本之訛、別託爲見諸古本云云、以修削之、聖嘆眞解愛才、耐庵堪當知己矣、西廂雖同出元人、究係何家手筆、迄無定論、而總之言王實甫關漢卿兩者爲多、聖嘆則指爲王實父作、必有所攷、後人因此遂疑續後四齣爲

關漢卿所作、水滸亦有續後、別名征西寇、乃羅貫中作、聖嘆毅然删之、不少顧惜、西廂續後、固明知其陋、獨不删、惟於批評語中、示軒輊而已、聖嘆論文、細入毫芒、一删一否、而豈妄哉、

聖嘆通徹三教書、無所用心、至託小說以見意、句評節評、多聰明解事語、總評全序、多妙悟見道語、又是詞章慣家、故出語輒沁人心脾、此才何可多得、古之賀季眞、林和靖、徐文長、鄺湛若、一流人物也、

聖嘆屢稱其友王斲山、而王斲山傳、此聖嘆之多情篤舊也、姜西溟太史、恒言吾輩人人有集、宜互相附見姓名于其集中、他日一友堪傳、而衆友幸傳矣、旨哉言乎、卽如尤西堂太史全集中之湯子卿、謀其人、苟非西堂盡力爲之收拾、徹底表彰、他人之才、過卿謀、而寂寂無稱者、不知凡幾輩耳、吾今更有觸及聖嘆一事、夫西堂之才、孰與聖嘆、妙卽至阿好、當不敢謂西堂優于聖嘆、西堂才子、聖嘆才子、西堂名士、聖嘆名士、西堂勝代遺逸、聖嘆勝代遺

逸、西堂以諸生譽滿國門、聖嘆以諸生稱遍天下、而其後西堂以戲作西廂八股、便傳禁中。　天子宣取其全集、偶然下第、懷憤譜鈞天樂曲本、　聖顏喜怒且爲轉移、眞才子老名士、親受　兩朝玉音寵錫、以一窮走朔方、老就丞倅之人、忽而廷推剡薦、上試明光、膺錄館職、與脩明史、繼李西涯之後、成前朝新樂府、爲一代作家、其遭際亦極文士之隆矣、北轍南轅、揚鈴分道、後此之聖嘆、長年困靑毡、對佛火參禪揮麈、領略道人況味、達官貴人同學交舊、遠見而却避、曰是狂生不可近、徵辟無聞、出游無貲、積年成世、嘔心耗血、所評讚選輯之莊騷馬杜各手稿、無力自鋟、塵封連屋、身後隨風散滅、惟五六兩才子小說、以其可以銷售漁利、始得書賈出貲任刋、然壟斷者他人、箸書者作嫁、取辦救貧之一策而已、餘外則兩三篇社課八股文、亦爲揣摩家作福、于自己正經學問名譽上、不曾增得些須榮光、苟非順治辛丑歲爲邑人公義上訐、壘吏激昂就死、無識者不幾何以一輕薄文士了之耶、越今蓋棺、二百數十年矣、尤西堂全集、編藏書目錄者、久共列入詞章專家、而聖嘆遺書、不幸無傳、傳者只此小說批評、均以無用置之、小技鄙之、經史子集、無類可從、一得一失、何相去之遠甚乎、抑吾又聞南皮張香濤之洞輯輶軒語、書目問答、以詔諸生學者、論及聖嘆金氏、尤肆詆諆、誚爲粗人、譏其不學、視之若烏頭巴豆、誤服必病、務禁人不可近而後已、審其意、則無非曰、凡爲聖嘆一派習氣、皆小說批評語一派習氣也、小說批評語、不可以爲攷據、不可以爲詞章、不可以爲義理、君子出辭、須遠鄙倍、甚至不可以爲立談、凡惡之避之是也、余謂張說其間亦有不盡然者、今夫考據詞章小說三者、本不相師、稍知學問門徑者、自能言之、若詞章中之古文、尤最忌小說語氣、有志爲學者、溝之洫之、胸中自有經界、本無煩於告語、若其天資特拔、意理深造、每因相反之道、而得相成、則亦有之矣、方將放其才力、以縱橫出入於雜家之文、而涯川涵海、吾學雖日讀小說、庸何傷、彼又胡然而禁之耶、若夫義理所宗、見仁見智、就淺就深、更不限以文言、詩稱三百、樂道性情、必取土風、遠不具論宋人講學、濂洛大儒、語錄陳陳、方言日給、何哉其所謂鄙倍、然自頃云云猶悉就通俗小說立論、因聖嘆之批評演義小說、遂爲其溯源耳、大抵宋元時、始有演義小說之書、昉於取便雅俗、即古者傳奇中科白一體、演而長之、其義通俗、其名或又稱平話、後人目平話爲大書、而判傳奇爲小書、所以濟文言之窮、即說即喻、捷于駟舌矣、其初當無一瓶念須加以評之批之者、明末山人名士、得有鍾伯敬李卓吾輩、競爲批評小說之舉、而其時即有說平話大書之柳敬亭一流人物、傳聲摹神、獨開生面、千古小說之靈機、至是乃大暢焉、蓋說平話大書之人、既自置其身于小說之中、隨意調侃、旁若無人、借杯在手、積塊在胸、東方曼倩、爲不死矣、于是小說中之能事極暢、小說中之舊套、亦窮於此、而有善讀小說之人出焉、物外生情、人外有我、非空非色、衆妙之門、小說之當有批者、一部居充棟、雜然目炫、提要鈎元、取便來者、小說之當有批者二、談之津津、其甘如肉、此稱彼讚、凊言亦留、小說之當有批者三、頂禮龍經、迦音讚歎、好色惡臭、人之恒情、小說之當有批者四、僂指計之、更僕難終、其詳雖無可攷、要惟古無而今有、蓋以小說之有批評、誠起於明季之年、時當小說風尚爲極盛、一倡於好事者之爲、而正合于人心之不容已、是天地間一種詼諧至趣文字、雖曰小道、不可廢也、特聖嘆集其大成耳、前乎聖嘆者、不能壓其才、後乎聖嘆者、不能掩其美、批小說之文、原不自聖嘆刱、批小說之派、却又自聖嘆開也、聖嘆顧何負其才、聖嘆復何負於衆、而張氏反以小說批評一派小之耶、不知此乃聖嘆之絕技、令能後世才人傾心服善者以此、

世之刋左傳國語國策秦漢唐宋古文讀本、皆有評語、凡文章之筋節處、得批評而愈妙、衆人習見之矣、聖嘆自述其所批莊騷馬杜水滸西廂六種才子書、俱用一副手眼讀來、批出知音者咸加首肯、獨奈何于專評古文者不

讖、而兼評小說者遂讖之乎、小說言縱俚質、然爲中人以下說法、使之家喻戶曉、非小說不行、詩書六藝之外、所不可少者、其惟小說乎、且天地間有那一種文字、便有那一種評贊、劉勰雕龍、陸機文賦、鍾嶸司空圖之品詩、韓愈歐陽脩之論文、宋明人之詩話四六話、　本朝人之詞話楹聯話、下至試帖制藝、共仿叢話之刻、大卷白摺亦有干祿之書、小說而有批評、傳奇而標讀法、金聖嘆之志殆猶夫人之志耳、乃竟以此名家、則聖嘆之才過人、信也、

吾友卅十六梅花館主人、嘗與愚言西廂之妙、未過牡丹亭桃花扇長生殿、若其謬處、吾弗信也、愚驟聆之、不得其解、繼而釋然、蓋西廂之謬、全在有此副好筆墨、何題不可爲、何必于崔鄭二人、已爲枯骨夫妻、爰復重翻舊案、加以惡聲耶、若牡丹亭賓白、雖不及西廂之跳脫變換、而詞曲之清新韶麗、殆不歉之、桃花扇則取其情節確實、描寫淋漓、語語沉著、爲一代興亡所繫、詞曲稍涉鋪排、要不沒其風骨、長生殿意存敦厚、力據上游、已是可取、其數十

折中、只摘其最纏綿懇摯者誦之、輒令人欲喚奈何、一往情深、而不可遏、故與其進也、苟以桃花長生之眞情儷之牡丹之豔曲、何必西廂始爲知音乎、惜也聖嘆不存、未能一進而請益之、

聖嘆批西廂、只講文情、不講曲譜、原本詞曲、經其點竄删改、就己範圍、偶爲注出者、十不一二、聖嘆亦自云、只許文人詠讀、不許狂且演扮、誠能如是、凡讀者自皆聰明解事人、玩賞王關妙文、不泥崔張成案、宜爲聖嘆之所樂許、吾人所見小說、自以曹雪芹紅樓夢位置爲第一才子書爲最的論、此書在聖嘆時、尚未出世、故聖嘆不得見之、否則何有於三國志演義、彼三國志演義者、西游記、其伯仲之間者也、

續字眼通用

欵乃者、英娥慟帝之餘聲也、而詞章家取以狀江船之櫓韻、皋陶、舜臣名也、而考工記別訓爲古木、檮杌、獸名也、而左氏以之稱崇伯、楚史以之名篇、飛

廉、神禽也、或曰惡獸頭似羊、而紂臣以之自表、鴟夷江豚也、而陶朱公以之稱其外號、黃姑、牽牛星名也、而李後主又以稱織女、薜荔餓鬼也、說見大藏服字函、而詩人以爲香草、郎、男子美稱也、而北魏以之稱僧、其時諺云支郎眼中黃形軀似智囊魏有三高僧支謙支諒支識也道人、僧也、而孔老之徒以之稱有德、樗蒲、海蜥也、而牧猪奴以之稱其戲具、校書、官名也、而今時則妓女通稱、詞客雅號也、而近人且以贈優伶、龍鍾、竹名也、而或以之稱老、或以之稱壯、妍媸、蟲名也、而人以之稱好醜、查、浮木也、而公牘文中則義取綜察、閼氏、胭脂也、而胡人以稱其皇后、佛、出世也、故義取乎弗人、而蒙古舊俗、獨以稱其主上、奴才、下役也、而武官與滿蒙大員均用爲通稱、他如朕爲天語、引古者亦嘗自稱、如朕舌莫捫之類主前稱僕、君前稱臣、例也、而臨文贈友、不妨僕我臣余、家之簉室始稱爲妾、而女子常談、盡人用之、習聞者反不爲怪、暑夜無俚、拉雜書此、聊續卷二字眼通用一則中之所未言、

夷字

咸豐季年、燒烟釁起、英法陷京盟于城下、其和約內有此後中國衙署公文、不得仍舊率稱外國為夷字一條、奉　旨俞允、我　朝和睦鄰邦、交道接禮、逈非前古所及、儒生俗士竊竊疑怪、爭一無用之虛名以招敵人之報復、是猶未脫宋世習氣、要知春秋首嚴夷夏、因其時侯國附庸、同隸禹域諸國之先皆受地於天子、有天下者為彊幹弱枝之計、自不得不重內而輕外、莫非王土、無異辭也、其與今日五大洲開通一致、各君其國、各子其民、素不相涉者大異矣、且春秋侯國、僅守周禮、即以周禮之用、為華夏所分、故用夷禮者則夷之、夷而進於中國、則中國之、本無定名、又況今日五洲友邦、悉聽萬國公法為衡量者乎、我苟無禮于人、人將野蠻及我、未見以夷字稱人者之能有益于中國耳、

王紫詮詩

長洲王紫詮廣文、原配楊氏、號夢蘅、娶僅四年、沒於滬廡、見紫詮所箸弢園老民自傳、楊氏嘗病、紫詮以詩問曰、無端薄病便添愁、骯髒情懷不自由、簾外有聲頻側耳、窗前小坐自梳頭、即看鬢影蕭疎甚、還耐秋風料峭不、勸汝裝綿須及早、新寒昨夜襲粧樓、已是愁中復病中、起還無力臥偏慵、怕臨鏡檻眉痕淡、教下簾鈎樹影濃、薄被初薰時有夢、長宵微倦忽聞鐘、請看羅袖寒如此、懊惱年來帶更鬆、

駢蘽子句

靑史聲名輸戲齣、六經傳誦仗時文、怪事易傳村老口、神工難畫館師形、此近人駢蘽子句也、能將中國第一層弊端說出、確是有識、故今日欲變中國之法、須以開民智正蒙養爲急務、

滿洲話

嘗讀德淸俞曲園雜著譯存、滿洲方言多種、一曰曷朮、二曰朱、三曰衣朗、四

曰對音、五曰孫查、六曰倍我、七曰那打、八曰甲工、九曰烏永、十曰壯、百曰貪吾、千曰銘牙、萬曰土墨、父曰阿馬、母曰葛娘、大伯曰昂邦、阿馬、叔曰葛克赤、兄曰阿烘、弟曰多、嫂曰阿什、姊曰格格、妹曰那、夫曰畏根、妻曰乂而漢、子曰濟、女曰乂而漢濟、甥曰濟頒卽哈、男子曰哈哈、女人曰赫赫、彼此平輩稱呼曰阿哥、稱年高者曰馬發、朋友曰孤促、小厮曰哈哈朱子、了頭曰乂而漢朱子、好曰山音、不好曰曷黑、吃飯曰不打者夫、吃肉曰烟立者夫、吃酒曰奴勒惡米、吃燒酒曰阿而吃惡米、讀書曰必帖克呼辣米、射箭曰喀不他米、書曰必帖黑、筆曰非、墨曰百黑、紙曰花傷、硯曰硯洼、金曰愛星、銀曰蒙吾、錢曰濟哈、水曰目克、木曰木、土曰鼈烘、火曰托、炭曰牙哈、有曰畢、無曰阿庫、是曰音諾、不是曰洼喀、富曰拜央、窮曰牙打、人曰阿馬、坐曰突、立曰衣立、行曰勿立米、走曰鴉波、睡曰得多密、去曰根吶密、來曰朱、要曰該密、不要曰該辣庫、小曰阿卽格、大曰昂邦、買曰烏打密、賣曰溫嗟密、兩曰央、錢曰卽喀、貂皮曰色

克人參曰惡而訶打、菽園謂各處繙繹、各處不同、然以北正音求之、當亦十得五六、關外之游、先路之導、此其一助乎、

辛卯花朝舊作

光緒庚寅、余蒙郡守侯公之知、錄送院試、時督學者爲長白烏侍郎拉布以其冬按臨漳郡、薨於試院、越明年辛卯春代其任者、爲副憲某君、某君本不由翰林出身、適奉　旨蒞閩按甯郡大獄、任性負氣、凌轢僚屬、建甯郡守老進士班也、最受窘辱、罰跪終日、同官咸代緩頰、不聽、以是頗沽直聲、及放督學代烏公之任、益復自憙、首蒞漳郡、試日危坐大堂、置斗酒公案前、數傒僕侍側、悠然醺酌、面際現豬血色、猶不釋杯、手巨巵巡行兩廊、往來數十次、生童均須祇候、離坐起立、作大垂手小垂手態、如小吏跕班然、稍忤其意、則訶色之厲、枷鎖之縶至矣、點名時尤狠戾、有犯規者、必親自下座拳脚交施、更不可以僕數、其挫折士氣類如此、余聞之、心輒不平、高視闊步、頗離繩墨、蓋

其時方幼年、純任天眞、原不覺督學身份之崇高、威權之無限、有如許層累曲折者在也、迄今思之、雖重得咎、僅被放落、亦云幸矣、憶當日曾成古今詩數章、合爲追錄于此、以見少時之狂態焉、花朝偶詠二絕句云、浪說羣芳此日開、寂寥竟負綠春來、滿園桃李憑誰主、不見和羹第一才、妬花風雨苦相催、旛影年年費護持、我自嬌憨憐小妹、敢煩諸姊謝封姨、牡丹行云、辛卯二月花朝時、滿城靑紫爭春嬉、邱子居漳忽不樂、有客前過來致辭、云欲解我心中戚、但行無苦君自知、相將策馬出城去、別有天地桃源熙、客言此地是塘北、（塘北在漳城外其人皆種花爲業）居人種花世所推、歲首牡丹尤英絕、君來不見何其遲、桃李漫山固粗俗、濃春得意榮華滋、生材生物見造化、陰陽消長皆如斯、我聞客言重有悟、牡丹在昔原葳蕤、與梅不入屈原賦、如棠不見杜甫詩、國香霜節契蘭菊、毋爲桃李同妖姿、一朝孰加花王號、出山應悔塵俗羈、見說游戲得自在、文章蘊發光陸離、硃者如朱研滴露、墨者惟黑能守雌、冶葉倡條動失色、枯枝曲木驚相窺、貴來悟希富素位、此質人比奇才奇豈無被貶與摧折、武媚顛倒、惟其私、花不能辱花、能貴富貴由來花主之、當年百花競催發、試問倔强如花誰、今我重來洗雙眼、千百載後芳蹤思、雖然已失花開日、催花敢學唐宮愚、宋人助長古有戒、對此寂靜心踟躕、花殘恍退五色筆、葉老長笑襴衫披、人情好惡夙所習、昨日庭館今日籬、不如栽培吾固有、年年春日、百花頭上、與子長相期、

紀金素秋遇林生事

同郡林生、他日爲余述其妾金素秋事甚悉、長晝多暇、追錄如左、素秋金氏、家西子湖上、少隨父寄食閩中、居無何、又遷臺島、時光緒甲午冬、而素秋生十有七年矣、身材脩挺、姿質明慧、父鍾愛逾恒、苛于擇婿、猶待字也、明年乙未、日本侵臺、患作、一家星散、父母存沒杳無音耗、遂輾轉爲匪人所掠、賣墜平康籍、當是時廈門流鶯比鄰、江西檔子班、尤聲價自高、獨標豔幟、素秋偶

其衆而未嘗不出其羣、苟非其人、輒以閉門羹待之、雖陷以重金不顧也、以是愛之者多、嫉之者尤多、故芳名屢興而屢蹶、素秋知不可以久留、乃入漳郡、郡中林生、爲浦邑知名士、髫歲游庠、旋食餼焉、郡人咸以遠到目之、生復自許、謂功名身外物、何足懽欣、所不可幸冀者、知心人耳、一日過素秋院外、聞歌聲、有警、逕往訪之、一見如舊、嘆曰、此秋水芙蕖、天然神韻、豈復塵中物哉、吾老是鄉足矣、嗣後往來頗稔、素秋亦傾心相契、跬步不離、旁人加慫恿焉、欲謀金屋之所、鴇窺其情急、益倚作錢樹子、而脫籍之議以梗、適長白景大使方謀卜妾、以重金得之、卻扇夕、素秋泣述生平、且告以與林生有約、景素重林、聞之咋曰、噫、子固林君之所私耶、旋復乾笑曰、無已、吾爲若二人撮合之、遂以楊越公自任、余多林金之多情、景之負俠也、并衍爲詩云、西子湖邊深巷陌、楊柳垂垂護春色、金家小女字素秋、婿覓乘龍還未得、阿爺橐筆慣傭書、浮家直遍閩南域、盈盈十五髮垂髫、未識蛾眉鬭畫描、特儇掌上明珠貴、痴情轉向阿娘嬌、嬌容未改星霜易、遷地台嶠年十七、幕巢燕子盡狂嬉、誰知禍事今番亟、海氛忽地東夷起、女自無家爺亦死、歷歷紅羊刦後身、可憐又墜烟花裏、州花隊裏笑啼難、須識儂情未解懽、纏頭也博千端錦、比翼却羞獨舞鸞、旁人那覺儂心苦、儂自飄零向誰語、夢魂頻訴與爺娘、離來猶帶淚如雨、詞客林郎訪李香、是眞惺惺意自發、曾限窺郎觸儂思、似曾相識都難記、莫是三生舊有因、而今又領相思味、一點靈犀苦暗通、雙飛彩鳳愿偏窮、抑銜不獲今生遇、寧死君前心不負、阮籍猖狂入失途、長卿貧賤空售賦、誰知作合有良媒、鴆毒何曾是禍胎、侯門雖深儂自入、竟使明珠去復來、有情眷屬有情老、柳枝不種章臺道、敢說儂心百不移、願將大使繡新絲、天涯不少分飛鳥、安得斯人一合之、

續小說閒評 二十二則

余於贅談卷四爲小說閒評、臚列紅樓夢、兒女英雄傳、花月痕三書優劣、而

未及其他、暇復續有論列、以閒日爲閒評、詹詹小言、無當大雅、然以增滿贅談部頭則得矣、凡所論者曰諧鐸也、西青散記也、子不語也、夜談隨錄也、蘭苕館外史也、嘯亭雜錄也、右台僊館筆記也、夜雨秋燈錄也、以上皆筆記體、曰覺後禪也、蕩寇志也、品花寶鑑也、儒林外史也、野叟曝言也、燕山外史也、蟫史也、女仙外史也、金瓶梅也、青樓夢也、鏡花緣也、以上皆演義體、

沈氏起鳳自以爲廣文先生有司鐸之職、莊語之不如諧語之因、箸諧鐸問世、靈心四照、妙語雙關、其書亦誠諧矣、凡所運用字眼、皆可取供典料、此君自是詞賦之專門名家、五年前余在郵居、竊欲獨效呂氏湛恩注聊齋志異例、爲之箋釋一過、見每篇中典故、非不於己了了、惟至搜討原書出處、甚費搬演、伏案三月、未卒一卷、輒復廢然思返耳、

雍正間江南名士史氏震林著西青散記一種、至光緒初年王紫詮廣文爲之校刊、大行於世、極負重名、其書本不當以小說論、惟中特筆傳綃山農家

婦雙卿女史數十條、夾敘夾議、纖悉必到、是蓋以小說體行文者、嗟乎雙卿、是耶非耶、其人都在想像有無間、而散記之筆墨、則已極飄飄欲仙之致矣、

蒲氏松齡生後、才人能握寸管作筆記小說、而不爲聊齋志異所掩者、沈之諧鐸、史之散記是已、諧鐸得聊齋之設想空靈、造句纖巧、散記得聊齋之敘事婉摯、出語清新、而古豔盤硬、皆未之及、所妙者、沈史箸書、均能自存面目、未嘗有意依傍聊齋、拾其一顰一笑、

子不語、別名新齊諧、連續新齊諧、部頭頗大、篇中眞得諧處、却又甚少、只見無理之事、無情之文、累累不絕耳、袁子才先生初撰此書時、自以多閱漢唐小說、典料本多、一旦附會傳聞、稍事塗澤、便可驚人壓衆、故其意頗自負、迨書出而不滿閱者之口、雖屬在人意中、實出先生料外、大抵小說一道、雖甚小慧、無關學問、苟求必傳、而非萃全力爲之不可、今日人皆知聊齋志異膾炙人口、聞蒲氏爲此書時、實積二十年採訪鈎索之功、卽目錄編次、亦經數

番調動而後定也、吾以此律新齊諧、或將以兩書體例不同爲言、則曷不觀紀曉嵐先生之閱微草堂五種乎、叙事說理、何等明淨、每有至繁至雜之處、括以十數行字句、其中層累曲折、令人耳得成聲、目遇成色、取給雅俗、警起瞶聾、彼新齊諧者能之否、

齊諧攻宋儒、每每肆意作謔、殊不足服理學家之心、五種攻宋儒、處處架空設難、實足以平道學家之氣、至紀氏素持議論、謂儒者只可著書行世、不當聚徒講學、此等摧抑士氣之言、其視袁氏風流自賞、佚蕩範圍而流弊所暨、遂以放隳人之廉隅者、其罪則誠同等耳、

控鶴監秘記兩則、羼見新齊諧中、無論原本出於誰何、要其筆墨、必經袁氏所改定者、刻劃牀笫間事、濃到爾許、閱者目迷於鏡殿風流、不暇責其山谷綺語矣、近時坊間盛行覺後禪一書、乃將肉蒲團改名者、全書用章回體、筆墨疎蕩跌宕、自成一子、或云出李笠翁著、筆頗近之、叙述狂褻、令人不忍注

目、苟撇去此事、而玩文義、于常語外、所發妙悟甚多、宜分別觀之、此外則金瓶梅部頭甚富、名亦遠駕其上、文章之警、殊不逮也、批語尤覺牽强無謂、要之袁氏恒言婦女以膚如凝脂爲珍、以身材其頎天然素足爲好、（見隨園尺牘詩話等種）李氏恆言婦女之媚在眉眼之慧在齒牙之秀而出衆者、尤在纖指與皓腕、（見笠翁閒情偶寄等種）此等體貼、可謂獨得要領而覺後禪復於穠姿粹質者有取焉、千古評贊美人之訣、合觀以上數語、亦畧備而允矣、而冶容者無不放誕、尤物之生、不妖其身、必妖其家、金瓶覺後、言之最切、苟秉權藉勢、爲蛟爲螭、爲鴞爲鵰、如控鶴監所記云云、是又有天下國家者所宜遠之於早也、

曹雪芹撰紅樓夢、花雨繽紛、灑遍大千世界、錦繡肝腸、普天之下、誰不競呼爲才子、而說者乃以林薛以下諸美人、皆不纏足、謂爲隱刺滿洲巨族某相國府中陰事、以蒙滿婦女均素足故也、傳疑傳信、莫知其始、滿洲巨族、聞及此書、輒形切齒、燬禁者屢矣、不知中國文字、歷來傳美人者、原不稱及雙彎、

雜事秘辛、古豔濃香、千古絕調、特寫素足、豈以此亦爲滿洲婦女乎、文字寫美人纏足、古雖有之、除一窅娘外、幷不指定誰何、至元時西廂記、始以專譽雙文、而原本會眞記無有也、西廂僞事、何足據爲典實、今於紅樓夢不纏足美人、遂疑曹氏爲有意影射、恨其事、而幷怒其文、不已寃耶、燕北閒人特著兒女英雄傳、極寫義俠、以稱滿人、將藉此以平局外之氣、用心可爲厚矣、至思奪雪芹一席、而阻紅樓行世、尙屬未能、今無論其是否刺滿相國之作、即是矣、琵琶中郎、荊釵十朋、人自鑑別、書自流傳、亦何能阻、況劣筆如後紅樓夢、續紅樓夢、紅樓後夢、紅樓續夢、紅樓幻夢、紅樓圓夢之數種者、本無盛名、猶未能一掃而空、而紅樓夢原書騰燄難滅、更可知矣、必不得已、再箸一書、以匡古人之失、如蕩寇志名爲結水滸、以反正第五才子書水滸傳可也、余觀滿洲人非無擅長說部之才、乾隆間有某知縣箸夜談隨錄、其筆意純從聊齋志異脫化而出、咸豐間、余小汀相國之子桂全箸品花寶鑑、獨開生面、皆能語妙一時、而名後世、他如嘯亭雜錄、多紀名人軼事、國家勤政、聞爲道光朝、禮親王昭槤所輯編、以說部而兼史稿、天潢宗派、强識劬學、更爲難得、於此有人焉、苟縱其才力之所至、十年伏案、棄稿三樓、以專成一種必傳之作、與紅樓爭勝、是天地間又增一大部空靈奇妙文字、與後世才人同聲贊歎、何快如耶、

蘭苕館外史許氏箸、夜雨秋燈錄梅氏箸、許之筆墨、頗近夜談隨錄、惟事多徵實、野史自尊、其用心視隨錄更進矣、梅之筆墨、頗近諧譯、意翻空而易奇、纖新雋永、有清談之風、觀者善之、梅氏原箸夜雨秋燈錄印於滬上用鉛字粒仿聚珍版式近日書坊別印石版幷繪之以二集三集雜續淺率非梅氏原作也他如許氏外史亦嘗被別書偷竊右台仙館筆記、俞氏樾箸、老手頹唐、精神不屬、故有意學閱微草堂、而究之相去甚遠、

昔人評畫家、謂畫鬼魅易、畫人物難、余謂作小說者、亦復寫人謀難、寫仙術

易、施耐庵水滸、專以寫人謀見長、俞仲華以蕩寇志結水滸一書、其寫仙術處、未免過於鋪張矣、然其用意則較羅貫中以征四寇續水滸爲優、西廂記寫紅娘不識字、愈顯得其聰明機警、蕩寇志寫陳麗卿不識字、不纏足、愈顯得其嬌憨俊雅、陶淵明有琴不絃相賞原在風塵外也、俗本寫才子必和新詩、佳人必顯纖趾、反添出許多斧鑿痕、

水滸傳寫武松、直是天人、蕩寇志偏以文同年行刺一段、醜詆武二哥何耶、俞仲華又以耐庵出色寫一關勝、直同雲長變相、譏爲惡札不堪、遂因而改關勝爲冠勝、不知水滸傳之三十六天罡、自宋江以下各人名姓綽號、均見宋人周密所箸癸辛雜識一書中、且聞宣和遺事、亦嘗著錄及之矣、關勝姓關、非耐庵之臆稱、耐庵見此偶然姓關之人、聊借蜀漢雲長傳爲藍本、儒將風流、亦何溢美、仲華生於　本朝、祗知自明以來、關侯廟食祀典崇隆、不敢褻玩、耐庵時在元朝、宜其未喻及此乎、一笑、至削關爲冠、更失其眞、天下之

大、豈有限定某姓不准人姓之理、如此貢媚、誠哉其拙、嘗論羅貫中續水滸全沒分曉、以忠義稱盜賊、隱釀誨盜之害、偶然而身後子孫、三代皆啞、或遂歸咎爲筆孽之報、若俞仲華者、憎惡梁山、不寬一个、筆筆皆反貫中之道而行之、生前未食文章之報、乃其死後絕嗣、秋墳鬼餒、待祭於姪、是抑亦微詞遺行、有弗檢者乎、不則何其酷耶、或曰仲華筆下、不問首從、盡殺水滸傳中一百單八人、殘虐以逞、方自爲功、倘其得行威福、處人家國、一旦斲喪元氣、正不在漢廷酷吏之下、所謂嗜殺人者、倖不自殺其軀、終必自殺其後也、理或然歟、

品花寶鑑、追紀乾隆全盛之時、描繢京師梨園人物、細膩熨貼、得未曾有、固評話小說之別開生面者、其託名田春航、以寫靈巖山人、自得名士風流、特用侯石公以影倉山居士、直是無賴佻𠐁、皮裡陽秋、知非苟作、兒女英雄傳、書隨後出、橫空插入一段、以蛇腰之相公、呼肚香之闊客、謔而近虐、煞風景

矣、

京師狎優之風、冠絕天下、朝貴名公、不相避忌、互成慣俗、其優伶之善修容飾貌、眉聽目語者、亦非外省所能學步、是故梨園座滿客之來者、不僅爲聆音賞技已也、憶乙未春、在都陳劍門孝廉招雛伶瑤卿糾觴葉梅珊編修促席指示余曰、此花榜狀元也、與吳肅堂殿撰爲同年、余乍聞之、不覺破顏、彼中人得列花榜高選者、必更聲價十倍、而非色藝兼擅、頗知自愛之伶、必不可得、花榜體裁、隨人意擬、大約如品花寶鑑所載者是、此後詞人游戲之作、有所謂金臺殘淚記、燕蘭小譜、辭旨芊緜、風懷淡蕩、尤爲盛稱於世、然皆弄花搦月、流水行雲、不失雅人深致、至若寶鑑中之奚士蓉官一流、風斯爲下、夫訪豔尋春、男女狂浪、選勝者輒侈美談、猶人情耳、忽而爲兩雄相悅、私贈餘桃之事、閱寶鑑者于此、見其滿紙醜態、齷齪無聊、都難爲他彩筆才人細寫市兒俗事也、花月痕、更晚出於品花寶鑑、寶鑑定雛伶花榜、費盡錦心、而孤芳絕俗、幽豔離群之琴言、竟以書中第一人、不入花榜、花月痕亦然、十行金釵、初擬潘碧桃爲首選、及待翻訂、終列劉秋痕於狀頭、可謂慎重其事矣、乃杜采秋以遠阻隔江、未叨榜列、而采秋實秋痕之替人、荷生又采秋之知己也、兩小說撰者、既幻出花榜一段因緣、偏故遺琴言采秋而不顧、行文宜曲、本當如是、且以見古今來見遺之士、未必盡非知己、子安文云、屈賈誼於長沙、竄梁鴻於海曲、理所必無、事容或有、然哉然哉、

通體用四六偶句爲一大部小說者、尋盡坊間、只有燕山外史一種耳、此書駢文體格本甚卑靡、而叙事周摯、前伏後補、中間連絡、頗見運思之工、以言其事、則可歌可泣、以觀其筆、則亦熟亦流、子弟初學作文之日、得此讀之、猶强于無所用心多多矣、近有爲之箋註者、於原文亦略有删節、又鉛版嬋史金用駢體甚

傳乃道咸時屠姓撰

儒林外史一書、意在警世、頗得主文譎諫之義、其描寫炎涼世態、純從閱歷上得來、警世小說而能不涉腐氣、斷推此種、

野叟曝言、乃康熙時一常州人夏姓箸、萃數十年精力、成百數十回大書、借王文成公擒宸濠舊事、以爲影子、其宗旨全在誅鋤僧道、收羅技武、苦心組織、獨出新裁、直欲前無古人、又僉俗情聞雅樂而臥、聞鄭聲而悅、中間撰出許多褻語褻事、識者譏之、要於小說體裁、未足深責也、其短處盡在全書筆墨、過於糾纏、敘至文素臣功成名立之日、已可收科、以後絮絮叨叨、連子及孫、講之不了、未免畫蛇添足、

國初吳人呂熊撰女仙外史、語多荒唐、如封神傳、本無足觀、其特許唐賽兒、要爲深貶燕王棣耳、永樂武功之盛、別有三寶開港小說、爲之附會、其始篡位之日、殺戮之慘、有心人聞而同憤、惜女仙外史筆墨平庸、未能大快鋤凶奸於既死之心也、

青樓夢、出近時蘇州一俞姓者手筆、即此小說中所敘之金挹香其人而鄒拜林即其好友鄒翰飛嘗著三借廬贅談者也、此書專爲自己寫照、事實半從附會、只圖說得熱鬧、以饜看者、并無宗旨、并無寄託、因說青樓軼事、遂以青樓夢名編、并非敢與紅樓夢作上下雲龍互相追逐、或見其命名如此、處處執紅樓夢相繩、則疵累多矣、

諧鐸航爲集句之詩、花月痕妙在自作之詩、皆驚才絕豔、令人歎服、品花寶鑑之金縷曲詞一闋、亦情摯語不可多得、

講駢體文、還算花月痕作者、優於紅樓夢作者、若論小說本色、則紅樓夢其聖矣、花月痕況又後半部不佳、其最不在行處、尤屬墜鏡花緣窠臼、演戰鬬上情節、 國初有李姓其人、著鏡花緣一書、琴棋書藝、嘲詼謔浪、都能入妙、以百花神、貼切百才女、一人一傳、楚楚名家、來至收場、無聊極思、遂以兵事爲題、幻出酒財氣色四陣、敷衍成文、一何可厭、撰鏡花緣之李姓其人或謂即金華李笠翁漁也

菽園贅談卷之七終

受業姪韓燦謹校

菽園贅談書後

近世箸作家好爲詭異之談搜神志怪說鬼言狐駭俗驚人自矜博雅雖光怪陸離究屬荒無故實以云學有根柢未敢信也菽園邱君博學多才兼嫻吟咏所箸贅談一書擷子史之精華窮事物之體要考據詳明有典有則其學問之淵深洵非空疏者所能夢到至其愛才成癖雖寸縑尺素不忍沒人之長尤見虛懷若谷夫天下不少才人然如邱君英年而能負此天才具此雅量他日所造誠未可限贅談一書特一斑流露耳烏足盡其所長哉番禺弟黃永業耀墀氏拜題於香江之鏡海樓

菽園贅談跋

辛卯秋闈報罷有似退院老僧雖案頭卷帙委塡未能董理也信手抽閱王阮亭尚書居易錄宋牧仲中丞筠廊偶筆及吳次尾先生觚不觚錄撏撦玉谿固知或歸咎於三十六體然忍俊不禁遂亦匍匐邯鄲之後先是予與予弟幼鶴每當風雨寥瀟心緒迷惘剪燭搜異至見跋無倦容是科幼鶴登鄉榜循例謁房師外出予覺岑寂寡懽獨向故紙堆中討蠹魚生活他日菽園居士剌舟訪余見而韙之謂幼鶴曰說部自成一家言上補册府輶軒所未備下用以徵得失稽謠俗請各分輯一編可乎幼鶴深以爲然其明年幼鶴遽從長吉遊予亦因雜操家政弗克卒業而菽園屢屢書來未一叙及也去冬自南洋歸忽緘示手稿尺許並言四閱月而得此二月起稿四月以憂中輟十一月重編已得卷帙如是之富嗚呼可謂勇矣集中隨得隨書不復別類要其大旨談詩者半標舉襟靈一洗凡耳次及論古秦碑漢碣脞史叢言皆有心得次及說經訂僞釐

詭洞見漢學宋學瘕結間附以己事不假修飾自然成章至偶綴諧語則譎
諫主文無傷忠厚而一切狐鬼無稽秘辛狎媟皆不許繞其筆端獨至時事
西學尤不憚縷析言之如披異書引人入勝其隨事留心經濟閱歷即於是
見而殷殷用世之意亦於是深也蓋菽園以驚才絶豔生長豐厚之家世德
作求不自滿假治學沈鷙過於寒酸善游如龍門養氣如潁濱積之也厚負
之而趨議論皆有根柢抉擿不遺精粗先儒謂蘇髯翁文語以諧爲才大而
無用鐵橋子海語以誇爲志蓄而未舒是集上下縱橫不且遠駕其上哉惜
幼鶴未及見亦屬恨事菽園諒同斯嘆
光緒丙申仲冬龍溪曾宗璜渭兆甫拜跋

跋菽園箸書三種後

光緒丁酉夏于役香江差次得晤海澄邱淑源孝廉於蔡君紫淙處縱談時事議論宏深出所箸書數種見示命名贅談洋洋灑灑十餘萬言其旨顯其詞明大都經世有用之言考據旣精翻駁尤當得諸傳聞者悉仿輶軒之採驗諸用世者亦徵經濟之才展讀一過令人耳目一新卷後附庚寅偶存壬辰冬興二卷凡古近體各擅其長學富才雄一斑可見上年孝廉於古柔佛國月課文士之流寓於是者糊名殿最以振發頹靡海外詞壇夙稱盟主風流文采照耀七洲近值中外通商講求洋務崇尙實學則此贅談之書一出誠足爲後學之津梁當不僅以詩社文壇增雞林之聲價已也欣慕之餘遂達以筆若言貢諛則余何致郢州弟謝鴻鈞賓門甫拜撰

刊刻答粵督書緣起

光緒二十七年辛丑二月新任兩廣總督秀水陶子方制軍模寄札新嘉坡中國總領事府羅忠堯查明流寓閩士邱林兩人近日情形乃羅領事得札後並未知會邱林兩君事閱半月粵港報館自向督署錄出原札底稿刊印於外邱時見之即行電覆並作答書一通凡三千言大意將年來維新黨人心術行迹磊落寫出而己之事迹附焉以告天下固不僅爲答粵督之問而發也此書自行刊登天南新報而後即由津滬閩廣港澳南洋日本新舊金山檀香山各華字報館紛紛選登而外洋諸西文報館亦輾轉繙譯不脛之馳遍九萬里天下之士得觀原稿者咸謂陶督善能下士得大臣體而邱君之披露膽肝詞無隱遯有以見英雄本色不受人欺亦從不欺人云若林君者少即遊學英京壯年仕於英國現爲星洲政局議員及預官中醫師之選與邱志行相合雅相引重每將歐美良法輸灌宗邦冀臻盛治暇則共譯中

國古史及時事論說播刊西報冀通東西之驛騎時人每兩賢而兩稱之其在西人則曰林文慶邱菽園其在華人復曰邱菽園林文慶如車之輔如驂之靳莫能軒輊也邱既答書心迹大白林以所志不替代言遂不復有詞聞將以英文短禀肅謝陶督而已邱林之言曰某等讀書問政本非淡然忘世者不幸而所懷久蘊欲達無門又不幸而世處泯棼動輒得咎甚至蜚語之來亂其影響而使人猝無自解固惟學寒蟬之噤聲巳耳吾生有涯人事無着傷哉時也其何能忍與終古故自陶督寄札之來二君感其知己愜於五中又嘗言曰陶公盛意某非不喻特經此次險阻而後所謂時危出處難者蓋巳窺之至微驗之至切功名二字於我浮雲然即淡然忘世又非初心所安會有不恥下問之个臣終當盡吾一得以作芻蕘也邱林之言如此邱林之志不亦遠哉故此之答書殆其一斑之先見乎於時邱君適有重訂舊箸菽園贅談之役視原稿删汰十之一而新增十之二由十四卷改爲七卷卷

帙獨厚雖以庚寅偶存壬辰冬興兩卷仍附於後篇數尚憾畸零乃取此文刋之而附益焉蒙謂當得題其端曰菽園箸書四種邱君以偶然寫意之文非求問世謝不願也世之獲此卷而讀者當知偶存冬興爲邱君少日之春華贅談答書爲邱君壯年之秋實行藏出處落落大方用世之殷立志之潔本末燦然可信於友而一生逆境危疑謗毀獨復憂患備嘗邱君不以韋脂取容不以和光入世卒能誠孚上下鬱久愈彰而以見履道坦坦幽人貞吉之言之足味矣

光緒二十有七年歲次辛丑首夏猶淸和之吉龍山曾昭琴謹序於新嘉坡旅次

答粵督書

電稿　　辛丑二月十九日自新嘉坡發

兩廣制臺陶大人鑒、敬禀者、竊職近讀香港華字報、恭錄憲臺札諭新嘉坡領事、查明邱菽園林文慶情形等因、祗誦之餘、仰見憲臺仁明公恕愛人以德、所以督責之者甚至、而期許之者甚厚、欽佩曷極、職少讀書、頗知義命、儻來毀譽、漠不關心、況復素懔失言失人之訓、平生不妄以文字干請、亟亟自明、茲遇憲臺謙謙下問、相見以天、不圖空谷、聞此金玉、敢不披瀝腹心、以答憲臺之盛意、謹先具電奉聞、上慰仁廑、所有委曲之忱、當繕長禀、郵呈憲轅耳、惟冀俯恕不備、內閣中書銜福建舉人邱煒萲叩禀、再菽園、係職別號、合併禀明、

答粵督書

閩中　邱煒萲　菽園撰

秀水督部大人鈞鑒、敬稟者、竊職昨從港報、得讀憲臺諭飭玻領事羅君、查明職與林文慶有無植黨圖粵一札、職維新中人也、十載江湖、頗聞愛國之畧、恭逢　天子仁聖、維新布治、佑保國民、方自與衆驩虞謳歌　帝德、翳獨何心而忍倡亂、且亦不敢、道路謠傳、言過其實、重勞憲念、賜之話言、職以負罪之深、自顧藐躬、忽叢疑謗、容亦有故、既承明問、督責期望、兩者兼賫、忠愛名言、尤愜寤寐、職不自量、竊幸有畧迹原心之知己、大君子其人、苟安緘默、益懼失人、謹由十九日電覆外、再繕長稟、瀝叙悃忱、惟憲臺之明、加垂察焉、職生及三十年矣、棲遲海外、何刻忘鄉、宗國之親、維恭敬止、徒以身丁世難、外族憑凌、旅洋華商、時聞厄狀、私憂過計、以爲中國不更新百度、大變舊風、則立見其危、苟委蛇狐惑、待變無期、則危至亦且不旋踵、常以維新大政、企

望廊廟間有能操吾民生命者、庶一舉行、將凌歐美而福中國也、戊戌四月、
天子下令、咸與維新、海外望風、歡喜無量、繼捧　明詔、徧立學堂、及於海
外、前任領事香山劉君、造廬請謁、共草章程、屬稿未定、卽聞以職偕林文慶
名、詳稟駐英使臣、欲以中西總校、使分任之、辭不獲命、時擬別薦能者、自爲
之佐、不謂急電傳來、　皇躬稱疾、凡百新政、一切反汗、學堂諸董、雲散風流、
至今爲梗、己亥三月、職乃與林就其近者、先成一女童學堂、兼課中西、培本
姆教、入稟英人、旋蒙批准、並承今署督瑞公夫人、允充名譽校長、開議之日、
領事劉君翩然來會、願偕職等同充倡董、衆情踴躍、以次而及荷屬望加錫
埠、則有李商連喜等之中華學堂、又葛留吧埠、邱商鸞馨等之中西小學堂、
其仰光埠李商鳴鳳等之輔仁學社、則仍英屬也、南洋閉塞、漸見開明、中有
華裔土著、傳世六七而未一履中土者、亦能講求愛國、念所自出、飲食頌禱、
首唱敬　皇西人許爲知禮、其秋九月七日、復有恭請　聖安之舉、先是西

報傳疑、　宮禁新聞、都無確耗、旅民惶惑、意緒尤歧、職於其時、不揣愚戇、傳
單會館、聯以羣情、首率電達、署名商衆、五百餘人、各島效之、接武而起、越時
旬日、郵到京抄、恭悉九月八日、內閣欽奉　上諭一道、有華民出洋、其心恒
不忘中土、忠愛之忱、殊堪嘉尚、諭令沿海各省、於華民回籍、設法保護、其旅
居海外商民、併著各出使大臣、妥籌保護等因、欽此、伏讀終篇、感激涕零、既
有以窺見　湛恩之厚、在遠不遺、而即以忭慶　聖體大安、萬幾待理、永慰
霖望矣、此事原委、具詳閩人曾昭琴所輯星洲上書記、中職復謹颺末議、廣
坐陳詞、冀以稍定民志、率直之見、方謂遲臆抒誠、可告無罪、而抑知草野言
高、疑謗之乘、已基於此、雖然職以時艱之故、無暇粉飾、驚眠喚寐、口不擇言、
間於報紙中、好爲憤談激論、則亦有矣、如戊戌　訓政、極言捕黨起嫌、遷怒
新法之非、己亥庚子、事變尤多、忽而建儲、大背　祖制、以貽列邦之責難、浸
淫而及朝貴通拳袒匪之事、此數大端也、今日內變猝乘、　宗社幾危、

乘輿西狩、四百兆衆、莫不疾首某王以下、罪魁禍首、不可勝誅、職顧於難端未發之始、過抱先憂、心所爲危、不容終閟、嘗正言曰、如端莊剛董妄挾 天子、孤注國家、蕭牆之憂、萬一而有、則海邦男子邱煒萲其人者、鐵血未寒、有不臣而已矣、嗟乎、區區之愚、以爲所欲言者、天下之公言、亦國民公憤中、不敢自逸之本義耳、何圖用此、大獲咎戾、然而中國深知順逆、感念 國恩之志士、郎以此故、過加存拂、職所爲僻居島上、閉戶窮愁、而君子至斯、未嘗不見者、抑亦憐其愚忠、樂通悃愫也、星坡爲南洋總滙之區、鎖鑰歐亞、輪舶鱗萃、往來過客、何止楚粵一流、職以幼長濠鏡、喜親粵人、平居撰述、如菽園贅談、五百石洞天揮麈、筆記五六種、皆嘗樂述粵聞、以資談助、庚子正月、及閏八月、粵人康有爲梁啓超兩者、先後道坡、使人將意、職重憶爲 今上所識拔之人、又自故國政變中來、必知 朝事、因開閣見之、文人相聚、結習未忘、考古校經、盤桓旬日、因從問變政始末、我 皇聖度、臨風慨慷、涕如縻綆、瞻

依
北闕、圖報皇皇、中間談及時務、指陳得失、英雄所見、雖曰畧同、而沈幾
觀變、豪傑各不相下、旁觀不察、擬議滋多、猥以康黨妄相附和、庸衆目論何
値一哂、或又以職本閩產、凡所延攬、胡獨粵親、疑必有圖、以快其利、且因粵
旅而及楚湘、輾轉傳訛、駢拇枝指、其說愈鑿、而不知有以上諸情實在也、溯
自庚子之前、職與康梁、了不相識、而戊戌己亥間、側聞 朝政新舊洶洶、因
心發詞、早傷嫠緯、每與同人、匡坐籌議、共思補苴、或撰報論、公諸天下、或馳
書四出、勸建學堂、以勵實學、或合輿情、上叩 宮門、籲 聖安而請親政、凡
此種種、諒在憲台洞鑒之中、無煩絮述、倘慮爲康梁所煽惑、則士各有志、無
能相強、況即電稟一事、日中闢門、聯名商衆、五百餘人、其與職素無杯酒歡
者、且居大半矣、職之愚戇、自問不慣煽人、亦不願爲他人所煽、康梁何人、而
可以煽邱煒萲哉、至若楚人唐才常才中者、絕未謀面、聞亦未涉南洋、職於
丁酉來坡、紆道香港、嘗從友人案頭、獲湘學報數冊觀之、始知才常在彼主

筆、眙箋辨學中凡數次、亦越庚子春初、才嘗以所著覺顛冥齋內言刻本四卷、由楚郵贈、職見其留心西史、穿穴異同、頗加珍護、然函信往還、不及雜事、究不知其兄弟幾人、且有弟名爲才中也、漢口事起、鄂督張公電咨英倫使館、轉飭坡領事羅君、首舉才中供詞爲言、向職詰難、職覺波瀾太遠、有如天外飛來、又如一部十七史、知從何處說起、甚欲詮述原委、面懇領事、託其代陳、亦以羅君爲職夙友、己亥履任而後、花筵舞席、時共謳歌、此際位秩縱判雲泥、而短衣怒馬、挾彈少年之故人、詎便翻手不識、乃自鄂電之來、藺廉避面、欲語形慳、職嘗卑詞通使、約會寓樓、而羅君必欲呼職使前、轅門聽命、職未知所以對也、愛職者言曰、吾子罪未分明、揆之西律、萬毋自向領署之理、職亦內忖張公之意、本屬無猜、惟受委者不察、誤承風旨、執才中一偏之詞、要求成讞、則轅門以內、不難瞬湧驚波、藐爾微軀、曾何足重、他日因沈寃而交涉起、牽連外局、當非所以上慰張公、且亦悖張公意矣、用是引嫌未赴、羅君終不肯來、區區之忱、初心竟左、忽於是月晦夕、島人傳說、海澄邱族、已爲閩吏圍捕、祖兆宗祠、刬焚殆盡、職驟聞耗、痛不欲生、連發家電、三問不答、昏墊之餘、輒覺我罪伊何、胡畀余毒、　九閽日遠、生既不能求諒於人、曷亦仇彼譖人、一舉大名而死耳、南邦諸節鉞、其有樂購吾頭者、吾當戴吾頭來、於斯時也、北方拳餒、日夕正張、估客賈胡、眷念留鸝、救災心切、嘗有署名某某二國商人某氏、投函職寓、力加慫恿、謂用白衣搖櫓故智、上溯黃河、建義誅拳、當必悉索以助、職終未納其言、安有舉動者、誠以艤稜在望、不違　天威、丈夫欲建勛名、不敢先處嫌疑之地也、況其形拘勢逼、又有近於自殘同種、爲彼驅除者耶、職是之故、不勝遲廻、每念時艱家難、萃於一時、獨坐腐心、風雲慘黯、宇內芸芸四百兆衆、當以職身爲苦人第一矣、未幾、恭聞　行在晉陝之信、　禹湯罪己、政無私門、凡戴　帡幪、　天日再覩、而職亦於其際、始得家人確耗、自言初聞圍捕之風說、闔族狼竄、巷無居人、以致坡電來詢、久沈消息也、嗚呼、前事往矣、來日方長、和議遷延、 回鑾有待、天下想望維新之士、誠共繫念 聖皇亦重望在 皇所著之能以教養嘉謨、爲民請命矣、前讀憲台奏更科舉學校之摺、維新大政、亟唯此先、絜領振裘、國民禔福、歐美芳躅、興也勃然、凡職懷所欲陳、皆爲憲台之素裕、即如近日、東省俄約、關繫隆重、非首嚴俄人之請、則援例紛前、他不暇論、職家漳廈、定復轍覆臺澎、無國鮮民、思之疾首、而憲台復上海杭州澳門紳士之電、即允馳章入告、力任回 天、遜聽之下、尤以仰見 中興碩畫、經緯萬端之量、令人欽懌靡窮焉、茲之紬繹諭札、休休有容、愛人以德、知道路之言、不足成信、則飭查以明之、以維新中人、有不得已之苦衷、則巽語相求、不啻自其口出、駑駘如職、無足齒稱、憲臺猶復如此、而況天下之大英絕領袖、伏處草野、什伯於職者哉、職容爲憲台披瀝一言曰、維新變法者、天下之公理公言也、無所用其禁、而亦非刑禁所能窮、求行新政、至不得不思去此蠹國背 君之權臣、草野

微賤、似過言高、然　君國代謀、思未出位、論　皇上、爲中國待治之　聖君、
而中國存亡、實志士之生死以之已、今於忠　君愛國之人、概目爲祖於康
梁之黨、康梁身分、誠日加增、而志士皇皇、進無以爲自解之路、其激昂者、心
傷蜚語、擊劍悲歌、次之披髮佯狂、引維新爲大戒、於斯二者、過猶不及、豈身
逢　聖明、而宜有此、比年以往、職嘗與十閩百粵間故舊、箋素通辭、語及此
意、相對慨然、鬱鬱久之、如天之福、瞬盼春夏、和議底成、兩全權大臣收　京
迎　主、捧　日再中、前之要君禍國諸人、既因此次、盡服其辜、道少豺狼、輿
情不壅、　君臣合體、萬國來同、取法維新、與民樂利、不徒楚粵諸黨、會本非
生而好亂、一旦名義無出、鬪而戢其他心、想彼康梁、亦猶人耳、望風解散之
不暇、否則流離瑣尾、今更越在遠島之中、有不烟銷灰滅者哉、若夫　復辟
難期、不聞新政、沉沉此局、坐俟瓜分、是天未欲平治中國也、以職之無知、猶
决桑梓爲墟、剝床膚切、雖卽空山撰述、百篇千策、爲着誰來、迹熄詩亡、亦當

死不瞑目、曠觀古史、大亂之生、多有梟雄崛起、冀附高才疾足之列者、四百兆衆可勝防耶、職投荒海外、變患百經、情知貝錦織成、幾於人皆欲殺、久安義命有聽諸天、倘必亟亟自陳、妄相干瀆、亦適取見笑而自點耳、闇然无悶、兩歲觀心、忽拜金玉之音、若再匿情不告、將有與浮言倒置而長終者、甚非維新始願所宜出也、故敢述其委曲、藉鄭附呈、萬里海天、鈴韇淵肅、臨楮曷勝屏營之至意、祇請崇安不罄、某謹呈、

庚寅原刻小引

煒萲之生十有七年矣受書以來僻處海濱少交游之雅寡聞孤陋外而不能上萬言書爲朝廷策治安之要內而不能居千載後爲經生成一家之言徒以蟬鳴蛙噪自寫無聊擇術既疏居諸浪擲悔且不暇更何敢以質大雅故所得輒隨手棄去悉無存稿友人見之每惜爲心力所在不可任其湮沒由是稍稍出以示人阿好者多傳觀日衆余雖求其爲魏收藏拙而有所不能矣爰就記憶所及與戚友處所代存者錄爲一卷前此概不闌入統以今年爲斷亦曰萲之獲聞詩說於吾師固自今年始耳付諸手民其亦偶誌吾鴻爪也當世不乏　大方家其人倘不　棄予而有以　教我焉是則煒萲此抄而存之之意也然則此抄也亦猶唐人行卷例夫邱煒萲自誌於新江村塾時庚寅歲暮

庚寅偶存

海澄邱煒爰菽園撰稿

即景

細數歸帆獨倚闌、波濤萬頃接雲端、魚龍變化歸渾雅、風靜江空落日寒、

題白傅琵琶行後

回首當筵樂未休、四弦彈絕不勝愁、如何司馬青衫溼、竟過楊枝離別秋、

乘轎踰龍門嶺口號

短松夾道茁新枝、領畧春光萬綠宜、盤徧深山皆入畫、兩肩小轎半囊詩、

爲愛山光曙色兼、趁行不避露華嚴、春風似報前山好、對面輕掀小轎簾、

俯看山後與山前、茅屋依山水護田、小頗獨教臨絕頂、轎窗平挹兩家烟、

朝嵐能領覺窗虛、小轎容安似弊廬、我向誠齋參轉語、春光可愛忍拋書、楊萬里句詩卷且留燈下看轎中只好看春光

滄江曉發

怱怱買櫂發侵晨、極目江城白氣新、挾舵正欣輕一葉、聯裾恰好共三人、激風鼓浪浮沉送、細雨催詩欸乃親、回首文峯雲影遂、何如此際狎鷗身、

舟抵澄城泊中權關下

頃刻駕長風、圭江一望空、前途欣已近、破浪恩應同、荻葦秋來白、橋梁日照紅、感時一搔首、流水入絲桐、

食豆腐口號

淮南妙製喚來其、也等屠門大嚼之、自笑菽園甘啜菽、可知淡泊腐儒宜、按本草集解豆腐之法始於淮南王劉安故朱子有豆腐詩種豆豆苗稀力竭心已腐早知淮南之術安坐獲泉布諺世傳淮南以丹藥點成也然蔬食譜禮記啜菽飲水菽豆也今豆腐條切淡煮蘸以五辛是漢以前已有之矣

問桃十首

天台無路認瑤京、仙子當年洞口迎、底事胡麻空飯垻、難將桃實與長生、

仙源有客舊知津、雞犬人家好避秦、既是再來尋不見、當初何苦引漁人、
卻憐命薄嘆狂波、消受春風覺最多、我有狂言卿莫懟、繁陰結子恨如何、
低頭梅下作輿臺、香色何因讓占魁、想爲成陰羞緣葉、渡江始逐獻之來、
別夢依依到汝家、舊時門巷認無差、如何不管崔郎苦、儘對愁人著意花、
不堪回首再來劉、一樣成名公子侯、等是花開胡太異、元都觀裏媚香樓、
無言獨立費推尋、粱父詩成花滿林、奇語齊東稱晏子、當年諸葛果何心、
李代生憎易設觀、思量一事解人難、櫻桃偏可稱男子、王母何因是女冠、
一熟三千歲太遲、周王漢武幾多時、仙家見說光陰近、是否前番尚滿枝、
花開十里欲蒸雲、留得仙才思不群、借問飄零千載后、幾人情重似汪君、

晏海樓題壁（在邑城北雉堞上）

孤城蘆葦裏、殘照滿江紅、試上層樓望、諸山盡座中、歸舟驚電讓、古塔晚霞烘、拚作天然畫、窗虛面面通、

斷岸遶江流、風聲滿小樓、光隨平野接、綠向一城收、漠漠水田闊、離離堤草秋、歸來巢樹鷺、飛過對山頭、

題畫雜詩

漁

放艇收綸去、春江泛明月、不知年復年、白盡頭顱雪、

樵

訶聲出絕壁、古徑無人跡、洞深何處尋、建起霞標赤、

耕

遙指杏花村、炊烟直如縷、牛背趁歸鴉、晚風其吹女、

獵

躍駿北風勁、彎弓陰山下、瞥眼見分明、飲羽將軍虎、

讀玉谿生詩

幕府才高亦謫仙、詩人遇苦古來然、傷春傷別知何限、錦瑟無端費鄭箋、元遺山論詩詩家盡道西崑好只恨無人作鄭箋

近宗工部遠三閭、驅策烟雲萬卷書、說到西崑爭倣傚、可憐豔體未能除、一作幾人獺祭壁蟲魚

詠明季說書人柳敬亭二首

秦淮嗚咽又年年、逋客離愁柳色牽、誰信善鳴今有我、別開生面本無前、詞入寄恨桃花扇、狎客爭翻燕子箋、盡付詼諧尊酒裡、南朝遺老覺淒然、

漁竿老去付東流、湖海豪情未肯休、觀取高譚鈴閣夜、豈宜重問秣陵秋、過江名士多如許、南郡新書不用求、輸與龜年能解恨、皤皤霜雪奈盈頭、

聊齋志異題後

非僊非佛非狂、亦隱亦諧亦莊、寄託美人香草、源流山鬼國殤、夫惟大雅以立、奄有諸家之長、想見先生當日、窮愁落寞何妨、

晚春偶成八首

故人問我近如何、報道春深恨較多、底事晝長銷不得、晝長容易惹愁魔、

遣愁無計枕書眠、夢入瑯嬛別有天、盤古如麻千萬卷、誰人不是藉愁傳、

杜鵑啼徹好春歸、蛺蝶癡隨落葉飛、更有閑人忙不了、餞春連日惜芳菲、

莫爲春歸不惜悲、誰憐人更易芳時、遙知百歲光陰近、送我春歸較我遲、

只除吟思不能閑、用句鎮日尋詩遶畫欄、辜負今春濃樂[illegible]、逢人猶强說心安、

春來春去了無痕、依舊東風過小園、何似吟成詩百首、開篇長遣好春存、

千秋姓字託文章、一刻春宵愛醉鄉、結習古來誰遣此、轉移我尙要思量、

生來不飲何妨渴、死後成名詎慰心、安得自家文集讀、濁醪憑弔付知音、

謁何明府蒙以范文正公相勗胡可當也歸寓有作

漫誇伯樂識龍駹、謁李情殷此度纔、賈子年華青眼賞、范公事業赤心推、羔羊大雅欽宗匠、桃李新陰仰愛才、慚愧輕材蒙薦拔、未能晨夕共追陪、

重題晏海樓壁

臨登極目見汪洋、二度尋詩興更狂、壁上幾時題筆處、墨痕苔色共蒼蒼、
依然百尺寄閑身、一歲重來度度新、泥雪昨留鴻爪跡、可能認得倚樓人、
流水行雲寄性情、憑高長覺一身輕、知誰識得劉郎否、天上姮娥有舊盟、
庇士胸中愿未虛、浮生天地藐蘧廬、他年若遂星辰摘、揮筆樓頭快意書、

和曾廉亭師咏古四首

太公

豈分風霜年八十、漁竿釣卻躍魚祥、後來惟有嚴灘隱、遠敵雲臺將相良、

伯夷

不遇黃農虞夏朝、乾坤兄弟影寥寥、微言欲假清風送、湯武由來學舜堯、

朱買臣

五十功名未老余、行訶恥辱意何如、長貧翁子開心處、竟在恩仇快愿餘、

揚雄

非不文章千古重、竟將著作美新朝、九原欲起君相問、此恨如何作解嘲、

咏古和友人原韻

楊妃

粉黛三千寵一身、玉環麗質自無倫、金錢往事分明諱、史筆憐才到美人、

梅妃

生小梅妃號采蘋、君王情重受恩新、遙憐他日長門裏、誦到睢麟應愴神、

集聽雨樓咏古分得二首

曹操疑塚

枉將疑塚蝕苔痕、難向西陵覓夜魂、一任奸雄好心計、雀臺鴛瓦亦何存、

鸚鵡洲禰正平葬處

立意無差不帝秦、問何建樹惜輕身、君才自是同鸚鵡、纔解人言便罵人、

再集聽雨樓咏古分得二首

西施

妾自承恩幾日纔、今朝麋鹿上高臺、捧心別有傷心處、悔不村蘿老我來、

二喬

春深銅雀竟何如、十二年中快婿居、一笑阿瞞渾不識、兒家原自讀兵書、孫周

納二喬在建安三年赤壁之戰在建安十二年銅雀臺之築在十四年首尾相距十二年蓋二喬已老矣

白蓮

江南有曲唱田田、郎貌儂心兩自憐、冰雪聰明應解語、琉璃世界欲參禪、銀塘日暖香生玉、秋月宵高淡化烟、莫道無情情更遠、相隨鷗夢傍湖船、

假山成輒書一絕於壁

拔地自胚胎、無眞非假來、却驚飛去也、鎮日不門開、

聽雨樓第三集分體得二題題二首

樵夫

嶺曲巖幽絕俗緣、擔挑古道幾經年、斧柯得假鋤荆棘、只管薪勞付一肩、
時砍生柴帶葉燒、慇懃重與檢朝朝、寒山拾得原容易、莫待知音尾已焦、

牧子

撫字由來草偃柔、一聲長笛滿山秋、求芻司牧君知否、曾亦關心問喘牛、
空山箬影草斜侵、叱犢歸來夕照沉、長夜漫漫殷待旦、牛占乃夢到桃林、

七月苦熱和廉亭師作

彌望火雲行、秋來暑未平、故人期不至、今雨寂無聲、扇却多情戀、蠅猶利口爭、秋心何處覓、一洗俗塵清、

將買舟作環郡諸山之游不果

詩囊辜負幾同賡、嬴得奚奴壓背輕、老圃漫勞飛葉送、長江暫謝好山迎、慰將浪子秋風意、權當歸人此日情、儘羨少文眞有福、臥游何處不蓬瀛、

有寄

南洋雁斷幾經秋、兩地離懷似舊不、惆悵有人殷問訊、知君未遂錦衣游、

聽雨樓夜坐

小樓枯坐不勝悲、心緒燈前瘦影知、笛韻飄來憐寫怨、秋聲遠送欲催詩、問誰夢斷銷魂處、顧我魔纏索句時、殘漏丁東蛩語雜、滿庭皓月壓花枝、

寄小可軒呈廉亭師

天許林泉老此身、書藏萬卷筆通神、清才淡不求知己、傲骨愁難得替人、草草功名多歲月、茫茫世事劇酸辛、知公一切浮雲視、杖履優游見性眞、

庭中菊花盛開以酒賞之

不辨詩懷是酒懷、陶然一笑對蕭齋、久逃濁世醒原易、爲愛秋容醉亦佳、味到濃時思淡好、節逢晚處覺香皆、何須更覓金莖露、老圃餐英願久諧、

咏菊

寄人籬下復如何、話到相逢淚已波、欲把名花比名士、一生秋氣得來多、

菊

昔聞先民言、不可居無竹、我下一轉語、不可坐無菊、問菊菊無言、低頭似悅服、

懷曾幼滄編修師都中

一瓣心香當束脩、門墻得附勝封侯、才高閬苑三千客、花繞神京八月秋、惆悵臨風懷杖屨、欣聞勸學達書郵、不知似我詩才弱、可許狂歌獨倚樓、

寄別小可軒

非關遠別亦愁予、直爲浮名隔里閭、無復園花供伴讀、竟違驛使此傳書、扁舟自可隨鷗鳥、高閣應拚付蠹魚、涼月滿天風滿樹、遙知兩地意相如、

燈篝昨夜讀雲章、知道秋風杖履涼、花木一庭當嘯傲、詩書尺素論端詳、關心異地懷師範、屈指臨期趁客裝、衣帶橫江思渺渺、寫將別意寄華堂、

漳江舟次環望諸山有作

果然咫尺近蓬萊、落葉秋風水滿隈、帆轉如窺荊楚面、霞標應育赤城胎、武夷九曲誰張幔、弱水三山待渡杯、偏得此舟能解事、側身將讓翠鬟來、漳郡又名霞漳

贈曾慕襄秀才宗蔡即以留別

文辭韓柳畫荊關、餘子紛紛一任刪、久欲班荊今識面、何須啼菊始開顏、好詩消夜眼如月、佳處參禪肩聳山、竟夕素心人與共、由來此會未全慳、
會時苦短不成懽、欲飲尊前淚已酸、憎命文章非古獨、同心臭味覺今難、彥方有行傳閭里、孺仲無名到宰官、相對如儂慚飯顆、牙琴聊復一爲彈、
強將此事求聽我、此事應憐未易言、千古惟名人欲殺、五倫得友道方敦、同岑省識緣非偶、引玉還期舌莫捫、其奈忽忽難盡臆、頓教小別也銷魂、
盈盈帶水兩家分、稽呂交情隔樹雲、乘興可能時往返、銜杯不但致慇懃、相

期述作眞良計、偶學漁樵未絕群、書此聊當他日券、夷猶轂棹最憐君、

舟中口占

青山如相識、阻我畫船回、感汝殷懃意、明當去復來、

郡樓遠眺

年華容易苦相催、未到重陽菊怒開、飛燕依然如客去、征鴻底事帶書來、蒼茫獨立身千尺、慷慨悲歌酒一盃、此際憑闌長縱目、青山白髆幾塵埃、

訪友不値

三徑黃英半畝蕖、欣於道左此停車、閒雲影外高人跡、落葉聲中故友居、簾捲空庭花吐後、琴橫淨几月來初、何當買屋比鄰去、風景平分不讓渠、

重九登芝山

去家百里少、矧此是宗邦、客心良不寂、容易過秋涼、忽忽重九屆、聊復攜一觴、開門見山好、獨登芝山陽、危亭聳仰止、（有亭名仰止）層城抱清漳、人烟萬竈密、

嘉穀正當場、感此秋來稔、陶然引興長、郡外巖尤美、環繞水湯湯、孤鳥寒烟入沙鷗自廻翔、人生貴適意、樊籠亦可傷、嗟予浮名困、馳驅日不遑、目極歸帆去、始覺在家強、文峰不可見、文閩山名渺哉復吾鄉、仰面白雲飛、低頭徒旁皇、

秋聲寄和廉亭師韻

滿紙作秋聲、如聞萬籟鳴、爲傳心上事、不盡句中情、可奈花空落、多愴歲屢更高人當此夕、遙聽雁長征、

漁父詞

曉起垂綸暮笛橫、不知人世有浮名、長江漫唱公無渡、笑指烟波打槳行、

夢

縹緲虛無境不眞、趾離何事弄痴人、南華蝴蝶邯鄲枕、均是人間露影身、

宿二宜軒贈曾渭兆秀才 宗瓚

門庭如水屋如舟、詎似荒居笑打頭、時有比鄰殷問字、何勞此地枉鳴騶、觀

書靜得無言樂、移竹聲來不盡秋、昨夜燈前披杜集、欣依清境洗牢愁、

題沈乙垣獨立圖

仙骨本姍姍、傳神亦儲潔、攄懷希古人、從知靜勝熱、寫出蒼茫感、原非耽禪悅、願言贈子詩、森立珊瑚節、

題美人立軸

無聊有恨强支頤、秋到羅襦瘦到肢、悄待月來涼不覺、碧梧桐下立多時、

西人有以樹乳爲洋烟筒者戲咏

玲瓏象鼻宛迴腸、巧製曾聞出外洋、漫笑諸君同逐臭、芙蓉香帶乳花香、

集三宜軒咏古題分桃花夫人廟 得潮字

閩岩有客欲魂招、長舌生憎獻舞饒、生入荊襄餘感慨、死隣鸚鵡共淸寥、東風人面紅顏老、故國君恩綠葉凋、遮莫無言羞結子、桃花兩頰暈輕潮、

活水

活水東西各自流、凭欄心逝共悠悠、旁人漫笑涓涓細、早肇乾坤日夜浮、

木棉菴（宋鄭虎臣誅賈似道於此明俞大猷立碣）

多少詩人弔古情、平章到此可憐生、寒風瑟瑟殘冬路、猶似當年蟋蟀聲、

古路危碑記立俞、當年似道虎臣誅、如何周召紛紛頌、不及鋤奸一武夫、（賈似道加士鍪錢上書者至以周召稱之）

買梅種小墻下詩以祝之

本用黃金贖蔡姬、不教金屋貯蛾眉、可知絕代佳人各、祇是疎簾紙帳宜、

移栽含向竹枝邊、愛映仙姿更引泉、守到月明人靜後、籠來清影怕淩天、

女墻遮得一枝低、香氣濛濛散粉泥、從此山頭成群玉、雪花飛過板橋西、

聞廉亭師覆舟卻寄

文字禍清流、無端竟覆舟、險隨騷客去、幾作謫仙游、身世浮沉感、江河閱歷憂、定知歌苑在、烟海集中收、

忽忽

忽忽韶光感慨餘、記從就傅偶年初、余六歲入學俗以爲偶年不利生胎以後棲人廡、生六月
家愁覊至豫鏡依中表居志學而還認敝廬、十五歲始侍二老自南洋歸回首桑弧梅夢遠、家愁夢梅而生予
慣看海、浪花驫、青天謫我何爲者、擬把前生結習除、
寸心得失一燈前、筆墨難抛此靜緣、文爲遲成常卜夜、詩多補作强編年、高
歌不管居鄰厭、苦緒偏從事後傳、笑我疏慵憐我拙、維摩[illegible]衫[illegible]中天、
濤亦不妨休近冷、逢歡樂處且徘徊、未能免俗酒賢聖、難索解人花謝開、怯
敵華筵稱小戶、貪題綺語本驫才、自將落拓名場意、賺得疏狂到處來、
足跡飃蓬感夙因、丈夫眇小不憐人、妄談經濟知無補、好買琴書欲速貧、歲
月漸銷三寸管、諸侯權拜一朝身、已看車馬吾廬靜、猶慕桃源別問津、
話到求人百不知、尙餘兩事鎭相須、圈來藻句雕私印、瞑想雲巖告畫師、文
字千秋啇刻劃、雨風四壁助淋漓、山中近更添公案、自履荒畦𢮦斷碑、

揚雄

卓哉揚子雲、文章亦華國、不受賈人金、見法言乃食新朝祿、

古意

明月復明月、天涯共皎潔、知否深閨人、對影惜離別、

臨別曾珍重、歸期到復迷、欲將夢魂會、苦不辨遼西、

布衾冷如鐵、油燈暗復明、寒雞噤啼曉、難得蒼蠅聲、

昨夜聞啼鳩、今朝聽噪鵲、好雨若知時、願射一輪落、

儂愁如藕絲、郎心亦冰雪、藕斷絲又連、雪消冰隨裂

偶出鷺門宿鼓浪嶼洋樓得句兼示主人

此邦我亦昔年游、又向君居信宿留、面面有窗迎素月、依依臨水起高樓、半園楓葉露帆影、一夜潮聲歸枕頭、如此閒光能領略、幾多淸福問君脩、

友人招飲座有雛姬能爲新聲者索詩

生憎絲竹太嘈嘈、脆肉風流信足豪、宮調人驚聞裂帛、哀思我自愛離騷、舌倫鶯語三春巧、身比簫枝一尺高、似此綺才當後起、尊前酒力敢辭勞、

鬬茗二首

袖到磁壺欵製工、咀含舌本腋生風、何須七椀方療渴、笑殺盧仝太熱中、

新芽細蘸把峯分、蟹眼瓶笙向鼎聞、憶到武夷三十六峯峯風味總超群、

論詩二首

元輕白俗任人嫺、島瘦郊寒結想難、十載江湖耽咏癖、問君[illegible]吟安、

獨守宗風結妙緣、敢誇法限棄蹄筌、自將詩思清如水、一瓣心香祀樂天、

抵家

候門弟妹問哥哥、可有他鄉異物多、應道新詩鈔幾帙、之無付汝發狂歌、

雪美人 時賢集中有是題輒依韻和之

颸颸雲表許飛瓊、謫去紅塵我亦驚、柳絮風高春色重、梅花夢遠客心清、一

團捏就天然質、六出裝來玉樣情、會向水晶簾下見、靈犀消息總分明、
無言相對鎭玲瓏、絕世丰神一顧中、顏色羞將脂粉隊、釵裙謝却綺羅叢、勻描眉黛前身月、瘦損腰圍昨夜風、若遇陳思成艷賦、應懷洛水感驚鴻、
未解溫存莫浪猜、淸標肯許染塵埃、藏嬌我欲商金屋、作聘誰堪下鏡臺、薄命苦隨流水逝、深情應讓夜珠來、留仙乞向通明奏、安得人間罷可哀、

余素厭裙帶魚有強余下箸者、戲廣趙甌北先生詩意[illegible]

裙帶纔呼便動人、（趙句）趙君雅謔亦鮮新、如儂儘有書[illegible]名作席珍、
爲識人間俗好貪、魚曾化妓侈奇談、當筵不惜稱裙帶、信有魚魚共旨甘、

綠珠（隨園集有是題效顰二首）

一朝摧玉隕芳姿、漫擬樓中念舊時、爭似海棠（石崇嘗對海棠嘆曰汝若能香當以金屋貯汝）香寂寞、不教並蒂護花枝、
銜恩多處更多情、百尺拚教妾命輕、金谷歸魂應解識、名姝莫再現他生、

閒寫四絕句

枕屏昨夜夢瀟湘、危立湘妃入手香、凍到銅瓶寒到帳、吟魂和汝共清涼、

小園雨過長青苔、爲愛寒梅探幾回、笑我癡情花下立、殘英落得一身來、

柘枝檀板醉春風、翻爲愁多唱惱公、偏是惜花花惜我、盡情開向夕陽紅、

何須醉臥客書裙、何必留髡薌澤聞、飲罷玉山猶未倒、頹唐人影日黃昏、

隨園集有山齋九咏輒賡其數

鏡

瞥見當空桂月寒、華堂懸處老龍蟠、認來我我應相識、喚到卿卿幾次看、灼鑒無心分好醜、清光有影解悲驩、自憐楪子容顏小、百里何須詡遠觀、

簾

漫夸珠箔耀光輝、增却門庭寂靜機、霧影斜拖看隱約、波痕徐動認依稀、低垂一桁留香久、倒捲千條待燕歸、勤讀有人曾手織、幾回珍惜思依依、

牀

誰是攤書濬仲身、飛埃拂處此相親、藜床刻苦人原往、竹簟清涼味最眞、笑煞媿衾勞數易、曾聞嚼蠟萏橫陳、酣眠夢醒三更後、冷淡梅花證夙因、

燈

何事金錢買價奢、羅幃照夢有誰家、我來伏案重披卷、君豈干人輒報花、白室生時光掩映、紅梅照處影交加、化身便作長明去、漏盡籠[illegible][illegible]年、

扇

却暑招涼夏月需、齊紈巧製自堪娛、不妨禁出中興詔、可記祥生上古厨、逸少有時書六角、放翁無賴畫三吳、年年懷袖奉揚好、肯嘆秋風失故吾、

尺

調鐘作樂願賡償、用處奚容屈所長、枉到丈尋誰氣短、量來分寸有人詳、儘教遲步迷磚影、未負瞻顏識帝鄉、晏子如何還可得、群公枉自許昂藏、

杖

惆悵燃藜籍未窺、欣同變化作龍騎、料知貴賤皆君籍、可許危難與我持、逐日夙曾嗤夸父、應門且自學原思、何當齒德兼優者、鄉國遨遊步步隨、

帳

重幃日日漾春風、紙隔梅花想象中、甲乙多時嗤漢代、弟兄在昔羨唐宮、不觀侈富來王愷、爭及傳經有馬融、爲問銷金深帳幕、隔[illegible]辟刺[illegible]英雄、

香

濃熏班馬有餘馨、解識薰蕕不世情、記易芳名稱意可、時聞香澤愛瑤英、詩懷先向酒懷醉、天樂何如仙樂淸、佳士難逢花易謝、惱人鼻觀太分明、末句又作安得奇花與佳士江湖無恨到蘭蓀

水仙

黃陵廟古女蘿秋、屈子芳馨鬱古愁、我自多情留結習、水仙雖供足淸幽、

得句

緣知得句不妨清、馬背船唇絕送迎、一片天機豪放處、山行賦罷又舟行、

除夕

渦年急景孰深諳、名利心思夢亦甘、翻笑中宵鳴喔喔、陋儒只學處宗談、風流跌宕酒盃寬、禦卻梅花紙帳寒、細數從頭知已在、翻愁面目鏡中看、

庚寅偶存終

同懷弟樹爰刊

壬辰冬興序

同年海澄邱蔌樊仁兄、驚才絕豔、獨出冠時、生十五年、自海外歸、嘗於稠人中賦玉笛詩、衆爲歛手、其警聯有五月吹黃鶴、三春散洛陽之句、人競以邱玉笛呼之、猶國初之有王桐花也、乃其自刻稿、則從十七年編起、即今坊行之庚寅偶存一卷、時方從同安曾孝廉廉亭先生游、故自序云前此有作、概不闌入、以獲聞詩說於師、實今年始、此雖謙詞、亦可見君之[illegible]而即以進而不已也、嗣後辛卯壬辰癸巳甲午、四歲之作、刻[illegible]癸甲稿、甲午爲君發軔歲、余忝附驥、讀君文、幷讀君詩、因悉君爲人及少年軼事、顧從文字遠託神交、然猶未謀面也、今歲丁酉之夏、君刻自箸書曰贅談者、幷重刋庚寅偶存以附其後、亦即摘及辛壬癸甲稿中之壬辰冬興十六首、別爲一卷附偶存後、余友徐季鈞茂才、亦君海外友也、知余素嗜君詩、代錄原作、郵以示余、其詩蓋因辛卯壬辰兩詘小試而作、語苦心長、一氣揮洒、十六首直如一首、誠足令人紬繹無窮、笑啼不敢者、至其行間爽颯、有牢騷之氣、無噍殺之音、愈以見君天懷之浩蕩、固不自今日而始然也、拜服無既、爰贅數語于後、年愚弟閻清黄乃裳、

壬辰冬興

頻年小試不利憤懣無狀端居多暇拉雜書懷不復計工拙也　荻園居士未定草

紅塵挿脚儘多時、廿載衡來更復疑、今日漫云來日遠、古人杳不后人期、浮生百歲閒身少、眞樂千觴醉態宜、縱目平原高迥處、朝朝雲物惹相思、

朝朝雲物惹相思、蒼狗紅羊變換奇、逝水華年催急景、流光[illegible]長悲、詩懷秋老懽難好、人事冬來懶自知、結習未除身苦累、安[illegible]躕踟、

安從塵境得躕踟、生活無端筆一枝、枉向聰明尋快活、要除煩惱愛呆痴、濮流有客云魚樂、簾影誰家悞燕窺、輸與成都人賣卜、春風何處覓靈龜、

春風何處覓靈龜、造化偏教弄小兒、泛海張騫多足跡、傷春沈約瘦腰肢、菀枯頃刻心長喻、親友凋零淚暗垂、拚與神傷荀奉倩、飄鸞泊鳳總難支、余生而旅食嶺南中表家長侍堂上南游者有年光緒戊子返閩哭家兄之喪今秋又復喪偶

飄鸞泊鳳總難支、舊事酸辛易上眉、佞佛欲參無色界、游仙終碍斷腸詩、愁
憂棖觸風邊笛、瘦影伶仃月上帷、顧我茫茫同黑漆、前程心事鏡中參、
前程心事鏡中參、五十功名敢恨遲、對酒當歌春有幾、請纓無路去何之、江
湖淪落甘長賤、牛馬風塵未倦馳、銷得狂奴眞意氣、明當入海訪琴師、予自返閩後凡三進院試已丑薦而不售辛卯壬辰則連戰皆北也
明當入海訪琴師、空谷伊人咏縶維、一代正宗扶大雅、欲祈[illegible]漫差池、林
間啼鳥忽然寂、座上青蠅如可麾、太息紅牆銀漢隔、窺臣有女奈東施、
窺臣有女奈東施、遮莫斯靈愛我欺、玉鏡倘教輕作聘、微波何日不通辭、嚴
敳畫虎羞成狗、李耳猶龍本守雌、知否聆音人已渺、雕蟲不是子雲爲、郡守湖南侯仙舫先生爲余平生第一知己繼之者爲粵東雷姓欲余出其門下余不敢受命遂以是干怒
雕蟲不是子雲爲、珍重人間歧路歧、豈必六宮無粉黛、可憐一世尚胭脂、無
聊有恨吾安遣、是病非貧孰可醫、放眼滄桑名利外、五湖烟水羨鴟夷、

五湖烟水羨鴟夷、局促如駒欲語誰、勝會劇憐佳士渺、頹流長恐里人移、沉沉春夢酣蝴蝶、故故空山聽子規、最是分明最惆悵、寒窗夜雨覺淒其、

寒窗夜雨覺淒其、飽戰西風菊滿籬、佳色猶堪酬隱士、狂飈何苦逞封姨、漫當老圃憐狼藉、須識天公與護持、冬嶺儘看經雪后、亭亭松柏葉離披、

亭亭松柏葉離披、不待和風自長滋、時樣文章嗤吏部、（韓愈）罪言慷慨感分司、（杜牧）寒潮暮雨天傳籟、白石清泉俗砭肌、不用出山爲小草、淮[illegible]摘詞、

淮南無恙正摘詞、息影蓬廬絕險巇、偶鑄黃金稱鳥[illegible]繡新絲、（余極愛平原君交友有眞肝胆故又號穠原以誌向往）豐年稅納餘夫畝、倦眼心渾一局棋、此意休教傳藍本、墻頭無事李暮吹、

牆頭無事李暮吹、幾輩神光悵合離、直以性情窺古作、敢誇名氏託來茲、淒涼共我寒燈幌、塊壘澆他濁酒卮、誰信高歌當晦迹、不風流處也淋漓、

不風流處也淋漓、野性難馴似鹿麋、雅學陸大夫笑疾、無嫌張京兆威儀、愛

能殺我傾肝膽、生不如人賴肚皮、莫訝疎慵招物議、天眞還念昔兒嬉、

天眞還念昔兒嬉、愛此南陔春日曦、怕說出遊增遠道、長看美蔭託期頤、停雲在望良朋切、聽雨同心弱弟怡、（余與同懷弟雲巢讀書處曰聽雨樓）何必乘風歸去也、紅塵挿脚儘多時、

壬辰冬興終

同懷弟樹菱琹

同文書庫·厦門文獻系列

第一輯

壹　小蘭雪堂詩集
貳　固哉叟詩集　寄傲山房詩鈔
叁　紅蘭館詩鈔
肆　寄傲山館詞稿　壺天吟
伍　林菽莊先生詩稿
陸　夢梅花館詩鈔
柒　寶瓠齋襍稿（外三種）
捌　甲子雜詩合刊　菲島雜詩　海外集
玖　稚華詩稿
拾　同聲集

第二輯

壹　賦月山房尺牘
貳　禾山詩鈔
叁　揮麈拾遺
肆　頑石山房筆記　紫燕金魚室筆記
伍　臥雲樓筆記
陸　止園詩集　鐵菴詩存
柒　陳丹初先生遺稿（外一種）
捌　繡鐵盦叢集　繡鐵盦聯話
玖　二菴手札
拾　虛白樓詩

同文書庫·厦門文獻系列

第三輯

壹　椽筆樓初集
貳　吳瑞甫家書（外一種）
叁　菽園贅談
肆　臥雲樓雜著
伍　曠劫集
陸　紅葉草堂筆記　感舊錄
柒　松柏長青館詩
捌　海天吟社詩存　鷺江乙組梅社吟草
玖　菽莊叢刻（外二種）
拾　近代七言絕句初續集